读客

读客三个圈经典文库

经典就读三个圈　导读解读样样全

受戒

汪曾祺

小说精选

读客三个圈经典文库

经典就读三个圈　导读解读样样全

文匯出版社

图书在版编目（CIP）数据

受戒 : 汪曾祺小说精选 / 汪曾祺著. -- 上海 : 文汇出版社, 2020.6

ISBN 978-7-5496-3195-7

Ⅰ. ①受… Ⅱ. ①汪… Ⅲ. ①小说集－中国－当代 Ⅳ. ①I247

中国版本图书馆CIP数据核字（2020）第073160号

受戒：汪曾祺小说精选

作　　者 / 汪曾祺

责任编辑 / 徐曙蕾
特邀编辑 / 黄文娟
封面装帧 / 刘小梅

出版发行 / 文汇出版社
上海市威海路 755 号
（邮政编码 200041）
经　　销 / 全国新华书店
印刷装订 / 大厂回族自治县德诚印务有限公司
版　　次 / 2020 年 6 月第 1 版
印　　次 / 2022 年 7 月第 3 次印刷
开　　本 / 890mm × 1270mm　1/32
字　　数 / 352 千字
印　　张 / 13.5

ISBN 978-7-5496-3195-7
定　　价 / 45.00元

汪曾祺小说里的治愈段落

低田上水，只要一挂十四轧的水车，两个人车半天就够了。明子和小英子就伏在车杠上，不紧不慢地踩着车轴上的拐子，轻轻地唱着明海向三师父学来的各处山歌。

——《受戒》第52页

她挎着一篮子荸荠回去了，在柔软的田埂上留了一串脚印。明海看着她的脚印，傻了。五个小小的趾头，脚掌平平的，脚跟细细的，脚弓部分缺了一块。明海身上有一种从来没有过的感觉，他觉得心里痒痒的。这一串美丽的脚印把小和尚的心搞乱了。

——《受戒》第53页

小英子忽然把桨放下，走到船尾，趴在明子的耳朵旁边，小声地说：

“我给你当老婆，你要不要？”

明子眼睛鼓得大大的。

“你说话呀！”

明子说：“嗯。”

“什么叫‘嗯’呀！要不要，要不要？”

明子大声地说：“要！”

“你喊什么！”

明子小小声说：“要——！”

“快点划！”

英子跳到中舱，两只桨飞快地划起来，划进了芦花荡。

芦花才吐新穗。青浮萍，紫浮萍。野菱角开着四瓣的小白花。惊起一只青桩，擦着芦穗，扑鲁鲁鲁飞远了。

——《受戒》第59页

目 录

异 秉

“炕房师傅”余老五炕小鸡、炕小鸭；陆长庚帮人唤回失散鸭群，这些看似普通却身怀绝技的匠人身上似乎都有一种“神力”……

故里杂记

小和尚受戒，小英子撑船去送他；干完农活的两个人一起趴在横杆上，慢悠悠踩着水车；小和尚盯着小英子留在田埂上的美丽脚印发愣……世间小儿女，相爱也自自然然的。

羊舍一夕

在六十年代的农场，有着更好工作机会的小羊倌儿舍不下他那群羊，第一次独自给农田整晚看水的知青不断给自己壮胆打气……在这些人身上，生活的艰难被淡化，生出一种趣味。

钓人的孩子

西南联大里有落魄的文人气厨子，有以给联大学生洗衣服为生的文嫂，有偷鸡的大学生，也有昆明街头多年不散的诱人叫卖声……

故人往事

能人巧匠皮凤三为了楦房子智斗地方官，被军痞敲诈的“吝啬”八千岁悟出新的生活哲理，这些古老乡镇上的小商贩热爱生活、苦中作乐，活出了平凡人生里的诗意。

异 秉

“炕房师傅”余老五炕小鸡、炕小鸭；陆长庚帮人唤回失散鸭群，这些看似普通却身怀绝技的匠人身上似乎都有一种“神力”……

复仇

复仇者不折镆干。虽有忮心，不怨飘瓦。

——庄子

一支素烛，半罐野蜂蜜。他的眼睛现在看不见蜜。蜜在罐里，他坐在榻上。但他充满了蜜的感觉，浓，稠。他嗓子里并不泛出酸味。他的胃口很好。他一生没有呕吐过几回。一生，一生该是多久呀？我这是一生了么？没有关系，这是个很普通的口头语。谁都说："我这一生……"就像那和尚吧，——和尚一定是常常吃这种野蜂蜜。他的眼睛眯了眯，因为烛火跳，跳着一堆影子。他笑了一下：他心里对和尚有了一个称呼，"蜂蜜和尚"。这也难怪，因为蜂蜜、和尚，后面隐了"一生"两个字。明天辞行的时候，我当真叫他一声，他会怎么样呢？和尚倒有了一个称呼了。我呢？他会称呼我什么？该不是"宝剑客人"吧（他看到和尚一眼就看到他的剑）。这蜂蜜——他想起来的时候一路听见蜜蜂叫。是的，有蜜蜂。蜜蜂真不少（叫得一座山都浮动了起来）。现在，残余的声音还在他的耳朵里。从这里开始了我今天的晚上，而明天又从这里接连下去。人生真是说不清。他忽然觉得这是秋天，从蜜蜂的声音里。从声音里他感到一身轻爽。不错，普天下此刻写满了一个"秋"。他想象和尚去找蜂蜜。一大片山花。和尚站在一片花的前面，实在是好看极了，和尚摘花。大殿上的铜钵里有花，开得真好，冉冉的，像是从钵里升起一蓬雾。他喜欢这个和尚。

和尚出去了。单举着一只手，后退了几步，既不拘礼，又似有情。和尚你一定是自自然然地行了无数次这样的礼了。和尚放下蜡烛，说了几句话，不外是庙宇偏僻，没有什么可以招待，山高，风大气候凉，早早安息。和尚不说，他也听见。和尚说了，他可没有听。他尽着看这和尚。他起身为礼，和尚飘然而去。双袖飘飘，像一只大蝴蝶。

他在心里画不出和尚的样子。他想和尚如果不是把头剃光，他该有一头多好的白发。一头亮亮的白发在他的心里闪耀着。

白发的和尚呀。

他是想起了他的白了发的母亲。

山里的夜来得真快！日入群动息，真是静极了。他一路走来，就觉得一片安静。可是山里和路上迥然不同。他走进小山村，小蒙舍里有孩子读书声，马的铃铛，连枷敲在豆秸上。小路上的新牛粪发散着热气，白云从草垛边缓缓移过，一个梳辫子的小姑娘穿着一件银红色的衫子……可是原来描写着静的，现在全表示着动。他甚至想过自己做一个货郎来给这个山村添加一点声音的，这一会儿可不能在这万山之间拨浪浪摇他的小鼓。

货郎的拨浪鼓在小石桥前摇，那是他的家。他知道，他想的是他的母亲。而投在母亲的线条里着了色的忽然又是他的妹妹。他真愿意有那么一个妹妹，像他在这个山村里刚才见到的。穿着银红色的衫子，在门前井边打水。青石的井栏。井边一架小红花。她想摘一朵，听见母亲纺车声音，觉得该回家了，天不早了，就说："我明天一早来摘你。你在那儿，我记得！"她可以给旅行人指路："山上有个庙，庙里和尚好，你可以去借宿。"小姑娘和旅行人都走了，剩下一口井。他们走了一会儿，井栏上的余滴还丁丁咚咚地落回井里。村边的大乌柏树黑黑的。夜开始向它合过来。磨麦子的石碾呼呼的声音停止在一点上。

想起这个妹妹时，他母亲是一头乌青的头发。他多愿意摘一朵红花给母亲戴上。可是他从来没见过母亲戴过一朵花。就是这一朵没有戴上的花决定了他的命运。

母亲呀，我没有看见你的老。

于是他的母亲有一副年轻的眉眼而戴了一头白发。多少年来这一头白发在他心里亮。

他真愿意有那么一个妹妹。

可是他没有妹妹，他没有！

他的现在，母亲的过去。母亲在时间里停留。她还是那样年轻，就像那个摘花的小姑娘，像他的妹妹。他可是老多了，他的脸上刻了很多岁月。

他在相似的风景里做了不同的人物。风景不殊，他改变风景多少？现在他在山上，在许多山里的一座小庙里，许多小庙里的一个小小的禅房里。

多少日子以来，他向上，又向上；升高，降低一点，又升得更高。他爬的山太多了。山越来越高，山头和山头挤得越来越紧。路越来越小，也越来越模糊。他仿佛看到自己，一个小小的人，向前倾侧着身体，一步一步，在苍青赭赤之间的一条微微的白道上走。低头，又抬头。看看天，又看看路。路像一条长线，无穷无尽地向前面画过去。云过来，他在影子里；云过去，他亮了。他的衣裾上沾了蒲公英的绒絮，他带它们到远方去。有时一开眼，一只鹰横掠过他的视野。山把所有的变化都留在身上，于是显得亘古不变。他想：山呀，你们走得越来越快，我可是只能一个劲地这样走。及至走进那个村子，他向上一看，决定上山借宿一宵，明天该折回去了。这是一条线的尽头了，再往前没有路了。

他阖了一会儿眼。他几乎睡着了，几乎做了一个梦。青苔的气味，干草的气味。风化的石头在他的身下酥裂，发出声音，且发出气味。小草的叶子窸窣弹了一下，蹦出了一个蚱蜢。从很远的地方飘来一根鸟毛，近了，更近了，终于为一根枸杞截住。他断定这是一根黑色的。一块卵石从山顶上滚下去，滚下去，滚下去，落进山下的深潭里。从极低的地方传来一声牛鸣。反刍的声音（牛的下巴磨动，淡红色的舌头），升上来，为一阵风卷走了。虫蛀着老楝树，一片叶子尝到了苦味，它打了一个寒噤。一个松球裂开了，寒气伸入了鳞瓣。鱼呀，活在多高的水里，你还是不睡？再见，青苔的阴湿；再见，干草的松软；再见，你硌在胛骨下抵出一块酸的石头。老和尚敲磬。现在，旅行人要睡了，放松他的眉头，散开嘴边的纹，解开脸上的结，让肩膊平摊，腿脚舒展。

烛火什么时候灭了。是他吹熄的？

他包在无边的夜的中心，像一枚果仁包在果核里。

老和尚敲着磬。

水上的梦是漂浮的。山里的梦挣扎着飞出去。

他梦见他对着一面壁直的黑暗，他自己也变细，变长。他想超出黑暗，可是黑暗无穷的高，看也看不尽的高呀。他转了一个方向，还是这样。再转，一样。再转，一样。一样，一样，一样是壁直而平，黑暗。他累了，像一根长线似的落在地上。“你软一点，圆一点嘛！”于是黑暗成了一朵莲花。他在莲花的一层又一层瓣子里。他多小呀，他找不到自己了。他贴着黑的莲花作了一次周游。丁——，莲花上出现一颗星，淡绿的，如磷火，旋起旋灭。余光霭霭，归于寂无。丁——，又一声。

那是和尚在做晚课，一声一声敲他的磬。他追随，又等待，看看到底多久敲一次。渐渐的，和尚那里敲一声，他心里也敲一声，不前不后，自然应节。“这会儿我若是有一口磬，我也是一个和尚。”佛殿上一盏像是就要熄灭，永不熄灭的灯。冉冉的，钵里的花。一香，香烟袅袅，渐渐散失。可是香气透入了一切，无往不在。他很想去看看和尚。

和尚，你想必不寂寞？

客人，你说的寂寞的意思是疲倦？你也许还不疲倦？

客人的手轻轻地触到自己的剑。这口剑，他天天握着，总觉得有一分生疏；到他好像忘了它的时候，方知道是如何之亲切。剑呀，不是你属于我，我其实是属于你的。和尚，你敲磬，谁也不能把你的磬的声音收集起来吧？你的禅房里住过多少客人？我在这里过了我的一夜。我过了各色的夜。我这一夜算在所有的夜的里面，还是把它当作各种夜之外的一个夜呢？好了，太阳一出，就是白天。明天我要走。

太阳晒着港口，把盐味敷到坞边的杨树的叶片上。海是绿的，腥的。

一只不知名的大果子，有头颅那样大，正在腐烂。

贝壳在沙粒里逐渐变成石灰。

浪花的白沫上飞着一只鸟，仅仅一只。太阳落下去了。

黄昏的光映在多少人的额头上，在他们的额头上涂了一半金。

多少人逼向三角洲的尖端。又转身，分散。

人看远处如烟。

自在烟里，看帆篷远去。

来了一船瓜，一船颜色和欲望。

一船是石头，比赛着棱角。也许——

一船鸟，一船百合花。

深巷卖杏花。骆驼。

骆驼的铃声在柳烟中摇荡。鸭子叫，一只通红的蜻蜓。

惨绿色的雨前的磷火。

一城灯！

嗨，客人！

客人，这仅仅是一夜。

你的饿，你的渴，饿后的饱餐，渴中得饮，一天的疲倦和疲倦的消除，各种床，各种方言，各种疾病，胜于记得，你一一把它们忘却了。

你不觉得失望，也没有希望。你经过了哪里，将去到哪里？你，一个小小的人，向前倾侧着身体，在黄青赭赤之间的一条微微的白道上走着。你是否为自己所感动？

“但是我知道我并不想在这里出家！”

他为自己的声音吓了一跳。这座庙有一种什么东西使他不安。他像瞒着自己似的想了想那座佛殿。这和尚好怪！和尚是一个，蒲团是两个。一个蒲团是和尚自己的，那一个呢？佛案上的经卷也有两份。而他现在住的禅房，分明也不是和尚住的。

这间屋，他一进来就有一种特殊的感觉。墙极白，极平，一切都是既方且直，严厉而逼人。而在方与直之中有一件东西就显得非常的圆。不可移动，不可更改。这件东西是黑的。白与黑之间划出分明界限。这是一顶极大的竹笠。笠子本不是这颜色，它发黄，转褐，最后就成了黑的。笠顶有一个宝塔形的铜顶，颜色也发黑了，——一两处锈出了绿花。这顶笠子使旅行人觉得不舒服。什么人戴了这样一顶笠子呢？拔出剑，他走出禅房。

他舞他的剑。

自从他接过这柄剑，从无一天荒废过。不论在荒村野店，驿站邮亭，云碓茅蓬里，废弃的砖瓦窑中，每日晨昏，他都要舞一回剑。每一次对他都是新的刺激，新的体验。他是在舞他自己，他的爱和恨。最高的兴奋，最大的快乐，最汹涌的激情。他沉酣于他的舞弄之中。把剑收住，他一惊，有人呼吸。

“是我。舞得好剑。”

是和尚！和尚离得好近。我差点没杀了他。

旅行人一身都是力量，一直贯注到指尖。一半骄傲，一半反抗，他大声地喊：

“我要走遍所有的路。”

他看看和尚，和尚的眼睛好亮！他看着这双眼睛里有没有讥刺。和尚如果激怒了他，他会杀了和尚。然而和尚站得稳稳的，并没有为他的声音和神情所撼动，他平平静静，清清朗朗地说：

“很好。有人还要从没有路的地方走过去。”

万山百静之中有一种声音，丁丁然，坚决地，从容地，从一个深深的地方迸出来。

这旅行人是一个遗腹子。父亲被仇人杀了，抬回家来，只剩一口气。父亲用手指蘸着自己的血写下了仇人的名字，就死了。母亲拾起了他留下的剑。剑在旅行人手里。仇人的名字在他的手臂上。到他长到能够得到井边的那架红花的时候，母亲交给他父亲的剑，在他的手臂上刺了父亲的仇人的名字，涂了蓝。他就离开了家，按手臂上那个蓝色的姓名去找那个人，为父亲报仇。

不过他一生中没有叫过一声父亲。他没有听见过自己叫父亲的声音。

父亲和仇人，他一样想不出是什么样子。如果仇人遇见他，倒是会认出来的：小时候村里人都说他长得像父亲。然而他现在连自己是什么样子都不清楚了。

真的，有一天找到那个仇人，他只有一剑把他杀了。他说不出一句话。他跟他说什么呢？想不出，只有不说。

有时候他更愿意自己被仇人杀了。

有时候他对仇人很有好感。

有时候他觉得自己就是那个仇人。既然仇人的名字几乎代替了他自己的名字，他可不是借了那个名字而存在的么？仇人死了呢？

然而他依然到处查访这个名字。

“你们知道这个人么？”

“不知道。”

“听说过么？”

“没有。”

……

“但是我一定是要报仇的！”

“我知道，我跟你的距离一天天近了。我走的每一步，都向着你。”

“只要我碰到你，我一定会认出你，一看，就知道是你，不会错！”

“即使我一生找不到你，我这一生是找你的了！”

他为自己这一句的声音掉了泪，为他的悲哀而悲哀了。

天一亮，他跑近一个绝壁。回过头来，他才看见天，苍碧嶙峋，不可抗拒的力量压下来，使他呼吸急促，脸色发青，两股紧贴，汗出如浆。他感觉到他的剑。剑在背上，很重。而从绝壁的里面，从地心里，发出丁丁的声音，坚决而从容。

他走进绝壁。好黑。半天，他什么也看不见。退出来？不！他像是浸在冰水里。他的眼睛渐渐能看见面前一两尺的地方。他站了一会儿，调匀了呼吸。丁，一声，一个火花，赤红的。丁，又一个。风从洞口吹进来，吹在他的背上。面前飘来了冷气，不可形容的阴森。咽了一口唾沫。他往里走。他听见自己跫跫足音，这个声音鼓励他，教他走得稳当，不踉跄。越走越窄，他得弓着身子。他直视前面，一个又一个火花爆出来。好了，到了头：

一堆长发。长头发盖着一个人。匍匐着，一手錾子，一手铁锤，低着头，正在开凿膝前的方寸。他一定是听见来人的脚步声了，他不回头，继续开凿。錾子从下向上移动着。一个又一个火花。他的手举起，举起。旅行人看见两只僧衣的袖子。他的披到腰下的长发摇动着。他举起，举起，旅行人看见他的手。这双手！奇瘦，瘦到露骨，都是筋。旅行人后退了一步。和尚回了一下头。一双炽热的眼睛，从披纷的长发后面闪了出来。旅行人木然。举起，举起，火花，火花。再来一个，火花！他差一点晕过去：和尚的手臂上赫然有三个字，针刺的，涂了蓝的，是他父亲的名字！

一时，他什么也看不见了，只看见那三个字。一笔一划，他在心里描了那三个字。叮，一个火花。随着火花，字跳动一下。时间在洞外飞逝。一卷白云掠过洞口。他简直忘记自己背上的剑了，或者，他自己整个消失，只剩下这口剑了。他缩小，缩小，以至于没有了。然后，又回来，回来，好，他的脸色由青转红，他自己充满于躯体。剑！他拔剑在手。

忽然他相信他的母亲一定已经死了。

铿的一声。

他的剑落回鞘里。第一朵锈。

他看了看脚下，脚下是新开凿的痕迹。在他脚前，摆着另一副锤錾。

他俯身，拾起锤錾。和尚稍为往旁边挪过一点，给他腾出地方。

两滴眼泪闪在庙里白发的和尚的眼睛里。

有一天，两副錾子同时凿在虚空里。第一线由另一面射进来的光。

约一九四四年写在昆明黄土坡

鸡鸭名家

刚才那两个老人是谁？

父亲在洗刮鸭掌。每个蹠蹼都掰开来仔细看过，是不是还有一丝泥垢，一片没有去尽的皮，就像在做一件精巧的手工似的。两副鸭掌白白净净，妥妥帖帖，排成一排。四只鸭翅，也白白净净，排成一排。很漂亮，很可爱。甚至那两个鸭肫，父亲也把它处理得极美。他用那把我小时就非常熟悉的角柄小刀从栗紫色当中闪着钢蓝色的一个微微凹处轻轻一划，一翻，里面的蕊黄色的东西就翻出来了。洗涮了几次，往鸭掌、鸭翅之间一放，样子很名贵，像一种珍奇的果品似的。我很有兴趣地看着他用洁白的，然而男性的手，熟练地做着这样的事。我小时候就爱看他用他的手做这一类的事，就像我爱看他画画刻图章一样。我和父亲分别了十年，他的这双手我还是非常熟悉。

刚才那两个老人是谁！

鸭掌、鸭翅是刚从鸡鸭店里买来的。这个地方鸡鸭多，鸡鸭店多。鸡鸭店都是回回开的。这地方一定有很多回回。我们家乡回回很少。鸡鸭店全城似乎只有一家。小小一间铺面，干净而寂寞。门口挂着收拾好的白白净净的鸡鸭，很少有人买。我每回走过时总觉得有一种使人难忘的印象袭来。这家铺子有一种什么东西和别家不一样。好像这是一个古代的店铺。铺子在我舅舅家附近，出一个深巷高坡，上大街，拐角第一家便是。主人相貌奇古，一个非常大的鼻子，鼻子上有很多小洞，通红通红，十分鲜艳，一个酒糟鼻子。我从那个鼻子上认得了什么叫酒糟鼻子。没有人告诉过我，我无师自通，一看见就知道："酒糟鼻子！"我在外十年，时常会想起那个鼻子。刚才在鸡鸭店又想起了那个鼻子。现在那个鼻子的主人，那条斜阳古柳的巷子不知怎么样了……

那两个老人是谁？

一声鸡啼，一只金彩烂丽的大公鸡，一个很好看的鸡，在小院子里顾影徘徊，又高傲，又冷清。

那两个老人是谁呢，父亲跟他们招呼的，在江边的沙滩上？……

街上回来，行过沙滩。沙滩上有人在分鸭子。四个男子汉站在一个大鸭圈里，在熙熙攘攘的鸭群里，一只一只，提着鸭脖子，看一看，分别丢在四边几个较小的圈里。他们看什么？——四个人都一色是短棉袄，下面皆系青布鱼裙。这一带，江南江北，依水而住，靠水吃水的人，卖鱼的，贩卖菱藕、芡实、芦柴、茭草的，都有这样一条裙子。系了这样一条大概宋朝就兴的布裙，戴上一顶瓦块毡帽，一看就知道是干什么行业的。——看的是鸭头，分别公母？母鸭下蛋，可能价钱卖得贵些？不对，鸭子上了市，多是卖给人吃，很少人家特为买了母鸭下蛋的。单是为了分别公母，弄两个大圈就行了，把公鸭赶到一边，剩下的不都是母鸭了，无须这么麻烦。是公是母，一眼不就看出来，得要那么提起来认一认么？而且，几个圈里灰头绿头都有！——沙滩上安静极了，然而万籁有声，江流浩浩，飘忽着一种又积极又消沉的神秘的向往，一种广大而深微的呼吁，悠悠窅窅，悄怆感人。东北风。交过小雪了，真的入了冬了。可是江南地暖，虽已至"相逢不出手"的时候，身体各处却还觉得舒舒服服，饶有清兴，不很肃杀，天气微阴，空气里潮润润的。新麦、旧柳，抽了卷须的豌豆苗，散过了絮的蒲公英，全都欣然接受这点水气。鸭子似乎也很满意这样的天气，显得比平常安静得多。虽被提着脖子，并不表示抗议。也由于那几个鸭贩子提得是地方，一提起，趁势就甩了过去，不致使它们痛苦。甚至那一甩还会使它们得到筋肉伸张的快感，所以往来走动，煦煦然很自得的样子。人多以为鸭子是很唠叨的动物，其实鸭子也有默处的时候。不过这样大一群鸭子而能如此雍雍雅雅，我还从未见过。它们今天早上大概都得到一顿饱餐了吧？——什么地方送来一阵煮大麦芽的气味，香得很。一定有人用长柄的大铲子在铜锅里慢慢搅和着，就要出糖。——是约约斤两，把新鸭和老鸭分开？也不对。这些鸭子都差不多大，全是当年的，生日不是四月下旬就是五月初，上下差不了几天。骡马看牙口，鸭子不是骡马，也看几岁口？看，也得叫鸭子张开嘴，而鸭子嘴全都闭得扁扁的。黄嘴也是扁扁的，绿嘴也是扁扁的。即使掰开来看，也看不出所以然呀，全都是一圈细锯齿，分不开牙多牙少。看的是嘴。看什么呢？哦，鸭嘴上有点东西，有一道一道印子，是刻出来的。有的一道，有的两道，有的刻一个十字叉叉。哦，这是记号！这一群鸭子不是一家养的。主人相熟，搭伙运过江来了，混在一起，搅乱了，现在再分开，以便各自出卖？对了，对了！不错！这个记号做得实在有道理。

江边风大，立久了究竟有点冷，走吧。

刚才运那一车鸡的两口子不知到了哪儿了。一板车的鸡，一笼一笼堆得很高。这些鸡是他们自己的，还是给别人家运的？我起初真有些不平，这个男人真岂有此理，怎么叫女人拉车，自己却提了两只分量不大的蒲包在后面踱方步！后来才知道，他的负担更重一些。这一带地不平，尽是坑！车子拉动了，并不怎么费力，陷在坑里要推上来可不易。这一下，够瞧的！车掉进坑了，他赶紧用肩膀顶住。然而一只轱辘怎么弄也上不来。跑过来两个老人（他们原来蹲在一边谈天）。老人之一捡了一块砖煞住后滑的轱辘，推车的男人发一声喊，车上来了！他接过女人为他拾回来的落到地下的毡帽，掸一掸草屑，向老人道了谢：“难为了！”车子吱吱扭扭地拉过去，走远了。我忽然想起了两句《打花鼓》：

恩爱的夫妻

槌不离锣

这两句唱腔老是在我心里回旋。我觉得很凄楚。

这个记号做得实在很有道理。遍观鸭子全身，还有其他什么地方可以做记号的呢？不像鸡。鸡长大了，毛色各不相同，养鸡人都记得。在他们眼中，世界没有两只同样的鸡。就是被人偷去杀了吃掉，剩下一堆毛，他认也认得清（《王婆骂鸡》中列举了很多鸡的名目，这是一部“鸡典”）。小鸡都差不多，养鸡的人家都在它们的肩翅之间染了颜色，或红或绿，以防走失。我小时颇不赞成，以为这很不好看。但人家养鸡可不是为了给我看的！鸭子麻烦，不能染色。小鸭子要下水，染了颜色，浸在水里，要褪。到一放大毛，则普天下的鸭子只有两种样子了：公鸭、母鸭。所有的公鸭都一样，所有的母鸭也都一样。鸭子养在河里，你家养，他家养，难免混杂。可以做记号的地方，一看就看出来的，只有那张嘴。上帝造鸭，没有想到鸭嘴有这个用处吧。小鸭子，嘴嫩嫩的，刻几道一定很容易。鸭嘴是角质，就像指甲，没有神经，刻起来不痛。刻过的嘴，一样吃东西，碎米、浮萍、小鱼、虾蚕、蛆虫……鸭子们大概毫不在乎。不会有一只鸭子发现同伴的异样，呱呱大叫起来：“咦！老哥，你嘴上是怎么回事，雕了花了？”当初想出做这样记号的，一定是个聪明人。

然而那两个老人是谁呢？

鸭掌鸭翅已经下在砂锅里。砂锅咕嘟咕嘟响了半天了，汤的气味飘出来，快得了。碗筷摆了出来，就要吃饭了。

“那两个老人是谁？”

“怎么？——你不记得了？”

父亲这一反问教我觉得高兴：这分明是两个值得记得的人。我一问，他就知道问的是谁。

“一个是余老五。”

余老五！我立刻知道，是高高大大，广额方颡，一腮帮白胡子茬的那个。——那个瘦瘦小小，目光精利，一小撮山羊胡子，头老是微微扬起，眼角带着一点嘲讽痕迹的，行动敏捷，不像是六十开外的人，是——

“陆长庚。”

“陆长庚？”

“陆鸭。”

陆鸭！这个名字我很熟，人不很熟，不像余老五似的是天天见得到的老街坊。

余老五是余大房炕房的师傅。他虽也姓余，炕房可不是他开的，虽然他是这个炕房里顶重要的一个人。老板和他同宗，但已经出了五服，他们之间只有东伙缘分，不讲亲戚情面。如果意见不合，东辞伙，伙辞东，都是可以的。说是老街坊，余大房离我们家还很有一段路。地名大淖，已经是附郭的最外一圈。大淖是一片大水，由此可至东北各乡及下河诸县。水边有人家处亦称大淖。这是个很动人的地方，风景人物皆有佳胜处。在这里出入的，多是戴瓦块毡帽系鱼裙的朋友。乘小船往北顺流而下，可以在垂杨柳、脆皮榆、茅棚、瓦屋之间，高爽地段，看到一座比较整齐的房子，两旁八字粉墙，几个黑漆大字，鲜明醒目；夏天门外多用芦席搭一凉棚，绿缸里渍着凉茶，任人取用；冬天照例有卖花生薄脆的孩子在门口踢毽子；树顶上飘着做会的纸幡或一串红绿灯笼的，那是“行”。一种是鲜货行，代客投牙买卖鱼虾水货、荸荠茨菰、山药芋艿、薏米鸡头，诸种杂物。一种是鸡鸭蛋行。鸡鸭蛋行旁边常常是一家炕房。炕房无字号，多称姓某几房，似颇有古意。其中余大房声誉最著，一直是最大的一家。

余老五成天没有什么事情，老看他在街上逛来逛去，到哪里都提了他那把其大无比，细润发光的紫砂茶壶，坐下来就聊，一聊一半天。而且好喝酒，一天两顿，一顿四两。而且好管闲事。跟他毫无关系的事，他也要挤上来插嘴。而且声音奇大。这条街上茶馆酒肆里随时听得见他的喊叫一样的说话声音。不论是哪两家闹纠纷，吃“讲茶”评理，都有他一份。就凭他的大嗓门，别人只好退避三舍，叫他一个人说！有时炕房里有事，差个小孩子来找他，问人看见没有，答话的人常是说：“看没有看见，听倒听见的。再走过三家门面，你把耳朵竖起来，找不到，再来问我！”他一年闲到头，吃、喝、穿、用全不缺。余大房养他。只有每年春夏之间，看不到他的影子了。

多少年没有吃“巧蛋”了。巧蛋是孵小鸡孵不出来的蛋。不知什么道理，有些小鸡长不全，多半是长了一个头，下面还是一个蛋。有的甚至翅膀也有了，只是出不了壳。鸡出不了壳，是鸡生得笨，所以这种蛋也称“拙蛋”，说是小孩子吃不得，吃了书念不好。反过来改成“巧蛋”，似乎就可通融，念书的孩子也马马虎虎准许吃了。这东西很多人是不吃的。因为看上去使人身上发麻，想一想也怪不舒服，总之吃这种东西很不高雅。很惭愧，我是吃过的，而且只好老实说，味道很不错。吃都吃过了，赖也赖不掉，想高雅也来不及了。——吃巧蛋的时候，看不见余老五了。清明前后，正是炕鸡子的时候；接着又得炕小鸭，四月。

蛋先得挑一挑。那是蛋行里人的责任。鸡鸭也有“种口”。哪一路的鸡容易养，哪一路的长得高大，哪一路的下蛋多，蛋行里的人都知道。生蛋收来之后，分别放置，并不混杂。分好后，剔一道，薄壳，过小，散黄，乱带，日久，全不要。——“乱带”是系着蛋黄的那道韧带断了，蛋黄偏坠到一边，不在正中悬着了。

再就是炕房师傅的事了。一间不透光的暗屋子，一扇门上开一个小洞，把蛋放在洞口，一眼闭，一眼睁，反复映看，谓之“照蛋”。第一次叫“头照”。头照是照“珠子”，照蛋黄中的胚珠，看是否受过精，用他们的说法，是“有”过公鸡或公鸭没有。没“有”过的，是寡蛋，出不了小鸡小鸭。照完了，这就“下炕”了。下炕后三四天，取出来再照，名为“二照”。二照照珠子“发饱”没有。头照很简单，谁都做得来。不用在门洞上，用手轻握如筒，把蛋放在底下，迎着亮光，转来转去，就看得出蛋黄里有没有晕晕的一个圆影子。二照要点功夫，胚珠是否隆起了一点，常常不易断定。珠子不饱的，要剔下来。二照剔下的蛋，可以照常拿到市上去卖，看不出是炕过的。二照之后，三照四照，隔几天一次。三四照后，蛋就变了。到知道炕里的蛋都在正常发育，就不再动它，静待出炕“上床”。

下了炕之后，不让人随便去看。下炕那天照例是猪头三牲，大香大烛，燃鞭放炮，磕头敬拜祖师菩萨，仪式十分庄严隆重。因为炕房一年就做一季生意，赚钱蚀本，就看这几天。因为父亲和余老五很熟，我随着他去看过。所谓“炕”，是一口一口缸，里头糊着泥和草，下面点着稻草和谷糠，不断用火烘着。火是微火，要保持一定的温度。太热了一炕蛋全熟了，太小了温度透不进蛋里去。什么时候加一点草、糠，什么时候撤掉一点，这是余老五的职分。那两天他整天不离一步。许多事情不用他自己动手。他只要不时看一看，吩咐两句，有下手徒弟照办。余老五这两天可显得重要极了，尊贵极了，也谨慎极了，还温柔极了。他话很少，说话声音也是轻轻的。他的神情很奇怪，总像在谛听着什么似的，怕自己轻轻咳嗽也会惊散这点声音似的。他聚精会神，身体各部全在一种沉湎，一种兴奋，一种极度的敏感之中。熟悉炕房情况的人，都说这行饭不容易吃。一炕下来，人要瘦一圈，像生了一场大病。吃饭睡觉都不能马虎一刻，前前后后半个多月！他也很少真正睡觉。总是躺在屋角一张小床上抽烟，或者闭目假寐，不时就着壶嘴喝一口茶，哑哑地说一句话。一样借以量度的器械都没有，就凭他这个人，一个精细准确而又复杂多方的“表”，不以形求，全以神遇，用他的感觉判断一切。炕房里暗暗的，暖洋洋的，潮濡濡的，笼罩着一种暧昧、缠绵的含情怀春似的异样感觉。余老五身上也有着一种“母性”。（母性！）他身验着一个一个生命正在完成。

蛋炕好了，放在一张一张木架上，那就是“床”。床上垫着棉花。放上去，不多久，就“出”了：小鸡一个一个啄破蛋壳，啾啾叫起来。这些小鸡似乎非常急于用自己的声音宣告也证实自己已经活了。啾啾啾啾，叫成一片，热闹极了。听到这声音，老板心里就开了花。而余老五的眼皮一麻搭，已经沉沉睡去了。小鸡子在街上卖的时候，正是余老五呼呼大睡的时候。他得接连睡几天。——鸭子比较简单，连床也不用上；难的是鸡。

小鸡跟真正的春天一起来，气候也暖和了，花也开了。而小鸭子接着就带来了夏天。画“春江水暖鸭先知”的，往往画出黄毛小鸭。这是很自然的，然而季节上不大对。桃花开的时候小鸭还没有出来。小鸡小鸭都放在浅扁的竹笼里卖。一路走，一路啾啾地叫，好玩极了。小鸡小鸭都很可爱。小鸡娇弱伶仃，小鸭傻气而固执。看它们在竹笼里挨挨挤挤，窜窜跳跳，令人感到生命的欢悦。捉在手里，那点轻微的挣扎搔挠，使人心中怦怦然，胸口痒痒的。

余大房何以生意最好？因为有一个余老五。余老五是这行的状元。余老五何以是状元？他炕出来的鸡跟别家的摆在一起，来买的人一定买余老五炕出的鸡，他的鸡特别大。刚刚出炕的小鸡照理是一般大小，上戥子称，分量差不多，但是看上去，他的小鸡要大一圈！那就好看多了，当然有人买。怎么能大一圈呢？他让小鸡的绒毛都出足了。鸡蛋下了炕，几十个时辰。可以出炕了，别的师傅都不敢等到最后的限度，生怕火功水气错一点，一炕蛋整个的废了，还是稳一点。想等，没那个胆量。余老五总要多等一个半个时辰。这一个半个时辰是最吃紧的时候，半个多月的功夫就要在这一会儿见分晓。余老五也疲倦到了极点，然而他比平常更警醒，更敏锐。他完全变了一个人。眼睛塌陷了，连颜色都变了，眼睛的光彩近乎疯狂。脾气也大了，动不动就恼怒，简直碰他不得，专断极了，顽固极了。很奇怪，他这时倒不走近火炕一步，只是半倚半靠在小床上抽烟，一句话也不说。木床、棉絮，一切都准备好了。小徒弟不放心，轻轻来问一句："起了吧？"摇摇头。——"起了罢？"还是摇摇头，只管抽他的烟。这一会儿正是小鸡放绒毛的时候。这是神圣的一刻。忽而作然而起："起！"徒弟们赶紧一窝蜂似的取出来，简直是才放上床，小鸡就啾啾啾啾纷纷出来了。余老五自掌炕以来，从未误过一回事，同行中无不赞叹佩服。道理是谁也知道的，可是别人得不到他那种坚定不移的信心。这是才分，是学问，强求不来。

余老五炕小鸭亦类此出色。至于照蛋、煨火，是尤其余事了。

因此他才配提了紫砂茶壶到处闲聊，除了掌炕，一事不管。人说不是他吃老板，是老板吃着他。没有余老五，余大房就不成其为余大房了。没有余大房，余老五仍是一个余老五。什么时候，他前脚跨出那个大门，后脚就有人替他把那把紫砂壶接过去。每一家炕房随时都在等着他。每年都有人来跟他谈的，他都用种种方法回绝了。后来实在麻烦不过，他就半开玩笑似的说："对不起，老板连坟地都给我看好了！"

父亲说，后来余大房当真在泰山庙后，离炕房不远处，给他找了一块坟地。附近有一片短松林，我们小时常上那里放风筝。蚕豆花开得闹嚷嚷的，斑鸠在叫。

余老五高高大大，方肩膀，方下巴，到处方。陆长庚瘦瘦小小，小头，小脸。八字眉。小小的眼睛，不停地眨动。嘴唇秀小微薄而柔软。他是一个农民，举止言辞都像一个农民，安分，卑屈。他的眼睛比一般农民要少一点惊惶，但带着更深的绝望。他不像余老五那样有酒有饭，有寄托，有保障。他是个倒霉人。他的脸小，可是脸上的纹路比余老五杂乱，写出更多的人性。他有太多没有说出来的俏皮笑话，太多没有浪费的风情，他没有爱抚，没有安慰，没有吐气扬眉，没有……他是个很聪明的人，乡下的活计没有哪一件难得倒他。许多活计，他看一看就会，想一想就明白。他是窑庄一带的能人，是这一带茶坊酒肆、豆棚瓜架的一个点缀，一个谈话的题目。可是他的运气不好，干什么都不成功。日子越过越穷，他也就变得自暴自弃，变得懒散了。他好喝酒，好赌钱，像一个不得意的才子一样，潦倒了。我父亲知道他的本事，完全是偶然；他表演了那么一回，也是偶然！

母亲故世之后，父亲觉得很寂寞无聊。母亲葬在窑庄。窑庄有我们的一块地。这块地一直没有收成，沙性很重，种稻种麦，都不相宜，只能种一点豆子，长草。北乡这种瘦地很多，叫作“草田”。父亲想把它开辟成一个小小农场，试种果树、棉花。把庄房收回来，略事装修，他平日就住在那边，逢年过节才回家。我那时才六岁，由一个老奶妈带着，在舅舅家住。有时老奶妈送我到窑庄来住几天。我很少下乡，很喜欢到窑庄来。

我又来了！父亲正在接枝。用来削切枝条的，正是这把拾掇鸭肫的角柄小刀。这把刀用了这么多年了，还是刀刃若新发于硎。正在这时，一个长工跑来了：

“三爷，鸭都丢了！”

佃户和长工一向都叫我父亲为“三爷”。

“怎么都丢了？”

这一带多河沟港汊，出细鱼细虾，是个适于养鸭的地方。有好几家养过鸭。这块地上的老佃户叫倪二，父亲原说留他。他不干，他不相信从来没有结过一个棉桃的地方会长出棉花。他要退租。退租怎么维生？他要养鸭。从来没有养过鸭，这怎么行？他说他帮过人，懂得一点。没有本钱，没有本钱想跟三爷借。父亲觉得让他种了多年草田，应该借给他钱。不过很替他担心。父亲也托他买了一百只小鸭，由他代养。事发生后，他居然把一趟鸭养得不坏。棉花也长出来了。

“倪二，你不相信我种得出棉花，我也不相信你养得好鸭子。现在地里一朵一朵白的，那是什么？”

“是棉花。河里一只一只肥的，是——鸭子！”

每天早晚，站在庄头，在沉沉雾霭、淡淡金光中，可以看到他喳喳吡吡赶着一大群鸭子经过荡口，父亲常常要摇头：

“还是不成，不‘像’！这些鸭跟他还不熟。照说，都就要卖了，那根赶鸭用的篙子就不大动了，可你看他那忙乎劲儿！”

倪二没有听见父亲说什么，但是远远地看到（或感觉到）父亲在摇头，他不服，他舞着竹篙，说：“三爷，您看！”

他的意思是说：就要到八月中秋了，这群鸭子就可以赶到南京或镇江的鸭市上变钱。今年鸡鸭好行市。到那时三爷才佩服倪二，知道倪二为什么要改行养鸭！

放鸭是很苦的事。问放鸭人，顶苦的是什么？“冷清”。放鸭和种地不一样。种地不是一个人，撒种、车水、薅草、打场，有歌声，有锣鼓，呼吸着人的气息。养鸭是一种游离，一种放逐，一种流浪。一大清早，天才露白，撑一个浅扁小船，仅容一人，叫作“鸭撇子”，手里一根竹篙，篙头系着一把稻草或破蒲扇，就离开村庄，到茫茫的水里去了。一去一天，到天擦黑了，才回来。下雨天穿蓑衣，太阳大戴个笠子，天凉了多带一件衣服。“连一个说话的人都没有。”远远地，偶尔可以听到远远地一两声人声，可是眼前只是一群扁毛畜生。有人爱跟牛、羊、猪说话。牛羊也懂人话。要跟鸭子谈谈心可是很困难。这些东西只会呱呱地叫，不停地用它的扁嘴呷喋呷喋地吃。

可是，鸭子肥了，倪二喜欢。

前两天倪二说，要把鸭子赶去卖了。他算了算，刨去行佣、卡钱，连底三倍利。就要赶，问父亲那一百只鸭怎么说，是不是一起卖。今天早上，父亲想起留三十只送人，叫一个长工到荡里去告诉倪二。

“鸭都丢了！”

倪二说要去卖鸭，父亲问他要不要请一个赶过鸭的行家帮一帮，怕他一个人应付不了。运鸭，不像运鸡。鸡是装了笼的。运鸭，还是一只小船，船上装着一大卷鸭圈，干粮，简单的行李，人在船，鸭在水，一路迤迤逦逦地走。鸭子路上要吃活食，小鱼小虾，运到了，才不落膘掉斤两，精神好看。指挥鸭阵，划撑小船，全凭一根篙子。一程十天半月。经过长江大浪，也只是一根竹篙。晚上，找一个沙洲歇一歇，这赶鸭是个险事，不是外行冒充得来的。

“不要！”

他怕父亲再建议他请人帮忙，留下三十只鸭，偷偷地一早把鸭赶过荡，准备过白莲湖，沿澧河，过江。

长工一到荡口，问人：

“倪二呢？”

“倪二在白莲湖里。你赶快去看看。叫三爷也去看看。一趟鸭子全散了！”

“散了”，就是鸭子不服从指挥，各自为政，四散逃窜，钻进芦丛里去了，而且再也不出来。这种事过去也发生过。

白莲湖是一口不大的湖，离窑庄不远。出菱，出藕，藕肥白少渣。三五八集期，父亲也带我去过。湖边港汊甚多，密密地长着芦苇。新芦苇很高了，黑森森的。莲蓬已经采过了，荷叶的颜色也发黑了。人过时常有翠鸟冲出，翠绿地一闪，快如疾箭。

小船浮在岸边，竹篙横在船上。倪二呢？坐在一家晒谷场的石辘轴上，手里的瓦块毡帽攥成了一团，额头上破了一块皮。几个人围着他。他好像老了十年。他疲倦了。一清早到现在，现在已经是下午了，他跟鸭子奋斗了半日。他一定还没有吃过饭。他的饭在一个布口袋里，——一袋老锅巴。他木然地坐着，一动不动。不时把脑袋抖一抖，倒像受了震动。——他的脖子里有好多道深沟，一方格，一方格的。颜色真红，好像烧焦了似的。老那么坐着，脚恐怕要麻了。他的脚显出一股傻相。

父亲叫他：

“倪二。”

他像个孩子似的哭起来。

怎么办呢？

围着的人说：

“去找陆长庚，他有法子。”

“哎，除非陆长庚。”

“只有老陆，陆鸭。”

陆长庚在哪里？

“多半在桥头茶馆。”

桥头有个茶馆，是为鲜货行客人、蛋行客人、陆陈行客人谈生意而设的。区里、县里来了什么大人物，也请在这里歇脚。卖清茶，也代卖纸烟、针线、香烛纸祃、鸡蛋糕、芝麻饼、七厘散、紫金锭、菜种、草鞋、写契的契纸、小绿颖毛笔、金不换黑墨、何通记纸牌……总而言之，日用所需，应有尽有。这茶馆照例又是闲散无事人聚赌耍钱的地方。茶馆里备有一副麻将牌（这副麻将牌丢了一张红中，是后配的），一副牌九。推牌九时下旁注的比坐下拿牌的多，站在后面呼吆喝六，呐喊助威。船从桥头过，远远地就看到一堆兴奋忘形的人头人手。船过去，还听得吼叫：“七七八八——不要九！”“天地遇虎头，越大越封侯！”常在后面斜着头看人赌钱的，有人指给我们看过，就是陆长庚，这一带放鸭的第一把手，诨号陆鸭，说他跟鸭子能通话，他自己就是一只成了精的老鸭。——瘦瘦小小，神情总是在发愁。他已经多年不养鸭了，现在见到鸭就怕。

“不要你多，十五块洋钱。”

赌钱的人听到这个数目都捏着牌回过头来：十五块！十五块在从前很是一个数目了。他们看看倪二，又看看陆长庚。这时牌九桌上最大的赌注是一吊钱三三四，天之九吃三道。

说了半天，讲定了，十块钱。他不慌不忙，看一家地杠通吃，红了一庄，方去。

“把鸭圈拿好。倪二，赶鸭子进圈，你会的？我把鸭子吆上来，你就赶。鸭子在水里好弄，上了岸，七零八落的不好捉。”

这十块钱赚得太不费力了！拈起那根篙子（还是那根篙，他拈在手里就是样儿），把船撑到湖心，人扑在船上，把篙子平着，在水上扑打了一气，嘴里啧啧啧咕咕咕不知道叫点什么，赫！——都来了！鸭子四面八方，从芦苇缝里，好像来争抢什么东西似的，拼命地拍着翅膀，挺着脖子，一起奔向他那里小船的四围来。本来平静寥阔的湖面，骤然热闹起来，一湖都是鸭子。不知道为什么，高兴极了，喜欢极了，放开喉咙大叫，“呱呱呱呱呱……”不停地把头没进水里，爪子伸出水面乱划，翻来翻去，像一个一个小疯子。岸上人看到这情形都忍不住大笑起来。倪二也抹着鼻涕笑了。看看差不多到齐了，篙子一抬，嘴里曼声唱着，鸭子马上又安静了，文文雅雅，摆摆摇摇，向岸边游来，舒闲整齐有致。兵法：用兵第一贵“和”。这个“和”字用来形容这些鸭子，真是再恰当不过了。他唱的不知是什么，仿佛鸭子都爱听，听得很入神，真怪！

这个人真是有点魔法。

“一共多少只？”

“三百多。”

“三百多少？”

“三百四十二。”

他拣一个高处，四面一望。

“你数数。大概不差了。——嗨！你这里头怎么来了一只老鸭？”

“没有，都是当年的。”

“是哪家养的老鸭教你裹来了！”

倪二分辩。分辩也没用。他一伸手捞住了。

“它屁股一撅，就知道。新鸭子拉稀屎，过了一年的，才硬。鸭肠子搭头的那儿有一个小箍道，老鸭子就长老了。你看看！裹了人家的老鸭还不知道，就知道多了一只！”

倪二只好笑。

“我不要你多，只要两只。送不送由你。”

怎么小气，也没法不送他。他已经到鸭圈子提了两只，一手一只，拎了一拎。

“多重？”

他问人。

“你说多重？”

人问他。

“六斤四，——这一只，多一两，六斤五。这一趟里顶肥的两只。”

“不相信。一两之差也分得出，就凭手拎一拎？”

“不相信？不相信拿秤来称。称得不对，两只鸭算你的；对了，今天晚上上你家喝酒。”

到茶馆里借了秤来，称出来，一点都不错。

“拎都不用拎，凭眼睛，说得出这一趟鸭一个一个多重。不过先得大叫一声。鸭身上有毛，毛蓬松着看不出来，得惊它一惊。一惊，鸭毛就紧了，贴在身上了，这就看得哪只肥，哪只瘦。晚上喝酒了，茶馆里会。不让你费事，鸭杀好。”

他刀也不用，一指头往鸭子三岔骨处一捣，两只鸭挣扎都不挣扎，就死了。

“杀的鸭子不好吃。鸭子要吃呛血的，肉才不老。”

什么事都轻描淡写，毫不装腔作势。说话自然也流露出得意，可是得意中又还有一种对于自己的嘲讽。这是一点本事。可是人最好没有这点本事。他正因为有这些本事，才种种不如别人。他放过多年鸭，到头来连本钱都蚀光了。鸭瘟。鸭子瘟起来不得了。只要看见一只鸭子摇头，就完了。这不像鸡。鸡瘟还有救，灌一点胡椒、香油，能保住几只。鸭，一个摇头，个个摇头，不大一会儿，都不动了。好几次，一趟鸭子放到荡里，回来时就剩自己一个人了。看着死，毫无办法。他发誓，从此不再养鸭。

“倪老二，你不要肉疼，十块钱不白要你的，我给你送到。今天晚了，你把鸭圈起来过一夜。明天一早我来。三爷，十块钱赶一趟鸭，不算顶贵噢？”

他知道这十块钱将由谁来出。

当然，第二天大早来时他仍是一个陆长庚：一夜“七戳五在手”，输得光光的。

“没有！还剩一块！”

这两个老人怎么会到这个地方来呢？他们的光景过得怎么样了呢？

一九四七年初，写于上海

异秉

王二是这条街的人看着他发达起来的。

不知从什么时候起，他就在保全堂药店廊檐下摆一个熏烧摊子。“熏烧”就是卤味。他下午来，上午在家里。

他家在后街濒河的高坡上，四面不挨人家。房子很旧了，碎砖墙，草顶泥地，倒是不仄逼，也很干净，夏天很凉快。一共三间。正中是堂屋，在“天地君亲师”的下面便是一具石磨。一边是厨房，也就是作坊。一边是卧房，住着王二的一家。他上无父母，嫡亲的只有四口人，一个媳妇，一儿一女。这家总是那么安静，从外面听不到什么声音。后街的人家总是吵吵闹闹的。男人揪着头发打老婆，女人拿火叉打孩子，老太婆用菜刀剁着砧板诅咒偷了她的下蛋鸡的贼。王家从来没有这些声音。他们家起得很早。天不亮王二就起来备料，然后就烧煮。他媳妇梳好头就推磨磨豆腐。——王二的熏烧摊每天要卖出很多回卤豆腐干，这豆腐干是自家做的。磨得了豆腐，就帮王二烧火。火光照得她的圆盘脸红红的。（附近的空气里弥漫着王二家飘出的五香味。）后来王二喂了一头小毛驴，她就不用围着磨盘转了，只要把小驴牵上磨，不时往磨眼里倒半碗豆子，注一点水就行了。省出时间，好做针线。一家四口，大裁小剪，很费功夫。两个孩子，大儿子长得像妈，圆乎乎的脸，两个眼睛笑起来一道缝。小女儿像父亲，瘦长脸，眼睛挺大。儿子念了几年私塾，能记账了，就不念了。他一天就是牵了小驴去饮，放它到草地上去打滚。到大了一点，就帮父亲洗料备料做生意，放驴的差事就归了妹妹了。

每天下午，在上学的孩子放学，人家淘晚饭米的时候，他就来摆他的摊子。他为什么选中保全堂来摆他的摊子呢？是因为这地点好，东街西街和附近几条巷子到这里都不远；因为保全堂的廊檐宽，柜台到铺门有相当的余地；还是因为这是一家药店，药店到晚上生意就比较清淡，——很少人晚上上药铺抓药的，他摆个摊子碍不着人家的买卖，都说不清。当初还一定是请人向药店的东家说了好话，亲自登门叩谢过的。反正，有年头了。他的摊子的全副“生财”——这地方把做买卖的用具叫作“生财”，就寄放在药店店堂的后面过道里，挨墙放着，上面就是悬在二梁上的赵公元帅的神龛，这些“生财”包括两块长板，两条三条腿的高板凳（这种高凳一边两条腿，在两头；一边一条腿在当中），以及好几个一面装了玻璃的匣子。他把板凳支好，长板放平，玻璃匣子排开。这些玻璃匣子里装的是黑瓜子、白瓜子、盐炒豌豆、油炸豌豆、兰花豆、五香花生米，长板的一头摆开“熏烧”。“熏烧”除回卤豆腐干之外，主要是牛肉、蒲包肉和猪头肉。这地方一般人家是不大吃牛肉的。吃，也极少红烧、清炖，只是到熏烧摊子去买。这种牛肉是五香加盐煮好，外面染了通红的红曲，一大块一大块的堆在那里。买多少，现切，放在送过来的盘子里，抓一把青蒜，浇一勺辣椒糊。蒲包肉似乎是这个县里特有的。用一个三寸来长直径寸半的蒲包，里面衬上豆腐皮，塞满了加了粉子的碎肉，封了口，拦腰用一道麻绳系紧，成一个葫芦形。煮熟以后，倒出来，也是一个带有蒲包印迹的葫芦。切成片，很香。猪头肉则分门别类的卖，拱嘴、耳朵、脸子，——脸子有个专门名词，叫“大肥”。要什么，切什么。到了上灯以后，王二的生意就到了高潮。只见他拿了刀不停地切，一面还忙着收钱，包油炸的、盐炒的豌豆、瓜子，很少有歇一歇的时候。一直忙到九点多钟，在他的两盏高罩的煤油灯里煤油已经点去了一多半，装熏烧的盘子和装豌豆的匣子都已经见了底的时候，他媳妇给他送饭来了，他才用热水擦一把脸，吃晚饭。吃完晚饭，总还有一些零零星星的生意，他不忙收摊子，就端了一杯热茶，坐到保全堂店堂里的椅子上，听人聊天，一面拿眼睛瞟着他的摊子，见有人走来，就起身切一盘，包两包。他的主顾都是熟人，谁什么时候来，买什么，他心里都是有数的。

这一条街上的店铺、摆摊的，生意如何，彼此都很清楚。近几年，景况都不大好。有几家好一些，但也只是能维持。有的是逐渐地败落下来了。先是货架上的东西越来越空，只出不进，最后就出让“生财”，关门歇业。只有王二的生意却越做越兴旺。他的摊子越摆越大，装炒货的匣子，装熏烧的洋瓷盘子，越来越多。每天晚上到了买卖高潮的时候，摊子外面有时会拥着好些人。好天气还好，遇上下雨下雪（下雨下雪买他的东西的比平常更多），叫主顾在当街打伞站着，实在很不过意。于是经人说合，出了租钱，他就把他的摊子搬到隔壁源昌烟店的店堂里去了。

源昌烟店是个老名号，专卖旱烟，做门市，也做批发。一边是柜台，一边是刨烟的作坊。这一带抽的旱烟是刨成丝的。刨烟师傅把烟叶子一张一张立着叠在一个特制的木床子上，用皮绳木楔卡紧，两腿夹着床子，用一个刨刃有半尺宽的大刨子刨。烟是黄的。他们都穿了白布套裤。这套裤也都变黄了。下了工，脱了套裤，他们身上也到处是黄的。头发也是黄的。——手艺人都带着他那个行业特有的颜色。染坊师傅的指甲缝里都是蓝的，碾米师傅的眉毛总是白蒙蒙的。原来，源昌号每天有四个师傅、四副床子刨烟。每天总有一些大人孩子站在旁边看。后来减成三个，两个，一个。最后连这一个也辞了。这家的东家就靠卖一点纸烟、火柴、零包的茶叶维持生活，也还卖一点趸来的旱烟、皮丝烟。不知道为什么，原来挺敞亮的店堂变得黑暗了，牌匾上的金字也都无精打采了。那座柜台显得特别的大。大，而空。

王二来了，就占了半边店堂，就是原来刨烟师傅刨烟的地方。他的摊子原来在保全堂廊檐是东西向横放着的，迁到源昌，就改成南北向，直放了。所以，已经不能算是一个摊子，而是半个店铺了。他在原有的板子之外增加了一块，摆成一个曲尺形，俨然也就是一个柜台。他所卖的东西的品种也增加了。即以熏烧而论，除了原有的回卤豆腐干、牛肉、猪头肉、蒲包肉之外，春天，卖一种叫作"鵽"的野味，——这是一种候鸟，长嘴长脚，因为是桃花开时来的，不知是哪位文人雅士给它起了一个名称叫"桃花鵽"；卖鹌鹑；入冬以后，他就挂起一个长条形的玻璃镜框，里面用大红腊笺写了泥金字："即日起新添美味羊羔五香兔肉"。这地方人没有自己家里做羊肉的，都是从熏烧摊上买。只有一种吃法：带皮白煮，冻实，切片，加青蒜、辣椒糊，还有一把必不可少的胡萝卜丝（据说这是最能解膻气的）。酱油、醋，买回来自己加。兔肉，也像牛肉似的加盐和五香煮，染了通红的红曲。

这条街上过年时的春联是各式各样的。有的是特制嵌了字号的。比如保全堂，就是由该店拔贡出身的东家拟制的"保我黎民，全登寿域"；有些大字号，比如布店，口气很大，贴的是"生涯宗子贡，贸易效陶朱"，最常见的是"生意兴隆通四海，财源茂盛达三江"；小本经营的买卖的则很谦虚地写出："生意三春草，财源雨后花"。这末一副春联，用于王二的超摊子准铺子，真是再贴切不过了，虽然王二并没有想到贴这样一副春联，——他也没处贴呀，这铺面的字号还是"源昌"。他的生意真是三春草、雨后花一样地起来了。"起来"最显眼的标志是他把长罩煤油灯撤掉，挂起一盏呼呼作响的汽灯。须知，汽灯这东西只有钱庄、绸缎庄才用，而王二，居然在一个熏烧摊子的上面，挂起来了。这白亮白亮的汽灯，越显得源昌柜台里的一盏煤油灯十分的暗淡了。

王二的发达，是从他的生活也看得出来的。第一，他可以自由地去听书。王二最爱听书。走到街上，在形形色色招贴告示中间，他最注意的是说书的报条。那是三寸宽、四尺来长的一条黄颜色的纸，浓墨写道：“特聘维扬×××先生在×××（茶馆）开讲××（三国、水浒、岳传……）是月×日起风雨无阻。”以前去听书都要经过考虑。一是花钱，二是费时间，更主要的是考虑这与他的身份不大相称：一个卖熏烧的，常常听书，怕人议论。近年来，他觉得可以了，想听就去。小蓬莱、五柳园（这都是说书的茶馆），都去，三国、水浒、岳传，都听。尤其是夏天，天长，穿了竹布的或夏布的长衫，拿了一吊钱，就去了。下午的书一点开书，不到四点钟就“明日请早”了（这里说书的规矩是在说书先生说到预定的地方，留下一个扣子，跑堂的茶房高喝一声“明日请早——！”听客们就纷纷起身散场），这耽误不了他的生意。他一天忙到晚，只有这一段时间得空。第二，过年推牌九，他在下注时不犹豫。王二平常绝不赌钱，只有过年赌五天。过年赌钱不犯禁，家家店铺里都可赌钱。初一起，不做生意，铺门关起来，里面黑洞洞的。保全堂柜台里身，有一个小穿堂，是供神农祖师的地方，上面有个天窗，比较亮堂。拉开神农画像前的一张方桌，哗啦一声，骨牌和骰子就倒出来了。打麻将多是社会地位相近的，推牌九则不论。谁都可以来。保全堂的“同仁”（除了陶先生和陈相公），替人家收房钱的抡元，卖活鱼的疤眼——他曾得外症，治愈后左眼留一大疤，小学生给他起了个外号叫“巴颜喀拉山”，这外号竟传开了，一街人都叫他巴颜喀拉山，虽然有人不知道这是什么意思，——王二。输赢说大不大，说小可也不小。十吊钱推一庄。十吊钱相当于三块洋钱。下注稍大的是一吊钱三三四，一吊钱分三道：三百、三百、四百。七点赢一道，八点赢两道，若是抓到一副九点或是天地杠，庄家赔一吊钱。王二下“三三四”是常事。有时竟会下到五吊钱一注孤丁，把五吊钱稳稳地推出去，心不跳，手不抖。（收房钱的抡元下到五百钱一注时手就抖个不住。）赢得多了，他也能上去推两庄。推牌九这玩意，财越大，气越粗，王二输的时候竟不多。

王二把他的买卖乔迁到隔壁源昌去了，但是每天九点以后他一定还是端了一杯茶到保全堂店堂里来坐个点把钟。儿子大了，晚上再来的零星生意，他一个人就可以应付了。

且说保全堂。

这是一家门面不大的药店。不知为什么，这药店的东家用人，不用本地人，从上到下，从管事的到挑水的，一律是淮城人。他们每年有一个月的假期，轮流回家，去干传宗接代的事。其余十一个月，都住在店里。他们的老婆就守十一个月的寡。药店的“同仁”，一律称为“先生”。先生里分为几等。一等的是“管事”，即经理。当了管事就是终身职务，很少听说过有东家把管事辞了的。除非老管事病故，才会延聘一位新管事。当了管事，就有“身股”，或称“人股”，到了年底可以按股分红。因此，他对生意是兢兢业业，忠心耿耿的。东家从不到店，管事负责一切。他照例一个人单独睡在神农像后面的一间屋子里，名叫“后柜”。总账、银钱，贵重的药材如犀角、羚羊、麝香，都锁在这间屋子里，钥匙在他身上，——人参、鹿茸不算什么贵重东西。吃饭的时候，管事总是坐在横头末席，以示代表东家奉陪诸位先生。熬到“管事”能有几人？全城一共才有那么几家药店。保全堂的管事姓卢。二等的叫“刀上”，管切药和“跌”丸药。药店每天都有很多药要切“饮片”，切得整齐不整齐，漂亮不漂亮，直接影响生意好坏。内行人一看，就知道这药是什么人切出来的。“刀上”是个技术人员，薪金最高，在店中地位也最尊。吃饭时他照例坐在上首的二席，——除了有客，头席总是虚着的。逢年过节，药王生日（药王不是神农氏，却是孙思邈），有酒，管事的举杯，必得“刀上”先喝一口，大家才喝。保全堂的“刀上”是全县头一把刀，他要是闹脾气辞职，马上就有别家抢着请他去。好在此人虽有点高傲，有点倔，却轻易不发脾气。他姓许。其余的都叫“同事”。那读法却有点特别，重音在“同”字上。他们的职务就是抓药，写账。“同事”是没有什么了不起的，每年都有被辞退的可能。辞退时“管事”并不说话，只是在腊月有一桌辞年酒，算是东家向“同仁”道一年的辛苦，只要是把哪位“同事”请到上席去，该

"同事"就二话不说，客客气气地卷起铺盖另谋高就。当然，事前就从旁漏出一点风声的，并不当真是打一闷棍。该辞退"同事"在八月节后就有预感。有的早就和别家谈好，很潇洒地走了；有的则请人斡旋，留一年再看。后一种，总要做一点"检讨"，下一点"保证"。"回炉的烧饼不香"，辞而不去，面上无光，身价就低了。保全堂的陶先生，就已经有三次要被请到上席了。他咳嗽痰喘，人也不精明。终于没有坐上席，一则是同行店伙纷纷来说情：辞了他，他上谁家去呢？谁家会要这样一个痰篓子呢？这岂非绝了他的生计？二则，他还有一点好处，即不回家。他四十多岁了，却没有传宗接代的任务，因为他没有娶过亲。这样，陶先生就只有更加勤勉，更加谨慎了。每逢他的喘病发作时，有人问："陶先生，你这两天又不大好吧？"他就一面喘嗽着一面说："啊不，很好，很（呼噜呼噜）好！"

以上，是"先生"一级。"先生"以下，是学生意的。药店管学生意的却有一个奇怪称呼，叫作"相公"。

因此，这药店除煮饭挑水的之外，实有四等人："管事""刀上""同事""相公"。

保全堂的几位"相公"都已经过了三年零一节，满师走了。现有的"相公"姓陈。

陈相公脑袋大大的，眼睛圆圆的，嘴唇厚厚的，说话声气粗粗的——呜噜呜噜地说不清楚。

他一天的生活如下：起得比谁都早。起来就把"先生"们的尿壶都倒了涮干净控在厕所里。扫地。擦桌椅、擦柜台。到处掸土。开门。这地方的店铺大都是"铺闼子门"，——一列宽可一尺的厚厚的门板嵌在门框和门槛的槽子里。陈相公就一块一块卸出来，按"东一""东二""东三""东四""西一""西二""西三""西四"次序，靠墙竖好。晒药，收药。太阳出来时，把许先生切好的"饮片""跌"好的丸药，——都放在匾筛里，用头顶着，爬上梯子，到屋顶的晒台上放好；傍晚时再收下来。这是他一天最快乐的时候。他可以登高四望。看得见许多店铺和人家的房顶，都是黑黑的。看得见远处的绿树，绿树后面缓缓移动的帆。看得见鸽子，看得见飘动摇摆的风筝。到了七月，傍晚，还可以看巧云。七月的云多变幻，当地叫作“巧云”。那是真好看呀：灰的、白的、黄的、橘红的，镶着金边，一会儿一个样，像狮子的，像老虎的，像马、像狗的。此时的陈相公，真是古人所说的“心旷神怡”。其余的时候，就很刻板枯燥了。碾药。两脚踏着木板，在一个船形的铁碾槽子里碾。倘若碾的是胡椒，就要不停地打喷嚏。裁纸。用一个大弯刀，把一沓一沓的白粉连纸裁成大小不等的方块，包药用。刷印包装纸。他每天还有两项例行的公事。上午，要搓很多抽水烟用的纸枚子。把装铜钱的钱板翻过来，用“表心纸”一根一根地搓。保全堂没有人抽水烟，但不知什么道理每天都要搓许多纸枚子，谁来都可取几根，这已经成了一种“传统”。下午，擦灯罩。药店里里外外，要用十来盏煤油灯。所有灯罩，每天都要擦一遍。晚上，摊膏药。从上灯起，直到王二过店堂里来闲坐，他一直都在摊膏药。到十点多钟，把先生们的尿壶都放到他们的床下，该吹灭的灯都吹灭了，上了门，他就可以准备睡觉了。先生们都睡在后面的厢屋里，陈相公睡在店堂里。把铺板一放，铺盖摊开，这就是他一个人的天地了。临睡前他总要背两篇《汤头歌诀》，——药店的先生总要懂一点医道。小户人家有病不求医，到药店来说明病状，先生们随口就要说出：“吃一剂小柴胡汤吧”“服三副藿香正气丸”“上一点七厘散”。有时，坐在被窝里想一会儿家，想想他的多年守寡的母亲，想想他家房门背后的一张贴了多年的麒麟送子的年画。想不一会儿，困了，把脑袋放倒，立刻就响起了很大的鼾声。

陈相公已经学了一年多生意了。他已经给赵公元帅和神农爷烧了三十次香。初一、十五，都要给这二位烧香，这照例是陈相公的事。赵公元帅手执金鞭，身骑黑虎，两旁有一副八寸长的黑地金字的小对联：“手执金鞭驱宝至，身骑黑虎送财来。”神农爷虬髯披发，赤身露体，腰里围着一圈很大的树叶，手指甲、脚指甲都很长，一只手捏着一棵灵芝草，坐在一块石头上。陈相公对这二位看得很熟，烧香的时候很虔敬。

陈相公老是挨打。学生意没有不挨打的，陈相公挨打的次数也似稍多了一点。挨打的原因大都是因为做错了事：纸裁歪了，灯罩擦破了。这孩子也好像不大聪明，记性不好，做事迟钝。打他的多是卢先生。卢先生不是暴脾气，打他是为他好，要他成人。有一次可挨了大打。他收药，下梯一脚踩空了，把一匾筛泽泻翻到了阴沟里。这回打他的是许先生。他用一根闩门的木棍没头没脑地把他痛打了一顿，打得这孩子哇哇地乱叫："哎呀！哎呀！我下回不了！下回不了！哎呀！哎呀！我错了！哎呀！哎呀！"谁也不能去劝，因为知道许先生的脾气，越劝越打得凶，何况他这回的错是不小（泽泻不是贵药，但切起来很费工，要切成厚薄一样，状如铜钱的圆片）。后来还是煮饭的老朱来劝住了。这老朱来得比谁都早，人又出名的忠诚耿直。他从来没有正经吃过一顿饭，都是把大家吃剩的残汤剩水泡一点锅巴吃。因此，一店人都对他很敬畏。他一把夺过许先生手里的门闩，说了一句话："他也是人生父母养的！"

陈相公挨了打，当时没敢哭。到了晚上，上了门，一个人呜呜地哭了半天。他向他远在故乡的母亲说："妈妈，我又挨打了！妈妈，不要紧的，再挨两年打，我就能养活你老人家了！"

王二每天到保全堂店堂里来，是因为这里热闹。别的店铺到九点多钟，就没有什么人，往往只有一个管事在算账，一个学徒在打盹。保全堂正是高朋满座的时候。这些先生都是无家可归的光棍，这时都聚集到店堂里来。还有几个常客，收房钱的抡元，卖活鱼的巴颜喀拉山，给人家熬鸦片烟的老炳，还有一个张汉。这张汉是对门万顺酱园连家的一个亲戚兼食客，全名是张汉轩，大家却都叫他张汉。大概是觉得已经沦为食客，就不必"轩"了。此人有七十岁了，长得活脱像一个伏尔泰，一张尖脸，一个尖尖的鼻子。他年轻时在外地做过幕，走过很多地方，见多识广，什么都知道，是个百事通。比如说抽烟，他就告诉你烟有五种：水、旱、鼻、雅、潮，“雅”是鸦片。“潮”是潮烟，这地方谁也没见过。说喝酒，他就能说出山东黄、状元红、莲花白……说喝茶，他就告诉你狮峰龙井、苏州的碧螺春、云南的“烤茶”是在怎样一个罐里烤的，福建的功夫茶的茶杯比酒盅还小，就是吃了一只炖肘子，也只能喝三杯，这茶太醉了。他熟读《子不语》《夜雨秋灯录》，能讲许多鬼狐故事。他还知道云南怎样放蛊，湘西怎样赶尸。他还亲眼见到过旱魃、僵尸、狐狸精，有时间，有地点，有鼻子有眼。三教九流，医卜星相，他全知道。他读过《麻衣神相》《柳庄神相》，会算“奇门遁甲”“六壬课”“灵棋经”。他总要到快九点钟时才出现（白天不知道他干什么），他一来，大家精神为之一振，这一晚上就全听他一个人刮话。他很会讲，起承转合，抑扬顿挫，有声有色。他也像说书先生一样，说到筋节处就停住了，慢慢地抽烟，急得大家一劲地催他：“后来呢？后来呢？”这也是陈相公一天比较快乐的时候。他一边摊着膏药，一边听着。有时，听得太入神了，摊膏药的扦子停留在油纸上，会废掉一张膏药。他一发现，赶紧偷偷塞进口袋里。这时也不会被发现，不会挨打。

有一天，张汉谈起人生有命。说朱洪武、沈万山、范丹是同年同月同日同时，都是丑时建生，鸡鸣头遍。但是一声鸡叫，可就命分三等了：抬头朱洪武，低头沈万山，勾一勾就是穷范丹。朱洪武贵为天子，沈万山富甲天下，穷范丹冻饿而死。他又说凡是成大事业，有大作为，兴旺发达的，都有异相，或有特殊的禀赋。汉高祖刘邦，股有七十二黑子——就是屁股上有七十二颗黑痣，谁有过？明太祖朱元璋，生就是五岳朝天，——两额、两颧、下巴，都突出，状如五岳，谁有过？樊哙能把一个整猪腿生吃下去，燕人张翼德，睡着了也睁着眼睛。就是市井之人，凡有走了一步好运的，也莫不有与众不同之处。必有非常之人，乃成非常之事。大家听了，不禁暗暗点头。

张汉猛吸了几口旱烟，忽然话锋一转，向王二道：

“即以王二而论，他这些年飞黄腾达，财源茂盛，也必有其异秉。”

“……？”

王二不解何为“异秉”。

“就是与众不同，和别人不一样的地方。你说说，你说说！”

大家也都怂恿王二：“说说！说说！”

王二虽然发了一点财，却随时不忘自己的身份，从不僭越自大，在大家敦促之下，只有很诚恳地欠一欠身说：

“我呀，有那么一点：大小解分清。”他怕大家不懂，又解释道：“我解手时，总是先解小手，后解大手。”

张汉一听，拍了一下手，说：“就是说，不是屎尿一起来，难得！”

说着，已经过了十点半了，大家起身道别。该上门了。卢先生向柜台里一看，陈相公不见了，就大声喊：“陈相公！”

喊了几声，没人应声。

原来陈相公在厕所里。这是陶先生发现的。他一头走进厕所，发现陈相公已经蹲在那里。本来，这时候都不是他们俩解大手的时候。

一九四八年旧稿

一九八〇年五月二十日重写

故里杂记

小和尚受戒，小英子撑船去送他；干完农活的两个人一起趴在横杆上，慢悠悠踩着水车；小和尚盯着小英子留在田埂上的美丽脚印发愣……世间小儿女，相爱也自自然然的。

受戒

明海出家已经四年了。

他是十三岁来的。

这个地方的地名有点怪，叫庵赵庄。赵，是因为庄上大都姓赵。叫作庄，可是人家住得很分散，这里两三家，那里两三家。一出门，远远可以看到，走起来得走一会儿，因为没有大路，都是弯弯曲曲的田埂。庵，是因为有一个庵。庵叫菩提庵，可是大家叫讹了，叫成荸荠庵。连庵里的和尚也这样叫。“宝刹何处？”——“荸荠庵。”庵本来是住尼姑的。“和尚庙”“尼姑庵”嘛。可是荸荠庵住的是和尚。也许因为荸荠庵不大，大者为庙，小者为庵。

明海在家叫小明子。他是从小就确定要出家的。他的家乡不叫“出家”，叫“当和尚”。他的家乡出和尚。就像有的地方出劁猪的，有的地方出织席子的，有的地方出箍桶的，有的地方出弹棉花的，有的地方出画匠，有的地方出婊子，他的家乡出和尚。人家弟兄多，就派一个出去当和尚。当和尚也要通过关系，也有帮。这地方的和尚有的走得很远。有到杭州灵隐寺的、上海静安寺的、镇江金山寺的、扬州天宁寺的。一般的就在本县的寺庙。明海家田少，老大、老二、老三，就足够种的了。他是老四。他七岁那年，他当和尚的舅舅回家，他爹、他娘就和舅舅商议，决定叫他当和尚。他当时在旁边，觉得这实在是在情在理，没有理由反对。当和尚有很多好处。一是可以吃现成饭。哪个庙里都是管饭的。二是可以攒钱。只要学会了放瑜伽焰口，拜梁皇忏，可以按例分到辛苦钱。积攒起来，将来还俗娶亲也可以，不想还俗，买几亩田也可以。当和尚也不容易，一要面如朗月，二要声如钟磬，三要聪明记性好。他舅舅给他相了相面，叫他前走几步，后走几步，又叫他喊了一声赶牛打场的号子："格当嘚——"，说是"明子准能当个好和尚，我包了！"要当和尚，得下点本，——念几年书。哪有不认字的和尚呢！于是明子就开蒙入学，读了《三字经》《百家姓》《四言杂字》《幼学琼林》《上论、下论》《上孟、下孟》，每天还写一张仿。村里都夸他字写得好，很黑。

舅舅按照约定的日期又回了家，带了一件他自己穿的和尚领的短衫，叫明子娘改小一点，给明子穿上。明子穿了这件和尚短衫，下身还是在家穿的紫花裤子，赤脚穿了一双新布鞋，跟他爹、他娘磕了一个头，就随舅舅走了。

他上学时起了个学名，叫明海。舅舅说，不用改了。于是"明海"就从学名变成了法名。

过了一个湖。好大一个湖！穿过一个县城。县城真热闹：官盐店，税务局，肉铺里挂着成边的猪，一个驴子在磨芝麻，满街都是小磨香油的香味，布店，卖茉莉粉、梳头油的什么斋，卖绒花的，卖丝线的，打把式卖膏药的，吹糖人的，要蛇的……他什么都想看看。舅舅一劲地推他："快走！快走！"

到了一个河边，有一只船在等着他们。船上有一个五十来岁的瘦长瘦长的大伯，船头蹲着一个跟明子差不多大的女孩子，在剥一个莲蓬吃。明子和舅舅坐到舱里，船就开了。

明子听见有人跟他说话，是那个女孩子。

"是你要到荸荠庵当和尚吗？"

明子点点头。

“当和尚要烧戒疤噢！你不怕？”

明子不知道怎么回答，就含含糊糊地摇了摇头。

“你叫什么？”

“明海。”

“在家的时候？”

“叫明子。”

“明子！我叫小英子！我们是邻居。我家挨着荸荠庵。——给你！”

小英子把吃剩的半个莲蓬扔给明海，小明子就剥开莲蓬壳，一颗一颗吃起来。

大伯一桨一桨地划着，只听见船桨拨水的声音：

“哗——许！哗——许！”

……

荸荠庵的地势很好，在一片高地上。这一带就数这片地势高，当初建庵的人很会选地方。门前是一条河。门外是一片很大的打谷场。三面都是高大的柳树。山门里是一个穿堂。迎门供着弥勒佛。不知是哪一位名士撰写了一副对联：

大肚能容容天下难容之事

开颜一笑笑世间可笑之人

弥勒佛背后，是韦驮。过穿堂，是一个不小的天井，种着两棵白果树。天井两边各有三间厢房。走过天井，便是大殿，供着三世佛。佛像连龛才四尺来高。大殿东边是方丈，西边是库房。大殿东侧，有一个小小的六角门，白门绿字，刻着一副对联：

一花一世界

三藐三菩提

进门有一个狭长的天井，几块假山石，几盆花，有三间小房。

小和尚的日子清闲得很。一早起来，开山门，扫地。庵里的地铺的都是箩底方砖，好扫得很，给弥勒佛、韦驮烧一炷香，正殿的三世佛面前也烧一炷香、磕三个头、念三声“南无阿弥陀佛”，敲三声磬。这庵里的和尚不兴做什么早课、晚课，明子这三声磬就全都代替了。然后，挑水，喂猪。然后，等当家和尚，即明子的舅舅起来，教他念经。

教念经也跟教书一样，师父面前一本经，徒弟面前一本经，师父唱一句，徒弟眼着唱一句。是唱哎。舅舅一边唱，一边还用手在桌上拍板。一板一眼，拍得很响，就跟教唱戏一样。是跟教唱戏一样，完全一样哎。连用的名词都一样。舅舅说，念经：一要板眼准，二要合工尺。说：当一个好和尚，得有条好嗓子。说：民国二十年闹大水，运河倒了堤，最后在清水潭合龙，因为大水淹死的人很多，放了一台大焰口，十三大师——十三个正座和尚，各大庙的方丈都来了，下面的和尚上百。谁当这个首座？推来推去，还是石桥——善因寺的方丈！他往上一坐，就跟地藏王菩萨一样，这就不用说了；那一声“开香赞”，围看的上千人立时鸦雀无声。说：嗓子要练，夏练三伏，冬练三九，要练丹田气！说：要吃得苦中苦，方为人上人！说：和尚里也有状元、榜眼、探花！要用心，不要贪玩！舅舅这一番大法说得明海和尚实在是五体投地，于是就一板一眼地跟着舅舅唱起来：

“炉香乍爇——”

“炉香乍爇——”

“法界蒙薰——”

“法界蒙薰——”

“诸佛现金身……”

"诸佛现金身……"

……

等明海学完了早经，——他晚上临睡前还要学一段，叫作晚经，——荸荠庵的师父们就都陆续起床了。

这庵里人口简单，一共六个人。连明海在内，五个和尚。

有一个老和尚，六十几了，是舅舅的师叔，法名普照，但是知道的人很少，因为很少人叫他法名，都称之为老和尚或老师父，明海叫他师爷爷。这是个很枯寂的人，一天关在房里，就是那"一花一世界"里。也看不见他念佛，只是那么一声不响地坐着。他是吃斋的，过年时除外。

下面就是师兄弟三个，仁字排行：仁山、仁海、仁渡。庵里庵外，有的称他们为大师父、二师父；有的称之为山师父、海师父。只有仁渡，没有叫他"渡师父"的，因为听起来不像话，大都直呼之为仁渡。他也只配如此，因为他还年轻，才二十多岁。

仁山，即明子的舅舅，是当家的。不叫"方丈"，也不叫"住持"，却叫"当家的"，是很有道理的，因为他确确实实干的是当家的职务。他屋里摆的是一张账桌，桌子上放的是账簿和算盘。账簿共有三本。一本是经账，一本是租账，一本是债账。和尚要做法事，做法事要收钱，——要不，当和尚干什么？常做的法事是放焰口。正规的焰口是十个人。一个正座，一个敲鼓的，两边一边四个。人少了，八个，一边三个，也凑合了。荸荠庵只有四个和尚，要放整焰口就得和别的庙里合伙。这样的时候也有过。通常只是放半台焰口。一个正座，一个敲鼓，另外一边一个。一来找别的庙里合伙费事；二来这一带放得起整焰口的人家也不多。有的时候，谁家死了人，就只请两个，甚至一个和尚咕噜咕噜念一通经，敲打几声法器就算完事。很多人家的经钱不是当时就给，往往要等秋后才还。这就得记账。另外，和尚放焰口的辛苦钱不是一样的。就像唱戏一样，有份子。正座第一份。因为他要领唱，而且还要独唱。当中有一大段"叹骷髅"，别的和尚都放下法器休息，只有首座一个人有板有眼地曼声吟唱。第二份是敲鼓的。你以为这容易呀？哼，单是一开头的“发擂”，手上没功夫就敲不出迟疾顿挫！其余的，就一样了。这也得记上：某月某日、谁家焰口半台，谁正座，谁敲鼓……省得到年底结账时赌咒骂娘。……这庵里有几十亩庙产，租给人种，到时候要收租。庵里还放债。租、债一向倒很少亏欠，因为租佃借钱的人怕菩萨不高兴。这三本账就够仁山忙的了。另外香烛、灯火、油盐“福食”，这也得随时记记账呀。除了账簿之外，山师父的方丈的墙上还挂着一块水牌，上漆四个红字：“勤笔免思”。

仁山所说当一个好和尚的三个条件，他自己其实一条也不具备。他的相貌只要用两个字就说清楚了：黄，胖。声音也不像钟磬，倒像母猪。聪明么？难说，打牌老输。他在庵里从不穿袈裟，连海青直裰也免了。经常是披着件短僧衣，袒露着一个黄色的肚子。下面是光脚趿拉着一对僧鞋，——新鞋他也是趿拉着。他一天就是这样不衫不履地这里走走，那里走走，发出母猪一样的声音：“呣——呣——”。

二师父仁海。他是有老婆的。他老婆每年夏秋之间来住几个月，因为庵里凉快。庵里有六个人，其中之一，就是这位和尚的家眷。仁山、仁渡叫她嫂子，明海叫她师娘。这两口子都很爱干净，整天的洗涮。傍晚的时候，坐在天井里乘凉。白天，闷在屋里不出来。

三师父是个很聪明精干的人。有时一笔账大师兄扒了半天算盘也算不清，他眼珠子转两转，早算得一清二楚。他打牌赢的时候多，二三十张牌落地，上下家手里有些什么牌，他就差不多都知道了。他打牌时，总有人爱在他后面看歪头胡。谁家约他打牌，就说“想送两个钱给你”。他不但经忏俱通（小庙的和尚能够拜忏的不多），而且身怀绝技，会“飞铙”。七月间有些地方做盂兰会，在旷地上放大焰口，几十个和尚，穿绣花袈裟，飞铙。飞铙就是把十多斤重的大铙钹飞起来。到了一定的时候，全部法器皆停，只几十副大铙紧张急促地敲起来。忽然起手，大铙向半空中飞去，一面飞，一面旋转。然后，又落下来，接住。接住不是平平常常地接住，有各种架势，“犀牛望月”“苏秦背剑”……这哪是念经，这是要杂技。也许是地藏王菩萨爱看这个，但真正因此快乐起来的是人，尤其是妇女和孩子。这是年轻漂亮的和尚出风头的机会。一场大焰口过后，也像一个好戏班子过后一样，会有一个两个大姑娘、小媳妇失踪，——跟和尚跑了。他还会放“花焰口”。有的人家，亲戚中多风流子弟，在不是很哀伤的佛事——如做冥寿时，就会提出放花焰口。所谓“花焰口”就是在正焰口之后，叫和尚唱小调，拉丝弦，吹管笛，敲鼓板，而且可以点唱。仁渡一个人可以唱一夜不重头。仁渡前几年一直在外面，近二年才常住在庵里。据说他有相好的，而且不止一个。他平常可是很规矩，看到姑娘媳妇总是老老实实的，连一句玩笑话都不说，一句小调山歌都不唱。有一回，在打谷场上乘凉的时候，一伙人把他围起来，非叫他唱两个不可。他却情不过，说：“好，唱一个。不唱家乡的。家乡的你们都熟，唱个安徽的。”

姐和小郎打大麦，
一转子讲得听不得。
听不得就听不得，
打完了大麦打小麦。

唱完了，大家还嫌不够，他就又唱了一个：

姐儿生得漂漂的，
两个奶子翘翘的。
有心上去摸一把，
心里有点跳跳的。
……

这个庵里无所谓清规，连这两个字也没人提起。

仁山吃水烟，连出门做法事也带着他的水烟袋。

他们经常打牌。这是个打牌的好地方。把大殿上吃饭的方桌往门口一搭，斜放着，就是牌桌。桌子一放好，仁山就从他的方丈里把筹码拿出来，哗啦一声倒在桌上。斗纸牌的时候多，搓麻将的时候少。牌客除了师兄弟三人，常来的是一个收鸭毛的，一个打兔子兼偷鸡的，都是正经人。收鸭毛的担一副竹筐，串乡串镇，拉长了沙哑的声音喊叫：

"鸭毛卖钱——！"

偷鸡的有一件家什——铜蜻蜓。看准了一只老母鸡，把铜蜻蜓一丢，鸡婆子上去就是一口。这一啄，铜蜻蜓的硬簧绷开，鸡嘴撑住了，叫不出来了。正在这鸡十分纳闷的时候，上去一把薅住。

明子曾经跟这位正经人要过铜蜻蜓看看。他拿到小英子家门前试了一试，果然！小英子的娘知道了，骂明子：

"要死了！儿子！你怎么到我家来玩铜蜻蜓了！"

小英子跑过来：

"给我！给我！"

她也试了试，真灵，一个黑母鸡一下子就把嘴撑住，傻了眼了！下雨阴天，这二位就光临荸荠庵，消磨一天。

有时没有外客，就把老师叔也拉出来，打牌的结局，大都是当家和尚气得鼓鼓的："×妈妈的！又输了！下回不来了！"

他们吃肉不瞒人。年下也杀猪。杀猪就在大殿上。一切都和在家人一样，开水、木桶、尖刀。捆猪的时候，猪也是没命地叫。跟在家人不同的，是多一道仪式，要给即将升天的猪念一道"往生咒"，并且总是老师叔念，神情很庄重：

"……一切胎生、卵生、息生，来从虚空来，还归虚空去，往生再世，皆当欢喜。南无阿弥陀佛！"

三师父仁渡一刀子下去，鲜红的猪血就带着很多沫子喷出来。

……

明子老往小英子家里跑。

小英子的家像一个小岛，三面都是河，西面有一条小路通到荸荠庵。独门独户，岛上只有这一家。岛上有六棵大桑树，夏天都结大桑葚，三棵结白的，三棵结紫的；一个菜园子，瓜豆蔬菜，四时不缺。院墙下半截是砖砌的，上半截是泥夯的。大门是桐油油过的，贴着一副万年红的春联：

向阳门第春常在

积善人家庆有余

门里是一个很宽的院子。院子里一边是牛屋、碓棚；一边是猪圈、鸡窠，还有个关鸭子的栅栏。露天地放着一具石磨。正北面是住房，也是砖基土筑，上面盖的一半是瓦，一半是草。房子翻修了才三年，木料还露着白茬。正中是堂屋，家神菩萨的画像上贴的金还没有发黑。两边是卧房。隔扇窗上各嵌了一块一尺见方的玻璃，明亮亮的，——这在乡下是不多见的。房檐下一边种着一棵石榴树，一边种着一棵栀子花，都齐房檐高了。夏天开了花，一红一白，好看得很。栀子花香得冲鼻子。顺风的时候，在荸荠庵都闻得见。

这家人口不多，他家当然是姓赵。一共四口人：赵大伯、赵大妈，两个女儿，大英子、小英子。老两口没得儿子。因为这些年人不得病，牛不生灾，也没有大旱大水闹蝗虫，日子过得很兴旺。他们家自己有田，本来够吃的了，又租种了庵上的十亩田。自己的田里，一亩种了荸荠，——这一半是小英子的主意，她爱吃荸荠，一亩种了茨菰。家里喂了一大群鸡鸭，单是鸡蛋鸭毛就够一年的油盐了。赵大伯是个能干人。他是一个“全把式”，不但田里场上样样精通，还会罩鱼、洗磨、凿砻、修水车、修船、砌墙、烧砖、箍桶、劈篾、绞麻绳。他不咳嗽，不腰疼，结结实实，像一棵榆树。人很和气，一天不声不响。赵大伯是一棵摇钱树，赵大娘就是个聚宝盆。大娘精神得出奇。五十岁了，两个眼睛还是清亮亮的。不论什么时候，头都是梳得滑滴滴的，身上衣服都是格挣挣的。像老头子一样，她一天不闲着。煮猪食，喂猪，腌咸菜，——她腌的咸萝卜干非常好吃，舂粉子，磨小豆腐，编蓑衣，织芦篚。她还会剪花样子。这里嫁闺女，陪嫁妆，磁坛子、锡罐子，都要用梅红纸剪出吉祥花样，贴在上面，讨个吉利，也才好看："丹凤朝阳"呀、"白头到老"呀、"子孙万代"呀、"福寿绵长"呀。二三十里的人家都来请她："大娘，好日子是十六，你哪天去呀？"——"十五，我一大清早就来！"

"一定呀！"——"一定！一定！"

两个女儿，长得跟她娘像一个模子里托出来的。眼睛长得尤其像，白眼珠鸭蛋青，黑眼珠棋子黑，定神时如清水，闪动时像星星。浑身上下，头是头，脚是脚。头发滑滴滴的，衣服格挣挣的。——这里的风俗，十五六岁的姑娘就都梳上头了。这两个丫头，这一头的好头发！通红的发根，雪白的簪子！娘女三个去赶集，一集的人都朝她们望。

姐妹俩长得很像，性格不同。大姑娘很文静，话很少，像父亲。小英子比她娘还会说，一天咭咭呱呱地不停。大姐说：

"你一天到晚咭咭呱呱——"

"像个喜鹊！"

"你自己说的！——吵得人心乱！"

"心乱？"

"心乱！"

"你心乱怪我呀！"

二姑娘话里有话。大英子已经有了人家。小人她偷偷地看过，人很敦厚，也不难看，家道也殷实，她满意。已经下过小定，日子还没有定下来。她这二年，很少出房门，整天赶她的嫁妆。大裁大剪，她都会。挑花绣花，不如娘。她可又嫌娘出的样子太老了。她到城里看过新娘子，说人家现在绣的都是活花活草。这可把娘难住了。最后是喜鹊忽然一拍屁股："我给你保举一个人！"

这人是谁？是明子。明子念《上孟下孟》的时候，不知怎么得了半套《芥子园》，他喜欢得很。到了荸荠庵，他还常翻出来看，有时还把旧账簿子翻过来，照着描。小英子说：

"他会画！画得跟活的一样！"

小英子把明海请到家里来，给他磨墨铺纸，小和尚画了几张，大英子喜欢得了不得：

"就是这样！就是这样！这就可以乱孱！"——所谓"乱孱"是绣花的一种针法：绣了第一层，第二层的针脚插进第一层的针缝，这样颜色就可由深到淡，不露痕迹，不像娘那一代绣的花是平针，深浅之间，界限分明，一道一道的。小英子就像个书童，又像个参谋：

"画一朵石榴花！"

"画一朵栀子花！"

她把花指来，明海就照着画。

到后来，凤仙花、石竹子、水蓼、淡竹叶，天竺果子、腊梅花，他都能画。

大娘看着也喜欢，搂住明海的和尚头：

"你真聪明！你给我当一个干儿子吧！"

小英子捺住他的肩膀，说：

"快叫！快叫！"

小明子跪在地下磕了一个头，从此就叫小英子的娘做干娘。

大英子绣的三双鞋，三十里方圆都传遍了。很多姑娘都走路坐船来看。看完了，就说："啧啧啧，真好看！这哪是绣的，这是一朵鲜花！"她们就拿了纸来央大娘求了小和尚来画。有求画帐檐的，有求画门帘飘带的，有求画鞋头花的。每回明子来画花，小英子就给他做点好吃的，煮两个鸡蛋，蒸一碗芋头，煎几个藕团子。

因为照顾姐姐赶嫁妆，田里的零碎生活小英子就全包了。她的帮手，是明子。

这地方的忙活是栽秧、车高田水，薅头遍草，再就是割稻子、打场子。这几茬重活，自己一家是忙不过来的。这地方兴换工。排好了日期，几家顾一家，轮流转。不收工钱，但是吃好的。一天吃六顿，两头见肉，顿顿有酒。干活时，敲着锣鼓，唱着歌，热闹得很。其余的时候，各顾各，不显得紧张。

薅三遍草的时候，秧已经很高了，低下头看不见人。一听见非常脆亮的嗓子在一片浓绿里唱：

栀子哎开花哎六瓣头哎……
姐家哎门前哎一道桥哎……

明海就知道小英子在哪里，三步两步就赶到，赶到就低头薅起草来。傍晚牵牛"打汪"，是明子的事。——水牛怕蚊子。这里的习惯，牛卸了轭，饮了水，就牵到一口和好泥水的"汪"里，由它自己打滚扑腾，弄得全身都是泥浆，这样蚊子就咬不透了。低田上水，只要一挂十四轧的水车，两个人车半天就够了。明子和小英子就伏在车杠上，不紧不慢地踩着车轴上的拐子，轻轻地唱着明海向三师父学来的各处山歌。打场的时候，明子能替赵大伯一会儿，让他回家吃饭。——赵家自己没有场，每年都在荸荠庵外面的场上打谷子。他一扬鞭子，喊起了打场号子：

"格当嘚——"

这打场号子有音无字，可是九转十三弯，比什么山歌号子都好听。赵大娘在家，听见明子的号子，就侧起耳朵：

“这孩子这条嗓子！”

连大英子也停下针线：

“真好听！”

小英子非常骄傲地说：

“一十三省数第一！”

晚上，他们一起看场。——荸荠庵收来的租稻也晒在场上。他们并肩坐在一个石磙子上，听青蛙打鼓，听寒蛇唱歌，——这个地方以为蝼蛄叫是蚯蚓叫，而且叫蚯蚓叫“寒蛇”，听纺纱婆子不停地纺纱，“唦——”，看萤火虫飞来飞去，看天上的流星。

“呀！我忘了在裤带上打一个结！”小英子说。

这里的人相信，在流星掉下来的时候在裤带上打一个结，心里想什么好事，就能如愿。

……

“挃”荸荠，这是小英子最爱干的生活。秋天过去了，地净场光，荸荠的叶子枯了，——荸荠的笔直的小葱一样的圆叶子里是一格一格的，用手一捋，哔哔地响，小英子最爱捋着玩，——荸荠在烂泥里。赤了脚，在凉浸浸滑溜溜的泥里踩着，——哎，一个硬疙瘩！伸手下去，一个红紫红紫的荸荠。她自己爱干这生活，还拉了明子一起去。她老是故意用自己的光脚去踩明子的脚。

她挎着一篮子荸荠回去了，在柔软的田埂上留了一串脚印。明海看着她的脚印，傻了。五个小小的趾头，脚掌平平的，脚跟细细的，脚弓部分缺了一块。明海身上有一种从来没有过的感觉，他觉得心里痒痒的。这一串美丽的脚印把小和尚的心搞乱了。

……

明子常搭赵家的船进城，给庵里买香烛，买油盐。闲时是赵大伯划船；忙时是小英子去，划船的是明子。

从庵赵庄到县城，当中要经过一片很大的芦花荡子。芦苇长得密密的，当中一条水路，四边不见人。划到这里，明子总是无端端地觉得心里很紧张，他就使劲地划桨。

小英子喊起来：

“明子！明子！你怎么啦？你发疯啦？为什么划得这么快？”

……

明海到善因寺去受戒。

“你真的要去烧戒疤呀？”

“真的。”

“好好的头皮上烧十二个洞，那不疼死啦？”

“咬咬牙。舅舅说这是当和尚的一大关，总要过的。”

“不受戒不行吗？”

“不受戒的是野和尚。”

“受了戒有啥好处？”

“受了戒就可以到处云游，逢寺挂褡。”

“什么叫‘挂褡’？”

“就是在庙里住。有斋就吃。”

“不把钱？”

“不把钱。有法事，还得先尽外来的师父。”

“怪不得都说‘远来的和尚会念经’。就凭头上这几个戒疤？”

“还要有一份戒牒。”

“闹半天，受戒就是领一张和尚的合格文凭呀！”

“就是！”

“我划船送你去。”

“好。”

小英子早早就把船划到荸荠庵门前。不知是什么道理，她兴奋得很。她充满了好奇心，想去看看善因寺这座大庙，看看受戒是个啥样子。

善因寺是全县第一大庙，在东门外，面临一条水很深的护城河，三面都是大树，寺在树林子里，远处只能隐隐约约看到一点金碧辉煌的屋顶，不知道有多大。树上到处挂着“谨防恶犬”的牌子。这寺里的狗出名的厉害。平常不大有人进去。放戒期间，任人游看，恶狗都锁起来了。

好大一座庙！庙门的门槛比小英子的肐膝都高。迎门矗着两块大牌，一边一块，一块写着斗大两个大字：“放戒”，一块是：“禁止喧哗”。这庙里果然是气象庄严，到了这里谁也不敢大声咳嗽。明海自去报名办事，小英子就到处看看。好家伙，这哼哈二将、四大天王，有三丈多高，都是簇新的，才装修了不久。天井有二亩地大，铺着青石，种着苍松翠柏。“大雄宝殿”，这才真是个“大殿”！一进去，凉飕飕的。到处都是金光耀眼。释迦牟尼佛坐在一个莲花座上，单是莲座，就比小英子还高。抬起头来也看不全他的脸，只看到一个微微闭着的嘴唇和胖墩墩的下巴。两边的两根大红蜡烛，一搂多粗。佛像前的大供桌上供着鲜花、绒花、绢花，还有珊瑚树、玉如意、整根的大象牙。香炉里烧着檀香。小英子出了庙，闻着自己的衣服都是香的。挂了好些幡。这些幡不知是什么缎子的，那么厚重，绣的花真细。这么大一口磬，里头能装五担水！这么大一个木鱼，有一头牛大，漆得通红的。她又去转了转罗汉堂，爬到千佛楼上看了看。真有一千个小佛！她还跟着一些人去看了看藏经楼。藏经楼没有什么看头，都是经书！妈吔！逛了这么一圈，腿都酸了。小英子想起还要给家里打油，替姐姐配丝线，给娘买鞋面布，给自己买两个坠围裙飘带的银蝴蝶，给爹买旱烟，就出庙了。

等把事情办齐，晌午了。她又到庙里看了看，和尚正在吃粥。好大一个“膳堂”，坐得下八百个和尚。吃粥也有这样多讲究：正面法座上摆着两个锡胆瓶，里面插着红绒花，后面盘膝坐着一个穿了大红满金绣袈裟的和尚，手里拿了戒尺。这戒尺是要打人的。哪个和尚吃粥吃出了声音，他下来就是一戒尺。不过他并不真的打人，只是做个样子。真稀奇，那么多的和尚吃粥，竟然不出一点声音！她看见明子也坐在里面，想跟他打个招呼又不好打。想了想，管他禁止不禁止喧哗，就大声喊了一句："我走啦！"她看见明子目不斜视地微微点了点头，就不管很多人都朝自己看，大摇大摆地走了。

第四天一大清早小英子就去看明子。她知道明子受戒是第三天半夜，——烧戒疤是不许人看的。她知道要请老剃头师傅剃头，要剃得横摸顺摸都摸不出头发茬子，要不然一烧，就会"走"了戒，烧成了一片。她知道是用枣泥子先点在头皮上，然后用香头子点着。她知道烧了戒疤就喝一碗蘑菇汤，让它"发"，还不能躺下，要不停地走动，叫作"散戒"。这些都是明子告诉她的。明子是听舅舅说的。

她一看，和尚真在那里"散戒"，在城墙根底下的荒地里。

一个一个，穿了新海青，光光的头皮上都有十二个黑点子。——这黑疤掉了，才会露出白白的、圆圆的"戒疤"。和尚都笑嘻嘻的，好像很高兴。她一眼就看见了明子。隔着一条护城河，就喊他：

"明子！"

"小英子！"

"你受了戒啦？"

"受了。"

"疼吗？"

"疼。"

"现在还疼吗？"

"现在疼过去了。"

"你哪天回去？"

"后天。"

"上午？下午？"

"下午。"

"我来接你！"

"好！"

……

小英子把明海接上船。

小英子这天穿了一件细白夏布上衣，下边是黑洋纱的裤子，赤脚穿了一双龙须草的细草鞋，头上一边插着一朵栀子花，一边插着一朵石榴花。她看见明子穿了新海青，里面露出短褂子的白领子，就说："把你那外面的一件脱了，你不热呀！"

他们一人一把桨。小英子在中舱，明子扳艄，在船尾。

她一路问了明子很多话，好像一年没有看见了。

她问，烧戒疤的时候，有人哭吗？喊吗？

明子说，没有人哭，只是不住地念佛。有个山东和尚骂人：

"俺日你奶奶！俺不烧了！"

她问善因寺的方丈石桥是相貌和声音都很出众吗？

"是的。"

"说他的方丈比小姐的绣房还讲究？"

"讲究。什么东西都是绣花的。"

"他屋里很香？"

"很香。他烧的是伽楠香，贵得很。"

"听说他会做诗，会画画，会写字？"

"会。庙里走廊两头的砖额上，都刻着他写的大字。"

"他是有个小老婆吗？"

"有一个。"

"才十九岁？"

"听说。"

"好看吗？"

"都说好看。"

"你没看见？"

“我怎么会看见？我关在庙里。”

明子告诉她，善因寺一个老和尚告诉他，寺里有意选他当沙弥尾，不过还没有定，要等主事的和尚商议。

“什么叫‘沙弥尾’？”

“放一堂戒，要选出一个沙弥头，一个沙弥尾。沙弥头要老成，要会念很多经。沙弥尾要年轻，聪明，相貌好。”

“当了沙弥尾跟别的和尚有什么不同？”

“沙弥头，沙弥尾，将来都能当方丈。现在的方丈退居了，就当。石桥原来就是沙弥尾。”

“你当沙弥尾吗？”

“还不一定哪。”

“你当方丈，管善因寺？管这么大一个庙？！”

“还早呐！”

划了一气，小英子说：“你不要当方丈！”

“好，不当。”

“你也不要当沙弥尾！”

“好，不当。”

又划了一气，看见那一片芦花荡子了。

小英子忽然把桨放下，走到船尾，趴在明子的耳朵旁边，小声地说：

“我给你当老婆，你要不要？”

明子眼睛鼓得大大的。

“你说话呀！”

明子说：“嗯。”

“什么叫‘嗯’呀！要不要，要不要？”

明子大声地说：“要！”

“你喊什么！”

明子小小声说：“要——！”

“快点划！”

英子跳到中舱，两只桨飞快地划起来，划进了芦花荡。

芦花才吐新穗。紫灰色的芦穗，发着银光，软软的，滑溜溜的，像一串丝线。有的地方结了蒲棒，通红的，像一枝一枝小蜡烛。青浮萍，紫浮萍。长脚蚊子，水蜘蛛。野菱角开着四瓣的小白花。惊起一只青桩（一种水鸟），擦着芦穗，扑鲁鲁鲁飞远了。

……

一九八〇年八月十二日，写四十三年前的一个梦。

岁寒三友

这三个人是：王瘦吾、陶虎臣、靳彝甫。王瘦吾原先开绒线店，陶虎臣开炮仗店，靳彝甫是个画画的。他们是从小一块长大的。这是三个说上不上，说下不下的人。既不是缙绅先生，也不是引车卖浆者流。他们的日子时好时坏。好的时候桌上有两个菜，一荤一素，还能烫二两酒；坏的时候，喝粥，甚至断炊。三个人的名声倒都是好的。他们都没有做过伤天害理的事，对人从不尖酸刻薄，对地方的公益，从不袖手旁观。某处的桥坍了，要修一修；哪里发现一名“路倒”，要掩埋起来；闹时疫的时候，在码头路口设一口瓷缸，内装药茶，施给来往行人；一场大火之后，请道士打醮禳灾……遇有这一类的事，需要捐款，首事者把捐簿伸到他们的面前时，他们都会提笔写下一个谁看了也会点头的数目。因此，他们走在街上，一街的熟人都跟他们很客气地点头打招呼。

“早！”

“早！”

“吃过了？”

“偏过了，偏过了！”

王瘦吾真瘦。瘦得两个肩胛骨从长衫的外面都看得清清楚楚。他年轻时很风雅过几天。他小时开蒙的塾师是邑中名士谈甓渔，谈先生教会了他做诗。那时，绒线店由父亲经营着，生意不错，这样他就有机会追随一些阔的和不太阔的名士，春秋佳日，文酒雅集。遇有什么张母吴太夫人八十寿辰征诗，也会送去两首七律。瘦吾就是那时落下的一个别号。自从父亲一死，他挑起全家的生活，就不再做一句诗，和那些诗人们也再无来往。

他家的绒线店是一个不大的连家店。店面的招牌上虽写着“京广洋货，零趸批发”，所卖的却只是：丝线、绦子、头号针、二号针、女人钳眉毛的镊子、刨花[1]、抿子（涂刨花水用的小刷子）、品青、煮蓝、僧帽牌洋蜡烛、太阳牌肥皂、美孚灯罩……种类很多，但都值不了几个钱。每天晚上结账时都是一堆铜板和一角两角的零碎的小票，难得看见一块洋钱。

这样一个小店，维持一家生活，是困难的。王瘦吾家的人口日渐增多了。他上有老母，自己又有了三个孩子。小的还在娘怀里抱着。两个大的，一儿一女，已经都在上小学了。不用说穿衣，就是穿鞋也是个愁人的事。

儿子最恨下雨。小学的同学几乎全部在下雨天都穿了胶鞋来上学。只有他穿了还是他父亲穿过的钉鞋[2]。钉鞋很笨，很重，走起来还嘎啦嘎啦的响。他一进学校的大门，同学们就都朝他看，看他那双鞋。他闹了好多回。每回下雨，他就说：“我不去上学了！”妈都给他说好话：“明年，明年就买胶鞋。一定！”——“明年！您都说了几年了！”最后还是嘟着嘴，挟了一把补过的旧伞，走了。王瘦吾听见街石上儿子的钉鞋愤怒的声音，半天都没有说话。

女儿要参加全县小学秋季运动会，表演团体操，要穿规定的服装：白上衣、黑短裙。这都还好办。难的是鞋，——要一律穿白球鞋。女

1 桐木刨出来的薄薄的长条。泡在水里，稍带黏性。过去女人梳头掠发，离不开它。

2 现在的年轻人连钉鞋也不知道了！钉鞋是一双纳帮很结实的布鞋，也有用生牛皮做的，在桐油里浸过，鞋底钉了很多奶头大的铁钉。在未有胶鞋之前，这便是雨鞋。

儿跟妈要。妈说："一双球鞋，要好几块钱。咱们不去参加了。就说生病了，叫你爸写个请假条。"女儿不像她哥发脾气，闹，她只是一声不响，眼泪不停地往下滴。到底还是去了。这位能干的妈跟邻居家借来一双球鞋，比着样子，用一块白帆布连夜赶做了一双。除了底子是布的，别处跟买来的完全一样。天亮的时候，做妈的轻轻地叫："妞子，起来！"女儿一睁眼，看见床前摆着一双白鞋，趴在妈胸前哭了。王瘦吾看见妻子疲乏而凄然的笑容，他的心酸。

因此，王瘦吾老想发财。

这财，是怎么个发法呢？靠这个小绒线店，是不可能有什么出息的。他得另外想办法。这城里的街，好像是傍晚时的码头，各种船只，都靠满了。各行各业，都有个固定的地盘，想往里面再插一只手，很难。他得把眼睛看到这个县城以外，这些行业以外。他做过许多不同性质的生意。他做过虾籽生意，醉蟹生意，腌制过双黄鸭蛋。张家庄出一种木瓜酒，他运销过。本地出一种药材，叫作豨莶，他收过，用木船装到上海（他自己就坐在一船高高的药草上），卖给药材行。三叉河出一种水仙鱼，他曾想过做罐头……他做的生意都有点别出心裁，甚至是想入非非。他隔个把月就要出一次门，四乡八镇，到处跑。像一只饥饿的鸟，到处飞，想给儿女们找一口食。回来时总带着满身的草屑灰尘；人，越来越瘦。

后来他想起开工厂。他的这个工厂是个绳厂，做草绳和钱串子。蓑衣草两股，绞成细绳，过去是穿制钱用的，所以叫作钱串子。现在不使制钱了，店铺里却离不开它。茶食店用来包扎点心，席子店捆席子，卖鱼的穿鱼腮。绞这种细绳，本来是湖西农民冬闲时的副业，一大捆一大捆挑进城来兜售。因为没有准人，准时，准数，有时需用，却遇不着。有了这么个厂，对于用户方便多了。王瘦吾这个厂站住了。他就不再四处奔跑。

这家工厂，连王瘦吾在内，一共四个人。一个伙计搬运，两个做活。有两架“机器”，倒是铁的，只是都要用手摇。这两架机器，摇起来嘎嘎的响，给这条街增添了一种新的声音，和捶铜器、打烧饼、算命瞎子的铜铛的声音混合在一起。不久，人们就习惯了，仿佛这声音本来就有。

初二、十六[1]的傍晚，常常看到王瘦吾拎了半斤肉或一条鱼从街上走回家。

每到天气晴朗，上午十来点钟，在这条街上，就可以听到从阴城方向传来爆裂的巨响：

“砰——磅！”

大家就知道，这是陶虎臣在试炮仗了。孩子们就提着裤子向阴城飞跑。

阴城是一片古战场。相传韩信在这里打过仗。现在还能挖到一种有耳的尖底陶瓶，当地叫作“韩瓶”，据说是韩信的部队所用的行军水壶。说是这种陶瓶冬天插了梅花，能结出梅子来。现在这里是乱葬岗，不知道从什么时候起叫作“阴城”。到处是坟头、野树、荒草、芦荻。草里有蛤蟆、野兔子、大极了的蚂蚱、油葫芦、蟋蟀。早晨和黄昏，有许多白颈老鸦。人走过，就哑哑地叫着飞起来。不一会儿，又都纷纷地落下了。

这里没有住户人家。只有一个破财神庙，里面住着一个侉子。这侉子不知是什么来历。他杀狗，吃肉，——阴城里野狗多的是，还喝酒。

这地方很少有人来。只有孩子们结伴来放风筝，掏蟋蟀。再就是陶虎臣来试炮仗。

试的是“天地响”。这地方把双响的大炮仗叫“天地响”，因为地下响一声，飞到半空中，又响一声，炸得粉碎，纸屑飘飘地落下来。陶

---

1 这是店铺里打牙祭的日子。

家的“天地响”一听就听得出来，特别响。两响之间的距离也大——蹿得高。

“砰——磅！”

“砰——磅！”

他走一二十步，放一个，身后跟着一大群孩子。孩子里有胆大的，要求放一个，陶虎臣就给他一个：

“点着了快跑！——崩疼了可别哭！”

其实是崩不着的。陶虎臣每次试炮仗，特意把其中的几个的捻子加长，就是专为这些孩子预备的。捻子着了，嗤嗤地冒火，半天，才听见响呢。

陶家炮仗店的门口也是经常围着一堆孩子，看炮仗师傅做炮仗。两张白木的床子，有两块很光滑的木板。把一张粗草纸裹在一个钢钎上，两块木板一搓，吱溜——，就是一个炮仗筒子。

孩子们看师傅做炮仗，陶虎臣就伏在柜台上很有兴趣地看这些孩子。有时问他们几句话：

“你爸爸在家吗？干吗呢？”

“你的痄腮好了吗？”

孩子们都知道陶老板人很和气，很喜欢孩子，见面都很愿意叫他：

“陶大爷！”

“陶伯伯！”

“哎，哎。”

陶家炮仗店的生意本来是不错的。

他家的货色齐全。除了一般的鞭炮，还出一种别家不做的鞭，叫作“遍地桃花”。不但外皮，连里面的筒子都一色是梅红纸卷的。放了之后，地下一片红，真像是一地的桃花瓣子。如果是过年，下过雪，花瓣落在雪地上，红是红，白是白，好看极了。

这种鞭，成本很贵，除非有人定做，平常是不预备的。

一般的鞭炮，陶虎臣自己是不动手的。他会做花炮。一筒大花炮，能放好几分钟。他还会做一种很特别的花，叫作“酒梅”。一棵弯曲横斜的枯树，埋在一个瓷盆里，上面串结了许多各色的小花炮，点着之后，满树喷花。火花射尽，树枝上还留下一朵一朵梅花，蓝荧荧的，静悄悄地开着，经久不息。这是棉花浸了高粱酒做的。

他还有一项绝技，是做焰火。一种老式的焰火，有的地方叫作花盒子。

酒梅、焰火，他都不在店里做，在家里做。因为这有许多秘方，不能外传。

做焰火，除了配料，关键是串捻子。串得不对，会轰隆一声，烧成一团火。弄不好，还会出事。陶虎臣的一只左眼坏了，就是因为有一次放焰火，出了故障，不着了，他搭了梯子爬到架上去看，不想焰火忽然又响了，一个火球迸进了瞳孔。

陶虎臣坏了一只眼睛，还看不出太大的破相，不像一般有残疾的人往往显得很凶狠。他依然随时是和颜悦色的，带着宽厚而慈祥的笑容。这种笑容，只有与世无争，生活上容易满足的人才会有。

但是他的这种心满意足的神情逐年在消退。鞭炮生意，是随着年成走的。什么时候风调雨顺，国泰民安，什么时候炮仗店就生意兴隆。这样的年头，能够老是有么？

“遍地桃花”近年很少人家来定货了。地方上多年未放焰火，有的孩子已经忘记放焰火是什么样子了。

陶虎臣长得很敦实，跟他的名字很相称。

靳彝甫和陶虎臣住在一条巷子里，相隔只有七八家。谁家的火灭了，孩子拿了一块劈柴，就能从另一家引了火来。他家很好认，门口钉着一块铁皮的牌子，红地黑字：“靳彝甫画寓”。

这城里画画的，有三种人。

一种是画家。这种人大都有田有地，不愁衣食，作画只是自己消遣，或作为应酬的工具。他们的画是不卖钱的。求画的人只是送几件很高雅的礼物。或一坛绍兴花雕，或火腿、鲥鱼、白沙枇杷，或一套讲究的宜兴紫砂茶具，或两大盆正在茁箭子的建兰。他们的画，多半是大写意，或半工半写。工笔画他们是不耐烦画的，也不会。

一种是画匠。他们所画的，是神像。画得最多的是“家神菩萨”。这“家神菩萨”是一个大家族：头一层是南海观音的一伙，第二层是玉皇大帝和他的朝臣，第三层是关帝老爷和周仓、关平，最下一层是财神爷。他们也在玻璃的反面用油漆画福禄寿三星（这种画美术史家称之为“玻璃油画”），作插屏。他们是在制造一种商品，不是作画。而且是流水作业，描花纹的是一个人（照着底子描），“开脸”的是一个人，着色的是另一个人。他们的作坊，叫作“画匠店”。一个画匠店里常有七八个人同时做活，却听不到一点声音，因为画匠多半是哑巴。

靳彝甫两者都不是。也可以说是介乎两者之间的那么一种人。比较贴切些，应该称之为“画师”，不过本地无此说法，只是说“画画的”。他是靠卖画吃饭的，但不像画匠店那样在门口设摊或批发给卖门神“欢乐”的纸店[1]，他是等人登门求画的（所以挂“画寓”的招牌）。他的画按尺论价，大青大绿另加，可以点题。来求画的，多半是茶馆酒肆、茶叶店、参行、钱庄的老板或管事。也有那些闲钱不多，送不起重礼，攀不上高门第的画家，又不甘于家里只有四堵素壁的中等人家。他们往往喜欢看着他画，靳彝甫也就欣然对客挥毫。主客双方，都很满意。他的画署名（画匠的作品是从不署名的），但都不题上款，因为不好称呼，深了不是，浅了不是，题了，人家也未必高兴，所以只是简单地写四个字：“靳彝甫铭”。若是佛像，则题“靳铭沐手敬绘”。

1 在梅红纸上用刻刀镂刻出透空的细致的吉祥花纹，贴在门头上，小的叫“吊钱”，大的叫“欢乐”。有的地方叫“吊挂”。

靳家三代都是画画的。家里积存的画稿很多。因为要投合不同的兴趣，山水、人物、翎毛、花卉，什么都画。工笔、写意、浅绛、重彩不拘。

他家家传会写真，都能画行乐图（生活像）和喜神图（遗像）。中国的画像是有诀窍的。画师家都藏有一套历代相传的“百脸图”。把人的头面五官加以分析，定出一百种类型。画时端详着对象，确定属于哪一类，然后在此基础上加减，画出来总是有几分像的。靳彝甫多年不画喜神了。因为画这种像，经常是在死人刚刚断气时，被请了去，在床前对着勾描。他不愿看死人。因此，除了至亲好友，这种活计，一概不应。有来求的，就说不会。行乐图，自从有了照相馆之后，也很少有人来要画了。

靳彝甫自己喜欢画的，是青绿山水和工笔人物。青绿山水、工笔人物，一年能收几件呢？因此，除了每年端午，他画几十张各式各样的钟馗，挂在巷口如意楼酒馆标价出售，能够有较多的收入，其余的时候，全家都是半饥半饱。

虽然是半饥半饱，他可是活得有滋有味，他的画室里挂着一块小匾，上书“四时佳兴”。画室前有一个很小的天井。靠墙种了几竿玉屏萧竹。石条上摆着茶花、月季。一个很大的钧窑平盘里养着一块玲珑剔透的上水石，蒙了半寸厚的绿苔，长着虎耳草和铁线草。冬天，他总要养几头单瓣的水仙。不到三寸长的碧绿的叶子，开着白玉一样的繁花。春天，放风筝。他会那样耐烦地用一个称金子用的小戥子约着蜈蚣风筝两边脚上的鸡毛（鸡毛分量稍差，蜈蚣上天就会打滚）。夏天，用莲子种出荷花。不大的荷叶，直径三寸的花，下面养了一二分长的小鱼。秋天，养蟋蟀。他家藏有一本托名贾似道撰写的《秋虫谱》。养蟋蟀的泥罐还是他祖父留下来的旧物。每天晚上，他点一个灯笼，到阴城去掏蟋蟀。财神庙的那个侉子，常常一边喝酒、吃狗肉，一边看这位大胆的画师的灯笼走走，停停，忽上，忽下。

他有一盒爱若性命的东西，是三块田黄石章。这三块田黄都不大，可是跟三块鸡油一样！一块是方的，一块略长，还有一块不成形。数这块不成形的值钱，它有文三桥刻的边款（篆文不知叫一个什么无知的人磨去了）[1]。文三桥呀，可着全中国，你能找出几块？有一次，邻居家失火，他什么也没拿，只抢了这三块图章往外走。吃不饱的时候，只要把这三块图章拿出来看看，他就觉得对这个世界没有什么可抱怨的了。

这一年，这三个人忽然都交了好运。

王瘦吾的绳厂赚了钱。他可又觉得这个买卖货源、销路都有限，他早就想好了另外一宗生意。这个县北乡高田多种麦，出极好的麦秸，当地农民多以掐草帽辫为副业。每年有外地行商来，以极便宜的价钱收去。稍经加工，就成了草帽，又以高价卖给农民。王瘦吾想：为什么不能就地制成草帽呢？这钱为什么要给外地人赚去呢？主意已定，他就把两台绞绳机盘出去，买了四架扎草帽的机子，请了一个师傅，教出三个徒弟，就在原来绳厂的旧址，办起了一个草帽厂。城里的买卖人都说：王瘦吾这步棋看得准，必赚无疑！草帽厂开张的那天，来道喜和看热闹的人很多。一盘草帽辫，在师傅手里，通过机针一扎，嗒嗒地响，一会儿工夫，哎，草帽盔出来了！——又一会儿，草帽边！——成了！一顶一顶草帽，顷刻之间，摞得很高。这不是草帽，这是大洋钱呀！这一天，靳彝甫送来一张“得利图”，画着一个白须的渔翁，背着鱼篓，提着两尾金鳞赤尾的大鲤鱼。凡看了这张画的，无不大笑：这渔翁的长相，活脱就是王瘦吾！陶虎臣特地送来一挂遍地桃花满堂红的一千头的大鞭，砰砰磅磅响了好半天！

陶虎臣从来没有做过这么大的焰火生意。这一年闹大水。运河平了漕。西北风一起，大浪头翻上来，把河堤上丈把长的青石都卷了起来。

---

1 文徵明的长子，名彭，字寿承，三桥是他的别号。

看来，非破堤不可。很多人家扎了筏子，预备了大澡盆，天天晚上不敢睡，只等堤决水下来时逃命。不料，河水从下游泻出，伏汛安然度过，保住了无数人畜。秋收在望，市面繁荣，城乡一片喜气。有好事者倡议：今年放放焰火！东西南北四城，都放！一台七套，四七二十八套。陶家独家承做了十四套，——其余的，他匀给别的同行了。

四城的焰火错开了日子，——为的是人们可以轮流赶着去看。东城定在八月十六。地点：阴城。

这天天气特别好。万里无云，一天皓月。阴城的正中，立起一个四丈多高的架子。有人早早吃了晚饭，就扛了板凳来等着了。各种卖小吃的都来了。卖牛肉高粱酒的，卖回卤豆腐干的，卖五香花生米的、芝麻灌香糖的，卖豆腐脑的，卖煮荸荠的，还有卖河鲜——卖紫皮鲜菱角和新剥鸡头米的……到处是“气死风”的四角玻璃灯，到处是白蒙蒙的热气、香喷喷的茴香八角气味。人们寻亲访友，说短道长，来来往往，亲亲热热。阴城的草都被踏倒了。人们的鞋底也叫秋草的浓汁磨得滑溜溜的。

忽然，上万双眼睛一齐朝着一个方向看。人们的眼睛一会儿睁大，一会儿眯细；人们的嘴一会儿张开，一会儿又合上；一阵阵叫喊，一阵阵欢笑，一阵阵掌声。——陶虎臣点着了焰火了！

这种花盆子是有一点简单的故事情节的。最热闹的是“炮打泗州城”。起先是梅、兰、竹、菊四种花，接着是万花齐放。万花齐放之后，有一个间歇，木架子下面黑黑的，有人以为这一套已经放完了。不料一声炮响，花盆子又落下一层，照眼的灯球之中有一座四方的城，眼睛好的还能看见城门上“泗州”两个字（不知道为什么是泗州而不是别的城）。城外向里打炮，城里向外打，灯球飞舞，砰磅有声。最有趣的是“芦蜂追瘌子”，这是一个喜剧性的焰火。一阵火花之后，出现一个人，——一个泥头的纸人，这人是个瘌痢头，手里拿着一把破芭蕉扇。霎时间飞来了许多马蜂，这些马蜂——火花，纷纷扑向瘌痢头，瘌痢头四面躲闪，手里的芭蕉扇不停地挥舞起来。看到这里，满场大笑。这些辛苦得近于麻木的人，是难得这样开怀一笑的呀。最后一套是平平常常的，只是一阵火花之后，扑鲁扑鲁吊下四个大字："天下太平"。字是灯球组成的。虽然平淡，人们还是舍不得离开。火光炎炎，逐渐消隐，这时才听到人们呼喊：

"二丫头，回家咧！"

"四儿，你在哪儿哪？"

"奶奶，等等我，我鞋掉了！"

人们摸摸板凳，才知道：呀，露水下来了。

靳彝甫捉到一只蟹壳青蟋蟀。消息很快就传开了。每天有人提了几罐蟋蟀来斗。都不是对手，而且都只是一个回合就分胜负。这只蟹壳青的打法很特别。它轻易不开牙，只是不动声色，稳稳地站着。突然扑上去，一口就咬破对方的肚子（据说蟋蟀的打法各有自己的风格，这种咬肚子的打法是最厉害的）。它嚯嚯地叫起来，上下摆动它的触须，就像戏台上的武生耍翎子。负伤的败将，怎么下"探子"[1]，也再不敢回头。于是有人怂恿他到兴化去。兴化养蟋蟀之风很盛，每年秋天有一个斗蟋蟀的集会。靳彝甫被人们说得心动了。王瘦吾、陶虎臣给他凑了一笔路费和赌本，他就带了几罐蟋蟀，搭船走了。

斗蟋蟀也像摔跤、击拳一样，先要约约运动员的体重。分量相等，才能入盘开斗。如分量低于对方而自愿下场者，听便。

没想到，这只蟋蟀给他赢了四十块钱。——四十块钱相当于一个小学教员两个月的薪水！靳彝甫很高兴，在如意楼定了几个菜，约王瘦吾、陶虎臣来喝酒。

（这只身经百战的蟋蟀后来在冬至那天寿终了，靳彝甫特地打了一

1 探子是刺激蟋蟀的斗志用的。北方多用鼠须，南方多用四杈草掰成细须，九蒸九晒。

个小小的银棺材，送到阴城埋了。）

没喝几杯，靳彝甫的孩子拿了一张名片，说是家里来了客。靳彝甫接过名片一看：“季匋民！”

“他怎么会来找我呢？”

季匋民是一县人引为骄傲的大人物。他是个名闻全国的大画家，同时又是大收藏家，大财主，家里有好田好地，宋元名迹。他在上海一个艺术专科大学当教授，平常难得回家。

“你回去看看。”

“我少陪一会儿。”

季匋民和靳彝甫都是画画的，可是气色很不一样。此人面色红润，双眼有光，浓黑的长髯，声音很洪亮。衣着很随便，但质料很讲究。

“我冒进宝府，唐突得很。”

“哪里哪里。只是我这寒舍，实在太小了。”

“小，而雅，比大而无当好！”

寒暄之后，季匋民说明来意：听说彝甫有几块好田黄，特地来看看。靳彝甫捧了出来，他托在手里，一块一块，仔仔细细看了。“好，——好，——好。匋民平生所见田黄多矣，像这样润的，少。”他估了估价，说按时下行情，值二百洋。有文三桥边款的一块就值一百。他很直率地问靳彝甫肯不肯割爱。靳彝甫也很直率地回答：“不到山穷水尽，不能舍此性命。”

“好！这像个弄笔墨的人说的话！既然如此，匋民绝不夺人之所爱。不过，如果你有一天想出手，得先尽我。”

“那可以。”

“一言为定。”

“一言为定。”

买卖不成，季匋民倒也没有不高兴。他又提出想看看靳彝甫家藏的画稿。靳彝甫祖父的，父亲的。——靳彝甫本人的，他也想看看。他看得很入神，拍着画案说：

“令祖，令尊，都被埋没了啊！吾乡固多才俊之士，而皆困居于蓬牖之中，声名不出于里巷，悲哉！悲哉！”

他看了靳彝甫的画，说：

“彝甫兄，我有几句话……”

“您请指教。”

“你的画，家学渊源。但是，有功力，而少境界。要变！山水，暂时不要画。你见过多少真山真水？人物，不要跟在改七芗、费晓楼后面跑。倪墨耕尤为甜俗。要越过唐伯虎，直追两宋南唐。我奉赠你两个字：古，艳。比如这张杨妃出浴，披纱用洋红，就俗。用朱红，加一点紫！把颜色搞得重重的！脸上也不要这样干净，给她贴几个花子！——你是打算就这样在家乡困着呢？还是想出去闯闯呢？出去，走走，结识一些大家，见见世面！到上海，那里人才多！”

他建议靳彝甫选出百十件画，到上海去开一个展览会。他认识朵云轩，可以借他们的地方。他还可以写几封信给上海名流，请他们为靳彝甫吹嘘吹嘘。他还嘱咐靳彝甫，卖了画，有了一点钱，要做两件事：读万卷书，行万里路。最后说：

“我今天很高兴。看了令祖、令尊的画稿，偷到不少的东西。——我把它化一化，就是杰作！哈哈哈哈……”

这位大画家就这样疯疯癫癫，哈哈大笑着，提了他的筇竹杖，一阵风似的走了。

靳彝甫一边卷着画，一边想：季匋民是见得多。他对自己的指点，很有道理，很令人佩服。但是，到上海、开展览会，结识名流……唉，有钱的名士的话怎么能当得真呢！他笑了。

没想到，三天之后，季匋民真的派人送来了七八封朱丝栏玉版宣的八行书。

靳彝甫的画展不算轰动，但是卖出去几十张画。那张在季匋民授意之下重画的杨妃出浴，一再有人重订。报上发了消息，一家画刊还选了他两幅画。这都是他没有想到的。王瘦吾和陶虎臣在家乡看到报，很替他高兴："彝甫出了名了！"

卖了画，靳彝甫真的按照季匋民的建议，"行万里路"去了。一去三年，很少来信。

这三年啊！

王瘦吾的草帽厂生意很好。草帽没个什么讲究，买的人只是一图个结实，二图个便宜。他家出的草帽是就地产销，省了来回运费，自然比外地来的便宜得多。牌子闯出去了，买卖就好做。全城并无第二家，那四台哒哒作响的机子，把带着钱想买草帽的客人老远地就吸过来了。

不想遇见一个王伯韬。

这王伯韬是个开陆陈行的。这地方把买卖豆麦杂粮的行叫作陆陈行。人们提起陆陈行，都暗暗摇头。做这一行的，有两大特点：其一，是资本雄厚，大都兼营别的生意，什么买卖赚钱，他们就开什么买卖，眼尖手快。其二，都是流氓——都在帮。这城里发生过几起大规模的斗殴，都是陆陈行挑起的。打架的原因，都是抢行霸市。这种人一看就看得出来。他们的衣着和一般的生意人就不一样。不论什么时候，长衫里面的小褂的袖子总翻出很长的一截。料子也是老实商人所不用的。夏天是格子纺，冬天是法兰绒。脚底下是黑丝袜，方口的黑纹皮面的硬底便鞋。王伯韬和王瘦吾是同宗，见面总是"瘦吾兄"长，"瘦吾兄"短。王瘦吾不爱搭理他，尽可能地躲着他。

谁知偏偏躲不开，而且天天要见面。王伯韬也开了一家草帽厂，就在王瘦吾的草帽厂的对门！他新开的草帽厂有八台机子，八个师傅，门面、柜台，一切都比王瘦吾的大一倍。

王伯韬真是不顾血本，把批发、零售价都压得极低。王瘦吾算算，这样的定价，简直无利可图。他不服这口气，也随着把价钱落下来。

王伯韬坐在对面柜台里，还是满脸带笑，“瘦吾兄”长，“瘦吾兄”短。王瘦吾撑了一年，实在撑不住了。

王伯韬放出话来：“瘦吾要是愿意把四台机子让给我，他多少钱买的，我多少钱要！”

四台机子，连同库存的现货，辫子，全部倒给了王伯韬。王瘦吾气得生了一场重病。一病一年多。卖机子的钱、连同小绒线店的底本，全变成了药渣子，倒在门外的街上了。

好不容易，能起来坐一坐，出门走几步了。可是人瘦得像一张纸，一阵风吹过，就能倒下。

陶虎臣呢？

头一年，因为四乡闹土匪，连城里都出了几起抢案，县政府和当地驻军联名出了一张布告：“冬防期间，严禁燃放鞭炮。”炮仗店平时生意有限，全指着年下。这一冬防，可把陶虎臣防苦了。且熬着，等明年吧。

明年！蒋介石搞他娘的“新生活”[1]，根本取缔了鞭炮。城里几家炮仗店统统关了张。陶虎臣别无产业，只好做一点“黄烟子”和蚊烟混日子。“黄烟子”也像是个炮仗，只是里面装的不是火药而是雄黄，外皮也是黄的。点了捻子，不响，只是从屁股上冒出一股黄烟，能冒半天。这种东西，端午节人家买来，点着了扔在床脚柜底熏五毒；孩子们把黄烟屁股抵在板壁上写“虎”字。蚊烟是在一个皮纸的空套里装上锯末，加一点芒硝和鳝鱼骨头，盘成一盘，像一条蛇。这东西点起来味道很呛，人和蚊子都受不了。这两种东西，本来是炮仗店附带做做的，靠它赚钱吃饭，养家活口的，怎么行呢？——一年有几个端午节？蚊子也不

---

1 “新生活”是蒋介石搞的“新生活”运动，提倡“礼义廉耻”，到处刷写着“礼义廉耻，国之四维。四维不张，国乃灭亡”，限制行人靠左边走，废除作揖，改行握手，禁止燃放鞭炮、等等。总之，大家都过新生活，不许过旧生活。

是四季都有啊！

第三年，陶家炮仗店的铺闼子门[1]下了一把牛鼻子铁锁，再也打不开了。陶家的锅，也揭不开了。起先是喝粥，——喝稀粥，后来连稀粥也喝不成了。陶虎臣全家，已经饿了一天半。

有那么一个缺德的人敲开了陶家的门。这人姓宋，人称宋保长，他是什么事都干得出来，什么钱也敢拿的。他来做媒了。二十块钱，陶虎臣把女儿嫁给了一个驻军的连长。这连长第二天就开拔。他倒什么也不挑，只要是一个黄花闺女。陶虎臣跳着脚大叫："不要说得那么好听！这不是嫁！这是卖！你们到大街去打锣喊叫：我陶虎臣卖女儿！你们喊去！我不害臊！陶虎臣！你是个什么东西！陶虎臣！我操你八辈祖奶奶！你就这样没有能耐呀！"女儿的妈和弟弟都哭。女儿倒不哭，反过来劝爹："爹！爹！您别这样！我愿意！——真的！爹！我真的愿意！"她朝上给爹妈磕了头，又趴在弟弟的耳边说了一句话。这一句话是："饿的时候，忍着，别哭。"弟弟直点头。女儿走到爹床前，说了声："爹！我走啦！您保重！"陶虎臣脸对墙躺着，连头都没有回，他的眼泪哗哗地往下淌。

两个半月过去了。陶家一直就花这二十块钱。二十块钱剩得不多了，女儿回来了。妈脱下女儿的衣服一看，什么都明白了：这连长天天打她。女儿跟妈妈偷偷地说："妈，我过上了他的脏病。"

岁暮天寒，彤云酿雪，陶虎臣无路可走，他到阴城去上吊。

他没有死成。他刚把腰带拴在一棵树上，把头伸进去，一个人拦腰把他抱住，一刀砍断了腰带。这人是住在财神庙的那个侉子。

靳彝甫回来了。他一到家，听说陶虎臣的事，连脸都没洗，拔脚就往陶家去。陶虎臣躺在一领破芦席上，拥着一条破棉絮。靳彝甫掏出五

1 这地方店铺的门一般都是一块一块狭长的门板，上在门槛的槽里，称为"铺闼子"。

块钱来，说："虎臣，我才回来，带的钱不多，你等我一天！"

跟脚，他又奔王瘦吾家。瘦吾也是家徒四壁了。他正在对着空屋发呆。靳彝甫也掏出五块钱，说："瘦吾，你等我一天！"

第三天，靳彝甫约王瘦吾、陶虎臣到如意楼喝酒。他从内衣口袋里掏出两封洋钱，外面裹着红纸。一看就知道，一封是一百。他在两位老友面前，各放了一封。

"先用着。"

"这钱——？"

靳彝甫笑了笑。

那两个都明白了：彝甫把三块田黄给季匋民送去了。

靳彝甫端起酒杯说："咱们今天醉一次。"

那两个同意。

"好，醉一次！"

这天是腊月三十。这样的时候，是不会有人上酒馆喝酒的。如意楼空荡荡的，就只有这三个人。

外面，正下着大雪。

一九八〇年八月二十日初稿

十一月二十日二稿

大淖记事

一

这地方的地名很奇怪，叫作大淖。全县没有几个人认得这个淖字。县境之内，也再没有别的叫作什么淖的地方。据说这是蒙古话。那么这地名大概是元朝留下的。元朝以前这地方有没有，叫作什么，就无从查考了。

淖，是一片大水。说是湖泊，似还不够，比一个池塘可要大得多，春夏水盛时，是颇为浩淼的。这是两条水道的河源。淖中央有一条狭长的沙洲。沙洲上长满茅草和芦荻。春初水暖，沙洲上冒出很多紫红色的芦芽和灰绿色的蒌蒿[1]，很快就是一片翠绿了。夏天，茅草、芦荻都吐出雪白的丝穗，在微风中不住地点头。秋天，全都枯黄了，就被人割去，加到自己的屋顶上去了。冬天，下雪，这里总比别处先白。化雪的时候，也比别处化得慢。河水解冻了，发绿了，沙洲上的残雪还亮晶晶地堆积着。这条沙洲是两条河水的分界处。从淖里坐船沿沙洲西面北行，可以看到高阜上的几家炕房。绿柳丛中，露出雪白的粉墙，黑漆大

1 蒌蒿是生于水边的野草，粗如笔管，有节，生狭长的小叶，初生二寸来高，叫作“蒌蒿薹子”，加肉炒食极清香。苏东坡诗：“竹外桃花三两枝，春江水暖鸭先知，蒌蒿满地芦芽短，正是河豚欲上时。”蒌蒿见之于诗，这大概是第一次。他很能写出节令风物之美。

书四个字："鸡鸭炕房"，非常显眼。炕房门外，照例都有一块小小土坪，有几个人坐在树桩上负曝闲谈。不时有人从门里挑出一副很大的扁圆的竹笼，笼口络着绳网，里面是松花黄色的，毛茸茸，挨挨挤挤，啾啾乱叫的小鸡小鸭。由沙洲往东，要经过一座浆坊。浆是浆衣服用的。这里的人，衣服被里洗过后，都要浆一浆。浆过的衣服，穿在身上沙沙作响。浆是芡实水磨，加一点明矾，澄去水分，晒干而成。这东西是不值什么钱的。一大盆衣被，只要到杂货店花两三个铜板，买一小块，用热水冲开，就足够用了。但是全县浆粉都由这家供应（这东西是家家用得着的），所以规模也不算小。浆坊有四五个师傅忙碌着。喂着两头毛驴，轮流上磨。浆坊门外，有一片平场，太阳好的时候，每天晒着浆块，白得叫人眼睛都睁不开。炕房、浆坊附近还有几家买卖荸荠、茨菰、菱角、鲜藕的鲜货行，集散鱼蟹的鱼行和收购青草的草行。过了炕房和浆坊，就都是田畴麦垅，牛棚水车，人家的墙上贴着黑黄色的牛屎粑粑，——牛粪和水，拍成饼状，直径半尺，整齐地贴在墙上晾干，做燃料，已经完全是农村的景色了。由大淖北去，可至北乡各村。东去可至一沟、二沟、三垛，直达邻县兴化。

大淖的南岸，有一座漆成绿色的木板房，房顶、地面，都是木板的。这原是一个轮船公司。靠外手是候船的休息室。往里去，临水，就是码头。原来曾有一只小轮船，往来本城和兴化，隔日一班，单日开走，双日返回。小轮船漆得花花绿绿的，飘着万国旗，机器突突地响，烟筒冒着黑烟，装货、卸货，上客、下客，也有卖牛肉、高粱酒、花生瓜子、芝麻灌香糖的小贩，吆吆喝喝，是热闹过一阵的。后来因为公司赔了本，股东无意继续经营，就卖船停业了。这间木板房子倒没有拆去。现在里面空荡荡、冷清清，只有附近的野孩子到候船室来唱戏玩，棍棍棒棒，乱打一气；或到码头上比赛撒尿。七八个小家伙，齐齐地站成一排，把一泡泡骚尿哗哗地撒到水里，看谁尿得最远。

大淖指的是这片水，也指水边的陆地。这里是城区和乡下的交界处。从轮船公司往南，穿过一条深巷，就是北门外东大街了。坐在大淖的水边，可以听到远远地一阵一阵朦朦胧胧的市声，但是这里的一切和街里不一样。这里没有一家店铺。这里的颜色、声音、气味和街里不一样。这里的人也不一样。他们的生活，他们的风俗，他们的是非标准、伦理道德观念和街里的穿长衣念过“子曰”的人完全不同。

二

由轮船公司往东往西，各距一箭之遥，有两丛住户人家。这两丛人家，也是互不相同的，各是各乡风。

西边是几排错错落落的低矮的瓦屋。这里住的是做小生意的。他们大都不是本地人，是从下河一带，兴化、泰州、东台等处来的客户。卖紫萝卜（紫萝卜是比荸荠略大的扁圆形的萝卜，外皮染成深蓝紫色，极甜脆）的，卖风菱（风菱是很大的两角的菱角，壳极硬）的，卖山里红的，卖熟藕（藕孔里塞了糯米煮熟）的。还有一个从宝应来的卖眼镜的，一个从杭州来的卖天竺筷的。他们像一些候鸟，来去都有定时。来时，向相熟的人家租一间半间屋子，住上一阵，有的住得长一些，有的短一些，到生意做完，就走了。他们都是日出而作，日入而息。吃罢早饭，各自背着、扛着、挎着、举着自己的货色，用不同的乡音，不同的腔调，吟唱吆唤着上街了。到太阳落山，又都像鸟似的回到自己的窝里。于是从这些低矮的屋檐下就都飘出带点甜味而又呛人的炊烟（所烧的柴草都是半干不湿的）。他们做的都是小本生意，赚钱不大。因为是在客边，对人很和气，凡事忍让，所以这一带平常总是安安静静的，很少有吵嘴打架的事情发生。

这里还住着二十来个锡匠，都是兴化帮。这地方兴用锡器，家家都有几件锡制的家伙。香炉、蜡台、痰盂、茶叶罐、水壶、茶壶、酒壶，甚至尿壶，都是锡的。嫁闺女时都要陪送一套锡器。最少也要有两个能容四五升米的大锡罐，摆在柜顶上，否则就不成其为嫁妆。出阁的闺女生了孩子，娘家要送两大罐糯米粥（另外还要有两只老母鸡，一百鸡蛋），装粥用的就是娘柜顶上的这两个锡罐。因此，二十来个锡匠并不显多。

锡匠的手艺不算费事，所用的家什也较简单。一副锡匠担子，一头是风箱，绳系里夹着几块锡板；一头是炭炉和两块二尺见方，一面裱着好几层表芯纸的方砖。锡器是打出来的，不是铸出来的。人家叫锡匠来打锡器，一般都是自己备料，——把几件残旧的锡器回炉重打。锡匠在人家门道里或是街边空地上，支起担子，拉动风箱，在锅里把旧锡化成锡水，——锡的熔点很低，不大一会儿就化了；然后把两块方砖对合着（裱纸的一面朝里），在两砖之间压一条绳子，绳子按照要打的锡器圈成近似的形状，绳头留在砖外，把锡水由绳口倾倒过去，两砖一压，就成了锡片；然后，用一个大剪子剪剪，焊好接口，用一个木槌在铁砧上敲敲打打，大约一两顿饭工夫就成型了。锡是软的，打锡器不像打铜器那样费劲，也不那样吵人。粗使的锡器，就这样就能交活。若是细巧的，就还要用刮刀刮一遍，用砂纸打一打，用竹节草（这种草中药店有卖的）磨得锃亮。

这一帮锡匠很讲义气。他们扶持疾病，互通有无，从不抢生意。若是合伙做活，工钱也分得很公道。这帮锡匠有一个头领，是个老锡匠，他说话没有人不听。老锡匠人很耿直，对其余的锡匠（不是他的晚辈就是他的徒弟）管教得很紧。他不许他们赌钱喝酒；嘱咐他们出外做活，要童叟无欺，手脚要干净，不许和妇道嬉皮笑脸。他教他们不要怕事，也绝不要惹事。除了上市应活，平常不让到处闲游乱窜。

老锡匠会打拳，别的锡匠也跟着练武。他屋里有好些白蜡杆，三节棍，没事便搬到外面场地上打对儿。老锡匠说：这是消遣，也可以防身，出门在外，会几手拳脚不吃亏。除此之外，锡匠们的娱乐便是唱唱戏。他们唱的这种戏叫作“小开口”，是一种地方小戏，唱腔本是萨满教的香火（巫师）请神唱的调子，所以又叫“香火戏”。这些锡匠并不信萨满教，但大都会唱香火戏。戏的曲调虽简单，内容却是成本大套，李三娘挑水推磨，生下咬脐郎；白娘子水漫金山；刘金定招亲；方卿唱道情，……可以坐唱，也可以化了装彩唱。遇到阴天下雨，不能出街，他们能吹打弹唱一整天。附近的姑娘媳妇都挤过来看，——听。

老锡匠有个徒弟，也是他的侄儿，在家大排行第十一，小名就叫个十一子，外人都只叫他小锡匠。这十一子是老锡匠的一件心事。因为他太聪明，长得又太好看了。他长得挺拔厮称，肩宽腰细，唇红齿白，浓眉大眼，头戴遮阳草帽，青鞋净袜，全身衣服整齐合体。天热的时候，敞开衣扣，露出扇面也似的胸脯，五寸宽的雪白的板带煞得很紧。走起路来，高抬脚，轻着地，麻溜利索。锡匠里出了这样一个一表人才，真是鸡窝里飞出了金凤凰。老锡匠心里明白：唱“小开口”的时候，那些挤过来的姑娘媳妇，其实都是来看这位十一郎的。

老锡匠经常告诫十一子，不要和此地的姑娘媳妇拉拉扯扯，尤其不要和东头的姑娘媳妇有什么勾搭：“她们和我们不是一样的人！”

三

轮船公司东头都是草房，茅草盖顶，黄土打墙，房顶两头多盖着半片破缸破瓮，防止大风时把茅草刮走。这里的人，世代相传，都是挑夫。男人、女人，大人、孩子，都靠肩膀吃饭。

挑得最多的是稻子。东乡、北乡的稻船，都在大淖靠岸。满船的稻子，都由这些挑夫挑走。或送到米店，或送进哪家大户的廒仓，或挑到南门外琵琶闸的大船上，沿运河外运。有时还会一直挑到车逻、马棚湾这样很远的码头上。单程一趟，或五六里，或七八里、十多里不等。一二十人走成一串，步子走得很匀，很快。一担稻子一百五十斤，中途不歇肩。一路不停地打着号子。换肩时一齐换肩。打头的一个，手往扁担上一搭，一二十副担子就同时由右肩转到左肩上来了。每挑一担，领一根“筹子”，——尺半长，一寸宽的竹牌，上涂白漆一头是红的。到傍晚凭筹领钱。

稻谷之外，什么都挑。砖瓦、石灰、竹子（挑竹子一头拖在地上，在砖铺的街面上擦得刷刷地响），桐油（桐油很重，使扁担不行，得用木杠，两人抬一桶）……因此，一年三百六十天，天天有活干，饿不着。

十三四岁的孩子就开始挑了。起初挑半担，用两个柳条笆斗。练上一二年，人长高了，力气也够了，就挑整担，像大人一样地挣钱了。

挑夫们的生活很简单：卖力气，吃饭。一天三顿，都是干饭。这些人家都不盘灶，烧的是“锅腔子”——黄泥烧成的矮瓮，一面开口烧火。烧柴是不花钱的。淖边常有草船，乡下人挑芦柴入街去卖，一路总要撒下一些。凡是尚未挑担挣钱的孩子，就一人一把竹箍，到处去搂。因此，这些顽童得到一个稍带侮辱性的称呼，叫作“筢草鬼子”。有时懒得费事，就从乡下人的草担上猛力拽出一把，拔腿就溜。等乡下人撂下担子叫骂时，他们早就没影儿了。锅腔子无处出烟，烟子就横溢出来，飘到大淖水面上，平铺开来，停留不散。这些人家无隔宿之粮，都是当天买，当天吃。吃的都是脱粟的糙米。一到饭时，就看见这些茅草房子的门口蹲着一些男子汉，捧着一个蓝花大海碗，碗里是骨堆堆的一碗紫红紫红的米饭，一边堆着青菜小鱼，臭豆腐、腌辣椒，大口大口地在吞食。他们吃饭不怎么嚼，只在嘴里打一个滚，咕咚一声就咽下去了。看他们吃得那样香，你会觉得世界上再没有比这个饭更好吃的饭了。

他们也有年，也有节。逢年过节，除了换一件干净衣裳，吃得好一些，就是聚在一起赌钱。赌具，也是钱。打钱，滚钱。打钱：各人拿出一二十铜元，叠成很高的一摞。参与者远远地用一个钱向这摞铜钱砸去，砸倒多少取多少。滚钱又叫“滚五七寸”。在一片空场上，各人放一摞钱；一块整砖支起一个斜坡，用一个铜元由砖面落下，向钱注密处滚去，钱停住后，用事前备好的两根草棍量一量，如距钱注五寸，滚钱者即可吃掉这一注；距离七寸，反赔出与此注相同之数。这种古老的博法使挑夫们得到极大的快乐。旁观的闲人也不时大声喝彩，为他们助兴。

这里的姑娘媳妇也都能挑。她们挑得不比男人少，走得不比男人慢。挑鲜货是她们的专业。大概是觉得这种水淋淋的东西对女人更相宜，男人们是不屑于去挑的。这些“女将”都生得顺长俊俏，浓黑的头发上涂了很多梳头油，梳得油光水滑（照当地说法是苍蝇站上去都会闪了腿）。脑后的发髻都极大。发髻的大红头绳的发根长到二寸，老远就看到通红的一截。她们的发髻的一侧总要插一点什么东西。清明插一个柳球（杨柳的嫩枝，一头拿牙咬着，把柳枝的外皮连同鹅黄的柳叶使劲往下一抹，成一个小小球形），端午插一丛艾叶，有鲜花时插一朵栀子，一朵夹竹桃，无鲜花时插一朵大红剪绒花。因为常年挑担，衣服的肩膀处易破，她们的托肩多半是换过的。旧衣服，新托肩，颜色不一样，这几乎成了大淖妇女的特有的服饰。一二十个姑娘媳妇，挑着一担担紫红的荸荠、碧绿的菱角、雪白的连枝藕，走成一长串，风摆柳似的嚓嚓地走过，好看得很！

她们像男人一样地挣钱，走相、坐相也像男人。走起来一阵风，坐下来两条腿叉得很开。她们像男人一样赤脚穿草鞋（脚指甲却用凤仙花染红）。她们嘴里不忌生冷，男人怎么说话她们怎么说话，她们也用男人骂人的话骂人。打起号子来也是“好大娘个歪歪子咧！”——“歪歪子咧……”

没出门子的姑娘还文雅一点，一做了媳妇就简直是“姜太公在此百无禁忌”，要多野有多野。有一个老光棍黄海龙，年轻时也是挑夫，后来腿脚有了点毛病，就在码头上看看稻船，收收筹子。这老头儿老没正经，一把胡子了，还喜欢在媳妇们的胸前屁股上摸一把，拧一下。按辈分，他应当被这些媳妇称呼一声叔公，可是谁都管他叫“老骚胡子”。有一天，他又动手动脚的，几个媳妇一咬耳朵，一二三，一齐上手，眨眼之间叔公的裤子就挂在大树顶上了。有一回，叔公听见卖铰面[1]的挑着担子，敲着竹梆走来，他又来劲了："你们敢不敢到淖里洗个澡？——敢，我一个人输你们两碗铰面！""真的？""真的！""好！"几个媳妇脱了衣服跳到淖里扑通扑通洗了一会儿。爬上岸就大声喊叫：

"下面！"

这里人家的婚嫁极少明媒正娶，花轿吹鼓手是挣不着他们的钱的。媳妇，多是自己跑来的；姑娘，一般是自己找人。他们在男女关系上是比较随便的。姑娘在家生私孩子；一个媳妇，在丈夫之外，再"靠"一个，不是稀奇事。这里的女人和男人好，还是恼，只有一个标准：情愿。有的姑娘、媳妇相与了一个男人，自然也跟他要钱买花戴，但是有的不但不要他们的钱，反而把钱给他花，叫作"倒贴"。

因此，街里的人说这里"风气不好"。

到底是哪里的风气更好一些呢？难说。

四

大淖东头有一户人家。这一家只有两口人，父亲和女儿。父亲名叫黄海蛟，是黄海龙的堂弟（挑夫里姓黄的多）。原来是挑夫里的一把好手。他专能上高跳。这地方大粮行的"窝积"（长条芦席围成的粮囤），高到三四丈，只支一只单跳，很陡。上高跳要提着气一口气窜上去，中途不能停留。遇到上了一点岁数的或者"女将"，抬头看看高跳，有点含糊，他就走过去接过一百五十斤的担子，一支箭似的上到跳顶，两手一提，把两箩稻子倒在"窝积"里，随即三五步就下到平地。因为为人忠诚老实，二十五岁了，还没有成亲。那年在车逻挑粮食，遇到一个姑娘向他问路。这姑娘留着长长的刘海，梳了一个"苏州俏"的

1 一半馄饨一半面下在一起，当地叫作铰面。

发髻，还抹了一点胭脂，眼色张皇，神情焦急，她问路，可是连一个准地名都说不清，一看就知道是大户人家逃出来的使女。黄海蛟和她攀谈了一会儿，这姑娘就表示愿意跟着他过。她叫莲子。——这地方丫头、使女多叫莲子。

莲子和黄海蛟过了一年，给他生了个女儿。七月生的，生下的时候满天都是五色云彩，就取名叫作巧云。

莲子的手很巧、也勤快，只是爱穿件华丝葛的裤子，爱吃点瓜子零食，还爱唱“打牙牌”之类的小调：“凉月子一出照楼梢，打个呵欠伸懒腰，瞌睡子又上来了。哎哟，哎哟，瞌睡子又上来了……”这和大淖的乡风不大一样。

巧云三岁那年，她的妈莲子，终于和一个过路戏班子的一个唱小生的跑了。那天，黄海蛟正在马棚湾。莲子把黄海蛟的衣裳都浆洗了一遍，巧云的小衣裳也收拾在一起，焖了一锅饭，还给老黄打了半斤酒，把孩子托给邻居，说是她出门有点事，锁了门，从此就不知去向了。

巧云的妈跑了，黄海蛟倒没有怎么伤心难过。这种事情在大淖这个地方也值不得大惊小怪。养熟的鸟还有飞走的时候呢，何况是一个人！只是她留下的这块肉，黄海蛟实在是疼得不行。他不愿巧云在后娘的眼皮底下委委屈屈地生活，因此发心不再续娶。他就又当爹又当妈，和女儿巧云在一起过了十几年。他不愿巧云去挑扁担，巧云从十四岁就学会结渔网和打芦席。

巧云十五岁，长成了一朵花。身材、脸盘都像妈。瓜子脸，一边有个很深的酒窝。眉毛黑如鸦翅。长入鬓角。眼角有点吊，是一双凤眼。睫毛很长，因此显得眼睛经常是眯晞着；忽然回头，睁得大大的，带点吃惊而专注的神情，好像听到远处有人叫她似的。她在门外的两棵树杈之间结网，在淖边平地上织席，就有一些少年人装着有事的样子来来去去。她上街买东西，甭管是买肉、买菜，打油、打酒，撕布、量头绳，买梳头油、雪花膏，买石碱、浆块，同样的钱，她买回来，分量都比别人多，东西都比别人的好。这个奥秘早被大娘、大婶们发现，她们都托她买东西。只要巧云一上街，都挎了好几个竹篮，回来时压得两个胳臂酸疼酸疼。泰山庙唱戏，人家都自己扛了板凳去。巧云散着手就去了。一去了，总有人给她找一个得看的好座。台上的戏唱得正热闹，但是没有多少人叫好。因为好些人不是在看戏，是看她。

巧云十六了，该张罗着自己的事了。谁家会把这朵花迎走呢？炕房的老大？浆坊的老二？鲜货行的老三？他们都有这意思。这点意思黄海蛟知道了，巧云也知道。不然他们老到淖东头来回晃摇是干什么呢？但是巧云没怎么往心里去。

巧云十七岁，命运发生了一个急转直下的变化。她的父亲黄海蛟在一次挑重担上高跳时，一脚踏空，从三丈高的跳板上摔下来，摔断了腰。起初以为不要紧，养养就好了。不想喝了好多药酒，贴了好多膏药，还不见效。她爹半瘫了，他的腰再也直不起来了。他有时下床，扶着一个剃头担子上用的高板凳，咯噔咯噔地走一截，平常就只好半躺下靠在一摞被窝上。他不能用自己的肩膀为女儿挣几件新衣裳，买两枝花，却只能由女儿用一双手养活自己了。还不到五十岁的男子汉，只能做一点老太婆做的事：绩了一捆又一捆的供女儿结网用的麻线。事情很清楚：巧云不会撇下她这个老实可怜的残废爹。谁要愿意，只能上这家来当一个倒插门的养老女婿。谁愿意呢？这家的全部家产只有三间草屋（巧云和爹各住一间，当中是一个小小的堂屋）。老大、老二、老三时不时走来走去，拿眼睛瞟着隔着一层鱼网或者坐在雪白的芦席上的一个苗条的身子。他们的眼睛依然不缺乏爱慕，但是减少了几分急切。

老锡匠告诫十一子不要老往淖东头跑，但是小锡匠还短不了要来。大娘、大婶、姑娘、媳妇有旧壶翻新，总喜欢叫小锡匠来；从大淖过深巷上大街也要经过这里，巧云家门前的柳荫是一个等待雇主的好地方。巧云织席，十一子化锡，正好做伴。有时巧云停下活计，帮小锡匠拉风箱。有时巧云要回家看看她的残废爹，问他想不想吃烟喝水，小锡匠就压住炉里的火，帮她织一气席。巧云的手指划破了（织席很容易划破手，压扁的芦苇薄片，刀一样的锋快），十一子就帮她吮吸指头肚子上的血。巧云从十一子口里知道他家里的事：他是个独子，没有兄弟姐妹。他有一个老娘，守寡多年了。他娘在家给人家做针线，眼睛越来越不好，他很担心她有一天会瞎……

好心的大人路过时会想：这倒真是两只鸳鸯，可是配不成对。一家要招一个养老女婿，一家要接一个当家媳妇，弄不到一起。他们俩呢，只是很愿意在一处谈谈坐坐。都到岁数了，心里不是没有。只是像一片薄薄的云，飘过来，飘过去，下不成雨。

有一天晚上，好月亮，巧云到淖边一只空船上去洗衣裳（这里的船泊定后，把桨拖到岸上，寄放在熟人家，船就拴在那里，无人看管，谁都可以上去）。她正在船头把身子往前倾着，用力涮着一件大衣裳，一个不知轻重的顽皮野孩子轻轻走到她身后，伸出两手胳肢她的腰。她冷不防，一头栽进了水里。她本会一点水，但是一下了懵了。这几天水又大，流很急。她挣扎了两下，喊救人，接连喝了几口水。她被水冲走了！正赶上十一子在炕房门外土坪上打拳，看见一个人冲了过来，头发在水上漂着。他褪下鞋子，一猛子扎到水底，从水里把她托了起来。

十一子把她肚子里的水控了出来，巧云还是昏迷不醒。十一子只好把她横抱着，像抱一个婴儿似的，把她送回去。她浑身是湿的，软绵绵，热乎乎的。十一子觉得巧云紧紧挨着他，越挨越紧。十一子的心怦怦地跳。

到了家，巧云醒来了。（她早就醒来了！）十一子把她放在床上。巧云换了湿衣裳（月光照出她的美丽的少女的身体）。十一子抓一把草，给她熬了半铞子姜糖水，让她喝下去，就走了。

巧云起来关了门，躺下。她好像看见自己躺在床上的样子。月亮真好。

巧云在心里说："你是个呆子！"

她说出声来了。

不大一会儿，她也就睡死了。

就在这一天夜里，另外一个人，拨开了巧云家的门。

五

由轮船公司对面的巷子转东大街，往西不远，有一个道士观，叫作炼阳观。现在没有道士了，里面住了不到一营水上保安队。这水上保安队是地方武装。他们名义上归县政府管辖，饷银却由县商会开销，水上保安队的任务是下乡剿土匪。这一带土匪很多，他们抢了人，绑了票，大都藏匿在芦荡湖泊中的船上（这地方到处是水），如遇追捕，便于脱逃。因此，地方绅商觉得很需要成立一个特殊的武装力量来对付这些成帮结伙的土匪。水上保安队装备是很好的。他们乘的船是“铁板划子”——船的三面都有半人高、三四分厚的铁板，子弹是打不透的。铁板划子就停在大淖岸边，样子很高傲。一有任务，就看见大兵们扛着两挺水机关，用箩筐抬着多半筐子弹（子弹不用箱装，却使箩抬，颇奇怪），上了船，开走了。

或七八天，或十天半月，他们得胜回来了（他们有铁板划子，又有水机关，对土匪有压倒优势，很少有伤亡）。铁板划子靠了岸，上岸列队，由深巷，上大街，直奔县政府。这队伍是四列纵队。前面是号队。这不到一营的人，却有十二支号。一上大街，就“打打打滴打大打滴大打”，齐齐整整地吹起来。后面是全队弟兄，一律荷枪实弹。号队之后，大队之前的正中，是捉来的土匪。有时三个五个，有时只有一个，都是五花大绑。这队伍是很神气的。最妙的是被绑着的土匪也一律都和着号音，步伐整齐，雄赳赳气昂昂地走着。甚至值日官喊“一、二、三、四”，他们也随着大声地喊。大队上街之前，要由地保事先通知沿街店铺，凡有鸟笼的（有的店铺是养八哥、画眉的），都要收起来，因为土匪大哥看见不高兴，这是他们忌讳的（他们到了县政府，都下在大狱里，看见笼中鸟，就无出狱希望了）。看看这样的铜号放光，刺刀雪亮，还夹着几个带有传奇色彩的土匪英雄的威武雄壮的队伍，是这条街上的民众的一件快乐事情。其快乐程度不下于看狮子、龙灯、高跷、抬阁和僧道齐全、六十四杠的大出丧。

除了下乡办差，保安队的弟兄们没有什么事。他们除了把两挺水机关扛到大淖边突突地打两梭（把淖岸上的泥土打得簌簌地往下掉），平常是难得出操、打野外的。使人们感觉到这营把人的存在的，是这十二个号兵早晚练号。早晨八九点钟，下午四五点钟，他们就到大淖边来了。先是拔长音，然后各自吹几段，最后是合吹进行曲、三环号（他们吹三环号只是吹着玩，因为从来没有接受检阅的时候）。吹完号，就解散，想干什么干什么。有的，就轻手轻脚，走进一家的门外，咳嗽一声，随着，走了进去，门就关起来了。

这些号兵大都衣着整齐，干净爱俏。他们除了吹吹号，整天无事干，有的是闲空。他们的钱来得容易，——饷钱倒不多，但每次下乡，总有犒赏；有时与土匪遭遇，双方谈条件，也常从对方手中得到一笔钱，手面很大方，花钱不在乎。他们是保护地方绅商的军人，身后有靠山，即或出一点什么事，谁也无奈他何。因此，这些大爷就觉得不风流风流，实在对不起自己，也辜负了别人。

十二个号兵，有一个号长，姓刘，大家都叫他刘号长。这刘号长前后跟大淖几家的媳妇都很熟。

拨开巧云家的门的，就是这个号长！

号长走的时候留下十块钱。

这种事在大淖不是第一次发生。巧云的残废爹当时就知道了。他拿着这十块钱，只是长长地叹了一口气。邻居们知道了，姑娘、媳妇并未多议论，只骂了一句："这个该死的！"

巧云破了身子，她没有淌眼泪，更没有想到跳到淖里淹死。人生在世，总有这么一遭！只是为什么是这个人？真不该是这个人！怎么办？拿把菜刀杀了他？放火烧了炼阳观？不行！她还有个残废爹。她怔怔地坐在床上，心里乱糟糟的。她想起该起来烧早饭了。她还得结网，织席，还得上街。她想起小时候上人家看新娘子，新娘子穿了一双粉红的缎子花鞋。她想起她的远在天边的妈。她记不得妈的样子，只记得妈用一个筷子头蘸了胭脂给她点了一点眉心红。她拿起镜子照照，她好像第一次看清楚自己的模样。她想起十一子给她吮手指上的血，这血一定是咸的。她觉得对不起十一子，好像自己做错了什么事。她非常失悔：没有把自己给了十一子！

她的这个念头越来越强烈。这个号长来一次，她的念头就更强烈一分。

水上保安队又下乡了。

一天，巧云找到十一子，说："晚上你到大淖东边来，我有话跟你说。"

十一子到了淖边。巧云踏在一只"鸭撇子"上（放鸭子用的小船，极小，仅容一人。这是一只公船，平常就拴在淖边。大淖人谁都可以撑着它到沙洲上挑蒌蒿，割茅草，拣野鸭蛋），把蒿子一点，撑向淖中央的沙洲，对十一子说："你来！"

过了一会儿，十一子泅水到了沙洲上。

他们在沙洲的茅草丛里一直待到月到中天。

月亮真好啊！

六

十一子和巧云的事，师兄们都知道，只瞒着老锡匠一个人。他们偷偷地给他留着门，在门窝子里倒了水（这样推门进来没有声音）。十一子常常到天快亮的时候才回来。有一天，又是这时候才推开门。刚刚要钻被窝，听见老锡匠说：

“你不要命啦！”

这种事情怎么瞒得住人呢？终于，传到刘号长的耳朵里。其实没有人跟他嚼舌头，刘号长自己还不知道？巧云看见他都讨厌，她的全身都是冷淡的。刘号长咽不下这口气。本来，他跟巧云又没有拜过堂，完过花烛，闲花野草，断了就断了。可是一个小锡匠，夺走了他的人，这丢了当兵的脸。太岁头上动土，这还行！这种事从来没有发生过。连保安队的弟兄也都觉得面上无光，在人前矬了一截。他是只许自己在别人头上拉屎撒尿，不许别人在他脸上溅一星唾沫的。若是闭着眼过去，往后，保安队的人还混不混了？

有一天，天还没亮，刘号长带了几个弟兄，踢开巧云家的门，从被窝里拉起了小锡匠，把他捆了起来。把黄海蛟、巧云的手脚也都捆了，怕他们去叫人。

他们把小锡匠弄到泰山庙后面的坟地里，一人一根棍子，搂头盖脸地打他。

他们要小锡匠卷铺盖走人，回他的兴化，不许再留在大淖。

小锡匠不说话。

他们要小锡匠答应不再走进黄家的门，不挨巧云的身子。

小锡匠还是不说话。

他们要小锡匠告一声饶，认一个错。

小锡匠的牙咬得紧紧的。

小锡匠的硬铮把这些向来是横着膀子走路的家伙惹怒了，“你这样硬！打不死你！”——“打”，七八根棍子风一样、雨一样打在小锡匠的身子。

小锡匠被他们打死了。

锡匠们听说十一子被保安队的人绑走了，他们四处找，找到了泰山庙。

老锡匠用手一探，十一子还有一丝悠悠气。老锡匠叫人赶紧去找陈年的尿桶。他经验过这种事，打死的人，只有喝了从桶里刮出来的尿碱，才有救。

十一子的牙关咬得很紧，灌不进去。

巧云捧了一碗尿碱汤，在十一子的耳边说："十一子，十一子，你喝了！"

十一子微微听见一点声音，他睁了睁眼。巧云把一碗尿碱汤灌进了十一子的喉咙。

不知道为什么，她自己也尝了一口。

锡匠们摘了一块门板，把十一子放在门板上，往家里抬。

他们抬着十一子，到了大淖东头，还要往西走。巧云拦住了：

"不要。抬到我家里。"

老锡匠点点头。

巧云把屋里存着的鱼网和芦席都拿到街上卖了，买了七厘散，医治十一子身子里的瘀血。

东头的几家大娘、大婶杀了下蛋的老母鸡，给巧云送来了。

锡匠们凑了钱，买了人参，熬了参汤。

挑夫，锡匠，姑娘，媳妇，川流不息地来看望十一子。他们把平时在辛苦而单调的生活中不常表现的热情和好心都拿出来了。他们觉得十一子和巧云做的事都很应该，很对。大淖出了这样一对年轻人，使他们觉得骄傲。大家的心喜洋洋，热乎乎的，好像在过年。

刘号长打了人，不敢再露面。他那几个弟兄也都躲在保安队的队部里不出来。保安队的门口加了双岗。这些好汉原来都是一窝"草鸡"！

锡匠们开了会。他们向县政府递了呈子，要求保安队把姓刘的交出来。

县政府没有答复。

锡匠们上街游行。这个游行队伍是很多人从未见过的。没有旗子，没有标语，就是二十来个锡匠挑着二十来副锡匠担子，在全城的大街上慢慢地走。这是个沉默的队伍，但是非常严肃。他们表现出不可侵犯的威严和不可动摇的决心。这个带有中世纪行帮色彩的游行队伍十分动人。

游行继续了三天。

第三天，他们举行了“顶香请愿”。二十来个锡匠，在县政府照壁前坐着，每人头上用木盘顶着一炉炽旺的香。这是一个古老的风俗：民有沉冤，官不受理，被逼急了的百姓可以用香火把县大堂烧了，据说这不算犯法。

这条规矩不载于《六法全书》，现在不是大清国，县政府可以不理会这种“陋习”。但是这些锡匠是横了心的，他们当真干起来，后果是严重的。县长邀请县里的绅商商议，一致认为这件事不能再不管。于是由商会会长出面，约请了有关的人：一个承审——作为县长代表，保安队的副官，老锡匠和另外两个年长的锡匠，还有代表挑夫的黄海龙，四邻见证，——卖眼镜的宝应人，卖天竺筷的杭州人，在一家大茶馆里举行会谈，来“了”这件事。

会谈的结果是：小锡匠养伤的药钱由保安队负担（实际是商会拿钱），刘号长驱逐出境。由刘号长画押具结。老锡匠觉得这样就给锡匠和挑夫都挣了面子，可以见好就收了。只是要求在刘某人的甘结上写上一条：如果他再踏进县城一步，任凭老锡匠一个人把他收拾了！

过了两天，刘号长就由两个弟兄持枪护送，悄悄地走了。他被调到三垛去当了税警。

十一子能进一点饮食，能说话了。巧云问他：

“他们打你，你只要说不再进我家的门，就不打你了，你就不会吃这样大的苦了。你为什么不说？”

“你要我说么？”

“不要。”

“我知道你不要。”

“你值么。”

“我值。”

“十一子，你真好！我喜欢你！你快点好。”

“你亲我一下，我就好得快。”

“好，亲你！”

巧云一家有了三张嘴。两个男的不能挣钱，但要吃饭。大淖东头的人家就没有积蓄，也没有什么东西可以变卖典押。结鱼网，打芦席，都不能当时见钱。十一子的伤一时半会不会好，日子长了，怎么过呢？巧云没有经过太多考虑，把爹用过的箩筐找出来，磕磕尘土，就去挑担挣“活钱”去了。姑娘媳妇都很佩服她。起初她们怕她挑不惯，后来看她脚下很快，很匀，也就放心了。从此，巧云就和邻居的姑娘媳妇在一起，挑着紫红的荸荠、碧绿的菱角、雪白的连枝藕，风摆柳似的穿街过市，发髻的一侧插着大红花。她的眼睛还是那么亮，长睫毛忽扇忽扇的。但是眼神显得更深沉，更坚定了。她从一个姑娘变成了一个很能干的小媳妇。

十一子的伤会好么？

会。

当然会！

一九八一年二月四日，旧历大年三十

故里杂记

李 三

李三是地保，又是更夫。他住在土地祠。土地祠每坊都有一个。“坊”后来改称为保了。只有死了人，和尚放焰口，写疏文，写明死者籍贯，还沿用旧称：“南赡部洲中华民国某省某县某坊信士某某……”云云。疏文是写给阴间的公事。大概阴间还没有改过来。土地是阴间的保长。其职权范围与阳间的保长相等，不能越界理事，故称“当坊土地”。李三所管的，也只是这一坊之事。出了本坊，哪怕只差一步，不论出了什么事，死人失火，他都不问。一个坊或一个保的疆界，保长清楚，李三也清楚。

土地祠是俗称，正名是“福德神祠”。这四个字刻在庙门的砖额上，蓝地金字。这是个很小的庙。外面原有两根旗杆。西边的一根有一年教雷劈了（这雷也真怪，把旗杆劈得粉碎，劈成了一片一片一尺来长的细木条，这还有个名目，叫作“雷楔”），只剩东边的一根了。进门有一个门道，两边各有一间耳房。东边的，住着李三。西边的一间，租给了一个卖糜饭饼子的。——糜饭饼子是米粥捣成糜，发酵后在一个平锅上烙成的，一面焦黄，一面是白的，有一点酸酸的甜味。再往里，过一个两步就跨过的天井，便是神殿。迎面塑着土地老爷的神像。神像不大，比一个常人还小一些。这土地老爷是单身，——不像乡下的土地庙里给他配一个土地奶奶。是一个笑眯眯的老头，一嘴的白胡子。头戴员外巾，身穿蓝色道袍。神像前是一个很狭窄的神案。神案上有一具铁制蜡烛架，横列一排烛钎，能插二十来根蜡烛。一个瓦香炉。神案前是一个收香钱的木柜。木柜前留着几尺可供磕头的砖地。如此而已。

李三同时又是庙祝。庙祝也没有多少事。初一、十五，把土地祠里外打扫一下，准备有人来进香。过年的时候，把两个“灯对子”找出来，挂在庙门两边。灯对子是长方形的纸灯，里面是木条钉成的框子，外糊白纸，上书大字，一边是“风调雨顺”，一边是“国泰民安”。灯对子里有横隔，可以点蜡烛。从正月初一，一直点到灯节。这半个多月，土地祠门前明晃晃的，很有点节日气氛。这半个月，进香的也多。每逢香期，到了晚上，李三就把收香钱的柜子打开，把香钱倒出来，一五一十地数一数。

偶尔有人来赌咒。两家为一件事分辩不清，——常见的是东家丢了东西，怀疑是西家偷了，两家对骂了一阵，就各备一份香烛到土地祠来赌咒。两个人同时磕了头，一个说：“土地老爷在上，若是某某偷了我的东西，就叫他现世现报！”另一个说：“土地老爷在上，我若做了此事，就叫我家死人失天火！他诬赖我，也一样！”咒已赌完，各自回家。李三就把只点了小半截的蜡烛吹灭，拔下，收好，备用。

李三最高兴的事，是有人来还愿。坊里有人家出了事，例如老人病重，或是孩子出了天花，就到土地祠来许愿。老人病好了，孩子天花出过了，就来还愿。仪式很隆重：给菩萨“挂匾”——送一块横宽二三尺的红布匾，上写四字：“有求必应”。满炉的香，红蜡烛把铁架都插满了（这种蜡烛很小，只二寸长，叫作“小牙”）。最重要的是：供一个猪头。因此，谁家许了愿，李三就很关心，随时打听。这是很容易打听到的。老人病好，会出来扶杖而行。孩子出了天花，在衣领的后面就会缝一条二指宽三寸长的红布，上写“天花已过”。于是李三就满怀希望地等着。这猪头到了晚上，就进了李三的砂罐了。一个七斤半重的猪头，够李三消受好几天。这几天，李三的脸上随时都是红喷喷的。

地保所管的事，主要的就是死人失火。一般人家死了人，他是不管的，他管的是无后的孤寡和“路倒”。一个孤寡老人死在床上，或是哪里发现一具无名男尸，在本坊地界，李三就有事了：拿了一个捐簿，到几家殷实店铺去化钱。然后买一口薄皮棺材装殓起来，省事一点，就用芦席一卷，草绳一捆（这有个名堂，叫作“万字纹的棺材，三道紫金箍”），用一把锄头背着，送到乱葬岗去埋掉。因此本地流传一句骂人的话：“叫李三把你背出去吧！”李三很愿意本坊常发生这样的事，因为募化得来的钱怎样花销，是谁也不来查账的。李三拿埋葬费用的余数来喝酒，实在也在情在理，没有什么说不过去。这种事，谁愿承揽，就请来试试！哼，你以为这几杯酒喝到肚里容易呀！不过，为了心安理得，无愧于神鬼，他在埋了死人后，照例还为他烧一陌纸钱，磕三个头。

李三瘦小干枯，精神不足，拖拖沓沓，迷迷瞪瞪，随时总像没有睡醒，——他夜晚打更，白天办事，睡觉也是断断续续的，看见他时他也真是刚从床上爬起来一会儿，想不到有时他竟能跑得那样快！那是本坊有了火警的时候。这地方把失火叫成“走水”，大概是讳言火字，所以反说着了。一有人家走水，李三就拿起他的更锣，用一个锣棒使劲地敲着，没命地飞跑，嘴里还大声地嚷叫：“××巷×家走水啦！××巷×家走水啦！”一坊失火，各坊的水龙都要来救，所以李三这回就跑出坊界，绕遍全城。

李三希望人家失火么？哎，话怎么能这样说呢！换一个说法：他希望火不成灾，及时救灭。火灭之后，如果这一家损失不大，他就跑去道喜：“恭喜恭喜，越烧越旺！”如果这家烧得片瓦无存，他就向幸免殃及的四邻去道喜：“恭喜恭喜，土地菩萨保佑！”他还会说：火势没有蔓延，也多亏水龙来得快。言下之意也很清楚：水龙来得快，是因为他没命地飞跑。听话的人并不是傻子。他飞跑着敲锣报警，不会白跑，总是能拿到相当可观的酒钱的。

地保的另一项职务是管叫花子。这里的花子有两种，一种是专赶各庙的香期的。初一、十五，各庙都有人进香。逢到菩萨生日（这些菩萨都有一个生日，不知是怎么查考出来的），香火尤盛。这些花子就从庙门、甬道，一直到大殿，密密地跪了两排。有的装做瞎子，有的用蜡烛油画成烂腿（画得很像），“老爷太太”不住地喊叫。进香的信女们就很自觉地把铜钱丢在他们面前破瓢里，她们认为把钱给花子，是进香仪式的一部分，不如此便显得不虔诚。因此，这些花子要到的钱是不少的。这些虔诚的香客大概不知道花子的黑话。花子彼此相遇，不是问要了多少钱，而说是“唤了多少狗”！这种花子是有帮的，他们都住在船上。每年还做花子会，很多花子船都集中在一起，也很热闹。这一种在帮的花子李三惹不起，他们也不碍李三的事，井水不犯河水。李三能管的是串街的花子。串街要钱的，他也只管那种只会伸着手赖着不走的软弱疲赖角色。李三提了一根竹棍，看见了，就举起竹棍大喝一声：“去去去！”有三等串街的他不管。一等是唱道情的。这是斯文一脉，穿着破旧长衫，念过两句书，又和吕洞宾、郑板桥有些瓜葛。店铺里等他唱了几句“老渔翁，一钓竿”，就会往柜台上丢一个铜板。他们是很清高的，取钱都不用手，只是用两片简板一夹，咚的一声丢在渔鼓筒里。另外两等，一是要青龙（即耍蛇）的，一是吹筒子的。耍青龙的弄两条菜花蛇盘在脖子上，蛇信子簌簌地直探。吹筒子的吹一个外面包了火赤练蛇皮的竹筒，“布——呜！”声音很难听，样子也难看。他们之一要是往店堂一站，半天不走，这家店铺就甭打算做生意了：女人、孩子都吓得远远地绕开走了。照规矩（不知是谁定的规矩），这两等，李三是有权赶他们走的。然而他偏不赶，只是在一个背人处把他们拦住，向他们索要例规。讨价还价，照例要争执半天。双方会谈的地方，最多的是官茅房——公共厕所。

地保当然还要管缉盗。谁家失窃，首先得叫李三来。李三先看看小偷进出的路径。是撬门，是挖洞，还是爬墙。按律（哪朝的律呢）：如果案发，撬门罪最重，只下明火执仗一等。挖洞次之。爬墙又次之。然后，叫本家写一份失单。事情就完了。如果是爬墙进去偷的，他还不会忘了把小偷爬墙用的一根船篙带走。——小偷爬墙没有带梯子的，只是从河边船上抽一根竹篙，上面绑十来个稻草疙瘩，戗在墙边，踩着草疙瘩就进去了。偷完了，照例把这根竹篙靠在墙外。这根船篙不一会儿就会有失主到土地祠来赎。——“交二百钱，拿走！”

丢失衣物的人家，如果对李三说，有几件重要的东西，本家愿出钱赎回，过些日子，李三真能把这些赃物追回来。但是是怎样追回来的，是什么人偷的，这些事是不作兴问的。这也是规矩。

李三打更。左手拿着竹梆，吊着锣，右手拿锣槌。

笃，铛。定更。

笃，笃；铛——铛。二更。

笃，笃，笃；铛铛——铛。三更。

三更以后，就不打了。

打更是为了防盗。但是人家失窃，多在四更左右，这时天最黑，人也睡得最死。李三打更，时常也装腔作势吓唬人：“看见了，看见了！往哪里躲！树后头！墙旮旯！……”其实他什么也没看见。

一进腊月，李三在打更时添了一个新项目，喊“小心火烛”[1]：

---

1 清末邑人谈人格有《警火》诗即咏此事，诗有小序，并录如下：

警 火

送灶后里胥沿街鸣锣于黄昏时，呼“小心火烛”。岁除即叩户乞赏。烛双辉，香一炷，敬惟司命朝天去。云车风马未归来，连宵灯火谁持护。铜钲入耳警黄昏，侧耳有语还重申：“缸注水，灶徙薪”，沿街一一乎之频。唇干舌燥诚苦辛，不谋而告君何人？烹羊酌醴欢除夕，司命归来醉一得。今宵无用更鸣钲，一笑敲门索酒值。

从谈的诗中我们知道两件事。一是这种习俗原来由来已久，敲锣喊叫的正是李三这样的“里胥”。二是为什么在那样日子喊叫。原来是因为那时灶王爷上天去了，火烛没人管了。这实在是很有意思。不过，真实的原因还是岁暮风高，容易失火，与灶王的上天去汇报工作关系不大。

“岁尾年关，——小心火烛！——

“火塘扑熄，——水缸上满！——

“老头子老太太，铜炉子撂远些——！[1]

“屋上瓦响，莫疑猫狗，起来望望——！

“岁尾年关，小心火烛……”

店铺上了板，人家关了门，外面很黑，西北风呜呜地叫着，李三一个人，腰里别着一个白纸灯笼，大街小巷，拉长了声音，有板有眼，有腔有调地喊着，听起来有点凄惨。人们想到：一年又要过去了。又想：李三也不容易，怪难为他。

没有死人，没有失火，没人还愿，没人家挨偷，李三这几天的日子委实过得有些清淡。他拿着锣、梆，很无聊地敲着三更：

“笃，笃，笃；铛，铛——铛！”

一边敲，一边走，走到了河边。一只船上有一支很结实的船篙在船帮外面别着，他一伸手，抽了出来，夹在胳肢窝里回身便走。他还不紧不慢地敲着：

“笃，笃，笃；铛，铛——铛！”

不想船篙带不动了，篙子后梢被一只很有劲的大手攥住了。

李三原想把船篙带到土地祠，明天等这个弄船的拿钱来赎，能弄二百钱，也能喝四两。不想这船家刚刚起来撒过尿，躺下还没有睡着。他听到有人抽篙子，爬出舱口一看：是李三！

“好，李三！你偷篙子！”

“莫喊！莫喊！”

李三不是很要脸面的人，但是一个地保偷东西，而且叫人当场抓住，总不大好看。

“你认打认罚？”

---

1 “撂远些”是说不要挨床太近，以免炉中残火烧着被褥。

"认罚！认罚！罚多少？"

"罚二百钱！"

李三老是罚乡下人的钱。谁在街上挑粪，溅出了一点，"罚！二百钱！"谁在不该撒尿的地方撒了尿，"罚！二百钱！"没有想到这回被别人罚了。李三挨罚，这是有史以来第一次。

榆树

侉奶奶住到这里一定已经好多年了，她种的八棵榆树已经很大了。

这地方把徐州以北说话带山东口音的人都叫作侉子。这县里有不少侉子。他们大都住在运河堤下，拉纤，推独轮车运货（运得最多的是河工所用石头），碾石头粉（石头碾细，供修大船的和麻丝桐油和在一起填塞船缝），烙锅盔（这种干厚梆硬的面饼也主要是卖给侉子吃），卖牛杂碎汤（本地人也有专门跑到运河堤上去尝尝这种异味的）……

侉奶奶想必本是一个侉子的家属，她应当有过一个丈夫，一个侉老爹。她的丈夫哪里去了呢？死了，还是"贩了桃子"——扔下她跑了？不知道。她丈夫姓什么？她姓什么？很少人知道。大家都叫她侉奶奶。大人、小孩，穷苦人，有钱的，都这样叫。倒好像她就姓侉似的。

侉奶奶怎么会住到这样一个地方来呢（这附近住的都是本地人，没有另外一家侉子）？她是哪年搬来的呢？你问附近的住户，他们都回答不出，只是说："啊，她一直就在这里住。"好像自从盘古开天地，这里就有一个侉奶奶。

侉奶奶住在一个巷子的外面。这巷口有一座门，大概就是所谓里门。出里门，有一条砖铺的街，伸向越塘，转过螺蛳坝，奔臭河边，是所谓后街。后街边有人家。侉奶奶却又住在后街以外。巷口外，后街边，有一条很宽的阴沟，正街的阴沟水都流到这里，水色深黑，发出各种气味，蓝靛的气味、豆腐水的气味、做草纸的纸浆气味。不知道为什么，闻到这些气味，叫人感到忧郁。经常有乡下人，用一个接了长柄的洋铁罐，把阴沟水一罐一罐刮起来，倒在木桶里（这是很好的肥料），刮得沟底嘎啦嘎啦地响。跳过这条大阴沟，有一片空地。侉奶奶就住在这片空地里。

侉奶奶的家是两间草房。独门独户，四边不靠人家，孤零零的。她家的后面，是一带围墙。围墙里面，是一家香店的作坊，香店老板姓杨。香是像压饸饹似的挤出来的，挤的时候还会发出“蓬——”的一声。侉奶奶没有去看过师傅做香，不明白这声音是怎样弄出来的。但是她从早到晚就一直听着这种很深沉的声音。隔几分钟一声：“蓬——蓬——蓬”。围墙有个门，从门口往里看，便可看到一扇一扇像铁纱窗似的晒香的棕棚子，上面整整齐齐平铺着两排黄色的线香。侉奶奶门前，一眼望去，有一个海潮庵。原来不知是住和尚还是住尼姑的，多年来没有人住，废了。再往前，便是从越塘流下来的一条河。河上有一座小桥。侉奶奶家的左右都是空地。左边长了很高的草。右边是侉奶奶种的八棵榆树。

侉奶奶靠给人家纳鞋底过日子。附近几条巷子的人家都来找她，拿了旧布（间或也有新布）、袼褙（本地叫作“骨子”）和一张纸剪的鞋底样。侉奶奶就按底样把旧布、袼褙剪好，“做”一“做”（粗缝几针），然后就坐在门口小板凳上纳。扎一锥子，纳一针，“哧啦——哧啦”。有时把锥子插在头发里“光”一“光”（读去声）。侉奶奶手劲很大，纳的针脚很紧，她纳的底子很结实，大家都愿找她纳。也不讲个价钱。给多，给少，她从不争。多少人穿过她纳的鞋底啊！

侉奶奶一清早就坐在门口纳鞋底。她不点灯。灯碗是有一个的，房顶上也挂着一束灯草。但是灯碗是干的，那束灯草都发黄了。她睡得早，天上一见星星，她就睡了。起得也早。别人家的烟筒才冒出烧早饭的炊烟，侉奶奶已经纳好半只鞋底。除了下雨下雪，她很少在屋里（她那屋里很黑），整天都坐在门外扎锥子，抽麻线。有时眼酸了，手困了，就停下来四面看看。

正街上有一家豆腐店，有一头牵磨的驴。每天上下午，豆腐店的一个孩子总牵驴到侉奶奶的榆树下打滚。驴乏了，一滚，再滚，总是翻不过去。滚了四五回，哎，翻过去了。驴打着响鼻，浑身都轻松了。侉奶奶原来直替这驴在心里攒劲；驴翻过了，侉奶奶也替它觉得轻松。

街上的，巷子里的孩子常上奶奶门前的空地上来玩。他们在草窝里捉蚂蚱，捉油葫芦。捉到了，就拿给侉奶奶看。"侉奶奶，你看！大不大？"侉奶奶必很认真地看一看，说："大。真大！"孩子玩一会儿，又转到别处去玩了，或沿河走下去，或过桥到对岸远远的一个道士观去看放生的乌龟。孩子的妈妈有时来找孩子（或家里来了亲戚，或做得了一件新衣要他回家试试），就问侉奶奶："看见我家毛毛了么？"侉奶奶就说："看见咧，往东咧。"或"看见咧，过河咧"。……

侉奶奶吃得真是苦。她一年到头喝粥。三顿都是粥。平常是她到米店买了最糙最糙的米来煮。逢到粥厂放粥（这粥厂是官办的，门口还挂一块牌：××县粥厂），她就提了一个"檔子"（小水桶）去打粥。这一天，她就自己不开火仓了，喝这粥。粥厂里打来的粥比奶奶自己煮的要白得多。侉奶奶也吃菜。她的"菜"是她自己腌的红胡萝卜。啊呀，那叫咸，比盐还咸，咸得发苦！——不信你去尝一口看！

只有她的侄儿来的那一天，才变一变花样。

侉奶奶有一个亲人，是她的侄儿。过继给她了，也可说是她的儿子。名字只有一个字，叫个"牛"。牛在运河堤上卖力气，也拉纤，也推车，也碾石头。他隔个十天半月来看看他的过继的娘。他的家口多，不能给娘带什么，只带了三斤重的一块锅盔。娘看见牛来了，就上街，到卖熏烧的王二的摊子上切二百钱猪头肉，用半张荷叶托着。另外，还忘不了买几根大葱，半碗酱。娘俩就结结实实地吃了一顿山东饱饭。

侉奶奶的八棵榆树一年一年地长大了。香店的杨老板几次托甲长丁裁缝来探过侉奶奶的口风，问她卖不卖。榆皮，是做香的原料。——

这种事由买主亲自出面，总不合适。老街旧邻的。总得有个居间的人出来说话。这样要价、还价，才有余地。丁裁缝来一趟，侉奶奶总是说："树还小咧，叫它再长长。"

人们私下议论：侉奶奶不卖榆树，她是指着它当棺材本哪。

榆树一年一年地长。侉奶奶一年一年地活着，一年一年地纳鞋底。

侉奶奶的生活实在是平淡之至。除了看驴打滚，看孩子捉蚂蚱、捉油葫芦，还有些什么值得一提的事呢？——这些捉蚂蚱的孩子一年比一年大。侉奶奶纳他们穿的鞋底，尺码一年比一年放出来了。

值得一提的有：

有一年，杨家香店的作坊接连着了三次火，查不出起火原因。人说这是"狐火"，是狐狸用尾巴蹭出来的。于是在香店作坊的墙外盖了一个三尺高的"狐仙庙"，常常有人来烧香。着火的时候，满天通红，乌鸦乱飞乱叫，火光照着侉奶奶的八棵榆树也是通红的，像是火树一样。

有一天，不知怎么发现了海潮庵里藏着一窝土匪。地方保安队来捉他们。里面往外打枪，外面往里打枪，乒乒乓乓。最后是有人献计用火攻，——在庵外墙根堆了稻草，放火烧！土匪吃不住劲，只好把枪丢出，举着手出来就擒了。海潮庵就在侉奶奶家前面不远，两边开仗的情形，她看得清清楚楚。她很奇怪，离得这么近，她怎么就不知道庵里藏着土匪呢？

这些，使侉奶奶留下深刻印象，然而与她的生活无关。

使她的生活发生一点变化的是——

有一个乡下人赶了一头牛进城，牛老了，他要把它卖给屠宰场去。这牛走到越塘边，说什么也不肯走了，跪着，眼睛里叭嗒叭嗒直往下掉泪。围了好些人看。有人报给甲长丁裁缝。这是发生在本甲之内的事，丁甲长要是不管，将为人神不喜。他出面求告了几家吃斋念佛的老太太，凑了牛价，把这头老牛买了下来，作为老太太们的放生牛。这牛谁来养呢？大家都觉得交侉奶奶养合适。丁甲长对侉奶奶说，这是一甲人信得过她，侉奶奶就答应下了。这养老牛还有一笔基金（牛总要吃点干草呀），就交给侉奶奶放印子。从此侉奶奶就多了几件事：早起把牛放出来，尽它到草地上去吃青草。青草没有了，就喂它吃干草。一早一晚，牵到河边去饮。傍晚拿了收印子钱的折子，沿街串乡去收印子。晚上，牛就和她睡在一个屋里。牛卧着，安安静静地倒嚼，侉奶奶可觉得比往常累得多。她觉得骨头疼，半夜了，还没有睡着。

不到半年，这头牛老死了。侉奶奶把放印子的折子交还丁甲长，还是整天坐在门外纳鞋底。

牛一死，侉奶奶也像老了好多。她时常病病歪歪的，连粥都不想吃，在她的黑洞洞的草屋里躺着。有时出来坐坐，扶着门框往外走。

一天夜里下大雨。瓢泼大雨不停地下了一夜。很多人家都进了水。丁裁缝怕侉奶奶家也进了水了，她屋外的榆树都浸在水里了。他赤着脚走过去，推开侉奶奶的门一看：侉奶奶死了。

丁裁缝派人把她的侄子牛叫了来。

得给侉奶奶办后事呀。侉奶奶没有留下什么钱，牛也拿不出钱，只有卖榆树。

丁甲长找到杨老板。杨老板倒很仁义，说是先不忙谈榆树的事，这都好说，由他先垫出一笔钱来，给侉奶奶买一身老衣，一副杉木棺材，把侉奶奶埋了。

侉奶奶安葬以后，榆树生意也就谈妥了。杨老板雇了人来，咯嗤咯嗤，把八棵榆树都放倒了。新锯倒的榆树，发出很浓的香味。

杨老板把八棵榆树的树皮剥了，把树干卖给了木器店。据人了解，他卖的八棵树干的钱就比他垫出和付给牛的钱还要多。他等于白得了八张榆树皮，又捞了一笔钱。

鱼

臭水河和越塘原是连着的。不知从哪年起，螺蛳坝以下淤塞了，就隔断了。风和人一年一年把干土烂草往河槽里填，河槽变成很浅了，不过旧日的河槽依然可以看得出来。两旁的柳树还能标出原来河的宽度。这还是一条河，一条没有水的干河。

干河的南岸种了菜。北岸有几户人家。这几家都是做嫁妆的，主要是做嫁妆之中的各种盆桶，脚盆、马桶、櫺子。这些盆桶是街上嫁妆店的订货，他们并不卖门市。这几家只是本钱不大，材料不多的作坊。这几家的大人、孩子，都是做盆桶的工人。他们整天在门外柳树下锯、刨。他们使用的刨子很特别。木匠使刨子是往前推，桶匠使刨子是往后拉。因为盆桶是圆的，这么使才方便。这种刨子叫作刮刨。盆桶成型后，要用砂纸打一遍，然后上漆。上漆之前，先要用猪血打一道底子。刷了猪血，得晾干。因此老远地就看见干河南岸，绿柳荫中排列着好些通红的盆盆桶桶，看起来很热闹，画出了这几家作坊的一种忙碌的兴旺气象。

桶匠有本钱，有手艺，在越塘一带，比起那些完全靠力气吃饭的挑夫、轿夫要富足一些。和杀猪的庞家就不能相比了。

从侉奶奶家旁边向南伸出的后街到往螺蛳坝方向，拐了一个直角。庞家就在这拐角处，门朝南，正对越塘。他家的地势很高，从街面到屋基，要上七八层台阶。房屋在这一片算是最高大的。房屋盖起的时间不久，砖瓦木料都还很新。檩粗板厚，瓦密砖齐。两边各有两间卧房，正中是一个很宽敞的穿堂。坐在穿堂里，可以清清楚楚看到越塘边和淤塞的旧河交接处的一条从南到北的土路，看到越塘的水，和越塘对岸的一切，眼界很开阔。这前面的新房子是住人的。养猪的猪圈，烧水、杀猪的场屋都在后面。

庞家兄弟三个，各有分工。老大经营擘划，总管一切。老二专管各处收买生猪。他们家不买现成的肥猪，都是买半大猪回来自养。老二带一个伙计，一趟能赶二三十头猪回来。因为杀的猪多，他经常要外出。杀猪是老三的事，——当然要有两个下手伙计。每天五更头，东方才现一点鱼肚白，这一带人家就听到猪尖声嚎叫，知道庞家杀猪了。猪杀得了，放了血，在杀猪盆里用开水烫透，吹气，刮毛。杀猪盆是一种特制的长圆形的木盆，盆帮很高。二百来斤的猪躺在里面，富富有余。杀几头猪，没有一定，按时令不同。少则两头，多则三头四头，到年下人家腌肉时就杀得更多了。因此庞家有四个极大的木盆，几个伙计同时动手洗刮。

这地方不兴叫屠户。也不叫杀猪的，大概嫌这种叫法不好听，大都叫“开肉案子的”。“开”肉案子，是掌柜老板一流，显得身份高了。庞家肉案子生意很好，因为一条东大街上只有这一家肉案子。早起人进人出，剁刀响，铜钱响，票子响。不到晌午，几片猪就卖得差不多了。这里人一天吃的肉都是上午一次买齐，很少下午来割肉的。庞家肉案到午饭后，只留一两块后臀硬肋等待某些家临时来了客人的主顾，留一个人照顾着。一天的生意已经做完，店堂闲下来了。

店堂闲下来了。别的肉案子，闲着就闲着吧。庞家的人可真会想法子。他们在肉案子的对面，设了一道栏柜，卖茶叶。茶叶和猪肉是两码事，怎么能卖到一起去呢？——可是，又为什么一定不能卖到一起去呢？东大街没有一家茶叶店，要买茶叶就得走一趟北市口。有了这样一个卖茶叶的地方，省走好多路。卖茶叶，有一个人盯着就行了。有时叫一个小伙计来支应。有时老大或老三来看一会儿。有时，庞家的三妯娌之一，也来店堂里坐着，包包茶叶，收收钱。这半间店堂的茶叶店生意很好。

庞家三兄弟一个是一个。老大稳重，老二干练，老三是个文武全才。他们长得比别人高出一头。老三尤其肥白高大。他下午没事，常在越塘高空场上练石担子、石锁。他还会写字，写刘石庵体的行书。这里店铺都兴装着花槅子。槅子留出一方空白，叫作“槅子心”，可以贴字画。别家都是请人写画的。庞家肉案子是庞老三自己写的字。他大概很崇拜赵子龙。别人家槅心里写的是“春眠不觉晓，处处闻啼鸟”，“夫天地者万物之逆旅，光阴者百代之过客”之类，他写的都是《三国演义》里赞赵子龙的诗。

庞家这三个妯娌，一个赛似一个的漂亮，一个赛似一个的能干。她们都非常勤快。天不亮就起来，烧水，煮猪食，喂猪。白天就坐在穿堂里做针线。都是光梳头，净洗脸，穿得整整齐齐，头上戴着金簪子，手上戴着麻花银镯。人们走到庞家门前，就觉得眼前一亮。

到粥厂放粥，她们就一人拎一个橦子去打粥。

这不免会引起人们议论：“戴着金簪子去打粥！——侉奶奶打粥，你庞家也打粥？！”大家都知道，她们打了粥来是不吃的，——喂猪！因此，越塘、螺蛳坝一带人对庞家虽很羡慕并不亲近，都觉得庞家的人太精了。庞家的人缘不算好。别人也知道，庞家人从心里看不起别人，尤其是这三个女的。

越塘边发生了从未见过的奇事。

这一年雨水特别大，臭水河的水平了岸，水都漫到后街街面上来了。地方上的居民铺户共同商议，决定挖开螺蛳坝，在淤塞的旧河槽挖一道沟，把臭水河的水引到越塘河里去。这道沟只两尺宽。臭水河的水位比越塘高得多。水在沟里流得像一支箭。

流着，流着，一个在岸边做桶的孩子忽然惊叫起来：

“鱼！”

一条长有尺半的大鲤鱼“叭”的一声蹦到岸上来了。接着，一条，一条，又一条，鲤鱼！鲤鱼！鲤鱼！

不知从哪里来的那么多的鲤鱼。它们戗着急水往上蹿，不断地蹦到岸上。桶店家的男人、女人、大人、小孩，都奔到沟边来捉鱼。有人搬了脚盆放在沟边，等鲤鱼往里跳。大家约定，每家的盆，放在自己家门口，鱼跳进谁家的盆算谁的。

他们正在商议，庞家的几个人搬了四个大杀猪盆，在水沟流入越塘入口处挨排放好了。人们小声嘟囔：“真是眼尖手快啊！”但也没有办法。不是说谁家的盆放在谁家门口么？庞家的盆是放在庞家的门口（当然他家门口到河槽还有一个距离），庞家杀猪盆又大，放的地方又好，鱼直往里跳。人们不满意。但是好在家家的盆里都不断跳进鱼来，人们不断地欢呼，狂叫，简直好像做着一个欢喜而又荒唐的梦，高兴压过了不平。

这两天，桶匠家家家吃鱼，喝酒。这一辈子没有这样痛快地吃过鱼。一面开怀地嚼着鱼肉，一面还觉得天地间竟有这等怪事：鱼往盆里跳，实在不可思议。

两天后，臭水河的积水流泄得差不多了，螺蛳坝重新堵上，沟里没有水了，也没有鱼了，岸上到处是鱼鳞。

庞家桶里的鱼最多。但是庞家这两天没有吃鱼。他家吃的是鱼籽、鱼脏。鱼呢？这妯娌三个都把来用盐揉了，肚皮里撑一根芦柴棍，一条一条挂在门口的檐下晾着，挂了一溜。

把鱼已经通通吃光了的桶匠走到庞家门前，一个对一个说：“真是鱼也有眼睛，谁家兴旺，它就往谁家盆里跳啊！”

正在穿堂里做针线的妯娌三个都听见了。三嫂子抬头看了二嫂子一眼，二嫂子看了大嫂子一眼，大嫂子又向两个弟媳妇都看了一眼。她们低下头来继续做针线。她们的嘴角都挂着一种说不清的表情。是对自己的得意？是对别人的鄙夷？

一九八一年六月十八日承德避暑山庄

徙

北溟有鱼，其名为鲲。鲲之大，不知其几千里也；化而为鸟，其名为鹏，鹏之背，不知其几千里也。怒而飞，其翼若垂天之云。是鸟也，海运则将徙于南溟。

《庄子·逍遥游》

很多歌消失了。

许多歌的词、曲的作者没有人知道。

有些歌只有极少数的人唱，别人都不知道。比如一些学校的校歌。

县立第五小学历年毕业了不少学生。他们多数已经是过六十的人了。他们之中不少人还记得母校的校歌，有人能够一字不差地唱出来。

西挹神山爽气，
东来邻寺疏钟，
看吾校巍巍峻宇，
连云栉比列其中。
半城半郭尘嚣远，
无女无男教育同。
桃红李白，

芬芳馥郁，

一堂济济坐春风。

愿少年，

乘风破浪，

他日毋忘化雨功！

每逢“纪念周”，每天上课前的“朝会”，放学前的“晚会”，开头照例是唱“党歌”，最后是唱校歌。一个担任司仪的高年级同学高声喊道：“唱——校——歌！”全校学生，三百来个孩子，就用玻璃一样脆亮的童音，拼足了力气，高唱起来。好像屋上的瓦片、树上的树叶都在唱。他们接连唱了六年，直到毕业离校，真是深深地印在脑子里了。说不定临死的时候还会想起这支歌。

歌词的意思是没有人解释过的。低年级的学生几乎完全不懂它说的是什么。他们只是使劲地唱，并且倾注了全部感情。到了四五年级，就逐渐明白了，因为唱的次数太多，天天就生活在这首歌里，慢慢地自己就琢磨出来了。最先懂得的是第二句。学校的东边紧挨一个寺，叫作承天寺。承天寺有一口钟。钟撞起来嗡嗡地响。“神山爽气”是这个县的“八景”之一。神山在哪里，“爽气”是什么样的“气”，小学生不知道，只是无端地觉得很美，而且有一种神秘感。下面的歌词也朦朦胧胧地理解了：是说学校有很多房屋，在城外，是个男女合校，有很多同学。总的说来是说这个学校很好。十来岁的孩子很为自己的学校骄傲，觉得它很了不起，并且相信别的学校一定没有这样一首歌。到了六年级，他们才真正理解了这首歌。毕业典礼上（这是他们第一次“毕业”），几位老师讲过了话，司仪高声喊道：“唱——校——歌！”这是他们最后一次大家聚在一起唱这支歌了。他们唱得异常庄重，异常激动。玻璃一样的童声高唱起来：

西挹神山爽气，

东来邻寺疏钟……

唱到“愿少年，乘风破浪，他日毋忘化雨功”，大家的心里都是酸酸的。眼泪在乌黑的眼睛里发光。这是这首歌的立意所在，点睛之笔，其余的，不过是敷陈其事。从语气看，像是少年对自己的勖勉，同时又像是学校老师对教了六年的学生的嘱咐。一种遗憾、悲哀而酸苦的嘱咐。他们知道，毕业出去的学生，日后多半是会把他们忘记的。

毕业生中有一些是乘风破浪，做了一番事业的；有的离校后就成为泯然众人，为衣食奔走了一生；有的，死掉了。

这不是一支了不起的歌，但很贴切。朴朴实实，平平常常，和学校很相称。一个在寺庙的废基上改建成的普通的六年制小学，又能写出多少诗情画意呢？人们有时想起，只是为了从干枯的记忆里找回一点淡淡的童年，在歌声中想起那些校园里的蔷薇花，冬青树，擦了无数次的教室的玻璃，上课下课的钟声，和球场上像烟火一样升到空中的一阵一阵的明亮的欢笑……

校歌的作者是高先生，有些人知道，有些人不知道。

先生名鹏，字北溟，三十后，以字行。家世业儒。祖父、父亲都没有考取功名，靠当塾师、教蒙学，以维生计。三代都住在东街租来的一所百年老屋之中，临街有两扇白木的板门，真是所谓寒门。先生少孤。尝受业于邑中名士谈甓渔，为谈先生之高足。

这谈甓渔是个诗人，也是个怪人。他功名不高，只中过举人，名气却很大。中举之后，累考不进，无意仕途，就在江南江北，沐阳溧阳等地就馆。他教出来的学生，有不少中了进士，谈先生于是身价百倍，高门大族，争相延致。晚年惮于舟车，就用学生谢师的银子，回乡盖了一处很大的房子，闭户著书。书是著了，门却是大开着的。他家门楼特别高大。为什么盖得这样高大？据说是盖窄了怕碰了他的那些做了大官的学生的纱帽翅儿。其实，哪会呢？清朝的官戴的都是顶子，缨帽花翎，没有帽翅。地方上人这样的口传，无非是说谈老先生的阔学生很多。这座大门里每年进出的知县、知府，确实不在少数。门楼宽大，是为了供轿夫休息用的。往年，两边放了极其宽长的条凳，柏木的凳面都被人的屁股磨得光光滑滑的了。谈家门楼巍然突出，老远的就能看见，成了指明方位的一个标志，一个地名。一说“谈家门楼”东边、“谈家门楼”斜对过，人们就立刻明白了。谈甓渔的故事很多。他念了很多书，学问很大，可是不识数，不会数钱。他家里什么都有，可是他愿意到处闲逛，到茶馆里喝茶，到酒馆里喝酒，到烟馆里抽烟。每天出门，家里都要把他需用的烟钱、茶钱、酒钱分别装在布口袋里，给他挂在拐杖上，成了名副其实的“杖头钱”。他常常傍花随柳，信步所之，喝得半醉，找不到自己的家。他爱吃螃蟹，可是自己不会剥，得由家里人把蟹肉剥好，又装回蟹壳里，原样摆成一个完整的螃蟹。两个螃蟹能吃三四个小时，热了凉，凉了又热。他一边吃蟹，一边喝酒，一边看书。他没有架子，没大没小，无分贵贱，三教九流，贩夫走卒，都谈得来，是个很通达的人，然而，品望很高。就是点过翰林的李三麻子远远从轿帘里看见谈老先生曳杖而来，也要赶紧下轿，避立道侧。他教学生，教时文八股，也教古文诗赋，经史百家。他说：“我不愿谈甓渔教出来的学生，如郑板桥所说，对案至不能就一札！”他大概很会教书，经他教过的学生，不通的很少。

谈老先生知道高家很穷，他教高先生书，不受脩金。每回高先生的母亲封了节敬送去，谈老先生必亲自上门退回，说：

“老嫂子，我与高鹏的父亲是贫贱之交，总角之交，你千万不要这样！我一定格外用心地教他，不负故人。高鹏的天资，虽只是中上，但很知发奋。他深知先人为他取的名、字的用意。他的诗文都很有可观高氏有子矣。北溟之鹏终将徙于南溟。高了，不敢说。青一衿，我看，如拾芥耳。我好歹要让他中一名秀才。”

果然，高先生在十六岁的时候，高高地中了一名秀才。众人说：高家的风水转了。

不想，第二年就停了科举。

废科举，兴学校，这个小县城里增添了几个疯子。有人投河跳井，有人跑到明伦堂[1]去痛哭。就在高先生所住的东街的最东头，有一姓徐的呆子。这人不知应考了多少次，到头来还是一个白丁。平常就有点迂迂磨磨，颠颠倒倒。说起话满嘴之乎者也。他老婆骂他："晚饭米都没得一颗，还你妈的之乎——者也！"徐呆子全然不顾，朗吟道："之乎者也矣焉哉，七字安排好秀才！"自从停了科举，他又添了一宗新花样。每逢初一、十五，或不是正日，而受了老婆的气，邻居的奚落，他就双手捧了一个木盘，盘中置一香炉，点了几根香，到大街上去背诵他的八股窗稿。穿着油腻的长衫，靸着破鞋，一边走，一边念。随着文气的起承转合，步履忽快忽慢；词句的抑扬顿挫，声音时高时低。念到曾经业师浓圈密点的得意之处，摇头晃脑，昂首向天，面带微笑，如醉如痴，仿佛大街上没有一个人，天地间只有他的字字珠玑的好文章。一直念到两颊绯红，双眼出火，口沫横飞，声嘶气竭。长歌当哭，其声冤苦。街上人给他这种举动起了一个名字，叫作"哭圣人"。

他这样哭了几年，一口气上不来，死在街上了。

高北溟坐在百年老屋之中，常常听到徐呆子从门外哭过来，哭过去。他恍恍惚惚觉得，哭的是他自己。

功名道断，高北溟怎么办呢？

头二年，他还能靠笔耕生活。谈先生还没有死。有人求谈先生的文字，碑文墓志，寿序挽联，谈先生都推给了高先生。所得润笔，尚可馇粥。谈先生寿终，高北溟细麻服孝，尽礼致哀，写了一篇长长的祭文，泣读之后，忧心如焚。

---

1 明伦堂是孔庙的正殿，供着至圣先师的牌位。

他也曾像他的祖父和父亲一样，开设私塾教几个小小蒙童，教他们读三（字经）、百（家姓）、千（字文），《幼学琼林》《龙文鞭影》。然而除了少数极其守旧的人家，都已经把孩子送进学校了。他也曾挂牌行医看眼科。谈甓渔老先生的祖上本是眼科医生。他中举之后，还偶尔为人看眼疾。他劝高鹏也看看眼科医书，给他讲过平热泻肝之道。万一功名不就，也有一技之长，能够糊口。可是城里近年害眼的不多。有患赤红火眼的，多半到药店里买一副鹅翎眼药（装在一根鹅毛翎管里的红色的眼药），清水化开，用灯草点进眼内，就好了。眼科，不像“男妇内外大小方脉”那样有“走时”的时候。文章不能锅里煮，百无一用是书生，一家四口，每天至少要升半米下锅，如之何？如之何？

正在囊空咄咄，百无聊赖，有一个平素很少来往的世交沈石君来看他。沈石君比高北溟大几岁，也曾跟谈甓渔读过书，开笔成篇以后，到苏州进了书院。书院改成学堂，革命、“光复”……他就成了新派，多年在外边做事。他有志办教育，在省里当督学。回乡视察了几个小学之后，拍开了高家的白木板门。他劝高北溟去读两年简易师范，取得一个资格，教书。

读师范是被人看不起的。师范不收学费，每月还可有伙食津贴，师范生被人称为“师范花子”，但这在高北溟是一条可行的路，虽然现在还来入学读书，岁数实在太大些了。好在同学中年纪差近的也还有，而且“简师”只有两年，一晃也就过去了。

简师毕业，高先生在“五小”任教。

高先生有了职业，有了虽不丰厚但却可靠的收入，可以免于冻饿，不致像徐呆子似的死在街上了。

按规定，简师毕业，只能教初、中年级，因为高先生是谈甓渔的高足，中过秀才，声名藉藉，叫他去教“大狗跳，小狗叫，大狗跳一跳，小狗叫一叫”，实在说不过去，因此，破格担任了五、六年级的国文。即使是这样，当然也还不能展其所长，尽其所学。高先生并不意满志得。然而高先生教书是认真的。讲课、改作文，郑重其事，一丝不苟。

同事起初对他很敬重，渐渐地在背后议论起来，说这个人的脾气很“方”。是这样。高先生落落寡合，不苟言笑，不爱闲谈，不喜交际。他按时到校，到教务处和大家略点一点头，拿了粉笔、点名册就上教室。下了课就走。有时当中一节没有课，就坐在教务处看书。小学教师的品类也很杂。有正派的教师；也有头上涂着司丹康、脸上搽着雪花膏的纨绔子弟；戴着瓜皮秋帽、留着小胡子，琵琶襟坎肩的纽子挂着青天白日徽章，一说话不停地挤鼓眼的幕僚式的人物。他们时常凑在一起谈牌经，评“花榜”[1]，交换庸俗无聊的社会新闻，说猥亵下流的荤笑话。高先生总是正襟危坐，不作一声。同事之间为了“联络感情”，时常轮流做东，约好了在星期天早上“吃早茶”。这地方“吃早茶”不是喝茶，主要是吃各种点心——蟹肉包子、火腿烧麦、冬笋蒸饺、脂油千层糕。还可叫一个三鲜煮干丝，小酌两杯。这种聚会，高先生概不参加。小学校的人事说简单也简单，说复杂也挺复杂。教员当中也有派别，为了一点小小私利，排挤倾轧，勾心斗角，飞短流长，造谣中伤。这些派别之间的明暗斗争，又与地方上的党政权势息息相关，且和省中当局遥相呼应。千丝万缕，变幻无常。高先生对这种派别之争，从不介入。有人曾试图对他笼络（高先生素负文名，受人景仰，拉过来是个“实力”），被高先生冷冷地拒绝了。他教学生，也是因材施教，无所阿私，只看品学，不问家庭。每一班都有一两个他特别心爱的学生。高先生看来是个冷面寡情的人，其实不是这样，只是他对得意的学生的喜爱不形于色，不像有些婆婆妈妈的教员，时常摸着学生的头，拉着他的手，满脸含笑，问长问短。他只是把他的热情倾注在教学之中。他讲

1 把城中妓女加以品评，定出状元、榜眼、探花、一甲、二甲，在小报上公布，谓之“花榜”。嫖客中的才子同时还写了一些很香艳的诗来咏这些“花”。

书，眼睛首先看着这一两个学生，看他们领会了没有。改作文，改得特别仔细。听这一两个学生回讲课文，批改他们的作文课卷，是他的一大乐事。只有在这样的时候，他觉得不负此生，做了一点有意义的事。对于平常的学生，他亦以平常的精力对待之。对于资质顽劣，不守校规的学生，他常常痛加训斥，不管他的爸爸是什么局长还是什么党部委员。有些话说得比较厉害，甚至侵及他们的家长。因为这些，校中同事不喜欢他，又有点怕他。他们为他和自己的不同处而忿忿不平，说他是自命清高，沽名钓誉，不近人情，有的干脆说："这是绝户脾气！"

高先生没有儿子，只有两个女儿。

高先生性子很急，爱生气。生起气来不说话，满脸通红，脑袋不停地剧烈地摇动。他家世寒微，资格不高，故多疑。有时别人说了一两句不中听的话，或有意，或无意，高先生都会多心。比如有的教员为一点不顺心的事而牢骚，说："家有三担粮，不当孩子王！我祖上还有几亩薄田，饿不死。不为五斗米折腰，我辞职，不干了！""老子不是那不花钱的学校毕业的，我不受这份窝囊气！"高先生都以为这是敲打他，他气得太阳穴的青筋都绷起来了。看样子他就会拍桌大骂，和人吵一架，然而他强忍下了，他只是不停地剧烈地摇着脑袋。

高先生很孤僻，不出人情，不随份子，几乎与人不通庆吊。他家从不请客，他也从不赴宴。他教书之外，也还为人写寿序，撰挽联，委托的人家照例都得请请他。知单[1]送到，他照例都在自己的名字下书一"谢"字。久而久之，都知道他这脾气，也就不来多此一举了。

他不吃烟，不饮酒，不打牌，不看戏。除了学校和自己的家，哪里也不去，每天他清早出门，傍晚回家。拍拍白木的板门，过了一会儿，门开了。进门是一条狭长的过道，砖缝里长着扫帚苗，苦艾，和一种名

1 请客的单子，上面开列了要请的客。被请的人如在自己的姓名字下写"敬陪末座"或一"知"字，即表示准时赴宴，写一"谢"字是表示不到。

叫“七里香”其实是闻不出什么气味，开着蓝色的碎花的野草，有两个黄蝴蝶寂寞地飞着。高先生就从这些野草丛中踏着沉重的步子走进去，走进里面一个小门，好像走进了一个深深的洞穴，高大的背影消失了。木板门又关了，把门上的一副春联关在外面。

高先生家的春联都是自撰的，逐年更换。不像一般人家是迎祥纳福的吉利话，都是述怀抱、舒愤懑的词句，全城少见。

这年是辛未年，板门上贴的春联嵌了高先生自己的名、字：

辛夸高岭桂

未徙北溟鹏

也许这是一个好兆，“未徙”者“将徙”也。第二年，即壬申年，高北溟竟真的“徙”了。

这县里有一个初级中学。除了初中，还有一所初级师范，一所女子师范，都是为了培养小学师资的。只有初中生，是准备将来出外升学的，因此这初中俨然是本县的最高学府。可是一向办得很糟。名义上的校长是李三麻子，根本不来视事。教导主任张维谷（这个名字很怪）是个出名的吃白食的人。他有几句名言：“不愿我请人，不愿人请我，只愿人请人，当中有个我”。人品如此，学问可知。数学教员外号“杨半本”，他讲代数、几何，从来没有把一本书讲完过，大概后半本他自己也不甚了了。历史教员姓居，是个律师，学问还不如高尔础。他讲唐代的艺术一节，教科书上说唐代的书法分“方笔”和“圆笔”，他竟然望文生义，说方笔的笔杆是方的，圆笔的笔杆是圆的。连初中的孩子略想一想，也觉得无此道理。一个学生当时就站起来问：“笔杆是方的，那么笔头是不是也是方的呢？”这帮学混子简直是在误人子弟。学生家长，意见很大。到了暑假，学生闹了一次风潮（这是他们第一次参加的“学潮”）。事情还是从居大律师那里引起的。平日，学生在课堂上有什么不明白的问题问他，他的回答总是“书上有”。到学期考试时，学生搞了一次变相的罢考。卷子发下来，不到五分钟，一个学生以关窗为号，大家一起把卷子交了上去，每道试题下面一律写了三个字：“书上有”！张维谷及其一伙，实在有点“维谷”，混不下去了。

教育局长不得不下决心对这个学校进行改组，——否则只怕连他这个局长也坐不稳。

恰好沈石君因和厅里一个科长意见不合，愤而辞职，回家闲居，正在四处写信，托人找事，地方上人挽他出山来长初中。沈石君再三推辞，禁不住不断有人踵门劝说，也就答应了。他只提出一个条件：所有教员，由他决定。教育局长沉吟了一会儿，说：“可以。”

沈石君是想有一番作为的。他自然要考虑各种关系，也明知局长的口袋里装了几个人，想往初中里塞，不得不适当照顾，但是几门主要课程的教员绝对不能迁就。

国文教员，他聘了高北溟。许多人都感到意外。

高先生自然欣然同意。他谈了一些他对教学的想法。沈石君认为很有道理。

高先生要求“随班走”。教一班学生，从初一教到初三，一直到送他们毕业，考上高中。他说别人教过的学生让他来教，如垦生荒，重头来起，事倍功半。教书教人，要了解学生，知己知彼。不管学生的程度，照本宣科，是为瞎教。学生已经懂得的，再来教他，是白费；暂时不能接受的，勉强教他，是徒劳。他要看着、守着他的学生，看到他是不是一月有一月的进步，一年有一年的进步。如同注水入瓶，随时知其深浅。他说当初谈老先生就是这样教他的。

他要求在部定课本之外，自选教材。他说教的是书，教书的是高北溟。“只有我自己熟读，真懂，我所喜爱的文章，我自己为之感动过的，我才讲得好。”他强调教材要有一定的系统性，要有重点。他也讲《苛政猛于虎》《晏子使楚》《项羽本纪》《出师表》《陈情表》、韩、柳、欧、苏。集中地讲的是白居易、归有光、郑板桥。最后一学期讲的是朱自清的《背影》、都德的《磨坊文札》。他好像特别喜欢归有光的文章。一个学期内把《先妣事略》《项脊轩志》《寒花葬志》都讲了。他要把课堂讲授和课外阅读结合起来。课上讲了《卖炭翁》《新丰折臂翁》，同时把白居易的新乐府全部印发给学生。讲了一篇《潍县署中寄弟墨》，把郑板桥的几封主要的家书、道情和一些题画的诗也都印发下去。学生看了，很有兴趣。这种做法，在当时的初中国文教员中极为少见。他选的文章看来有一个标准：有感慨，有性情，平易自然。这些文章有一个贯串性的思想倾向，这种倾向大体上可以归结为：人道主义。

他非常重视作文。他说学国文的最终的目的，是把文章写通。学生作文他先眉批一道，指出好处和不好处，发下去由学生自己改一遍，或同学间互相改；交上来，他再改一遍，加总批，再发给学生，让学生自己誊一遍，留起来；要学生随时回过头来看看自己的文章。他说，作文要如使船，撑一篙是一篙，作一篇是一篇。不能像驴转磨，走了三年，只在磨道里转。

为了帮助学生将来升学，他还自编了三种辅助教材。一年级是《字形音义辨》，二年级是《成语运用》，三年级是《国学常识》。

在县立初中读了三年的学生，大部分文字清通，知识丰富，他们在考高中，甚至日后在考大学时，国文分数都比较高，是高先生给他们打下的底子。更重要的是他们学会了欣赏文学——高先生讲过的文章的若干片段，许多学生过了三十年还背得；他们接受了高先生通过那些选文所传播的思想——人道主义，影响到他们一生的立身为人，呜呼，先生之泽远矣！

（玻璃一样脆亮的童声高唱着。瓦片和树叶都在唱。）

高先生的家也搬了。搬到老屋对面的一条巷子里。高先生用历年的积蓄，买了一所小小的四合院。房屋虽也旧了，但间架砖木都还结实。

天井里花木扶疏，苔痕上阶，草色入帘，很是幽静。

高先生这几年心境很好，人也变随和了一些。他和沈石君以及一般同事相处甚得。沈石君每年暑假要请一次客，对校中同人表示慰劳，席间也谈谈校务。高先生是不须催请，早早就到的。他还备了几样便菜，约几个志同道合的教员，在家里赏荷小聚。（五小的那位师爷式的教员听到此事，编了一条歇后语：“高北溟请客——破天荒”。）这几年，很少看到高先生气得脑袋不停地剧烈地摇动。

高先生有两件心事。

一件是想把谈老师的诗文刻印出来。

谈老先生死后，后人很没出息，游手好闲，坐吃山空，几年工夫，把谈先生挣下的家业败得精光，最后竟至靠拆卖房屋的砖瓦维持生活。谈老先生的宅第几乎变成一片瓦砾，旧池乔木，荡然无存。门楼倒还在，也破落不堪了。供轿夫休息的长凳早没有了，剩了一个空空的架子。里面有一算卦的摆了一个卦摊。条桌上放着签筒。桌前系着桌帷，白色的圆“光”里写了四个字：“文王神课”。算卦的伏在桌上打盹。这地方还叫作“谈家门楼”。过路人走过，都有不胜今昔之感，觉得沧海桑田，人生如梦。

谈老先生的哲嗣名叫幼渔。到无米下锅时，就到谈先生的学生家去打秋风。到了高北溟家，高先生总要周济他一块、两块、三块、五块。总不让他空着手回去。每年腊月，还得为他准备几斗米，一方腌肉，两条风鱼，否则这个年幼渔师弟过不去。

高北溟和谈先生的学生周济谈幼渔，是为了不忘师恩，是怕他把谈先生的文稿卖了。他已经几次要卖这部文稿。买主是有的，就是李三麻子（此人老而不死）。高先生知道，李三麻子买到文稿，改头换面，就成了他的著作。李三麻子惯于欺世盗名，这种事干得出。李三麻子出价一百，告诉幼渔，稿到即付。

高先生狠了狠心，拿出一百块钱，跟谈幼渔把稿子买了。

想刻印，却很难。松华斋可以铅印，尚古山房可以雕版。问了问价钱，都贵得吓人，为高北溟力所不及。稿子放在架上，逐年摊晒。高先生觉得对不起老师，心里很不安。

另一件心事是女儿高雪的前途和婚事。

高先生的两个女儿，长名高冰，次名高雪。

高雪从小很受宠，一家子都惯她，很娇。她用的东西都和姐姐不一样。姐姐夏天穿的衣是府绸的，她穿的是湖纺。姐姐穿白麻纱袜，她却有两条长筒丝袜。姐姐穿自己做的布鞋，她却一会儿是“千底一带”，一会儿是白网球鞋，并且在初中二年级就穿了从上海买回来的皮鞋。姐姐不嫉妒，倒说：“你的脚好看，应该穿好鞋。”姐姐冬天烘黄铜的手炉，她的手炉是白铜的。姐姐扇细芭蕉扇，她扇檀香扇。东西也一样。吃鱼，脊梁、肚皮是她的（姐姐吃鱼头、鱼尾，且说她爱吃），吃鸡，一只鸡腿归她（另一只是高先生的）。她还爱吃陈皮梅、嘉应子、橄榄。她一个人吃。家务事也不管。扫地、抹桌、买菜、煮饭，都是姐姐。高起兴来，打了井水，把家里什么都洗一遍，砖地也洗一遍，大门也洗一遍，弄得家里水漫金山，人人只好缩着脚坐在凳子上。除了自己的衣服，她不洗别人的。被褥帐子，都是姐姐洗。姐姐在天井里一大盆一大盆，洗得汗马淋漓，她却躺在高先生的藤椅上看《茵梦湖》。高先生的藤椅，除了她，谁也不坐，这是一家之主的象征。只有一件事，她乐意做：浇花。这是她的特权，别人不许浇。

高先生治家很严，高师母、高冰都怕他。只有对高雪，从未碰过一指头。在外面生了一点气，回来看看这个“欢喜团”，气也就消了。她要什么，高先生都依她。只有一次例外。

高雪初三毕业，要升学（高冰没有读中学，小学毕业，就在本城读了女师，已经在教书）。她要考高中，将来到北平上大学。高先生不同意，只许她报师范。高雪哭，不吃饭。妈妈和姐姐坐在床前轮流劝她。

“不要这样。多不好。爸爸不是不想让你向高处飞，爸爸没有钱。三年高中，四年大学，路费、学费、膳费、宿费，得好一笔钱。”

“他有钱！”

“他哪有钱呀！”

“在柜子里锁着！”

“那是攒起来要给谈老先生刻文集的。”

“干吗要给他刻！”

“这孩子，没有谈老先生，爸爸就没有本事。上大学呢！你连小学也上不了。知恩必报，人不能无情无义。”

“再说那笔钱也不够你上大学。好妹妹，想开一点。师范毕业教两年，不是还可以考大学吗？你自己攒一点，没准爸爸这时候收入会更多一些。我跟爸爸说说，我挣的薪水，一半交家里，一半给你存起来，三四年下来，也是个数目。”

“你不用？”

“我？——不用！”

高雪被姐姐的真诚感动了，眼泪晶晶的。

姐姐说得也有理。国民党教育部有个规定，师范毕业，教两年小学，算是补偿了师范三年的学杂费，然后可以考大学。那时大学生里岁数大，老成持重的，多半曾是师范生。

“快起来吧！不要叫爸爸心里难过。你看看他：整天不说话，脑袋又不停地摇了。”

高雪虽然娇纵任性，这点清清楚楚的事理她是明白的。她起来洗洗脸，走到书房里，叫了一声：

“爸爸！”

并盛了一碗饭，用茶水淘淘，就着榨菜，吃了。好像吃得很香。

高先生知道女儿回心转意了，他心里倒酸渍渍的，很不好受。

高雪考了苏州师范。

高雪小时候没有显出怎么好看。没有想到，女大十八变，两三年工夫，变成了一个美人。每年暑假回家，一身白。白旗袍（在学校只能穿制服：白上衣，黑短裙），漂白细草帽，白纱手套，白丁字平跟皮鞋。丰姿楚楚，行步婀娜，态度安静，顾盼有光。不论在火车站月台上，轮船甲板上，男人女人都朝她看。男人看了她，敞开法兰绒西服上衣的扣，露出新买的时式领带，频频回首，自作多情。女的看了她，从手提包里取出小圆镜照照自己。各依年貌，生出不同的轻轻感触。

她在学校里唱歌、弹琴，都很出色。唱的歌是《茶花女》的《饮酒歌》，弹的是肖邦的小夜曲。

她一回本城，城里的女孩子都觉得自己很土。她们说高雪有一种说不出来的派头。

有女儿的人说："高北溟生了这样一个女儿，这个爸爸当得过！"

任何小城都是有风波的。因为省长易人，直接影响到这个小县的人事。县长、党部、各局，统统来了一个大换班。公职人员，凡靠领薪水吃饭的，无不人心惶惶。

一县的人事更代，自然会波及到县立初中。

三十几个教育界人士，联名写信告了沈石君。一式两份，分送厅、局。执笔起草的就是居大律师。他虽分不清方笔、圆笔，却颇善于刀笔。主要的罪名是："把持学政，任用私人，倡导民主，宣传赤化"。后两条是初中图书馆里买了鲁迅、高尔基的书，订了《生活周刊》，"纪念周"上讲时事。"任用私人"牵涉到高北溟。信中说："简师毕业，而教中学，纵观全国，无此特例。只为同门受业，不惜破格躐等，遂使寰城父老疾首，而令方帽学士寒心。"指摘高北溟的教学是"不依规矩，自作主张，藐视部厅，搅乱学制"。

有人把这封信的底稿抄了一份送给沈石君。沈石君看了，置之一笑。他知道这个初中校长的位置，早已有人觊觎，自厅至局，已经内定。这封控告信，不过是制造一个查办的口实。此种官场小伎俩，是三岁小儿都知道的。和这些人纠缠，味同嚼蜡。何况他已在安徽找到事，毫无恋栈之心。为了给当局一个下马台阶，彼此不伤和气，他自己主动递了一封辞职书。不两天，批复照准。继任校长，叫尹同霖，原是办党务的。——新换上的各局首脑也都是清一色，是县党部的委员。这一调整充分体现了“以党治国”精神。没有等办理交代，尹同霖先来拜会了沈石君，这是给他一个很大的面子，免得彼此心存芥蒂。尹同霖问沈石君有什么托付，沈石君只希望他能留高北溟。尹同霖满口答应。

沈石君束装就道之前，来看了高北溟，说他已和同霖提了，这点面子料想他会给的，他叫高北溟不要另外找事，安心在家等聘书。

不料，快开学了，聘书还不下来。同时，却收到第五小学的聘书。聘书后盖着五小新校长的签名章：张维谷。这是怎么回事呢？他并未向张维谷谋过职呀。

高先生只得再回五小去教书。

高先生到教务处看看，教员大半还是熟人。他和大家点点头，拿了粉笔、点名册往教室里走。纨绔子弟和幕僚在他身后努努嘴，演了一出双簧。一个说：“好马不吃回头草”，一个说：“前度刘郎今又来”。高北溟只当没有听见。

五年级有一个学生叫申潜，是现任教育局长的儿子，异常顽劣，上课时常捣乱。有一次他乘高先生回身写黑板时，用弹弓纸弹打人，一弹打在高先生的后脑勺上。高先生勃然大怒，把他训斥了一顿。不想申潜毫不认错，反而睖着眼睛看着高先生，眼睛里充满了鄙视。他没有说一句话，但是高先生从他的眼睛里清清楚楚听得到：“你有什么了不起！我爸爸动一动手指头，你们的饭碗就完蛋！”高先生狂吼起来：“你仗你老子的势！你们！你们这些党棍子，你们欺人太甚！”他的脑袋剧烈地摇动起来。一堂学生被高先生的神气吓呆了，鸦雀无声。

谈甓渔的文稿没有刻印出来。永远也没有刻印出来的希望了。

高雪病了。

按规定，师范毕业，还要实习一年，才能正式任教。高雪在实习一年的下学期，发现自己下午潮热（同学们都看出她到下午两颊微红，特别好看），夜间盗汗，浑身没有力气。撑到学期终了，回了家，高师母知道女儿病状，说是："可了不得！"这地方讳言这种病的病名，但是大家心里都明白。高先生请了汪厚基来给高雪看病。

汪厚基是高先生最喜欢的学生，说他"绝顶聪明"。他从一年级到六年级，各门功课都是全班第一。全县的作文比赛，书法比赛，他都是第一名。他临毕业的那年，高先生为人撰了一篇寿序。经寿翁的亲友过目之后，大家商量请谁来写。高先生一时高兴，推荐了他这个得意的学生。大家觉得叫一个孩子来写，倒很别致，而且可以沾一沾返老还童的喜气，就说不妨一试。汪厚基用多宝塔体写了十六幅寿屏，字径二寸，笔力饱满。张挂起来，满座宾客，无不诧为神童。高先生满以为这个学生一定会升学，将来一定会出人头地。他家里开爿米店，家道小康，升学没有多大困难。不想他家里决定叫他学医——学中医。高先生听说，废书而叹，连声说："可惜，可惜！"

汪厚基跟一个姓刘的老先生学了几年，在东街赁了一间房，挂牌行医了。他看起来完全不像个中医。中医宜老不宜少，而且最好是行动蹒跚，相貌奇古，这样病家才相信。东街有一个老中医就是这样。此人外号李花脸，满脸的红记，一年多半穿着紫红色的哆啰呢夹袍，黑羽纱马褂，说话是个囔鼻儿，浑身发出樟木气味，好像本人也才从樟木箱子里拿出来。汪厚基全不是这样，既不弯腰，也不驼背，英俊倜傥，衣着入时，像一个大学毕业生。他开了方子，总把笔套上。——中医开方之后，照倒不套笔，这是一种迷信，套了笔以后就不再有人找他看病了。汪厚基不管这一套，他会写字，爱笔。他这个中医还订了好几份杂志，并且还看屠格涅夫的小说。这些都是对行医不利的。但是也许沾了"神童"的名誉的光，请他看病的不少，收入颇为可观。他家里觉得叫他学医这一步走对了。

他该成家了，来保媒的一年都有几起。汪厚基看不上。他私心爱慕着高雪。

他和高雪小学同班。两家住得不远。上学，放学，天天一起走，小时候感情很好。街上的野孩子有时欺负高雪，向她扔土坷垃，汪厚基就给她当保镖。他还时常做高雪掉在河里，他跳下去把她救起来这样的英雄的梦。高雪读了初中，师范，他看她一天比一天长得漂亮起来。隔几天看见她，都使他觉得惊奇。高雪上师范三年级时，他曾托人到高家去说媒。

高师母是很喜欢汪厚基的。高冰说："不行！妹妹是个心高的人，她要飞到很远的地方去。她要上大学。她不会嫁一个中医。妈，您别跟妹妹说！"高北溟想了一天，对媒人说："高雪还小。她还有一年实习，再说吧。"媒人自然知道，这是一种委婉的推托。

汪厚基每天来给高雪看病。汪厚基觉得这是一种福。高雪也很感激他。看了病，汪厚基常坐在床前，陪高雪闲谈。他们谈了好多小时候的事，彼此都记得那么清楚。高雪一天比一天地好起来了。

高雪病愈之后，就在本县一小教书，——她没有能在外地找到事。她一面补习功课，准备考大学。

接连考了两年，没有考取。

第三年，七七事变，抗日战争爆发，她所向往的大学，都迁到了四川、云南。日本人占领了江南，本县外出的交通断了。她想冒险通过敌占区，往云南、四川去。全家人都激烈反对。她只好在这个小城里困着。

高雪的岁数一年比一年大，该嫁人了。多少双眼睛都看着她。她老不结婚，大家就都觉得奇怪。城里渐渐有了一些流言。轻嘴薄舌的人很多。对一个漂亮的少女，有人特别爱用自己肮脏的舌头来糟蹋她，话说得很难听，说她外面有人，还说……唉，别提这些了吧。

高雪在学校是经常收到情书。有的摘录了李后主、秦少游的词，满纸伤感惆怅。有的抄了一些外国诗。有一位抄了一大段拜伦的情诗的原文，害得她还得查字典。这些信大都也有一点感情，但又都不像很认真。高雪有时也回信，写的也是一些虚无缥缈的话。她并没有一个真正的情人。

本县的小学里不断有人向她献殷勤，她一个也看不上，觉得他们讨厌。

汪厚基又托媒人来说了几次媒，都被用不同的委婉言词拒绝了。——每次家里问高雪，她都是摇摇头。

一次又一次，高家全家的心都活了，连高冰也改变了态度。她和高雪谈了半夜。

“行了吧。汪厚基对你是真心。他说他非你不娶，是实话。他脾气好，一定会对你很体贴。人也不俗。你们不是也还谈得来么？你还挑什么呢？你想要一个什么人？你想要的，这个县城里没有！妹妹，你不小了。听姐姐话，再拖下去，你真要留在家里当老姑娘？这是命，你心高命薄。退一步看，想宽一点。花开堪折直须折，莫待无花空折枝呀……”

高雪一直没有说话。

高雪同意和汪厚基结婚了。婚后的生活是平静的。汪厚基待高雪，真是含在口里怕她化了，体贴到不能再体贴。每天下床，都是厚基给她穿袜子，穿鞋。她梳头，厚基在后面捧着镜子。天凉了，天热了，厚基早给她把该换的衣服找出来放着。嫂子们常常偷偷在窗外看这小两口的无穷无尽的蜜月新婚，抿着嘴笑。

然而高雪并不快乐，她的笑总有点凄凉。半年之后，她病了。

汪厚基自己给她看病，亲自到药店去抓药，亲自煎药，还亲自尝一尝。他把全部学识都拿出来了。然而高雪的病没有起色。他把全城同行名医，包括几个西医，都请来给高雪看病。可是大家都说不出一个所以然，连一个准病名都说不出，一人一个说法。一个西医说了一个很长的拉丁病名，汪厚基请教是什么意思，这位西医说：“忧郁症”。

病了半年，百药罔效，高雪瘦得剩了一把骨头。厚基抱她起来，轻得像一个孩子。高雪觉得自己不行了，叫厚基给她穿衣裳。衣裳穿好了，袜子也穿好了，高雪微微皱了皱眉，说左边的袜跟没有拉平。厚基给她把袜跟拉平了，她用非常温柔的眼光看着厚基，说：“厚基，你真好！”随即闭了眼睛。

汪厚基到高先生家去报信。他详详细细叙说了高雪临死的情形，说她到最后还很清醒，“我给她穿袜子，她还说左边的袜跟没有拉平”。高师母忍不住，到房里坐在床上痛哭。高冰的眼泪不断流出来，喊了一声：“妹妹，你想飞，你没有飞出去呀！”高先生捶着书桌说：“怪我！怪我！怪我！”他的脑袋不停地摇动起来。——高先生近年不只在生气的时候，只要感情一激动，就摇脑袋。

汪厚基把牌子摘了下来，他不再行医了。“我连高雪的病都看不好，我还给别人看什么？”这位医生对医药彻底发生怀疑：“医道，没有用！——骗人！”他变得有点傻了，遇见熟人就说：“她到最后还很清醒，我给她穿袜子，她还说左边袜跟没有拉平……”他不知道，他已经跟这人说过几次了。他的眼光呆滞，反应也很迟钝了。他的那点聪明灵气已经全部消失。他整天无所事事，一起来就到处乱走。家里人等他吃饭，每回看不见他，一找，他都在高雪的坟旁坐着。

高先生已经死了几年了。

五小的学生还在唱：

> 西挹神山爽气，
> 东来邻寺疏钟……

墓草萋萋，落照昏黄，歌声犹在，斯人邈矣。

高先生在东街住过的老屋倒塌了，临街的墙壁和白木板门倒还没有倒。板门上高先生写的春联也还在。大红朱笺被风雨漂得几乎是白色的了，墨写的字迹却还很浓，很黑。

辛夸高岭桂

未徙北溟鹏

一九八一年八月四日于青岛黄岛

晚饭花[1]

野茉莉，处处有之，极易繁衍。高二三尺，枝叶披纷，肥者可荫五六尺。花如茉莉而长大，其色多种易变。子如豆，深黑有细纹。中有瓤，白色，可作粉，故又名粉豆花。曝干作蔬，与马兰头相类。根大者如拳、黑硬，俚医以治吐血。

——吴其濬：《植物名实图考》

珠子灯

这里的风俗，有钱人家的小姐出嫁的第二年，娘家要送灯。送灯的用意是祈求多子。元宵节前几天，街上常常可以看到送灯的队伍。几个女佣人，穿了干净的衣服，头梳得光光的，戴着双喜字大红绒花，一人手里提着一盏灯；前面有几个吹鼓手吹着细乐。远远听到送灯的箫笛，很多人家的门就开了。姑娘、媳妇走出来，倚门而看，且指指点点，悄悄评论。这也是一年的元宵节景。

一堂灯一般是六盏。四盏较小，大都是染成红色或白色而画了红花的羊角琉璃泡子。一盏是麒麟送子：一个染色的琉璃角片扎成的娃娃骑

1 晚饭花就是野茉莉。因为是在黄昏时开花，晚饭前后开得最为热闹，故又名晚饭花。

在一匹麒麟上。还有一盏是珠子灯：绿色的玻璃珠子穿扎成的很大的宫灯。灯体是八扇玻璃，漆着红色的各体寿字，其余部分都是珠子，顶盖上伸出八个珠子的风头，风嘴里衔着珠子的小幡，下缀珠子的流苏。这盏灯分量相当的重，送来的时候，得两个人用一根小扁担抬着。这是一盏主灯，挂在房间的正中。旁边是麒麟送子，玻璃泡子挂在四角。

到了“灯节”的晚上，这些灯里就插了红蜡烛。点亮了。从十三“上灯”到十八“落灯”，接连点几个晚上。平常这些灯是不点的。

屋里点了灯，气氛就很不一样了。这些灯都不怎么亮（点灯的目的原不是为了照明），但很柔和。尤其是那盏珠子灯，洒下一片淡绿的光，绿光中珠幡的影子轻轻地摇曳，如梦如水，显得异常安静。元宵的灯光扩散着吉祥、幸福和朦胧暧昧的希望。

孙家的大小姐孙淑芸嫁给了王家的二少爷王常生。她屋里就挂了这样六盏灯。不过这六盏灯只点过一次。

王常生在南京读书，秘密地加入了革命党，思想很新。订婚以后，他请媒人捎话过去：请孙小姐把脚放了。孙小姐的脚当真放了，放得很好，看起来就不像裹过的。

孙小姐是个才女。孙家对女儿的教育很特别，教女儿读诗词。除了《长恨歌》《琵琶行》，孙小姐能背全本《西厢记》。嫁过来以后，她也看王常生带回来的黄遵宪的《日本国志》和林译小说《迦茵小传》《茶花女遗事》……

两口子琴瑟和谐，感情很好。

不料王常生在南京得了重病，抬回来不到半个月，就死了。

王常生临死对夫人留下遗言：“不要守节”。

但是说了也无用。孙王二家都是书香门第，从无再婚之女。改嫁，这种念头就不曾在孙小姐的思想里出现过。这是绝不可能的事。

从此，孙小姐就一个人过日子。这六盏灯也再没有点过了。

她变得有点古怪了，她屋里的东西都不许人动。王常生活着的时候是什么样子，永远是什么样子，不许挪动一点。王常生用过的手表、座钟、文具，还有他养的一盆雨花石，都放在原来的位置。孙小姐原是个爱洁成癖的人，屋里的桌子椅子、茶壶茶杯，每天都要用清水洗三遍。自从王常生死后，除了过年之前，她亲自监督着一个从娘家陪嫁过来的女佣人大洗一天之外，平常不许擦拭。里屋炕几上有一套茶具：一个白瓷的茶盘，一把茶壶，四个茶杯。茶杯倒扣着，上面落了细细的尘土。茶壶是荸荠形的扁圆的，茶壶的鼓肚子下面落不着尘土，茶盘里就清清楚楚留下一个干净的圆印子。

她病了，说不清是什么病。除了逢年过节起来几天，其余的时间都在床上躺着，整天地躺着。除了那个女佣人，没有人上她屋里去。

她就这么躺着，也不看书，也很少说话，屋里一点声音没有。她躺着，听着天上的风筝响，斑鸠在远远的树上叫着双声，“鹁鸪鸪——咕，鹁鸪鸪——咕”，听着麻雀在檐前打闹，听着一个大蜻蜓振动着透明的翅膀，听着老鼠咬啮着木器，还不时听到一串滴滴答答的声音，那是珠子灯的某一处流苏散了线，珠子落在地上了。

女佣人在扫地时，常常扫到一二十颗散碎的珠子。

她这样躺了十年。

她死了。

她的房门锁了起来。

从锁着的房间里，时常还听见散线的玻璃珠子滴滴答答落在地板上的声音。

晚饭花

李小龙的家在李家巷。

这是一条南北向的巷子，相当宽，可以并排走两辆黄包车。但是不长，巷子里只有几户人家。

西边的北口一家姓陈。这家好像特别的潮湿，门口总飘出一股湿布的气味，人的身上也带着这种气味。他家有好几棵大石榴，比房檐还高，开花的时候，一院子都是红通通的。结的石榴很大，垂在树枝上，一直到过年下雪时才剪下来。

陈家往南，直到巷子的南口，都是李家的房子。

东边，靠北是一个油坊的堆栈，粉白的照壁上黑漆八个大字："双窨香油，照庄发客"。

靠南一家姓夏。这家进门就是锅灶，往里是一个不小的院子。这家特别重视过中秋。每年的中秋节，附近的孩子就上他们家去玩，去看院子里还在开着的荷花，几盆大桂花，缸里养的鱼；看他家在院子里摆好了的矮脚的方桌，放了毛豆、芋头、月饼、酒壶，准备一家赏月。

在油坊堆栈和夏家之间，是王玉英的家。

王家人很少，一共三口。王玉英的父亲在县政府当录事，每天一早便提着一个蓝布笔袋，一个铜墨盒去上班。王玉英的弟弟上小学。王玉英整天一个人在家。她老是在她家的门道里做针线。

王玉英家进门有一个狭长的门道。三面是墙：一面是油坊堆栈的墙，一面是夏家的墙，一面是她家房子的山墙。南墙尽头有一个小房门，里面才是她家的房屋。从外面是看不见她家的房屋的。这是一个长方形的天井，一年四季，照不进太阳。夏天很凉快，上面是高高的蓝天，正面的山墙脚下密密地长了一排晚饭花。王玉英就坐在这个狭长的天井里，坐在晚饭花前面做针线。

李小龙每天放学，都经过王玉英家的门外。他都看见王玉英（他看了陈家的石榴，又看了"双窨香油，照庄发客"，还会看看夏家的花木）。晚饭花开得很旺盛，它们使劲地往外开，发疯一样，喊叫着，把自己开在傍晚的空气里。浓绿的，多得不得了的绿叶子；殷红的，胭脂一样的，多得不得了的红花；非常热闹，但又很凄清。没有一点声音。在浓绿浓绿的叶子和乱乱纷纷的红花之前，坐着一个王玉英。

这是李小龙的黄昏。要是没有王玉英，黄昏就不成其为黄昏了。

李小龙很喜欢看王玉英，因为王玉英好看。王玉英长得很黑，但是两只眼睛很亮，牙很白。王玉英有一个很好看的身子。

红花、绿叶、黑黑的脸、明亮的眼睛、白的牙，这是李小龙天天看的一张画。

王玉英一边做针线，一边等着她的父亲。她已经焖好饭了，等父亲一进门就好炒菜。

王玉英已经许了人家。她的未婚夫是钱老五。大家都叫他钱老五。不叫他的名字，而叫钱老五，有轻视之意。老人们说他“不学好”。人很聪明，会画两笔画，也能刻刻图章，但做事没有长性。教两天小学，又到报馆里当两天记者。他手头并不宽裕，却打扮得像个阔少爷，穿着细毛料子的衣裳，梳着油光光的分头，还戴了一副金丝眼镜。他交了许多“三朋四友”，风流浪荡，不务正业。都传说他和一个寡妇相好，有时就住在那个寡妇家里，还花寡妇的钱。

这些事也传到了王玉英的耳朵里。连李小龙也都听说了嘛，王玉英还能不知道？不过王玉英倒不怎么难过，她有点半信半疑。而且她相信她嫁过去，他就会改好的。她看见过钱老五，她很喜欢他的人才。

钱老五不跟他的哥哥住。他有一所小房，在臭河边。他成天不在家，门老是锁着。

李小龙知道钱老五在哪里住。他放学每天经过。他有时扒在门缝上往里看：里面有三间房，一个小院子，有几棵树。

王玉英也知道钱老五的住处。她路过时，看看两边没有人，也曾经扒在门缝上往里看过。

有一天，一顶花轿把王玉英抬走了。

从此，这条巷子里就看不见王玉英了。

晚饭花还在开着。

李小龙放学回家，路过臭河边，看见王玉英在钱老五家门前的河边淘米。只看见一个背影。她头上戴着红花。

李小龙觉得王玉英不该出嫁，不该嫁给钱老五。他很气愤。

这世界上再也没有原来的王玉英了。

三姊妹出嫁

秦老吉是个挑担子卖馄饨的。他的馄饨担子是全城独一份，他的馄饨也是全城独一份。

这副担子非常特别。一头是一个木柜，上面有七八个扁扁的抽屉；一头是安放在木柜里的烧松柴的小缸灶，上面支一口紫铜浅锅。铜锅分两格，一格是骨头汤，一格是下馄饨的清水。扁担不是套在两头的柜子上，而是打的时候就安在柜子上，和两个柜子成一体。扁担不是直的，是弯的，像一个罗锅桥。这副担子是楠木的，雕着花，细巧玲珑，很好看。这好像是《东京梦华录》时期的东西，李嵩笔下画出来的玩意儿。秦老吉老远地来了，他挑的不像是馄饨担子，倒好像挑着一件什么文物。这副担子不知道传了多少代了，因为材料结实，做工精细，到现在还很完好。

别人卖的馄饨只有一种，葱花水打猪肉馅。他的馄饨除了猪肉馅的，还有鸡肉馅的、螃蟹馅的，最讲究的是荠菜冬笋肉末馅的，——这种肉馅不是用刀刃而是用刀背剁的！作料也特别齐全，除了酱油、醋，还有花椒油、辣椒油、虾皮、紫菜、葱末、蒜泥、韭花、芹菜和本地人一般不吃的芫荽。馄饨分别放在几个抽屉里，作料敞放在外面，任凭顾客各按口味调配。

他的器皿用具也特别精洁——他有一个拌馅用的深口大盘，是雍正青花！

笃——笃笃，秦老吉敲着竹梆，走来了。找一个柳荫，把担子歇下，竹梆敲出一串花点，立刻就围满了人。

秦老吉就用这副担子，把三个女儿养大了。

秦老吉的老婆死得早，给他留下三个女儿。大凤、二凤和小凤。三个女儿，一个比一个小一岁，梯子磴似的。三个丫头一个模样，像一个模子脱出来的。三个姑娘，像三张画。有人跟秦老吉说："应该叫你老婆再生一个的，好凑成一套四扇屏儿！"

姊妹三个，从小没娘，彼此提挈，感情很好。一家人都很勤快。一进门，清清爽爽，干净得像明矾澄过的清水。谁家娶了邋遢婆娘，丈夫气急了，就说："你到秦老吉家看看去！"三姊妹各有所长，分工负责。大裁大剪，单夹皮棉——秦老吉冬天穿一件山羊皮的背心，是大姐的；锅前灶后，热水烧汤，是二姐的；小妹妹小，又娇，两个姐姐惯着她，不叫她做重活，她就成天地挑花绣朵。她把两个姐姐绣得全身都是花。围裙上、鞋尖上、手帕上、包头布上，都是花。这些花里有一样必不可少的东西，是凤。

姊妹三个都大了。一个十八，一个十七，一个十六。该嫁了。这三只凤要飞到哪棵梧桐树上去呢?

三姊妹都有了人家了。大姐许了一个皮匠，二姐许了一个剃头的，小妹许的是一个卖糖的。

皮匠的脸上有几颗麻子，一街人都叫他麻皮匠。他在东街的"乾陞和"茶食店廊檐下摆一副皮匠担子。"乾陞和"的门面很宽大，除了一个柜台，两边竖着的两块碎白石底子堆刻黑漆大字的木牌——一块写着"应时糕点"，一块写着"满汉饽饽"。这之外，没有什么东西，放一副皮匠担子一点不碍事。麻皮匠每天一早，"乾陞和"才开了门，就拿起一把长柄的笤帚把店堂打扫干净，然后就在"满汉饽饽"下面支起担子，开始绱鞋。他是个手脚很快的人。走起路来腿快，绱起鞋来手快。只见他把锥子在头发里"光"两下，一锥子扎过鞋帮鞋底，两根用猪鬃引着的蜡线对穿过去，噌，——噌，两把就绱了一针。流利合拍，均匀紧凑。他绱鞋的时候，常有人歪着头看。绱鞋，本来没有看头，但是麻皮匠绱鞋就能吸引人。大概什么事做得很精熟，就很美了。因为手快，麻皮匠一天能比别的皮匠多绱好几双鞋。不但快，绱得也好。针脚细密，楦得也到家，穿在脚上，不易走样。因此，他生意很好。也因此，落下“麻皮匠”这样一个称号。人家做好了鞋，叫佣人或孩子送去绱，总要叮嘱一句：“送到麻皮匠那里去。”这街上还有几个别的皮匠。怕送错了。他脸上的那几颗麻子就成了他的标志。他姓什么呢？好像是姓马。

二姑娘的婆家姓时。老公公名叫时福海。他开了一爿剃头店，字号也就是“时福海记”。剃头的本属于“下九流”，他的店铺每年贴的春联却是：“头等事业，顶上生涯”。自从满清推翻，建立民国，人们剪了辫子，他的店铺主要是剃光头，以“水热刀快”为号召。时福海像所有的老剃头待诏一样，还擅长向阳取耳（掏耳朵），捶背拿筋。剃完头，用两只拳头给顾客哔哔剥剥地捶背（捶出各种节奏和清浊阴阳的脆响），噔噔地揪肩胛后的“懒筋”——捶、揪之后，真是“浑身通泰”。他还专会治“落枕”。睡落了枕，歪着脖子走进去，时福海把你的脑袋搁在他弓起的大腿上，两手扶着下腭，轻试两下，“咔叭”——就扳正了！老年间，剃头匠是半个跌打医生。

这地方不知怎么会有这么一个传统，剃头的多半也是吹鼓手（不是所有的剃头匠都是吹鼓手，也不是所有的吹鼓手都是剃头匠）。时福海就也是一个吹鼓手。他吹唢呐，两腮鼓起两个圆圆的鼓包，憋得满脸通红。他还会“进曲”。好像一城的吹鼓手里只有他会，或只有他擅长于这个玩意儿。人家办丧事，“六七”开吊，在“初献”“亚献”之后，有“进曲”这个项目。赞礼的礼生喝道“进——曲”时福海就拿了一面荸荠鼓，由两个鼓手双笛伴奏。唱一段曲子。曲词比民曲还要古，内容是“神仙道化”，感叹人生无常，有《薤露》《蒿里》遗意，很可能是元代的散曲。时福海自己也不知道唱的是什么，但还是唱得感慨唏嘘，自己心里都酸溜溜的。

时代变迁，时福海的这一套有点吃不开了。剃光头的人少了，“水热刀快”不那么有号召力了。卫生部门天天宣传挖鼻孔、挖耳朵不卫生。懂得享受捶背揪懒筋的乐趣的人也不多了。时福海忽然变成一个举动迟钝的老头。

时福海有两个儿子。下等人不避父讳，大儿子叫大福子，小儿子叫小福子。

大福子很能赶潮流。他把逐渐暗淡下去的“时福海记”重新装修了一下，门窗柱壁，油漆一新，全都是奶油色，添了三面四尺高、二尺宽的大玻璃镜子。三面大镜之间挂了两个狭长的镜框，里面嵌了磁青砑银的蜡笺对联，请一个擅长书法的医生汪厚基浓墨写了一副对子：

不教白发催人老
更喜春风满面生

他还置办了“夜巴黎”的香水，“司丹康”的发蜡。顶棚上安了一面白布制成的“风扇”，有滑车牵引，叫小福子坐着，一下一下地拉“风扇”的绳子，使理发的人觉得“清风徐来”，十分爽快。这样，“时福海记”就又兴旺起来了。

大福子也学了吹鼓手。笙箫管笛，无不精通。

这地方不知怎么会流传“倒扳桨”“跌断桥”“剪靛花”之类的《霓裳续谱》《白雪遗音》时期的小曲。平常人不唱，唱的多是理发的、搓澡的、修脚的、裁缝、做豆腐的年轻子弟。他们晚上常常聚在“时福海记”唱，大福子弹琵琶。“时福海记”外面站了好些人在听。

二凤要嫁的就是大福子。

三姑娘许的这家苦一点，姓吴，小人叫吴颐福，是个遗腹子。家里只有两个人，一个老母亲，是个踮脚，走起路来一踮一踮的。母子二人，相依为命。妈妈很慈祥，儿子很孝顺。吴颐福是个很聪明的人，十五岁上就开始卖糖。卖糖和卖糖可不一样。他卖的不是普通的芝麻糖、花生糖，他卖的是“样糖”。他跟一个师叔学会了一宗手艺：能把白糖化了，倒在模子里，做成大小不等的福禄寿三星、财神爷、麒麟送子。高的二尺，矮的五寸，衣纹生动，须眉清楚；还能把糖里加了色，不用模子，随手吹出各种瓜果，桃、梨、苹果、佛手，跟真的一样，最好看的是南瓜：金黄的瓜，碧绿的蒂子，还开着一朵淡黄的瓜花。这种糖，人家买去，都是当摆设，不吃。——吃起来有什么意思呢，还不是都是糖的甜味！卖得最多的是糖兔子。白糖加麦芽糖熬了，切成梭子形的一块一块，两头用剪刀剪开，一头窝进腹下，是脚；一头便是耳朵。耳朵下捏一下，便是兔子脸，两边嵌进两粒马料豆，一个兔子就成了！马料豆有绿豆大，一头是通红的，一头是漆黑的。这种豆药店里卖，平常配药很少用它，好像是天生就为了做糖兔的眼睛用的！这种糖兔子很便宜，一般的孩子都买得起。也吃了，也玩了。

师叔死后，这门手艺成了绝活儿，全城只有吴颐福一个人会，因此，他的生意是不错的。

他做的这些艺术品都放在擦得晶亮的玻璃橱子里，在肩上挑着。他的糖担子好像一个小型的展览会，歇在哪里，都有人看。

麻皮匠、大福子、吴颐福，都住得离秦老吉家不远。大姑娘、二姑娘、三姑娘几乎每天都能看到她们的女婿。姐儿仨有时在一起互相嘲戏。三姑娘小凤是个镴嘴子[1]，咭咭呱呱，对大姐姐说：

“十个麻子九个俏，不是麻子没人要！”

大姐啐了她一口。

她又对二姐姐说：

“姑娘姑娘真不丑，一嫁嫁个吹鼓手。吃冷饭，喝冷酒，坐人家大门口！”[2]

---

1 镴嘴子是一种鸟，喙大而硬。此地说嘴尖舌巧的姑娘为镴嘴子，其实镴嘴子哑着的时候多，不善鸣叫。

2 这是当地童谣。“吃冷饭，喝冷酒”也有说成“吃人家饭，喝人家酒”的。

二姐也啐了她一口。

两个姐姐容不得小凤如此放肆，就一齐反唇相讥：

“敲锣卖糖，各干各行！”

小妹妹不干了，用拳头捶两个姐姐：

“卖糖怎么啦！卖糖怎么啦！”

秦老吉正在外面拌馅儿，听见女儿打闹，就厉声训斥道：

“靠本事吃饭，比谁也不低。麻油拌芥菜，各有心中爱，谁也不许笑话谁！”

三姊妹听了，都吐了舌头。

姐儿仨同一天出门子，都是腊月二十三。一顶花轿接连送了三个人。时辰倒是错开了。头一个是小凤，日落酉时。第二个是大凤，戌时。最后才是二凤。因为大福子要吹唢呐送小姨子，又要吹唢呐送大姨子。轮到他拜堂时已是亥时。给他吹唢呐的是他的爸爸时福海。时福海吹了一气，又坐到喜堂去受礼。

三天回门。三个姑爷，三个女儿都到了。秦老吉办了一桌酒，除了鸡鸭鱼肉，他特意包了加料三鲜馅的绉纱馄饨，让姑爷尝尝他的手艺。鲜美清香，自不必说。

三个女儿的婆家，都住得不远，两三步就能回来看看父亲。炊煮扫除，浆洗缝补，一如往日。有点小灾小病，头疼脑热，三个女儿抢着来伺候，比没出门时还殷勤。秦老吉心满意足，毫无遗憾。他只是有点发愁：他一朝撒手，谁来传下他的这副馄饨担子呢？

笃——笃笃，秦老吉还是挑着担子卖馄饨。

真格的，谁来继承他的这副古典的，南宋时期的，楠木的馄饨担子呢？

一九八一年九月十日

鉴赏家

全县第一个大画家是季匋民，第一个鉴赏家是叶三。

叶三是个卖果子的。他这个卖果子的和别的卖果子的不一样。不是开铺子的，不是摆摊的，也不是挑着担子走街串巷的。他专给大宅门送果子。也就是给二三十家送。这些人家他走得很熟，看门的和狗都认识他。到了一定的日子，他就来了。里面听到他敲门的声音，就知道：是叶三。挎着一个金丝篾篮，篮子上插一把小秤，他走进堂屋，扬声称呼主人。主人有时走出来跟他见见面，有时就隔着房门说话。“给您称——？”“五斤。”什么果子，是看也不用看的，因为到了什么节令送什么果子都是一定的。叶三卖果子从不说价。买果子的人家也总不会亏待他。有的人家当时就给钱，大多数是到节下（端午、中秋、新年）再说。叶三把果子称好，放在八仙桌上，道一声“得罪”，就走了。他的果子不用挑，个个都是好的。他的果子的好处，第一是得四时之先。市上还没有见这种果子，他的篮子里已经有了。第二是都很大，都均匀，很香，很甜，很好看。他的果子全都从他手里过过，有疤的、有虫眼的、挤筐、破皮、变色、过小的全都剔下来，贱价卖给别的果贩。他的果子都是原装；有些是直接到产地采办来的，都是“树熟”，——不是在米糠里闷熟了的。他经常出外，出去买果子比他卖果子的时间要多得多。他也很喜欢到处跑。四乡八镇，哪个园子里，什么人家，有一棵什么出名的好果树，他都知道，而且和园主打了多年交道，熟得像是亲家一样了。——别的卖果子的下不了这样的功夫，也不知道这些路道。到处走，能看很多好景致，知道各地乡风，可资谈助，对身体也好。他很少得病，就是因为路走得多。

立春前后，卖青萝卜。“棒打萝卜”，摔在地下就裂开了。杏子、桃子下来时卖鸡蛋大的香白杏，白得像一团雪，只嘴儿以下有一根红线的“一线红”蜜桃。再下来是樱桃，红的像珊瑚，白的像玛瑙。端午前后，枇杷。夏天卖瓜。七八月卖河鲜：鲜菱、鸡头、莲蓬、花下藕。卖马牙枣、卖葡萄。重阳近了，卖梨：河间府的鸭梨、莱阳的半斤酥，还有一种叫作“黄金坠子”的香气扑人个儿不大的甜梨。菊花开过了，卖金橘，卖蒂部起脐子的福州蜜橘。入冬以后，卖栗子、卖山药（粗如小儿臂）、卖百合（大如拳）、卖碧绿生鲜的檀香橄榄。

他还卖佛手、香橼。人家买去，配架装盘，书斋清供，闻香观赏。

不少深居简出的人，是看到叶三送来的果子，才想起现在是什么节令了的。

叶三卖了三十多年果子，他的两个儿子都成人了。他们都是学布店的，都出了师了。老二是三柜，老大已经升为二柜了。谁都认为老大将来是会升为头柜，并且会当管事的。他天生是一块好材料。他是店里头一把算盘，年终结总时总得由他坐在账房里哔哔剥剥打好几天。接待厂家的客人，研究进货（进货是个大学问，是一年的大计，下年多进哪路货，少进哪路货，哪些必须常备，哪些可以试销，关系全年的盈亏），都少不了他。老二也很能干。量尺、撕布（撕布不用剪子开口，两手的两个指头夹着，借一点巧劲，嗤——的一声，布就撕到头了），干净利落。店伙的动作快慢，也是一个布店的招牌。顾客总愿意从手脚麻利的店伙手里买布。这是天分，也靠练习。有人就一辈子都是迟钝笨拙，改不过来。不管干哪一行，都是人比人，这是没有办法的事。弟兄俩都长得很神气，眉清目秀，不高不矮。布店的店伙穿得都很好。什么料子时新，他们就穿什么料子。他们的衣料当然是价廉物美的。他们买衣料是按进货价算的，不加利润；若是零头，还有折扣。这是布店的规矩，也是老板乐为之的，因为店伙穿得时髦，也是给店里装门面的事。有的顾客来买布，常常指着店伙的长衫或翻在外面的短衫的袖子："照你这样的，给我来一件。"

弟兄俩都已经成了家，老大已经有一个孩子，——叶三抱孙子了。

这年是叶三五十岁整生日，一家子商量怎么给老爷子做寿。老大老二都提出爹不要走宅门卖果子了，他们养得起他。

叶三有点生气了：

"嫌我给你们丢人？两位大布店的'先生'，有一个卖果子的老爹，不好看？"

儿子连忙解释：

"不是的。你老人家岁数大了，老在外面跑，风里雨里，水路旱路，做儿子的心里不安。"

"我跑惯了。我给这些人家送惯了果子。就为了季四太爷一个人，我也得卖果子。"

季四太爷即季匋民。他大排行是老四，城里人都称之为四太爷。

"你们也不用给我做什么寿。你们要是有孝心，把四太爷送我的画拿出去裱了，再给我打一口寿材。"这里有这样一种风俗，早早就把寿材准备下了，为的讨个吉利：添福添寿。于是就都依了他。

叶三还是卖果子。

他真是为了季匋民一个人卖果子的。他给别人家送果子是为了挣钱，他给季匋民送果子是为了爱他的画。

季匋民有一个脾气，一边画画，一边喝酒。喝酒不就菜，就水果。画两笔，凑着壶嘴喝一大口酒，左手拈一片水果，右手执笔接着画。画一张画要喝二斤花雕，吃斤半水果。

叶三搜罗到最好的水果，总是首先给季匋民送去。

季匋民每天一起来就走进他的小书房——画室。叶三不须通报，由一个小六角门进去，走过一条碎石铺成的冰花曲径，隔窗看见季匋民，就提着、捧着他的鲜果走进去。

"四太爷，枇杷，白沙的！"

"四太爷，东墩的西瓜，三白！——这种三白瓜有点梨花香味，别处没有！"

他给季匋民送果子，一来就是半天。他给季匋民磨墨、漂朱膘、研石青石绿、抻纸。季匋民画的时候，他站在旁边很入神地看，专心致意，连大气都不出。有时看到精彩处，就情不自禁地深深吸一口气，甚至小声地惊呼起来。凡是叶三吸气、惊呼的地方，也正是季匋民的得意之笔。季匋民从不当众作画，他画画有时是把书房门锁起来的。对叶三可例外，他很愿意有这样一个人在旁边看着，他认为叶三真懂，叶三的赞赏是出于肺腑，不是假充内行，也不是谀媚。

季匋民最讨厌听人谈画。他很少到亲戚家应酬。实在不得不去的，他也是到一到，喝半盏茶就道别。因为席间必有一些假名士高谈阔论。因为季匋民是大画家，这些名士就特别爱在他面前评书论画，借以卖弄自己高雅博学。这种议论全都是道听途说，似通不通。季匋民听了，实在难受。他还知道，他如果随声答音，应付几句，某一名士就会在别的应酬场所重贩他的高论，且说："兄弟此言，季匋民亦深为首肯。"

但是他对叶三另眼相看。

季匋民最佩服李复堂[1]。他认为扬州八怪里复堂功力最深，大幅小品都好，有笔有墨，也奔放，也严谨，也浑厚，也秀润，而且不装模作样，没有江湖气。有一天叶三给他送来四开李复堂的册页，使季匋民大

---

1 李复堂，名鱓，字宗扬，复堂是他的号，又号懊道人。他是康熙年间的举人，当过滕县知县，因为得罪上级，功名和官都被革掉了，终年只做画师。他作画有时得向郑板桥去借纸，大概是相当穷困的。他本画工笔，是宫廷画家蒋廷锡的高足。后到扬州，改画写意，师法高其佩，受徐青藤、八大、石涛的影响，风度大变，自成一家。

吃一惊；这四开册页是真的！季匋民问他是多少钱买的，叶三说没花钱。他到三垛贩果子，看见一家的柜橱的玻璃里镶了四幅画，——他在四太爷这里看过不少李复堂的画，能辨认，他用四张“苏州片”[1]跟那家换了。“苏州片”花花绿绿的，又是簇新的，那家还很高兴。

叶三只是从心里喜欢画，他从不瞎评论。季匋民画完了画，钉在壁上，自己负手远看，有时会问叶三：

“好不好？”

“好！”

“好在哪里？”

叶三大都能一句话说出好在何处。

季匋民画了一幅紫藤，问叶三。

叶三说：“紫藤里有风。”

“唔！你怎么知道？”

“花是乱的。”

“对极了！”

季匋民提笔题了两句词：

深院悄无人，

风拂紫藤花乱。

季匋民画了一张小品，老鼠上灯台。叶三说：“这是一只小老鼠。”

“何以见得？”

“老鼠把尾巴卷在灯台柱上。它很顽皮。”

“对！”

---

1 仿旧的画，多为工笔花鸟，设色娇艳，旧时多为苏州画工所作，行销各地，故称“苏州片”。苏州片也有仿制得很好的，并不俗气。

季匋民最爱画荷花。他画的都是墨荷。他佩服李复堂，但是画风和复堂不似。李画多凝重，季匋民飘逸。李画多用中锋，季匋民微用侧笔，——他写字写的是章草。李复堂有时水墨淋漓，粗头乱服，意在笔先；季匋民没有那样的恣悍，他的画是大写意，但总是笔意俱到，收拾得很干净，而且笔致疏朗，善于利用空白。他的墨荷参用了张大千，但更为舒展。他画的荷叶不勾筋，荷梗不点刺，且喜作长幅，荷梗甚长，一笔到底。

有一天，叶三送了一大把莲蓬来，季匋民一高兴，画了一幅墨荷，好些莲蓬。画完了，问叶三："如何？"

叶三说："四太爷，你这画不对。"

"不对？"

"'红花莲子白花藕'。你画的是白荷花，莲蓬却这样大，莲子饱，墨色也深，这是红荷花的莲子。"

"是吗？我头一回听见！"

季匋民于是展开一张八尺生宣，画了一张红莲花，题了一首诗：

红花莲子白花藕，
果贩叶三是我师。
惭愧画家少见识，
为君破例著胭脂。

季匋民送了叶三很多画。——有时季匋民画了一张画，不满意，团掉了。叶三捡起来，过些日子送给季匋民看看，季匋民觉得也还不错，就略改改，加了题，又送给了叶三。季匋民送给叶三的画都是题了上款的。叶三也有个学名。他五行缺水，起名润生。季匋民给他起了个字，叫泽之。送给叶三的画上，常题"泽之三兄雅正"。有时径题"画与叶三"。季匋民还向他解释：以排行称呼，是古人风气，不是看不起他。

有时季匋民给叶三画了画，说："这张不题上款吧，你可以拿去卖钱，——有上款不好卖。"

叶三说："题不题上款都行。不过您的画我不卖。"

"不卖？"

"一张也不卖！"

他把季匋民送他的画都放在他的棺材里。

十多年过去了。

季匋民死了。叶三已经不卖果子，但是他四季八节，还四处寻觅鲜果，到季匋民坟上供一供。

季匋民死后，他的画价大增。日本有人专门收藏他的画。大家知道叶三手里有很多季匋民的画，都是精品。很多人想买叶三的藏画。叶三说：

"不卖。"

有一天有一个外地人来拜望叶三，叶三看了他的名片，这人的姓很奇怪，姓"辻"，叫"辻听涛"。一问，是日本人。辻听涛说他是专程来看他收藏的季匋民的画的。

因为是远道来的，叶三只得把画拿出来。辻听涛非常虔诚，要了清水洗了手，焚了一香，还先对画轴拜了三拜，然后才展开。他一边看，一边不停地赞叹：

"喔！喔！真好！真是神品！"

辻听涛要买这些画，要多少钱都行。

叶三说：

"不卖。"

辻听涛只好怅然而去。

叶三死了。他的儿子遵照父亲的遗嘱，把季匋民的画和父亲一起装在棺材里，埋了。

一九八二年二月二十八日

故里三陈

陈小手

我们那地方，过去极少有产科医生。一般人家生孩子，都是请老娘。什么人家请哪位老娘，差不多都是固定的。一家宅门的大少奶奶、二少奶奶、三少奶奶，生的少爷、小姐，差不多都是一个老娘接生的。老娘要穿房入户，生人怎么行？老娘也熟知各家的情况，哪个年长的女佣人可以当她的助手，当“抱腰的”，不须临时现找。而且，一般人家都迷信哪个老娘“吉祥”，接生顺当。——老娘家都供着送子娘娘，天天烧香。谁家会请一个男性的医生来接生呢？——我们那里学医的都是男人，只有李花脸的女儿传其父业，成了全城仅有的一位女医人。她也不会接生，只会看内科，是个老姑娘。男人学医，谁会去学产科呢？都觉得这是一桩丢人没出息的事，不屑为之。但也不是绝对没有。陈小手就是一位出名的男性的产科医生。

陈小手的得名是因为他的手特别小，比女人的手还小，比一般女人的手还更柔软细嫩。他专能治难产。横生、倒生，都能接下来（他当然也要借助于药物和器械）。据说因为他的手小，动作细腻，可以减少产妇很多痛苦。大户人家，非到万不得已，是不会请他的。中小户人家，忌讳较少，遇到产妇胎位不正，老娘束手，老娘就会建议：“去请陈小手吧。”

陈小手当然是有个大名的，但是都叫他陈小手。

接生，耽误不得，这是两条人命的事。陈小手喂着一匹马。这匹马浑身雪白，无一根杂毛，是一匹走马。据懂马的行家说，这马走的脚步是“野鸡柳子”，又快又细又匀。我们那里是水乡，很少人家养马。每逢有军队的骑兵过境，大家就争着跑到运河堤上去看“马队”，觉得非常好看。陈小手常常骑着白马赶着到各处去接生，大家就把白马和他的名字联系起来，称之为“白马陈小手”。

同行的医生，看内科的、外科的，都看不起陈小手，认为他不是医生，只是一个男性的老娘。陈小手不在乎这些，只要有人来请，立刻跨上他的白走马，飞奔而去。正在呻吟惨叫的产妇听到他的马脖上的銮铃的声音，立刻就安定了一些。他下了马，即刻进产房。过了一会儿（有时时间颇长），听到哇的一声，孩子落地了。陈小手满头大汗，走了出来，对这家的男主人拱拱手：“恭喜恭喜！母子平安！”男主人满面笑容，把封在红纸里的酬金递过去。陈小手接过来，看也不看，装进口袋里，洗洗手，喝一杯热茶，道一声“得罪”，出门上马。只听见他的马的銮铃声“哗棱哗棱”……走远了。

陈小手活人多矣。

有一年，来了联军。我们那里那几年打来打去的，是两支军队。一支是国民革命军，当地称之为“党军”；相对的一支是孙传芳的军队。孙传芳自称“五省联军总司令”，他的部队就被称为“联军”。联军驻扎在天王庙，有一团人。团长的太太（谁知道是正太太还是姨太太），要生了，生不下来。叫来几个老娘，还是弄不出来。这太太杀猪也似的乱叫。团长派人去叫陈小手。

陈小手进了天王庙。团长正在产房外面不停地“走柳”。见了陈小手，说：

“大人，孩子，都得给我保住！保不住要你的脑袋！进去吧！”

这女人身上的脂油太多了，陈小手费了九牛二虎之力，总算把孩子掏出来了。和这个胖女人较了半天劲，累得他筋疲力尽。他迤里歪斜走出来，对团长拱拱手：

“团长！恭喜您，是个男子，少爷！”

团长龇牙笑了一下，说：“难为你了！——请！”

外边已经摆好了一桌酒席。副官陪着。陈小手喝了两盅。团长拿出二十块现大洋，往陈小手面前一送：

“这是给你的！——别嫌少哇！”

“太重了！太重了！”

喝了酒，揣上二十块现大洋，陈小手告辞了：“得罪！得罪！”

“不送你了！”

陈小手出了天王庙，跨上马。团长掏出枪来，从后面，一枪就把他打下来了。

团长说：“我的女人，怎么能让他摸来摸去！她身上，除了我，任何男人都不许碰！这小子，太欺负人了！日他奶奶！”

团长觉得怪委屈。

陈 四

陈四是个瓦匠，外号“向大人”。

我们那个城里，没有多少娱乐。除了听书，瞧戏，大家最有兴趣的便是看会，看迎神赛会，——我们那里叫作“迎会”。

所迎的神，一是城隍，一是都土地。城隍老爷是阴间的一县之主，但是他的爵位比阳间的县知事要高得多，敕封“灵应侯”。他的气派也比县知事要大得多。县知事出巡，哪有这样威严，这样多的仪仗队伍，还有各种杂耍玩艺的呢？再说打我记事起，就没见过县知事出巡过，他们只是坐了一顶小轿或坐了自备的黄包车到处去拜客。都土地东西南北四城都有，保佑境内的黎民，地位相当于一个区长。他比活着的区长要神气得多，但比城隍菩萨可就差了一大截了。他的爵位是“灵显伯”。都土地都是有名有姓的。我所居住的东城的都土地是张巡。张巡为什么会到我的家乡来当都土地呢，他又不是战死在我们那里的，这一点我始终没有弄明白。张巡是太守，死后为什么倒降职成了区长了呢？我也不明白。

都土地出巡是没有什么看头的。短簇簇的一群人，打着一些稀稀落落的仪仗，把都天菩萨（都土地为什么被称为“都天菩萨”，这一点我也不明白）抬出来转一圈，无声无息地，一会儿就过完了。所谓“看会”，实际上指的是看赛城隍。

我记得的赛城隍是在夏秋之交，阴历的七月半，正是大热的时候。不过好像也有在十月初出会的。

那真是万人空巷，倾城出观。到那天，凡城隍所经的要闹之处的店铺就都做好了准备：燃香烛，挂宫灯，在店堂前面和临街的柜台里面放好了长凳，有楼的则把楼窗全部打开，烧好了茶水，等着东家和熟主顾人家的眷属光临。这时正是各种瓜果下来的时候，牛角酥、奶奶哼（一种很“面”的香瓜）、红瓤西瓜、三白西瓜、鸭梨、槟子、海棠、石榴，都已上市，瓜香果味，飘满一街。各种卖吃食的都出动了，争奇斗胜，吟叫百端。到了八九点钟，看会的都来了。老太太、大小姐、小少爷。老太太手里拿着檀香佛珠，大小姐衣襟上挂着一串白兰花。佣人手里提着食盒，里面是兴化饼子、绿豆糕，各种精细点心。

远远听见鞭炮声、锣鼓声，“来了，来了！”于是各自坐好，等着。

我们那里的赛会和鲁迅先生所描写的绍兴的赛会不尽相同。前面并无所谓“塘报”。打头的是“拜香的”。都是一些十六七岁的小伙子，光头净脸，头上系一条黑布带，前额缀一朵红绒球，青布衣衫，赤脚草鞋，手端一个红漆的小板凳，板凳一头钉着一个铁管，上插一支安息香。他们合着节拍，依次走着，每走十步，一齐回头，把板凳放到地上，算是一拜，随即转身再走。这都是为了父母生病到城隍庙许了愿的，“拜香”是还愿。后面是“挂香”的，则都是壮汉，用一个小铁钩勾进左右手臂的肉里，下系一个带链子的锡香炉，炉里烧着檀香。挂香多的可至香炉三对。这也是还愿的。后面就是各种玩艺了。

十番锣鼓音乐篷子。一个长方形的布篷，四面绣花篷檐，下缀走水流苏。四角支竹竿，有人撑着。里面是吹手，一律是笙箫细乐，边走边吹奏。锣鼓篷悉有五七篷，每隔一段玩艺有一篷。

茶担子。金漆木桶。桶口翻出，上置一圈细瓷茶杯，桶内和杯内都装了香茶。

花担子。鲜花装饰的担子。

挑茶担子、花担子的扁担都极软，一步一颤。脚步要匀，三进一退，各依节拍，不得错步。茶担子、花担子虽无很难的技巧，但几十副担子同时进退，整整齐齐，亦颇婀娜有致。

舞龙。

舞狮子。

跳大头和尚戏柳翠。[1]

跑旱船。

跑小车。

最清雅好看的是“站高肩”。下面一个高大结实的男人，挺胸调息，稳稳地走着，肩上站着一个孩子，也就是五六岁，都扮着戏，青蛇、白蛇、法海、许仙，关、张、赵、马、黄，李三娘、刘知远、咬脐郎、火公窦老……他们并无动作，只是在大人的肩上站着，但是衣饰鲜丽，孩子都长得清秀伶俐，惹人疼爱。“高肩”不是本城所有，是花了大钱从扬州请来的。

1 即唐宋杂戏里的《月明和尚戏柳翠》，演和尚的戴一个纸浆做成的很大的和尚脑袋，白色的脑袋，淡青的头皮，嘻嘻地笑着。我们那里已不知和尚法名月明，只是叫他“大头和尚”。

后面是高跷。

再后面是跳判的。判有两种，一种是“地判”，一文一武，手执朝笏，边走边跳。一种是“抬判”。两根杉篙，上面绑着一个特制的圈椅，由四个人抬着。圈椅上蹲着一个判官。下面有人举着一个扎在一根细长且薄的竹片上的红绸做的蝙蝠，逗着判官。竹片极软，有弹性，忽上忽下，判官就追着蝙蝠，做出各种带舞蹈性的动作。他有时会跳到椅背上，甚至能在上面打飞脚。抬判不像地判只是在地面做一些滑稽的动作，这是要会一点“轻功”的。有一年看会，发现跳抬判的竟是我的小学的一个同班同学，不禁哑然。

迎会的玩艺到此就结束了。这些玩艺的班子，到了一些大店铺的门前，店铺就放鞭炮欢迎，他们就会停下来表演一会儿，或绕两个圈子。店铺常有犒赏。南货店送几大包蜜枣，茶食店送糕饼，药店送凉药洋参，绸缎店给各班挂红，钱庄则干脆扛出一钱板一钱板的铜元，俵散众人。

后面才真正是城隍老爷（叫城隍为“老爷”或“菩萨”都可以，随便的）自己的仪仗。

前面是开道锣。几十面大筛同时敲动。筛极大，得吊在一根杆子上，前面担在一个人的肩上，后面的人担着杆子的另一头，敲。大筛的节奏是非常单调的：哐（锣槌头一击）定定（槌柄两击筛面）哐定定哐，哐定定哐定定哐……如此反复，绝无变化。唯其单调，所以显得很庄严。

后面是虎头牌。长方形的木牌，白漆，上画虎头，黑漆扁宋体黑字，大书“肃静”“回避”“敕封灵应侯”“保国佑民”。

后面是伞，——万民伞。伞有多柄，都是各行同业公会所献，彩缎绣花，缂丝平金，各有特色。我们县里最讲究的几柄伞却是纸伞。硖石所出。白宣纸上扎出芥子大的细孔，利用细孔的虚实，衬出虫鱼花鸟。这几柄宣纸伞后来被城隍庙的道士偷出来拆开一扇一扇地卖了，我父亲曾收得几扇。我曾看过纸伞的残片，真是精细绝伦。

最后是城隍老爷的“大驾”。八抬大轿，抬轿的都是全城最好的轿夫。他们踏着细步，稳稳地走着。轿顶四面鹅黄色的流苏均匀地起伏摆动着。城隍老爷一张油白大脸，疏眉细眼，五绺长须，蟒袍玉带，手里捧着一柄很大的折扇，端端地坐在轿子里。这时，人们的脸上都严肃起来了，正如鲁迅先生所说：诚惶诚恐，不胜屏营待命之至。

城隍老爷要在行宫（也是一座庙里）待半天，到傍晚时才“回宫”。回宫时就只剩下少许人扛着仪仗执事，抬着轿子，飞跑着从街上走过，没有人看了。

且说高跷。

我见过几个地方的高跷，都不如我们那里的。我们那里的高跷，一是高，高至丈二。踩高跷的中途休息，都是坐在人家的房檐口。我们县的踩高跷的都是瓦匠，无一例外。瓦匠不怕高。二是能玩出许多花样。

高跷队前面有两个“开路”的，一个手执两个棒槌，不停地“郭郭，郭郭”地敲着。一个手执小铜锣，敲着“光光，光光”。它们的声音合在一起，就是“郭郭，光光；郭郭，光光”。我总觉得这“开路”的来源是颇久远的。老远地听见“郭郭，光光”，就知道高跷来了，人们就振奋起来。

高跷队打头的是渔、樵、耕、读。就中以渔公、渔婆最逗。他们要矮身蹲在高跷上横步跳来跳去做钓鱼撒网各种动作，重心很不好掌握。后面是几出戏文。戏文以《小上坟》最动人。小丑和旦角都要能踩“花梆子”碎步。这一出是带唱的。唱的腔调是柳枝腔。当中有一出“贾大老爷”。这贾大老爷不知是何许人，只是一个衙役在戏弄他，贾大老爷不时对着一个夜壶口喝酒。他的颟顸总是引得看的人大笑。垫底的是“火烧向大人”。三个角色：一个铁公鸡，一个张嘉祥，一个向大人。向大人名荣，是清末的大将，以镇压太平天国有功，后死于任。看会的人是不管他究竟是谁的，也不论其是非功过，只是看扮演向大人的“演员”的功夫。那是很难的。向大人要在高跷上蹚马，在高跷上坐轿，——两只手抄在前面，“存”着身子，两只脚（两只跷）一蹽一蹽地走，有点像戏台上“走矮子”。他还要能在高跷上做“探海”“射雁”这些在平地上也不好做的高难动作（这可真是“高难”，又高又难）。到了挨火烧的时候，还要左右躲闪，簸脑袋，甩胡须，连连转圈。到了这时，两旁店铺里的看会人就会炸雷也似的大声叫起“好”来。

擅长表演向大人的，只有陈四，别人都不如。

到了会期，陈四除了在县城表演一回，还要到三垛去赶一场。县城到三垛，四十五里。陈四不卸装，就登在高跷上沿着澄子河堤赶了去。赶到那里，准不误事。三垛的会，不见陈四的影子，菩萨的大驾不起。

有一年，城里的会刚散，下了一阵雷暴雨，河提上不好走，他一路赶去，差点没摔死。到了三垛，已经误了。

三垛的会首乔三太爷抽了陈四一个嘴巴，还罚他当众跪了一炷香。

陈四气得大病了一场。他发誓从此再也不踩高跷。

陈四还是当他的瓦匠。

到冬天，卖灯。

冬天没有什么瓦匠活，我们那里的瓦匠冬天大都以糊纸灯为副业，到了灯节前，摆摊售卖。陈四的灯摊就摆在保全堂廊檐下。他糊的灯很精致。荷花灯、绣球灯、兔子灯。他糊的蛤蟆灯，绿背白腹，背上用白粉点出花点，四只爪子是活的，提在手里，来回划动，极其灵巧。我每年要买他一盏蛤蟆灯，接连买了好几年。

陈泥鳅

邻近几个县的人都说我们县的人是黑屁股。气得我的一个姓孙的同学，有一次当着很多人褪下了裤子让人看：“你们看！黑吗？”我们当然都不是黑屁股。黑屁股指的是一种救生船。这种船专在大风大浪的湖水中救人、救船，因为船尾涂成黑色，所以叫作黑屁股。说的是船，不是人。

陈泥鳅就是这种救生船上的一个水手。

他水性极好，不愧是条泥鳅。运河有一段叫清水潭。因为民国十年、民国二十年都曾在这里决口，把河底淘成了一个大潭。据说这里的水深，三篙子都打不到底。行船到这里，不能撑篙，只能荡桨。水流也很急，水面上拧着一个一个漩涡。从来没有人敢在这里游水。陈泥鳅有一次和人打赌，一气游了个来回。当中有一截，他半天不露脑袋，半天半天，岸上的人以为他沉了底，想不到一会儿，他笑嘻嘻地爬上岸来了！

他在通湖桥下住。非遇风浪险恶时，救生船一般是不出动的。他看看天色，知道湖里不会出什么事，就待在家里。

他也好义，也好利。湖里大船出事，下水救人，这时是不能计较报酬的。有一次一只装豆子的船琵琶闸炸了，炸得粉碎。事后知道，是因为船底有一道小缝漏水，水把豆子浸湿了，豆子吃了水，突然间一齐膨胀起来，“砰”的一声把船撑炸了——那力量是非常之大的。船碎了，人掉在水里。这时跳下水救人，能要钱么？民国二十年，运河决口，陈泥鳅在激浪里救起了很多人。被救起的都已经是家破人亡，一无所有了，陈泥鳅连人家的姓名都没有问，更谈不上要什么酬谢了。在活人身上，他不能讨价；在死人身上，他却是不少要钱的。

人淹死了，尸首找不着。事主家里一不愿等尸首泡胀漂上来，二不愿尸首被“四水捋子”[1]钩得稀烂八糟，这时就会来找陈泥鳅。陈泥鳅不但水性好，且在水中能开眼见物。他就在出事地点附近，察看水流风向，然后一个猛子扎下去，潜入水底，伸手摸触。几个猛子之后，他准能把一个死尸托上来。不过得事先讲明，捞上来给多少酒钱，他才下去。有时讨价还价，得磨半天。陈泥鳅不着急，人反正已经死了，让他

1 “四水捋子”是一种在水中打捞东西的用具，四面有弯钩，状如一小铁锚，而钩尖极锐利。

在水底多待一会儿没事。

陈泥鳅一辈子没少挣钱，但是他不置产业，一个积蓄也没有。他花钱很散漫，有钱就喝酒尿了，赌钱输了。有的时候，也偷偷地周济一些孤寡老人，但嘱咐千万不要说出去。他也不娶老婆。有人劝他成个家，他说："瓦罐不离井上破，大将难免阵头亡。淹死会水的。我见天跟水闹着玩，不定哪天龙王爷就把我请了去。留下孤儿寡妇，我死在阴间也不踏实。这样多好，吃饱了一家子不饥，无牵无挂！"

通湖桥桥洞里发现了一具女尸。怎么知道是女尸？她的长头发在洞口外漂动着。行人报了乡约，乡约报了保长，保长报到地方公益会。桥上桥下，围了一些人看。通湖桥是直通运河大闸的一道桥，运河的水由桥下流进澄子河。这座桥的桥洞很高，洞身也很长，但是很狭窄，只有人的肩膀那样宽。桥以西，桥以东，水面落差很大，水势很急，翻花卷浪，老远就听见訇訇的水声，像打雷一样。大家研究，这女尸一定是从大闸闸口冲下来的，不知怎么会卡在桥洞里了。不能就让她这么在桥洞里堵着。可是谁也想不出办法，谁也不敢下去。

去找陈泥鳅。

陈泥鳅来了，看了看。他知道桥洞里有一块石头，突出一个尖角（他小时候老在洞里钻来钻去，对洞里每一块石头都熟悉）。这女人大概是身上衣服在这个尖角上绊住了。这也是个巧劲儿，要不，这样猛的水流，早把她冲出来了。

"十块现大洋，我把她弄出来。"

"十块？"公益会的人吃了一惊，"你要得太多了！"

"是多了点。我有急用。这是玩命的事！我得从桥洞西口顺水窜进桥洞，一下子把她拨拉动了，就算成了。就这一下。一下子拨拉不动，我就会塞在桥洞里，再也出不来了！你们也都知道，桥洞只有肩膀宽，没法转身。水流这样急，退不出来。那我就只好陪着她了。"

大家都说："十块就十块吧！这是砂锅捣蒜，一锤子！"

陈泥鳅把浑身衣服脱得光光的，道了一声“对不起了”！纵身入水，顺着水流，笔直地窜进了桥洞。大家都捏着一把汗。只听见欻的一声，女尸冲出来了。接着陈泥鳅从东面洞口凌空窜进了水面。大家伙发了一声喊：“好水性！”

陈泥鳅跳上岸来，穿了衣服，拿了十块钱，说了声“得罪得罪”！转身就走。

大家以为他又是进赌场、进酒店了。没有，他径直地走进陈五奶奶家里。

陈五奶奶守寡多年。她有个儿子，去年死了，儿媳妇改了嫁，留下一个孩子。陈五奶奶就守着小孙子过，日子很折皱[1]。这孩子得了急惊风，浑身滚烫，鼻翅扇动，四肢抽搐，陈五奶奶正急得两眼发直。陈泥鳅把十块钱交在她手里，说：“赶紧先到万全堂，磨一点羚羊角，给孩子喝了，再抱到王淡人那里看看！”

说着抱了孩子，拉了陈五奶奶就走。

陈五奶奶也不知哪里来的劲，跟着他一同走得飞快。

一九八三年八月一日急就

1 这是我的家乡话，意思是很困难，很不顺利。

昙花·鹤和鬼火

邻居夏老人送给李小龙一盆昙花。昙花在这一带是很少见的。夏老人很会养花，什么花都有。李小龙很小就听说过“昙花一现”。夏老人指给他看：“这就是昙花。”李小龙欢欢喜喜地把花抱回来了。他的心欢喜得咚咚地跳。

李小龙给它浇水，松土。白天搬到屋外。晚上搬进屋里，放在床前的高茶几上。早上睁开眼第一件事便是看看他的昙花。放学回来，连书包都不放，先去看看昙花。

昙花长得很好，长出了好几片新叶，嫩绿嫩绿的。

李小龙盼着昙花开。

昙花茁了骨朵儿了！

李小龙上课不安心，他总是怕昙花在他不在身边的时候开了。他听说昙花开，无定时，说开就开了。

晚上，他睡得很晚，守着昙花。他听说昙花常常是夜晚开。

昙花就要开了。

昙花还没有开。

一天夜里，李小龙在梦里闻到一股醉人的香味。他忽然惊醒了：昙花开了！

李小龙一骨碌坐了起来，划根火柴，点亮了煤油灯：昙花真的开了！

李小龙好像在做梦。

昙花真美呀！雪白雪白的。白得像玉，像通草，像天上的云。花心淡黄，淡得像没有颜色，淡得真雅。她像一个睡醒的美人，正在舒展着她的肢体，一面吹出醉人的香气。啊呀，真香呀！香死了！

李小龙两手托着下巴，目不转睛地看着昙花。看了很久，很久。

他困了。他想就这样看它一夜，但是他困了。吹熄了灯，他睡了。一睡就睡着了。

睡着之后，他做了一个梦，梦见昙花开了。

于是李小龙有了两盆昙花。一盆在他的床前，一盆在他的梦里。

李小龙已经是中学生了。过了一个暑假，上初二了。

初中在东门里，原是一个道士观，叫赞化宫。李小龙的家在北门外东街。从李小龙家到中学可以走两条路。一条进北门走城里，一条走城外。李小龙上学的时候都是走城外，因为近得多。放学有时走城外，有时走城里。走城里是为了看热闹或是买纸笔，买糖果零吃。

从李小龙家的巷子出来，是越塘。越塘边经常停着一些粪船。那是乡下人上城来买粪的。李小龙小时候刚学会折纸手工时，常折的便是“粪船”。其实这只纸船是空的，装什么都可以。小孩子因为常常看见这样的船装粪，就名之曰粪船了。

从越塘的坡岸走上来，右手有几家种菜的。左边便是菜地。李小龙看见种菜的种青菜，种萝卜。看他们浇粪，浇水。种菜的用一个长把的水舀子舀满了水，手臂一挥舞，水就像扇面一样均匀地洒开了。青菜一天一个样，一天一天长高了，全都直直地立着，都很精神，很水灵。萝卜原来像菜，后来露出红红的“背儿”，就像萝卜了。他看见扁豆开花，扁豆结角了。看见芝麻。芝麻可不好看，直不老挺，四方四棱的秆子，结了好些带小毛刺的蒴果。蒴果里就是芝麻粒了。“你就是芝麻呀！”李小龙过去没有见过芝麻。他觉得芝麻能榨油，给人吃，这非常神奇。

过了菜地，有一条不很宽的石头路。铺路的石头不整齐，大大小小，而且都是光滑的，圆乎乎的，不好走。人不好走，牛更不好走。李小龙常常看见一头牛的一只前腿或后腿的蹄子在圆石头上“霍——哒”一声滑了一下，——然而他没有看见牛滑得摔倒过。牛好像特别爱在这条路上拉屎。路上随时可以看见几堆牛屎。

石头路两侧各有两座牌坊，都是青石的。大小、模样都差不多。李小龙知道，这是贞节牌坊。谁也不知道这是谁家的，是为哪一个守节的寡妇立的。那么，这不是白立了么？牌坊上有很多麻雀做窠。麻雀一天到晚叽叽喳喳地叫，好像是牌坊自己叽叽喳喳叫着似的。牌坊当然不会叫，石头是没有声音的。

石头路的东边是农田，西边是一片很大的苇荡子。苇荡子的尽头是一片乌猛猛的杂树林子。林子后面是善因寺。从石头路往善因寺有一条小路，很少人走。李小龙有一次一个人走了一截，觉得怪瘆得慌。

春天，苇荡子里有很多蝌蚪，忙忙碌碌地甩着小尾巴。很快，就变成了小蛤蟆。小蛤蟆每天早上横过石头路乱蹦。你们干吗乱蹦，不好老实待着吗？小蛤蟆很快就成了大蛤蟆，咕呱乱叫！

走完石头路，是傅公桥。从东门流过来的护城河往北，从北城流过来的护城河往东，在这里汇合，流入澄子河。傅公桥正跨在汇流的河上。这是一座洋松木桥。两根桥梁，上面横铺着立着的洋松木的扁方子，用巨大的铁螺丝固定在桥梁上。洋松扁方并不密接，每两方之间留着和扁方宽度相等的空隙。从桥上过，可以看见水从下面流。有时一团青草，一片破芦席片顺水漂过来，也看得见它们从桥下悠悠地漂过去。

李小龙从初一读到初二了，来来回回从桥上过，他已经过了多少次了？

为什么叫作傅公桥？傅公是谁？谁也不知道。

过了傅公桥，是一条很宽很平的大路，当地人把它叫作“马路”。

走在这样很宽很平的大路上，是很痛快的，很舒服的。

马路东，是一大片农田。这是“学田”。这片田因为可以直接从护城河引水灌溉，所以庄稼长得特别的好，每年的收成都是别处的田地比不了的。

李小龙看见过割稻子。看见过种麦子。春天，他爱下了马路，从麦子地里走，一直走到东门口。麦子还没有“起身”的时候，是不怕踩的，越踩越旺。麦子一天一天长高了。他掰下几粒青麦子，搓去外皮，放进嘴里嚼。他一辈子记得青麦子的清香甘美的味道。他看见过割麦子。看见过插秧。插秧是个大喜的日子，好比是娶媳妇，聘闺女。插秧的人总是精精神神的，脾气也特别温和。又忙碌，又从容，凡事有条有理。他们的眼睛里流动着对于粮食和土地的脉脉的深情。一天又一天，哈，稻子长得齐李小龙的腰了。不论是麦子，是稻子，挨着马路的地边的一排长得特别好。总有几丛长得又高又壮，比周围的稻麦高出好些。李小龙想，这大概是由于过路的行人曾经对着它撒过尿。小风吹着丰盛的庄稼的绿叶，沙沙地响，像一首遥远的、温柔的歌。李小龙在歌里轻快地走着……

李小龙有时挨着庄稼地走，有时挨着河沿走。河对岸是一带黑黑的城墙，城墙垛子一个、一个、一个，整齐地排列着。城墙外面，有一溜荒地，长了好些狗尾巴草、扎蓬、苍耳和风播下来的旅生的芦秫。草丛里一定有很多蝈蝈，蝈蝈把它们的吵闹声音都送到河这边来了。下面，是护城河。随着上游水闸的启闭，河水有时大，有时小；有时急，有时慢。水急的时候，挨着岸边的水会倒流回去，李小龙觉得很奇怪。过路的大人告诉他：这叫“回溜”。水是从运河里流下来的，是浑水，颜色黄黄的。黑黑的城墙，碧绿的田地，白白的马路，黄黄的河水。

去年冬天，有一天，下大雪，李小龙一大早上学去，他发现河水是红颜色的！很红很红，红得像玫瑰花。李小龙想：也许是雪把河变红了。雪那样厚，雪把什么都盖成一片白，于是衬得河水是红的了。也许是河水自己这一天发红了。他捉摸不透。但是他千真万确看见了一条红水河。雪地上还没有人走过，李小龙独自一人，踏着积雪，他的脚踩得积雪咯吱咯吱地响。雪白雪白的原野上流着一条玫瑰红色的河，那样单纯，那样鲜明而奇特，这种景色，李小龙从来没有看见过，以后也没有看见过。

有一天早晨，李小龙看到一只鹤。秋天了，庄稼都收割了，扁豆和芝麻都拔了秧，树叶落了，芦苇都黄了，芦花雪白，人的眼界空阔了。空气非常凉爽。天空淡蓝淡蓝的，淡得像水。李小龙一抬头，看见天上飞着一只东西。鹤！他立刻知道，这是一只鹤。李小龙没有见过真的鹤，他只在画里见过，他自己还画过。不过，这的的确确是一只鹤。真奇怪，怎么会有一只鹤呢？这一带从来没有人家养过一只鹤，更不用说是野鹤了。然而这真是一只鹤呀！鹤沿着北边城墙的上空往东飞去。飞得很高，很慢，雪白的身子，雪白的翅膀，两只长腿伸在后面。李小龙看得很清楚，清楚极了！李小龙看得呆了。鹤是那样美，又教人觉得很凄凉。

鹤慢慢地飞着，飞过傅公桥的上空，渐渐地飞远了。

李小龙痴立在桥上。

李小龙多少年还忘不了那天的印象，忘不了那种难遇的凄凉的美，那只神秘的孤鹤。

李小龙后来长大了，到了很多地方，看到过很多鹤。

不，这都不是李小龙的那只鹤。

世界上的诗人们，你们能找到李小龙的鹤么？

李小龙放学回家晚了。教图画手工的张先生给了他一个任务，让他刻一副竹子的对联。对联不大，只有三尺高。选一段好毛竹，一剖为二，刳去竹节，用砂纸和竹节草打磨光滑了，这就是一副对子。联文是很平常的：

惜花春起早

爱月夜眠迟

字是请善因寺的和尚石桥写的，写的是石鼓。因为李小龙上初一的时候就在家跟父亲学刻图章，已经刻了一年，张先生知道他懂得一点篆书的笔意，才把这副对子交给他刻。刻起来并不费事，把字的笔画的边廓刻深，再用刀把边线之间的竹皮铲平，见到“二青”就行了。不过竹皮很滑，竹面又是圆的，需要手劲。张先生怕他带来带去，把竹皮上墨书的字蹭模糊了，教他就在他的画室里刻。张先生的画室在一个小楼上。小楼在学校东北角，是赞化宫的遗物，原来大概是供吕洞宾的，很旧了。楼的三面都是紫竹，——紫竹城里别处极少见，学生习惯就把这座楼叫成“紫竹楼”。李小龙每天下课后，上楼来刻一个字，刻完回家。已经刻了一个多星期了。这天就剩下“眠迟”两个字了，心想一气刻完了得了，明天好填上石绿挂起来看看，就贪刻了一会儿。偏偏石鼓文体的“迟”字笔画又多，时间不知不觉就过去了。刻完了“迟”字的“走之”，揉揉眼睛，一看：呀，天都黑了！而且听到隐隐的雷声——要下雨了：赶紧走。他背起书包直奔东门。出了东门，听到东门外铁板桥下轰鸣震耳的水声，他有点犹豫了。

东门外是刑场（后来李小龙到过很多地方，发现别处的刑场都在西门外。按中国的传统观念，西方主杀，不知道本县的刑场为什么在东门外）。对着东门不远，有一片空地，空地上现在还有一些浅浅的圆坑，据说当初杀人就是让犯人跪在坑里，由背后向第三个颈椎的接缝处切一刀。现在不兴杀头了，枪毙犯人——当地叫作“铳人”，还是在这里。李小龙的同学有时上着课，听到街上拉长音的凄惨的号声，就知道要铳人了。他们下了课赶去看，有时能看到尸首，有时看到地下一摊血。东门桥是全县唯一的一座铁板桥。桥下有闸。桥南桥北水位落差很大，河水倾跌下来，声音很吓人。当地人把这座桥叫作掉魂桥，说是临刑的犯人到了桥上，听到水声，魂就掉了。

有关于这里的很多鬼故事。流传得最广的是一个：有一个人赶夜路，远远看见一个瓜棚，点着一盏灯。他走过去，想借个火吸一袋烟。里面坐着几个人。他招呼一下，就掏出烟袋来凑在灯火上吸烟，不想怎么吸也吸不着。他很纳闷，用手摸摸灯火，火是凉的！坐着的几个人哈哈大笑。笑完了，一齐用手把脑袋搬了下来。行路人吓得赶紧飞奔。奔了一气，又碰得几个人在星光下坐着聊天，他走近去，说刚才他碰见的事，怎么怎么，他们把头就搬下来了。这几个聊天的人说："这有什么稀奇，我们都能这样！"……

李小龙犹豫了一下，还是走上铁板桥了。他的脚步踏得桥上的铁板当当地响。

天骤然黑下来了，雨云密结，天阴得很严。下了桥，他就掉在黑暗里了。什么也看不见，只能看到一条灰白的痕迹，是马路；黑乎乎的一片，是稻田。好在这条路他走得很熟，闭着眼也能走到，不会掉到河里去，走吧！他听见河水哗哗地响，流得比平常好像更急。听见稻子的新秀的穗子摆动着，稻粒摩擦着发出细碎的声音。一个什么东西窜过马路！——大概是一只獾子。什么东西落进河水了，——"卜嗵"！他的脚清楚地感觉到脚下的路。一个圆形的浅坑，这是一个牛蹄印子，干了。谁在这里扔了一块西瓜皮！差点摔了我一跤！天上不时扯一个闪。青色的闪，金色的闪，紫色的闪。闪电照亮一块黑云，黑云翻滚着，绞扭着，像一个暴怒的人正在憋着一腔怒火。闪电照亮一棵小柳树，张牙舞爪，像一个妖怪。

李小龙走着，在黑暗里走着，一个人。他走得很快，比平常要快得多，真是"大步流星"，踏踏踏踏地走着。他听见自己的两只裤脚擦得刹刹地响。

一半沉着，一半害怕。

不太害怕。

刚下掉魂桥，走过刑场旁边时，头皮紧了一下，有点怕，以后就好了。

他甚至觉得有点豪迈。

快要到了。前面就是傅公桥。“行百里者半九十”，今天上国文课时他刚听高先生进过这句古文。

上了傅公桥，李小龙的脚步放慢了。

这是什么?

他从来没有看见过。

一道一道碧绿的光。在苇荡上。

李小龙知道，这是鬼火。他听说过。

绿光飞来飞去。它们飞舞着，一道一道碧绿的抛物线。绿光飞得很慢，好像在幽幽地哭泣。忽然又飞快了，聚在一起；又散开了，好像又笑了，笑得那样轻。绿光纵横交错，织成了一面疏网；忽然又飞向高处，落下来，像一道放慢了的喷泉。绿光在集会，在交谈。你们谈什么?……

李小龙真想多停一会儿，这些绿光多美呀!

但是李小龙没有停下来，说实在的，他还是有点紧张的。

但是他也没有跑。他知道他要是一跑，鬼火就会追上来。他在小学上自然课时就听老师讲过，“鬼火”不过是空气里的磷，在大雨将临的时候，磷就活跃起来。见到鬼火，要沉着，不能跑，一跑，把气流带动了，鬼火就会跟着你追。你跑得越快，它追得越紧。虽然明知道这是磷，是一种物质，不是什么“鬼火”，不过一群绿光追着你，还是怕人的。

李小龙用平常的速度轻轻地走着。

到了贞节牌坊眼前倒真的吓了他一跳!一条黑影，迎面向他走来。是个人!这人碰到李小龙，大概也有点紧张，跟小龙擦身而过，头也不回，匆匆地走了。这个人，那么黑的天，你跑到马上要下大雨的田野里去干什么?

到了几户种菜人家的跟前，李小龙的心才真的落了下来。种菜人家的窗缝里漏出了灯光。

李小龙一口气跑到家里。刚进门，“哇——”大雨就下下来了。

李小龙搬了一张小板凳，在灯光照不到的廊檐下，对着大雨倾注的空庭，一个人呆呆地想了半天。他要想想今天的印象。

李小龙想：我还是走回来了。我走在半道上没有想退回去，如果退回去，我就输了，输给黑暗，又输给了我自己。李小龙回想着鬼火，他觉得鬼火很美。

李小龙看见过鬼火了，他又长大了一岁。

一九八三年九月十三日，于北京蒲黄榆新居

羊舍一夕

在六十年代的农场，有着更好工作机会的小羊倌儿舍不下他那群羊，第一次独自给农田整晚看水的知青不断给自己壮胆打气……在这些人身上，生活的艰难被淡化，生出一种趣味。

羊舍一夕[1]

一、夜晚

火车过来了。

“216！往北京的上行车。”老九说。

于是他们放下手里的工作，一起听火车。老九和小吕都好像看见：先是一个雪亮的大灯，亮得叫人眼睛发胀。大灯好像在拼命地往外冒光，而且冒着气，嗤嗤地响。乌黑的铁，锃黄的铜。然后是绿色的车身，排山倒海地冲过来。车窗蜜黄色的灯光连续地映在果园东边的树墙子上，一方块，一方块，川流不息地追赶着……每回看到灯光那样猛烈地从树墙子上刮过去，你总觉得会刮下满地枝叶来似的。可是火车一过，还是那样：树墙子显得格外的安详，格外的绿。真怪。

这些，老九和小吕都太熟悉了。夏天，他们睡得晚，老是到路口去看火车。可现在是冬天了。那么，现在是什么样子呢？小吕想象，灯光一定会从树墙子的枝叶空隙处漏进来，落到果园的地面上来吧。可能！他想象着那灯光映在大梨树地间作的葱畦里，照着一地的大葱蓬松的，干的，发白的叶子……

---

1 又名：四个孩子和一个夜晚。

车轮的声音逐渐模糊成为一片，像刮过一阵大风一样，过去了。

“十点四十七。”老九说。老九在附近的山头上放了好几年羊了，他知道每一趟火车的时刻。

留孩说：“贵甲哥怎么还不回来？”

老九说：“他又排戏去了，一定回来得晚。”

小吕说：“这是什么奶哥！奶弟来了也不陪着，昨天是找羊，今天又去排戏！”

留孩说：“没关系，以后我们就常在一起了。”

老九说：“咱们烧山药吃，一边说话，一边等他。小吕，不是还有一包高山顶[1]吗？坐上！外屋缸里还有没有水？”

“有！”

于是三个人一起动手：小吕拿砂锅舀了多半锅水，抓起一把高山顶来撮在里面。这是老九放羊时摘来的。老九从麻袋里掏山药——他们在山坡上自己种的。留孩把炉子通了通，又加了点煤。

屋里一顺排了五张木床，连成一个大炕。一张是张士林的，他到狼山给场里买果树苗子去了。隔壁还有一间小屋，锅灶俱全，是老羊倌住的。老羊倌请了假，看他的孙子去了。今天这里只剩下四个孩子：他们三个，和那个正在排戏的。

屋里有一盏自造的煤油灯——老九用墨水瓶子改造的，一个炉子。外边还有一间空屋，是个农具仓库，放着硫铵、石灰、DDT、铁桶、木叉、喷雾器……外屋门插着。门外，右边是羊圈，里边卧着四百只羊；前边是果园，什么都没有了，只剩下一点葱，还有一堆没有窖好的蔓菁。现在什么也看不见，外边是无边的昏黑。方圆左近，就只有这个半山坡上有一点点亮光。夜，正在深浓起来。

1 一种野生植物，可以当茶叶。

二、小吕

小吕是果园的小工。这孩子长得清清秀秀的。原在本堡念小学。念到六年级了，忽然跟他爹说不想念了，要到农场做活去。他爹想：农场里能学技术，也能学文化，就同意了。后来才知道，他还有个心思。他有个哥哥，在念高中，还有个妹妹，也在上学。他爹在一个医院里当炊事员。他见他爹张罗着给他们交费，买书，有时要去跟工会借钱，他就决定了：我去做活，这样就是两个人养活五个人，我哥能够念多高就让他念多高。

这样，他就到农场里来做活了。他用一个牙刷把子，截断了，一头磨平，刻了一个小手章：吕志国。每回领了工资，除了伙食、零用（买个学习本，配两节电池……），全部交给他爹。有一次，不知怎么弄的（其实是因为他从场里给家里买了不少东西：菜，果子），拿回去的只有一块五毛钱。他爹接过来，笑笑说：

“这就是两个人养活五个人吗？”

吕志国的脸红了。他知道他偶然跟同志们说过的话传到他爹那里去了。他爹并不是责怪他，这句嘲笑的话里含着疼爱。他爹想：困难是有一点的，哪里就过不去呢？这孩子！究竟走怎样一条路好：继续上学？还是让他在这个农场里长大起来？

小吕已经在农场里长大起来了。在菜园干了半年，后来调到果园，也都半年了。

在菜园里，他干得不坏，组长说他学得很快，就是有点贪玩。调他来果园时，征求过他本人的意见，他像一个成年的大工一样，很爽快地说：“行！在哪里干活还不是一样。”乍一到果园时，他什么都不摸头，不大插得上手，有点别扭。但没过多久，他就发现，原来果园对他说来是个更合适的地方。果园里有许多活，大工来做有点窝工，一般女工又做不了，正需要一个伶俐的小工。登上高凳，爬上树顶，绑老架的葡萄条，果树摘心，套纸袋，捉金龟子，用一个小铁丝钩疏虫果，接了长长的竿子喷射天蓝色的波尔多液……在明丽的阳光和葱茏的绿叶当中做这些事，既是严肃的工作，又是轻松的游戏，既“起了作用”，又很好玩，实在叫人快乐。这样的活，对于一个十四岁的孩子，不论在身体上、情绪上，都非常相投。

小吕很快就对果园的角角落落都熟悉了。他知道所有果木品种的名字：金冠、黄奎、元帅、国光、红玉、祝；烟台梨、明月、二十世纪；密肠、日面红、秋梨、鸭梨、木头梨，白香蕉、柔丁香、老虎眼、大粒白、秋紫、金铃、玫瑰香、沙巴尔、黑汗、巴勒斯坦、白拿破仑……而且准确地知道每一棵果树的位置。有时组长给一个调来不久的工人布置一件工作，一下子不容易说清那地方，小吕在旁边，就说：“去！小吕，你带他去，告诉他！”小吕有一件大红的球衣，干活时他喜欢把外面的衣裳脱去，于是，在果园里就经常看见通红的一团，轻快地、兴冲冲地弹跳出没于高高低低、深深浅浅的丛绿之中，惹得过路的人看了，眼睛里也不由得派出笑意，觉得天色也明朗，风吹得也舒服。

小吕这就真算是果园的人了。他一回家就是说他的果园。他娘、他妹妹都知道，果园有了多少年了，有多少棵树，单葡萄就有八十多种，好多都是外国来的。葡萄还给毛主席送去过。有个大干部要路过这里，毛主席跟他说，“你要过沙岭子，那里葡萄很好啊！”毛主席都知道的。果园里有些什么人，她们也都清清楚楚的了，大老张、二老张、大老刘、陈素花、恽美兰……还有个张士林！连这些人的家里的情形，他们有什么能耐，她们也都明明白白。连他爹对果园熟悉得也不下于他所在的医院了。他爹还特为上农场来看过他儿子常常叨念的那个年轻人张士林。他哥放暑假回来，第二天，他就拉他哥爬到孤山顶上去，指给他哥看：

“你看，你看！我们的果园多好看！一行一行的果树，一架一架的葡萄，整整齐齐，那么大一片，就跟画报上的一样，电影上的一样！”

小吕原来在家里住。七月，果子大起来了，需要有人下夜护秋。组长照例开个会，征求大家的意见。小吕说，他愿意搬来住。一来夏天到秋天是果园最好的时候。满树满挂的果子，都着了色，发出香气，弄得果园的空气都是甜甜的，闻着都醉人。这时节小吕总是那么兴奋，话也多，说话的声音也大，好像家里在办喜事似的。二来是，下夜，睡在窝棚里，铺着稻草，星星，又大又蓝的天，野兔子窜来窜去，鸹鸹悠[1]叫，还可能有狼！这非常有趣。张士林曾经笑他："这小子，浪漫主义！"还有，搬过来，他可以和张士林在一起，日夜都在一起。

他很佩服张士林。曾经特地去照了一张相，送给张士林，在背面写道："给敬爱的士林同志！"他用的字眼是充满真实的意思的。他佩服张士林那么年轻，才十九岁，就对果树懂得那么多。不论是修剪，是嫁接，都拿得起来，而且能讲一套。有一次林业学校的学生来参观，由他领着给他们讲，讲得那些学生一愣一愣的，不停地拿笔记本子记。领队的教员后来问张士林："同志，你在什么学校学习过？"张士林说："我上过高小。我们家世代都是果农，我是在果树林里长大的。"他佩服张士林说玩就玩，说看书就看书，看那么厚的，比一块城砖还厚的《果树栽培学各论》。佩服张士林能文能武，正跟场里的技术员合作搞试验，培养葡萄抗寒品种，每天拿个讲义夹子记载。佩服张士林能"代表"场里出去办事。采花粉呀，交换苗木呀……每逢张士林从场长办公室拿了介绍信，背上他的挎包，由宿舍走到火车站去，他就在心里非常羡慕。他说张士林是去当"大使"去了。小张一回来，他看见了，总是连蹦带跳地跑到路口去，一面接过小张的挎包，一面说："嗬！大使回来了！"

他愿意自己也像一个真正的果园技工。可是自己觉得不像。缺少两样东西：一样是树剪子。这里凡是固定在果园做活的，每人都有一把

1 鸹鸹悠即猫头鹰。

树剪子，装在皮套子里，挎在裤腰带后面，远看像支勃朗宁手枪。他多希望也有一把呀，走出走进——赫！可是他没有。他也有使树剪子的时候。大的手术他不敢动，比如矫正树形，把一个茶杯口粗细的枝丫截掉，他没有那么大的胆子。像是丁个头什么的，这他可不含糊，拿起剪子叭叭地剪。只是他并不老使树剪子，因此没有他专用的，要用就到小仓库架子上去拿“官中”剪子。这不带劲！“官中”的玩意儿总是那么没味道，而且，当然总是，不那么好使。净“塞牙”，不快，费那么大劲，还剪不断。看起来倒像是你不会使剪子似的！气人。

组长大老张见小吕剪两下看看他那剪子，剪两下看看他那剪子，心里发笑。有一天，从他的锁着的柜子里拿出一把全新的苏式树剪，叫：“小吕！过来！这把剪子交给你，由你自己使：钝了自己磨，坏了自己修，绷簧掉了——跟公家领，可别老把绷簧搞丢了。小人小马小刀枪，正合适！”周围的人都笑了：因为这把剪子特别轻巧，特别小。小吕这可高了兴了，十分得意地说：“做啥像啥，卖啥吆喝啥嘛！”这算了了一桩心事。

自从有了这把剪子，他真是一日三摩挲。除了晚上脱衣服上床才解下来，一天不离身。没有事就把剪子拆开来，用砂纸打磨得锃亮，拿在手里都是精滑的。

今天晚上没事，他又打磨他的剪子了，在216次火车过去以前，一直在细细地磨。磨完了，涂上一层凡士林，用一块布包起来——明年再用。葡萄条已经铰完，今年不再有使剪子的活了。

另外一样，是嫁接刀。他想明年自己就先练习削树码子，练得熟熟的，像大老刘一样！也不用公家的刀，自己买。用惯了，顺手。他合计好了：把那把双箭牌塑料把的小刀卖去，已经说好了，猪倌小白要。打一个八折。原价一块六，六八四十八，八得八，一块二毛八。再贴一块钱，就可以买一把上等的角柄嫁接刀！他准备明天就去托黄技师，黄技师两三天就要上北京。

三、老九

老九用四根油浸过的细皮条编一条一根葱的鞭子。这是一种很难的编法，四股皮条，这么绕来绕去的，一走神，就错了花，就拧成麻花腰子了。老九就这么聚精会神地绕着，一面舔着他的舌头。绕一下，把舌头用力向嘴唇外边舔一下，绕一下，舔一下。有时忽然"唔"的一声，那就是绕错了花了，于是拆掉重来。他的确是用的劲儿不小，一根鞭子，道道花一般紧，地道活计！编完了，从墙上把那根旧鞭子取下来，拆掉皮鞘，把新鞭鞘结在那个揪子木刨出来的又重又硬又光滑的鞭杆子上，还挂在原来的地方。

可是这根鞭子他自己是用不成了。

老九算是这个场子里的世袭工人。他爹在场里赶大车，又是个扶耧的好手。他穿着开裆裤的时候，就在场里到处乱钻。使砖头砸杏儿、摘果子、偷萝卜、刨甜菜，都有他。稍大一点，能做点事了，就什么也做，放鸭子，喂小牛，搓玉米，锄豆埂……最近三年正式固定在羊舍，当"羊伴子"——小羊倌。老九是土生土长（小吕家是从外地搬来的），这一带地方，不论是哪个山豁豁，渠坳坳，他都去过，用他自己的说法是"尿尿都尿遍了"。这一带的人，不问老少男女，也无不知道有个秦老九。每天早起，日头上来，露水稍干的时候，只要听见：

蓝蓝的天上白云飘，
白云下边马儿跑……

就知是老九来了。——这孩子，生了一副上低音的宽嗓子！他每天把羊从圈里放出来，上了路，走在羊群前面，一定是唱这一支歌。一挥鞭子：

挥动鞭儿响四方——

百鸟齐飞翔……

矮粗矮粗的个子，方头大脸，黑眉毛大眼睛，大嘴，大脚。老九这双鞋也是奇怪，实纳帮，厚布底，满底钉了扁头铁钉，还特别大，走起来忒楞忒楞地响。一摇一晃的，来了！后面是四百只白花花的，挨挨挤挤，颤颤悠悠的羊，无数的小蹄子踏在地上，走过去像下了一阵暴雨。

老九发育得快，看样子比小吕魁伟壮实得多，像个小大人了。可是，有一次，他拿了家里的碗去食堂买饭，那碗恰恰跟食堂的碗一样，正好食堂里这两天丢了几个碗，管理员看见了，就说是食堂的，并且大声宣告："秦老九偷了食堂的碗！"老九把脸涨得通红，一句话说不出，忽然嚎叫起来：

"我×你妈！"

一面毫不克制地咧开大嘴哇哇地哭起来，使得一食堂的人都喝吼起来：

"哏噫，不兴骂人！"

"有话慢慢说，别哭！"

老九要是到了一个新地方，在一个新单位，做了真正的"工人"，若是又受了点委屈，觉得自尊心受了损伤，还会这样哭，这样破口骂人么？

老九真的要走了，要去当炼钢工人去了。他有个舅舅，在二炼钢厂当工人，早就设法让老九进厂去当学徒，他爹也愿意。有人问老九：

"老九，你咋啦，你不放羊了么？"

这叫老九很难回答。谁都知道炼钢好，光荣，工人阶级是老大哥。但是放羊呢？他就说：

"我爹不愿意我放羊，他说放羊不好。"

他也竭力想同意他爹的看法，说：

"放羊不好，把人都放懒了，啥也不会！"

其实他心里一点也不同意！如果这话要是别人说的，他会第一个起来大声反驳："你瞎说！你凭什么？"

放羊？嘿——

每天早起，打开羊圈门，把羊放出来。挥着鞭子，打着唿哨，嘴里"嗄！嗄！"地喝唤着，赶着羊上了路。按照老羊倌的嘱咐，上哪一座山。到了坡上，把羊打开，一放一个满天星——都匀匀地撒开；或者凤凰单展翅——顺着山坡，斜斜地上去，走成一溜。羊安安驯驯地吃开草，就不用操什么心了。羊群缓缓地往前推移，远看，像一片云彩在坡上流动。天也蓝，山也绿，洋河的水在树林子后面白亮白亮的。农场的房屋、果树，都看得清清楚楚。一列一列的火车过来过去，看起来又精巧又灵活，简直不像是那么大的玩意。真好呀，你觉得心都轻飘飘的。

"放羊不是艺，笨工子下不地！[1]"不会放羊的，打都打不开。羊老是恋成一疙瘩，挤成一堆，走不成阵势，吃不好草。老九刚放羊时，也是这样。老九蹦过来，追过去，累得满头大汗，心里急得咚咚地跳，还是弄不好！有一次，老羊倌病了，就他跟丁贵甲两个人上山，丁贵甲也还没什么经验，竟至弄得羊散了群，几乎下不了山。现在，老羊倌根本不怎么上山了，他俩也满对付得了这四百只羊了。问老九："放羊是咋放法？"他也说不出，但是他会告诉你老羊倌说过的：看羊群一走，就知道这羊倌放了几年羊了。

放羊的能吃到好东西。山上有野兔子，一个有六七斤重。有石鸡子，有半鸪子。石鸡子眼小野鸡似的，一个准有十两肉。半鸪子一个准是半斤。你听："呱格丹，呱格丹！呱格丹！"那是母石鸡子唤她汉子了。你不要忙，等着，不大一会儿，就听见对面山上"呱呱呱呱呱呱……"你轻手轻脚地去，一捉就是一对。山上还有鸬鸬，就是野鸽子。"天鹅、地鹊，鸽子肉、黄鼠"，这是上讲究的。鸬鸬肉比鸽子还

1 "笨工子"是外行。"下不地"是说应付不了。

好吃。黄鼠也有，不过滩里更多。放羊的吃肉，只有一种办法：和点泥，把打住的野物糊起来，拾一把柴架起火来，烧熟。真香！山上有酸枣，有榛子，有橹林，有红姑蔫，有酸溜溜，有梭瓜瓜，有各色各样的野果。大北滩有一片大桑树林子，夏天结了满树的大桑葚，也没有人去采，落在地下，把地皮都染紫了。每回放羊回来经过，一定是“饱餐一顿”，吃得嘴唇、牙齿、舌头，都是紫的，真过瘾！……

放羊苦么？

咋不苦！最苦是夏天。羊一年上不上膘，全看夏天吃草吃得好不好。夏天放羊，又全靠晌午。“打柴一日，放羊一晌”。早起的露水草，羊吃了不好。要上原，要不得病，就得吃太阳晒过的蔫筋草。可是这时正是最热的时候。不好找个阴凉地方躲着么？不行啊！你怕热，羊也怕热哩。它不给你好好地吃！它也躲阴凉。你看：都把头埋下来，挤成一疙瘩，净想躲在别的羊的影子里，往别个的肚子底下钻。这你就得不停地打。打散了，它就吃草了。可是打散了，一会儿会，它又挤到一块去！打散了，一会儿会，它又挤到一块去了。你想休息？歪想。一夏天这么大太阳晒着，烧得你嘴唇、上腭都是烂的！

真渴呀。这会，农场里给预备了行军壶，自然是好了。若是在旧社会，给地主家放羊，他不给你带水。给你一袋炒面，你就上山吧！你一个人，又不敢走远了去弄水，狼把羊吃了咋办？渴急了，就只好自己喝自己的尿。这在放羊的不是稀罕事。老羊倌就喝过，丁贵甲小时当小羊伴子，也喝过，老九没喝过。不过他知道这些事。就是有行军壶，你也不敢多喝。若是敞开来，由着性儿喝，好家伙，那得多少水？只好抿一点儿，抿一点儿，叫嗓子眼潮润一下就行。

好天还好说，就怕刮风下雨。刮风下雨也好说，就怕下雹子。老九就遇上过。有一回，在马脊梁山，遇了一场大雹子！下了足有二十分钟，足有鸡蛋大。砸得一群羊惊惶失措，满山乱跑，咩咩地叫成一片。砸坏了二三十只，跛了腿，起不来了。后来是老羊倌、丁贵甲和老九一趟一趟地抱回来的。吓得老九那天沉不住了，脸上一阵白，一阵紫，他觉得透不出气来。不是老羊倌把他那个竹皮大斗笠给他盖住，又给他喝了几口他带在身上的白酒，说不定就回不来啦。

但是这些，从来也没有使老九告过孬，发过怵。他现在回想起来倒都觉得很痛快，很甜蜜，很幸福。他甚至觉得遇上那场雹子是运气。这使他觉得生活丰富、充实，使他觉得自己能够算得上是一个有资格，有经验的羊倌了，是个见识过的，干过一点事情的人了，不再是只知道要窝窝吃的毛孩子了。这些，苦热、苦渴、风雨、冷雹，将和那些蓝天、白云、绿山、白羊、石鸡、野兔、酸枣、桑葚互相融合调和起来，变成一幅浓郁鲜明的图画，永远记述着秦老九的十五岁的少年的光阴，日后使他在不同的环境中还会常常回想。他从这里得到多少有用的生活的技能和知识，受了好多的陶冶和锻炼啊。这些，在他将来炼钢的时候，或者履行着别样的职务时，都还会在他的血液里涌洑，给予他持续的力量。

但是他的情绪日渐向往于炼钢了。他在电影里，在招贴画上，看过不少炼钢的工人，他的关于炼钢的知识和印象也就限于这些。他不止一次设想自己下一个阶段的样子——一个炼钢工人：戴一顶大八角鸭舌帽，帽舌下有一副蓝颜色的像两扇小窗户一样的眼镜，穿着水龙布的工作服——他不知那是什么布，只觉得很厚，很粗，场子里有水泵，水泵上用的管子也是用布做的，也很厚，很粗，他以为工作服就是那种布——戴了很大很大的手套，拿着一个很长的后面有个大圈的铁家伙……没人的时候，他站在床上，拿着小吕护秋用的标枪，比划着，比划着。他觉得前面，偏左一点，是炼钢的炉子，轰隆轰隆的熊熊的大火。他觉得火光灼着他的眼睛，甚至感觉得到他左边的额头和脸颊上明明有火的热度。他的眼睛眯细起来，眯细起来……他出神地体验着，半天，半天，一动也不动。果园的大老张一头闯进来，看见老九脸上的古怪表情（姿势赶快就改了，标枪也撂了，可是脸上没有来得及变样——他这么眯细着太久了，肌肉一下子也变不过来），忍不住问：“老九，你在干啥呢？你是怎么啦？”

今天晚上，老九可是专心致志地打了一晚上鞭子。你已经要去炼钢了，还编什么鞭子呢？

一来是习惯。他不还没有走吗？他明天把行李搬回去，叫他娘拆洗拆洗，三天后才动身呢。那么，既在这里，总要找点事做。这根鞭子早就想到要编了。编起来，他不用，总有人用。何况，他本来已经想好，在编着的时候又更确实地重复了一遍他的决定：这根鞭子送给留孩，明天走的时候送给他。

四、留孩和丁贵甲

留孩和丁贵甲是奶兄弟。这一带风俗，对奶亲看得很重。结婚时先给奶爹奶母磕头；奶爹奶母死了，像给自己的爹妈一样地戴孝。奶兄弟，奶姊妹，比姨姑兄弟姊妹都亲。丁贵甲的亲娘还没有出月子就死了，丁贵甲从小在留孩娘跟前寄奶。后来丁贵甲的爹得了腰疼病，终于也死了。他在给人家当小羊伴子以前，一直就在留孩家长大。丁贵甲有时请假说回家看看，就指的是留孩的家。除此之外，他的家便是这个场了。

留孩一年也短不了来看他奶哥。过去大都是他爹带他来，这回是他自己来的——他爹在生产队里事忙，三五天内分不开身；而且他这回来和往回不同：他是来谈工作的。他要来顶老九的手。留孩早就想过这个场里来工作。他奶哥也早跟场领导提了。这回谈妥了，老九一走，留孩就搬过来住。

留孩，你为什么想到场子里来呢？这儿有你奶哥；还有？——“这里好。”这里怎么好？——“说不上来。”

……

这里有火车。

这里有电影，两个星期就放映一回，常演打仗片子，捉特务。

这里有很多小人书。图书馆里有一大柜子。

这里有很多机器。插种机、收割机、脱粒机……张牙舞爪，排成一大片。

这里庄稼都长得整齐。先用个大三齿耙似的家伙在地里划出线，长出来，笔直。

这里有花生、芝麻、红白薯……这一带都没有种过，也长得挺好。

有果园，有菜园。

有玻璃房子，好几排，亮堂堂的，冬天也结西红柿，结黄瓜。黄瓜那么绿，西红柿那么红，跟上了颜色一样。

有很多鸡，都一色是白的；有很多鸭，也一色是白的。风一吹，白毛儿忒勒勒飘翻起来，真好看。有很多很多猪，都是短嘴头子，大腮帮子，巴克夏，约克夏。这里还有养鱼池，看得见一条一条的鱼在水里游……

这里还有羊。这里的羊也不一样。留孩第一次来，一眼就看到：这里的羊都长了个狗尾巴。不是像那样扁不塌塌的沉甸甸颤巍巍的坠着，遮住屁股蛋子，而是很细很长的一条，当郎着。他先初以为这不像样子，怪寒碜的。后来当然知道，这不是本地羊，是本地羊和高加索绵羊的杂交种。这种羊，一把都抓不透的毛子，做一件皮袄，三九天你尽管躺到洋河冰上去睡觉吧！既是这样，那么尾巴长得不大体面，也就可以原谅了。

那两头“高加索”，好家伙，比毛驴还大。那么大个脑袋（老羊倌说一个脑袋有十三斤肉），两盘大角，不知绕了多少圈，最后还旋扭着向两边支出来。脖子下的皮皱成数不清的褶子，鼓鼓囊囊的，像围了一个大花领子。老是慢吞吞地，稳稳重重地在草地上踱着步。时不时地，停下来，斜着眼，这边看看，那边看看，样子很威严，很尊贵。留孩觉得它很像张士林的一本游记书上画的盛装的非洲老酋长。老九叫他骑一骑。留孩说："羊嘛，咋骑得！"老九说："行！"留孩当真骑上去，不想它立刻围着羊舍的场子开起小跑来，步子又匀，身子又稳！原来这两只羊已经叫老九训练得很善于做本来是驴应做的事了。

留孩，你过两天就是这个场子里的一个农业工人了。就要每天和这两个老酋长，还有那四百只狗尾巴的羊做伴了，你觉得怎么样，好呢还是不好？——"好。"

场子里老一点的工人都还记得丁贵甲刚来的时候的样子。又干又瘦，披了件丁令当郎的老羊皮，一卷行李还没个枕头粗。问他多大了，说是十二，谁也不相信。待问过他属什么，算一算，却又不错。不论什么时候，都是那么寒簌簌的；见了人，总是那么怯生生的。有的工人家属见他走过，私下担心：这孩子怕活不出来，场子里支部书记有一天远远地看了他半天，说，这孩子怎么的呢，别是有病吧，送医院里检查检查吧。一检查：是肺结核。在医院整整住了一年，好了，人也好像变了一个。接着，这小子，好像遭了掐脖旱的小苗子，一朝得着足量的肥水，嗖嗖地飞长起来，三四年工夫，长成了一个肩阔胸高腰细腿长的，非常匀称挺拔的小伙子。一身肌肉，晒得紫黑紫黑的。照一个当饲养员的王全老汉的说法：像个小马驹子。

这马驹子如今是个无事忙，什么事都有他一份。只要是球，他都愿意摸一摸。放了一天羊，爬了一天山，走了那么远的路，回来扒拉两大碗饭，放下碗就到球场上去。逢到节日，有球赛，连打两场，完了还不休息。别人都已经走净了，他一个人在月亮地里还绷楞绷楞地投篮。摸鱼，捉蛇，掏雀，撵兔子，只要一声吆唤，马上就跟你走。哪里有夜战，临时突击一件什么工作，挑渠啦，挖沙啦，不用招呼，他扛着铁锹就来了。也不问青红皂白，吭吭就干起来。冬天刨冻粪，这是个最费劲的活，常言说："刨过个冻粪哪，做过个怕梦哪！"他最愿意揽这个活。使尖镐对准一个口子，憋足了劲："许一个猪头——开！许一个羊头——开！开——开！狗头也不许了[1]！”这小伙子好像有太多过剩的精力，不找点什么重实点的活消耗消耗，就觉得不舒服似的。

小伙子一天无忧无虑，不大有心眼。什么也不盘算。开会很少发言，学习也不大好，在场里陆续认下的两个字还没有留孩认得的多。整天就知道干活、玩。也喜欢看电影。他把所有的电影分成两大类：一类是打仗的，一类是找媳妇的。凡是打仗的，就都“好”！凡是找媳妇的，就“唼噫，不看不看”！找媳妇的电影尚且不看，真的找媳妇那更是都不想了。他奶母早就想张罗着给他寻一个对象了。每次他回家，他奶母都问他场子里有没有好看的姑娘，他总是回答得不得要领。他说林凤梅长得好，五四也长得好。问了问，原来林凤梅是场里生产队长的爱人，已经生过三个孩子；五四是个幼儿园的孩子，一九五四年生的！好像恰恰是和他这个年龄相当的，他都没有留心过。奶母没法，只好摇头。其实场子里这个年龄的，很有几个，也有几个长得不难看的。她们有时谈悄悄话的时候，也常提到他。有一个念过一年初中的菜园组长的女儿，给他做了个鉴定，说：“他长得像周炳，有一个名字正好送给他：《三家巷》第一章的题目！”其余几个没有看过《三家巷》的，就找了这本小说来看。一看，原来是：“长得很俊的傻孩子”，她们咯咯咯地笑了一晚上。于是每次在丁贵甲走过时，她们就更加留神看他，一面看，一面想想这个名字，便咯咯咯地笑。这很快就固定下来，成为她们私下对于他的专用的称呼，后来又简化、缩短，由“长得很俊的傻孩子”变成“很俊的”——正在做活，有人轻轻一嘀咕：“嗨！很俊的来了！”于是都偷眼看他，于是又咯咯咯地笑。

这些，丁贵甲全不理会。他一点也不知道他有这么一个名字。起先两回，有人在他身后格格地笑，笑得他也疑惑，怕是老九和小吕在他歇

1 这本来是开山的石匠的习语。在石头未破开前许愿；如果开了，则用一个羊头、猪头做贡献；但当真开了，即什么也不许了。

晌时给他在脸上画了眼镜或者胡子。后来听惯了，也不以为意，只是在心里说：丫头们，事多！

其实，丁贵甲因为从小失去爹娘，多受苦难，在情绪上智慧上所受的启发诱导不多；后来在这样一个集体的环境中成长，接触的人事单纯，又缺少一点文化，以致形成他思想单纯，有时甚至显得有点愣，不那么精灵。这是一块璞，如果在一个更坚利精微的砂轮上磨铣一回，就会放出更晶莹的光润。理想的砂轮，是部队。丁贵甲正是日夜念念不忘地想去参军。他之所以一点也不理会“丫头们”的事，也和他的立志做解放军战士有关。他现在正是服役适龄。上个月底，刚满十八足岁。

丁贵甲这会儿正在演戏。他演戏，本来不合适，嗓子不好，唱起来不搭调。而且他也未必是对演戏本身真有兴趣。真要派他一个重要一点的角色，他会以记词为苦事，背锣经为麻烦。他的角色也不好派，导演每次都考虑很久，结果总是派他演家院。就是演家院，他也不像个家院。照一个天才鼓师（这鼓师即猪倌小白，比丁贵甲还小两岁，可是打得一手好鼓）说：“你根本就一点都不像一个古人！”可不是，他直直地站在台上，太健康，太英俊，实在不像那么一回事，虽则是穿了老斗衣，还挂了一副白满。但是他还是非常热心地去。他大概不过是觉得排戏人多，好玩。红火，热闹，大锣大鼓地一敲，哇哇地吼几嗓子，这对他的蓬勃炽旺的生命，是能起鼓扬疏导作用的。他觉得这么闹一阵，舒服。不然，这么长的黑夜，你叫他干什么去呢，难道像王全似的摊开盖窝睡觉？

现在秋收工作已经彻底结束，地了场光，粮食入库，冬季学习却还没有开始，所以场里决定让业余剧团演两晚上戏，劳逸结合。新排和重排的三个戏里都有他，两个是家院，一个是中军。以前已经拉了几场了，最近连排三个晚上，可是他不能去，这把他着急坏了。

因为丢了一只半大羊羔子。大前天，老九舅舅来了，早起老九和丁贵甲一起把羊放上山，晌午他先回一步，丁贵甲一个人把羊赶回家的。入圈的时候，一数，少了一只。丁贵甲连饭也没吃，告诉小吕，叫他请大老张去跟生产队说一声，转身就返回去找了。找了一晚上，十二点了，也没找到。前天，叫老九把羊赶回来，给他留点饭，他又一个人找了一晚上，还是没找到。回来，老九给他把饭热好了，他吃了多半碗就睡了。这两天老羊倌又没在，也没个人讨主意！昨天，生产队长说：找不到就算了，算是个事故，以后不要麻痹。看样子是找不到了，两夜了，不是叫人拉走，也要叫野物吃了。但是他不死心，还要找。他上山时就带了一点干粮，对老九说："我准备找一通夜！找不到不回来。若是人拉走了，就不说了；若是野物吃了，骨头我也要找它回来，它总不能连皮带骨头全都咽下去。不过就是这么几座山，几片滩，它不能土遁了，我一个脚印一个脚印地把你盖遍了，我看你跑到哪里去！"老九说他把羊赶回去也来，还可以叫小吕一起来帮助找，丁贵甲说："不。家里没有人怎么行？晚上谁起来看羊圈？还要焖料——玉黍在老羊倌屋里，先用那个小麻袋里的。小吕子不行，他路不熟，胆子也小，黑夜没有在山野里待过。"正说着，他奶弟来了。他知道他这天来的，就跟奶弟说："我今天要找羊。事情都说好了，你请小吕陪你到办公室，填一个表，我跟他说了。晚上你先睡吧，甭等我。我叫小吕给你借了几本小人书，你看。要是有什么问题，你先找一下大老张，让他告给你。"

晚上，老九和留孩都已经睡实了，小吕也都正在迷糊着了——他们等着等着都困了，忽然听见他连笑带嚷地来了：

"哎！找到啦！找到啦！还活着哩！哎！快都起来！都起来！找到啦！我说它能跑到哪里去呢？哎——"

这三个人赶紧一骨碌都起来，小吕还穿衣裳，老九是光着屁股就跳下床来了。留孩根本没脱——他原想等他奶哥的，不想就这么睡着了，身上的被子也不知是谁给搭上的。

“找到啦？”

“找到啦！”

“在哪儿哪？”

“在这儿哪。”

原来他把自己的皮袄脱下来给羊包上了，所以看不见。大家于是七手八脚地给羊舀一点水，又倒了点精料让它吃。这羔子，饿得够呛，乏得不行啦。一面又问：

“在哪里找到的？”

“怎么找到的？”

“黑咕隆咚的，你咋看见啦？”

丁贵甲嚼着干粮（他干粮还没吃哩），一面喝水，一面说：

“我哪儿哪儿都找了。沿着我们那天放羊走过的地方，来回走了三个过儿——前两天我都来回地找过了：没有！我心想：哪儿去了呢？我一边找，一边捉摸它的个头、长相，想着它的叫声，忽然，我想起：叫叫看，怎么样？试试！我就叫！满山遍野地叫。不见答音。四外静悄悄的，只有宁远铁厂的吹风机远远地呼呼地响，也听不大真切，就我一个人的声音。我还叫。忽然，——‘咩……’我说，别是我耳朵听差了音，想的？我又叫——‘咩……咩……’这回我听真了，没错！这还能错？我天天听惯了的，娇声娇气的！我赶紧奔过去——看我膝盖上摔的这大块青，——破了！路上有棵新伐树桩子，我一喜欢，忘了，叭叉摔出去丈把远，喔唷，真他妈的！肿了没有？老九，给我拿点碘酒——不要二百二，要碘酒，妈的，辣辣的，有劲！——把我帽子都摔丢了！我找了羊，又找帽子。找帽子又找了半天！真他妈缺德！他早不伐树晚不伐树，赶爷要找羊，他伐树！

“你说在哪儿找到的？太史弯不有个荒沙梁子吗？拐弯那儿不是叫山洪冲了个豁子吗？笔陡的，那底下不是坟滩吗？前天，老九，我们不是看见人家迁坟吗，刨了一半，露了棺材，不知为什么又不刨了！这毬东西，爷要打你！它不是老爱走外手边[1]吗，大概是豁口那儿沙软了，往下塌，别的羊一挤，它就滚下去了！有那么巧，可正掉在坟窟窿里！掉在烂棺材里！出不来了！棺材在土里埋了有日子了，糟朽了，它一砸，就折了，它站在一堆死人骨头里，——那里头倒不冷！不然饿不杀你也冻杀你！外边挺黑。可我在黑里头久了，有点把星星的光就能瞅见。我又叫一声——'咩……'不错！就在这里。它是白的，我模模糊糊看见有一点白晃晃的，下面一摸，正是它！小东西！可把爷担心得够呛！累得够呛！明天就叫伙房宰了你！我看你还爱走外手边！还爱走外手边？唔？"

等羊缓过一点来，有了精神，把它抱回羊圈里去，收拾睡下，已经是后半夜了。

今天，白天他带着留孩上山放了一天羊，告诉他什么地方的草好，什么地方有毒草。几月里放阳坡，上什么山；几月里放阴坡，上什么山；什么山是半椅子臂[2]，该什么时候放。哪里蛇多，哪里有个暖泉，哪里地里有碱。看见大栅栏落下来了，千万不能过——火车要来了。片石山每天十一点五十要放炮崩山，不能去那里……其实日子长着呢，非得赶今天都告诉你奶弟干什么？

晚上，烧了一个小吕在果园里拾来的刺猬，四个人吃了，玩了一会儿，他就急急忙忙去侍候他的家爷和元帅去了，他知道奶弟不会怪他的。到这会还不回来。

五、夜，正深浓起来

小吕从来没放过羊，他觉得很奇怪，就问老九和留孩：

1 外手边是右边。这本来是赶车人的说法。赶车人都习惯于跨坐在左辕，所以称左边为里手边或里边，右边为外手边或外边。

2 南北方向的小岭，两边坡上都常见阳光，形状略似椅臂。

"你们每天放羊，都数么？"

留孩和老九同声回答：

"当然数，不数还行哩？早起出圈，晚上回来进圈，都数。不数，丢了你怎么知道？"

"那咋数法？"

咋数法？留孩和老九不懂他的意思，两个人互相看看。老九想了想，哦！

"也有两个一数的，也有三个一数的，数得过来五个一数也行，数不过来一个一个地数！"

"不是这意思！羊是活的嘛！它要跑，这么窜着蹦着挨着挤着，又不是数一笸箩梨，一把树码子，摆着。这你怎么数？"

老九和留孩想一想，笑起来。是倒也是，可是他们小时候放羊用不着他们数，到用到自己数的时候，自然就会了。从来没发生这样的问题。老九又想了想，说：

"看熟了。羊你都认得了，不会看花了眼的。过过眼就行。猪舍那么多猪，我看都是一样。小白就全都认得，小猪娃子跑出来了，他一把抱住，就知往哪个圈里送。也是熟了，一样的。"

小吕想象，若叫自己数，一定不行，非数乱了不可！数着数着，乱了——重来；数着数着，乱了——重来！那，一天早上也出不了圈，晚上也进不了家，净来回数了！他想着那情景，不由得嘿嘿地笑起来，下结论说：

"真是隔行如隔山。"

老九说：

"我看你给葡萄花去雄授粉，也怪麻烦的！那么小的花须，要用镊子夹掉，还不许蹭着柱头！我那天夹了几个，把眼都看酸了！"

小吕又想起昨天晚上丁贵甲一个人满山叫小羊的情形，想起那么黑，那么静，就只听见自己的声音，想起坟窟窿、棺材，对留孩说：

"你奶哥胆真大！"

留孩说："他现在胆大，人大了。"

小吕问留孩和老九：

"要叫你们去，一个人，敢么？"

老九和留孩都没有肯定地回答。老九说：

"丁贵甲叫羊急的，就是怕，也顾不上了。事到临头，就得去。这一带他也走熟了。他晚上排戏还不老是十一二点回来。也就是解放后，我爹说，十多年头里，过了扬旗，晚上就没人敢走了。那里不清静，劫过人，还把人杀了。"

"在哪里？"

"过了扬旗。准地方我也不知道。"

"……"

"——这里有狼么？"小吕想到狼了。

"有。"

"河南[1]狼多，"留孩说，"这两年也少了。"

"他们说是五八年大炼钢铁炼的，到处都是火，烘烘烘，狼都吓得进了大山了。有还是有的。老郑黑夜浇地还碰上过。"

"那我怎么下了好几个月夜，也没碰上过？"

"有！你没有碰上就是了。要是谁都碰上，那不成了口外的狼窝沟了！这附近就有，还来果园。你问大老刘，他还打死过一只——肚子都是葡萄。"

小吕很有兴趣了，留孩也奇怪，怎么都是葡萄，就都一起问：

"咋回事？咋回事？"

"那年，还是李场长在的时候哩！葡萄老是丢，而且总是丢白香蕉。大老刘就夜夜守着，原来不是人偷的，是一只狼。李场长说：'老

1 洋河以南。

刘，你敢打么？’老刘说，‘敢！’老刘就对着它每天来回走的那条车路，挖了一道壕子，趴在里面，拿上枪，上好子弹，等着——”

“什么枪，是这支火枪么？”

“不是，”老九把羊舍的火枪往身边靠了靠，说，“是老陈守夜的快枪——等了它三夜，来了！一枪就给撂倒了。打开膛：一肚子都是葡萄，还都是白香蕉！这老家伙可会挑嘴哩，它也知道白香蕉葡萄好吃！”

留孩说：“狼吃葡萄么？狼吃肉，不是说‘狼行千里吃肉’么？”

老九说：“吃。狼也吃葡萄。”

小吕说：“这狼大概是个吃素的，是个把斋的老道！”

说得留孩和老九都笑起来。

“都说狼会赶羊，是真的么？狼要吃哪只羊，就拿尾巴拍拍它，像哄孩子一样，羊就乖乖地在前头走，是真的么？”

“哪有这回事！”

“没有！”

“那人怎么都这么说？”

“是这样——狼一口咬住羊的脖子，拖着羊，羊疼哩，就走，狼又用尾巴抽它，——哪是拍它！嗯擞——嗯擞——嗯擞，看起来轻轻的，你看不清楚，就像狼赶羊，其实还是狼拖羊。它要不咬住它，它跟你走才怪哩！”

“你们看见过么？留孩，你见过么？”

“我没见过，我是在家听贵甲哥说过的。贵甲哥在家给人当羊伴子时候，可没少见过狼。他还叫狼吓出过毛病，这会不知好了没有，我也没问他。”

这连老九也不知道，问：

“咋回事？”

“那年，他跟上羊馆上山了。我们那里的山高，又陡，差不多的人连羊路都找不到。羊倌到沟里找水去了，叫贵甲哥一个人看一会儿。贵甲哥一看，一群羊都惊起来了，一个一个哆里哆嗦的，又低低地叫唤。贵甲哥心里嘭通一下——狼！一看，灰黄灰黄的，毛茸茸的，挺大，就在前面山杏丛里。旁边有棵树，吓得贵甲哥一蹿就上了树。狼叼了一只大羔子，使尾巴赶着，嗯拉一下子就从树下过去了，吓得贵甲哥尿了一裤子。后来，只要有点着急事，下面就会津津地漏出尿来。这会他胆大了，小时候，——也怕。”

“前两天丢了羊，也着急了，咱们问问他尿了没有？”

“对！问他！不说就扒他的裤子检查！”

茶开了，小吕把砂锅端下来，把火边的山药翻了翻。老九在拎包里摸了摸，昨天吃剩的朝阳瓜子还有一把，就兜底倒出来，一边喝着高山顶，一边嗑瓜子。

“你们说，有鬼没有？”这回是老九提出问题。

留孩说：“有。”

小吕说：“没有。”

“有唻，”老九自己说，“就在咱们西南边，不很远，从前是个鬼市，还有鬼饭馆。人们常去听，半夜里，乒乒乓乓地炒菜，勺子铲子响，可热闹啦！”

“在哪里？”这小吕倒很想去听听，这又不可怕。

“现在没有了。现在那边是兽医学校的牛棚。”

“哎噫——”小吕失望了，“我不相信，这不知是谁造出来的！鬼还炒菜？！”

留孩说：“怎么没有鬼？我听我大爷说过：

“有一帮河南人，到口外去割莜麦。走到半路上，前不巴村，后不巴店，天也黑夜了，有一个旧马棚，空着，也还有个门，能插上，他们就住进去了。在一个大草滩子里，没有一点人烟。都睡下了。有一个汉子烟瘾大，点了个蜡头在抽烟。听到外面有人说：

“‘你老们，起来解手时多走两步噢，别尿湿了我这疙瘩毡子，我就这么一块毡子啊！’

“这汉子也没理会，就答了一声：

“‘知道啦。’

“一会儿，又是：

“‘你老们，起来解手时多走两步噢，别尿湿了我这疙瘩毡子，我就这么一块毡子啊！’

“‘知道啦。’

“一会儿，又来啦：

“‘你老们，起来解手时多走两步噢，我就这么一块疙瘩毡子！’

“‘知道啦！你怎么这么噜苏啊！’

“‘我怎么噜苏啦？’

“‘你就是噜苏！’

“‘我怎么噜苏？’

“‘你噜苏！’

“两个就隔着门吵起来，越吵越凶。外面说：

“‘你敢给爷出来！’

“‘出来就出来！’

“那汉子伸手就要拉门，回身一看：所有的人都拿眼睛看住他，一起轻轻地摇头。这汉子这才想起来，吓得脸煞白——”

“怎么啦？”

“外边怎么可能有人啊，这么个大草滩子里？撒尿怎么会尿湿了他的毡子啊？他们都想，来的时候仿佛离墙不远有一疙瘩土，像是一个坟。这是鬼，也是像他们一样背了一块毡子来割麦的，死在这里了。这大概还是一个同乡。

“第二天，他们起来看，果然有一座新坟。他们给他加加土，就走了。”

这故事倒不怎么可怕，只是说得老九和小吕心里都为个客死在野地里的只有一块毡子的河南人很不好受。夜已经很深了，他们也不想喝茶了，瓜子还剩一小撮，也不想吃了。

过了一会儿，忽然，老九的脸色一沉：

“什么声音？”

是的！轻轻的，但是听得很清楚，有点像羊叫，又不太像。老九一把抓起火枪：

“走！”

留孩立刻理解：羊半夜里从来不叫，这是有人偷羊了！他跟着老九就出来。两个人直奔羊圈。小吕抓起他的标枪，也三步抢出门来，说：“你们去羊圈看看，我在这里，家里还有东西。”

老九、留孩用手电照了照几个羊圈，都好好的，羊都安安静静地卧着，门、窗户，都没有动。正察看着，听见小吕喊：

“在这里了！”

他们飞跑回来，小吕正闪在门边，握着标枪，瞄着屋门：

“在屋里！”

他们略一停顿，就一齐踢开门进去。外屋一照，没有。上里屋。里屋灯还亮着，没有。床底下！老九的手电光刚向下一扫，听见床下面“扑哧”的一声——

“他妈的，是你！”

“好！你可吓了我们一跳！”

丁贵甲从床底下爬出来，一边爬，一边笑得捂着肚子。

“好！耍我们！打他！”

于是小吕、老九一齐扑上去，把丁贵甲按倒，一个压住脖子，一个骑住腰，使劲打起来。连留孩也上了手，拽住他企图往上翻拗的腿。一边打，一边说，骂；丁贵甲在下面一边招架，一边笑，说：

“我看见灯……还亮着……我说，试试这几个小鬼！……我早就进屋了！拨开门划，躲在外屋……我嘻嘻嘻……叫了一声，听见老九，嘻嘻嘻——”

“妈的！我听见‘哞——咩’的一声，像是只老公羊！是你！这小子！这小子！”

“老九……拿了手电嘻嘻就……走！还拿着你娘的……火枪嘻嘻，呜噫，别打头！小吕嘻嘻嘻拿他妈一根破标……枪嘻嘻，你们只好……去吓鸟！”

这么一边说着，打着，笑着，滚着，闹了半天，直到丁贵甲在下面说：

“好香！煨了……山药……煨了！哎哟……我可饿了！”

他们才放他起来。留孩又去捅了捅炉子，把高山顶又坐热了，大家一边吃山药，一边喝茶，一边又重复地演述着刚才的经过。

他们吃着，喝着，说了又说，笑了又笑。当中又夹着按倒，拳击，捧腹，搂抱，表演，比划。他们高兴极了，快乐极了，简直把这间小屋要闹翻了，涨破了，这几个小鬼！他们完全忘记了现在是很深的黑夜。

六、明天

明天，他们还会要回味这回事，还会说、学、表演、大笑，而且等张士林回来一定会告诉张士林，会告诉陈素花、恽美兰，并且也会说给大老张听的。将来有一天，他们聚在一起，还会谈起这一晚上的事，还会觉得非常愉快。今夜，他们笑够了，闹够了，现在都安静了，睡下了。起先，隔不一会儿还有人含含糊糊地说一句什么，不知是醒着还是在梦里，后来就听不到一点声息了。这间在昏黑中哗闹过、明亮过的半坡上的羊舍屋子，沉静下来，在拥抱着四山的广阔、丰美、充盈的暗夜中消融。一天就这样的过去了。夜在进行着，夜和昼在渗入、交递，开往北京的216次列车也正在轨道上奔驰。

明天，就又是一天了。小吕将会去找黄技师，置办他的心爱的嫁接刀。老九在大家的帮助下，会把行李结束起来，走上他当一个钢铁工人的路。当然，他会把他新编得的羊鞭交给留孩。留孩将要来这个很好的农场里当一名新一代的牧羊工。征兵的消息已经传开，说不定场子里明天就接到通知，叫丁贵甲到曾经医好他肺结核的医院去参加体格检查，准备入伍、受训，在他所没有接触过的山水风物之间，在蓝天或绿海上，戴起一顶缀着红徽的军帽。这些，都在夜间趋变为事实。

这也只是一个平常的夜。但是人就是这样一天一天，一黑夜一黑夜地长起来的。正如同庄稼，每天观察，差异也都不太明显，然而它发芽了，出叶了，拔节了，孕穗了，抽穗了，灌浆了，终于成熟了。这四个现在在一排并睡着的孩子（四个枕头各托着一个蓬蓬松松的脑袋），他们也将这样发育起来。在党无远弗及的阳光照煦下，经历一些必要的风风雨雨，都将迅速、结实、精壮地成长起来。

现在，他们都睡了。灯已经灭了。炉火也封住了。但是从煤块的缝隙里，有隐隐的火光在泄漏，而映得这间小屋充溢着薄薄的，十分柔和的，蔼然的红晖。

睡吧，亲爱的孩子。

一九六一年十一月二十五日写成

看 水

下班了。小吕把擦得干干净净的铁锹搁到“小仓库”里，正在脚蹬着一个旧镳轴系鞋带，组长大老张走过来，跟他说：

“小吕，你今天看一夜水。”

小吕的心略为沉了一沉。他没有这种准备。今天一天的活不轻松，小吕身上有点累。收工之前，他就想过：吃了晚饭，打一会儿百分，看两节《水浒》，洗一个脚，睡觉！他身上好像已经尝到伸腰展腿地躺在床上的那股舒服劲。看一夜水，甭打算睡了！这倒还没有什么。主要的是，他没有看过水，他不知道看水是怎么个看法。一个人，黑夜里，万一要是渠塌了，水跑了，淹了庄稼，灌了房子……那他可招架不了！一种沉重的，超过他的能力和体力的责任感压迫着他。

但是大老张说话的声音、语气，叫他不能拒绝。果园接连浇了三天三夜地了。各处的地都要浇，就这几天能够给果园使水，果园也非乘这几天抓紧了透透地浇一阵水不可，果子正在膨大，非常需要水。偏偏这一阵别的活又忙，葡萄绑条、山丁子喷药、西瓜除腻虫、倒栽疙瘩白、垄葱……全都挤在一起了。几个大工白日黑夜轮班倒，一天休息不了几小时，一个个眼睛红红的，全都熬得上了火。再派谁呢？派谁都不大合适。这样大老张才会想到小吕的头上来。小吕知道，大老张是想叫小吕在上头守守闸，看看水，他自己再坚持在果园浇一夜，这点地就差不多了。小吕是个小工，往小里说还是个孩子，一定不去，谁也不能说什么，过去也没有派过他干过这种活。但是小吕觉得不能这样。自己是果园的人，若是遇到紧张关头，自己总是逍遥自在，在一边做个没事人，心里也觉说不过去。看来也就是叫自己去比较合适。无论如何，小吕也是个男子汉，——你总不能叫两个女工黑夜里在野地里看水！大老张既然叫自己去，他说咱能行，咱就试巴试巴！而且，看水，这也挺新鲜，挺有意思！小吕就说：

“好吧！”

小吕把搁进去的铁锹又拿出来，大老张又嘱咐了他几句话，他扛上铁锹就走了。

吃了晚饭，小吕早早地就上了渠。

一来，小吕就去找大老张留下的两个志子。大老张告诉他，他给他在渠沿里面横插两根树枝，当作志子，一处在大闸进水处不远，一处在支渠拐弯处小石桥下。大老张说：

“你只要常常去看看这两根树枝。水只要不漫过志子，就不要紧，尽它流好了！若是水把它漫下去了，就去搬闸，——拉起一块闸板，把水放掉一些，——水太大了怕渠要吃不住。若是水太小了，就放下两块闸板，让它憋一憋。没有什么，这几天水势都很平稳，不会有什么问题！”

小吕走近去，没怎么费事，就找到了。也很奇怪，这只是两根普普通通的细细的树枝，半掩半露在蒙翳披纷的杂草之间，并不特别引人注意，然而小吕用眼睛滤过去，很快就发现了，而且肯定就是它，毫不怀疑。一看见了这两根树枝，小吕心里一喜，好像找到了一件失去的心爱的东西似的。有了这两个志子，他心里有了一点底。不然，他一定会一会儿觉得，水太大了吧；一会儿又觉得，水太小了吧，摘得心里七上八下，没有主意。看看这两根插得很端正牢实的树枝，小吕从心里涌起一股对于大老张的感谢，觉得大老张真好，对他真体贴，——虽然小吕也知道大老张这样做，在他根本不算什么，一个组长，第一回叫一个没有经验的小工看水，可能都会这样。

小吕又到大闸上试了一下。看看水，看看闸，又看看逐渐稀少的来往行人。小吕暗暗地鼓了鼓劲，拿起抓钩（他还没有使唤过这种工具），走下闸下的石梁。拉了一次闸板，——用抓钩套住了闸板的铁环，拽了两下，活动了，使劲往上一提，起来了！行！又放了一次闸板，——两手平提着，觑准了两边的闸槽，——觑准了！不然，水就把它冲跑了！一撒手。下去了！再用抓钩捣了两下，严丝合缝，挺好！第一回立足在横跨在大渠上的窄窄的石梁子上，满眼是汤汤洄洄、浩浩荡荡的大水，充耳是轰鸣的水声，小吕心里不免有点怯，有点晃荡。他手上深切地感觉到水的雄浑、强大的力量，——水扑击着套在抓钩上的闸板，好像有人使劲踢它似的。但是小吕屏住了气，站稳了脚，把注意力完全集中在闸板上酒杯大的铁环和两个窄窄的闸槽上，还是相当顺利地做成了他要做的事。

小吕深信大工们拉闸、安闸，也就是这样的。许多事都得自己来亲自试一下才成，别人没法跟你说，也说不清楚。

行！他觉得自己能够胜任。水势即使猛涨起来，情况紧急，他大概还能应付。他觉得轻松了一点。刚才那一阵压着他的胃的严重的感觉开始廓散。

小吕沿着渠岸巡视了一遍。走着走着，又有点紧张起来。渠沿有好几处渗水，沁得堤土湿了老大一片，黑黑的。有不少地方有蚯蚓和蝼蛄穿的小眼，汩汩地冒水。小吕觉得这不祥得很，越看越担心，越想越害怕，觉得险象丛生，到处都有倒塌的可能！他不知道怎么办，就选定了一处，用手电照着（天已经擦黑了，月亮刚上来），定定地守着它看，看看它有什么变化没有。看了半天，似乎没有什么变化，还是那样。他又换了几处，还是拿不准。这时恰好有一个晚归的工人老李远远地走过来，——小吕听得出他咳嗽的声音，他问：

“小吕？你在干啥呢？——看水？”

小吕连忙拉住他：

“老李！这要紧不要紧？”

老李看了看：

“嗐！没关系！这水流了几天了，渠沉住气了，不碍事！你不要老是这样跑来跑去。一黑夜哩，老这么跑，不把你累死啦！找个地方坐下歇歇！隔一阵起来看看就行了！哎！”

小吕就像他正在看着的《水浒传》上的英雄一样，在心里暗道了一声“惭愧”；又念了一声“阿弥陀佛！”——小吕这一阵不知从哪里学了这么一句佛号，一来就是“阿弥陀佛！”

小吕并没有坐下歇歇，他还是沿着支渠来回溜达着，不过心里安详多了。他走在月光照得着的渠岸上，走在斑驳的树影里，风吹着，渠根的绿草幽幽地摇拂着。他脚下是一渠流水……他觉得看水很有味道。

半夜里，大概十二点来钟（根据开过去不久的上行客车判断），出了一点事。小石桥上面一截渠，从庄稼地里穿过，渠身高，地势低，春汇地的时候挖断过，填起来的地方土浮，叫水涮开了一个洞。小吕巡看到这里，用手电一照，已经涮得很深了，钻了水！小吕的心嗯嗵一声往下一掉。怎么办？这时候哪里都没法去找人……小吕留心看过大工们怎么堵洞，想了一想，就依法干起来。先用稻草填进去，（他早就背来好些稻草预备着了，背得太多了！）用铁锹立着，塞紧；然后从渠底敛起湿泥来，一铣一铣扔上去，——小吕深深感觉自己的胳臂太细，气力太小，一铣只能敛起那么一点泥，心里直着急。但是，还好，洞总算渐渐小了，终于填满了。他又仿照大工的样子，使铁锹拍实，抹平，好了！小吕这才觉得自己一身都是汗，两条腿甚至有点发颤了。水是不往外钻了，看起来也满像那么一回事，——然而，这牢靠么？

小吕守着它半天，一会儿拿手电照照，一会儿拿手电照照。好像是没有问题，得！小吕准备转到别处再看看。可是刚一转身，他就觉得新填的泥土像抹房的稀泥一样，哗啦一下在他的身后瘫溃了，口子重新涮开，扩大，不可收拾！赶紧又回来。拿手电一照：——没有！还是挺好的！

他走开了。

过了一会儿，又来看看，——没问题。

又过了一会儿，又来看看，——挺好！

小吕的心踏实下来。不但这个口子挺完好，而且，他相信，再有别处钻开，他也一样能够招呼，——虽然干起来不如大工那样从容利索。原来这并不是那样困难，这比想象的要简单得多。小吕有了信心，在黑暗中很有意味地点了点头，对自己颇为满意。

所谓看水，不外就是这样一些事。不知不觉地，半夜过去了。水一直流得很稳，不但没有涨，反倒落了一点，那两个志子都离开水面有一寸了。小吕觉得大局仿佛已定。他知道，过了十二点以后，一般就不会有什么大水下来，这一夜可以平安度过。现在他一点都不觉得紧张了，觉得很轻松，很愉快。

现在，真可以休息了，他开始感觉有点疲倦了。他爬上小石桥头的一棵四杈糖槭树上，半躺半坐下来。他一来时就选定了这个地方。这棵树，在不到一人高的地方岔出了四个枝杈，坐上去，正好又有靠背，又可以舒舒服服地伸开腿脚。而且坐在树上就能看得见那一根志子。月亮照在水上，水光晃晃荡荡，水面上隐隐有一根黑影。用手电一射，就更加看得清清楚楚。

今天月亮真好，——快要月半了。（幸好赶上个大月亮的好天，若是阴雨天，黑月头，看起水来，就麻烦多了！）天上真干净，透明透明、蔚蔚蓝蓝的，一点渣滓都没有，像一块大水晶。小吕还很少看到过这样深邃、宁静而又无比温柔的夜空。说不出什么道理，天就是这样，老是这样，什么东西都没有，就是一片蓝。可是天上似乎隐隐地有一股什么磁力吸着你的眼睛。你的眼睛觉得很舒服，很受用，你愿意一直对着它看下去，看下去。真好看，真美，美得叫你的心感动起来。小吕看着看着，心里总像要想起一点什么很远很远的，叫人快乐的事情。他想了几件，似乎都不是他要想的，他就在心里轻轻地唱：

哎——

月亮出来亮汪汪，亮汪汪，

照见我的阿哥在他乡……

这好像有点文不对题。但是说不出为什么，这支产生在几千里外的高山里的有点伤感的歌子，倒是他所需要的。这和眼前情景在某些地方似乎相通，能够宣泄他心里的快乐。

四周围安静极了。远远听见大闸的水响，支渠的水温静地，生气勃勃地流着，“活——活——活”。风吹着庄稼的宽大的叶片，沙拉，沙拉。远远有一点灯火，在密密的丛林后面闪耀，那是他父亲工作的医院。母亲和妹妹现在一定都睡了。（小吕想了想现在宿舍里的样子，大家都睡得很熟，月亮照着他自己的那张空床……）一村子里的人现在都睡了（隐隐地好像听见鼾声）。露水下来了（他想起刚才堵口子时脚下所踩的草），到处都是一片滋润的、浓郁的青草气味，庄稼的气味，夜气真凉爽。小吕在心里想：“我在看水……”过了一会儿，不知为什么，又在心里想道：“真好！”而且说出声来了。

小吕在树上坐了一阵，想要下来走走。他想起该到石桥底下一段渠上看看。这一段二里半长的渠，春天才挑过，渠岸又很结实，没有什么问题。但是渠水要穿过兽医学校后墙的涵洞，洞口有一个铁篦子，可能会挂住一些顺水冲下来的枯枝乱草，叫水流得不畅快。小吕翻身跳下来，扛起插在树下的铁锹，向桥下走去。

下了石桥，渠水两边都是玉米地。玉米已经高过他的头了，那么大一片，叶子那么密，黑森森的。小吕忽然被浓重的阴影包围起来，身上有点紧张。但是，一会儿就好了。

小吕一边走着，一边顺着渠水看过去。他看小鱼秧子抢着往水上窜；看见泥鳅翻跟斗；看见岸上一个小圆洞里有一个知了爬上来，脊背上闪着金绿色的光，翅膀还没有伸展，还是湿的，软的，乳白色的。看见蛤蟆叫。蛤蟆叫原来是这样的！下颏底下鼓起一个白色的气泡，气泡一息：——“咶”鼓一鼓，——“咶”鼓一鼓——“咶！”这家伙，那么专心致意地叫，好像天塌下来也挡不住它似的。小吕索性蹲下来，用手电直照着它，端详它老半天。赫嗨，全不理会！这一片地里，多少蛤蟆，都是这么叫着？小吕想想它们那种认真的、滑稽的样子，不禁失笑。——那是什么？是蛇？（小吕有点怕蛇）渠面上，月光下，一道弯弯的水纹，前面昂起一个小脑袋。走近去，定眼看看，不是蛇，是耗子！这小东西，游到对岸，爬上去，摇摇它湿漉漉的、光光滑滑的小脑袋，跑了！……

小吕一路迤逦行来，已经到了涵洞前面。铁篦子果然壅了一堆烂柴禾，——大工们都管这叫“渣积”，不少！小吕使铁锹推散，再一锹一锹地捞上来，好大一堆！渣积清理了，水好像流得快一些了，看得见涵洞口旋起小小的漩涡。

没什么事了。小吕顺着玉米地里一条近便的田埂，走回小石桥。用手电照了照志子，水好像又落了一点。

小吕觉得，月光暗了。抬起头来看看。好快！它怎么一下子就跑到西边去了？什么时候跑过去的？而且好像灯尽油干，快要熄了似的，变得很薄了，红红的，简直不亮了，好像它疲倦得不得了，在勉强支撑着。小吕知道，快了，它就要落下去了。现在大概是夜里三点钟，大老张告诉他，这几天月亮都是这时候落。说着说着，月亮落了，好像是嗯噜一下子掉下去似的。立刻，眼前一片昏黑。

真黑，这是一夜里最黑的时候。小吕一时什么也看不见了，过了一会儿，才勉强看得见一点模模糊糊的影子。小吕忽然觉得自己也疲倦得不行，有点恶心，就靠着糖槭树坐下来，铁锹斜倚在树干上。他的头沉重起来，眼皮直往下耷拉。心里好像很明白，不要睡！不要睡！但是不由自主。他觉得自己直往一个深深的、黑黑的地方掉下去，就跟那月亮似的，拽都拽不住，他睡着了那么一小会。人有时是知道自己怎么睡着了的。

忽然，他惊醒了！他觉得眼前有一道黑影子过去，他在迷糊之中异常敏锐明确地断定：——狼！一挺身站起来，抄起铁锨，按亮手电一照（这一切也都做得非常迅速而准确）：已经走过去了，过了小石桥。（小吕想了想，刚才从他面前走过去，只有四五步！）小吕听说过，遇见狼不能怕，不能跑，——越怕越糟，狼怕光，怕手电，怕手电圈一圈的光，怕那些圈儿套它，狼性多疑。他想了想，就开着手电，尾随着它走，现在，看得更清楚了。狼像一只大狗，深深地低着脑袋（狗很少这样低着脑袋），耷拉着毛茸茸的挺长的尾巴（狗的尾巴也不是这样）。奇怪，它不管身边的亮光，还是那慢吞吞地，不慌不忙地，既不像要回过头来，也不像要拔脚飞跑，就是这样不声不响地，低着头走，像一个心事重重，哀伤憔悴的人一样。——它知道身后有人么？它在想些什么呢？小吕正在想：要不要追上去，揍它？它走过前面的路边小杨树丛子，拐了弯，叫杨树遮住了，手电的光照不着它了。赶上去，揍它？——小吕忖了忖手里的铁锨：算了！那可实在是很危险！

小吕在石桥顶上站了一会儿，又回到糖槭树下。他很奇怪，他并不怎么怕。他很清醒，很理智。他到糖槭树下，采取的是守势。小吕这才想起，他选择了这个地方休息，原来就是想到狼的。这个地方很保险：后面是渠水，狼不可能泅过水来：他可以监视着前面的马路，万一不行，——上树！

小吕用手电频频向狼的去路照射。没有，狼没有回来。

无论如何，可不敢再睡觉了！小吕在糖槭树下来回地走着。走了一会儿，甚至还跑到刚才决开过，经他修复了的缺口那里看了看。——一边走，一边不停地用手电照射。他相信狼是不会再回来了；再有别的狼，这也不大可能，但是究竟不能放心到底。

可是他越来越困。他并不怎么害怕。狼的形象没有给他十分可怕的印象。他不因为遇见狼而得意，也不因为没有追上去打它而失悔，他现在就是困，困压倒了一切。他的意识昏木起来，脑子的活动变得缓慢而淡薄了。他在竭力抵抗着沉重的、酸楚的、深入骨髓的困劲。他觉得身上很难受，而且，很冷。他迷迷糊糊地想：我要是会抽烟，这时候抽一支烟就好了！……

好容易，天模糊亮了。

更亮了。

亮了！远远近近，一片青苍苍的，灰白灰白的颜色，好像天和地也熬过了一夜，还不大有精神似的。看得清房屋，看得清树，看得清庄稼了。小吕看着他看过一夜的水，水发清了，小多了，还不到半渠，露出来一截淤泥的痕迹，流势很弱，好像也很疲倦。小吕知道，现在已经流的是“空渠水”，上游的拦河坝又封起了，不到一个小时，这渠里的水就会流完了的。——得再过几个钟头，才会又有新的水下来。果园的地大概浇完了，这点水该够用了吧？……一串铜铃声，有人了！一个早出的社员，赶着一头毛驴，驴背上驮着一个线口袋，里边鼓鼓囊囊，好像装的西葫芦。老大爷，您好哇！好了，这真正是白天了，不会再有狼，再有漫长的、难熬的黑夜了！小吕振作一点起来。——不过他还是很困，觉得心里发虚。

远远看见果园的两个女工，陈素花和恽美兰来了。她们这么早就出来了！小吕知道，她们是因为惦着他，特为来看他来了。小吕在心里很感激她们，但是他自己觉得那感激的劲头很不足，他困得连感激也感激不动了。

陈素花给他带来了两个焖得烂烂的，滚热的甜菜。小吕一边吃甜菜，一边告诉她们，他看见狼了。他说了遇狼的经过，狼的样子。他自己都有点奇怪，他说得很平淡，一点不像他平常说话那么活灵活现的。

但是陈素花和恽美兰都很惊奇，很为他的平淡的叙述所感动。她们催他赶快去睡觉，说是大老张嘱咐的：叫小吕天一亮就去睡，大闸不用管了，会有人来接。

小吕喝了两碗稀饭，爬到床上，就睡着了。睡了两个钟头，醒了。他觉得浑身都很舒服，懒懒的。他只要翻一翻身，合上眼，会立刻就睡着的。但是他看了挂在墙上的一个马蹄表，不睡了。起来，到井边用凉水洗洗脸，他向果园走去。——他到果园去干什么？

果园还是那样。小吕昨天下午还在果园的，但是不知道为什么，他好像有好久没有来了似的。似乎果园一夜之间有了一些什么重大的变化似的。什么变化呢？也难说。满园一片浓绿，绿得过了量，绿得迫人。静悄悄的。绿叶把什么都遮隔了，一眼看不出五步远。若不是远远听见有人说话，你会以为果园里一个人都没有。小吕听见大老张的声音，他知道，他正在西南拐角指挥几个人锄果树行子。小吕想：他浇了一夜地，又熬了一夜了，还不休息，真辛苦。好了，今天把这点活赶完，明天大家就可以休息一天，大老张说了：全体休息！过了这阵，就可以细水长流地干活了，一年就是这么几茬紧活。小吕想：下午我就来上班。大粒白的枝叶在动，是陈素花和恽美兰领着几个参加劳动的学生在捆葡萄条。恽美兰看见小吕了，就叫：“小吕！你来干什么？不睡觉！”

小吕说：“我来看看！”

“看什么？快回去睡！地都浇完了。”

小吕穿过葡萄丛，四边看。果园的地果然都浇了，到处都是湿湿的，一片清凉泽润、汪汪泱泱的水气直透他的脏腑。似乎葡萄的叶子都更水灵，更绿了，葡萄蔓子的皮色也更深了。小吕挺一挺胸脯，深深地吸了两口气，舒服极了。小吕想：下回我就有经验了，可以单独地看水，顶一个大工来使了，果园就等于多了半个人。看水，没有什么。狼不狼的，问题也不大。许多事都不像想象起来那么可怕……

走过一棵老葡萄架下，小吕想坐一坐。一坐下，就想躺下。躺下来，看着头顶的浓密的，鲜嫩清新的，半透明的绿叶。绿叶轻轻摇晃，变软，溶成一片，好像把小吕也溶到里面了。他眼皮一麻搭，不知不觉，睡着了。小吕头枕在一根暴出地面的老葡萄蔓上，满身绿影，睡得真沉，十四岁的正在发育的年轻的胸脯均匀地起伏着。葡萄，正在恣酣地，用力地从地里吸着水，经过皮层下的导管，一直输送到梢顶，输送到每一片伸张着的绿叶，和累累的、已经有指头顶大的淡绿色的果粒之中。——这时候，不论割破葡萄枝蔓的任何一处，都可以看出有清清的白水流出来，嗒嗒地往下滴……

一九六二年七月二十日改成

王 全

马号今天晚上开会。原来会的主要内容是批评王升，但是临时不得不改变一下，因为王全把王升打了。

我到这个农业科学研究所没有几天，就听说了王全这个名字。业余剧团的小张写了一个快板，叫作《果园奇事》，说的是所里单株培育的各种瓜果“大王”，说到有一颗大牛心葡萄掉在路边，一个眼睛不好的工人走过，以为是一只马的眼珠子掉下来了，大惊小怪起来。他把这个快板拿给我看。我说最好能写一个具体的人，眼睛当真不好的，这样会更有效果。大家一起哄叫起来：“有！有！瞎王全！他又是饲养员，跟马搭得上的！”我说这得问问他本人，别到时候上台数起来，惹得本人不高兴。正说着，有一个很粗的，好像吵架似的声音在后面叫起来：

“没意见！”

原来他就是王全。听别人介绍，他叫王全，又叫瞎王全，又叫偢六。叫他什么都行，他都答应的。

他并不瞎。只是有非常严重的沙眼，已经到了睫毛内倒的地步。他身上经常带着把镊子，见谁都叫人给他拔眼睫毛。这自然也会影响视力的。他的眼睛整天眯缝着，成了一条线。这已经有好些年了。因此落下一个瞎王全的名字。

这地方管缺个心眼叫“偢”，读作“俏”。王全行六，据说有点缺个心眼，故名“俫六”。说是，你到他的家乡去，打听王全，也许有人不知道，若说是俫六，就谁都知道的。

这话不假，我就听他自己向新来的刘所长介绍过自己：

“我从小当长工，挑水，垫圈，烧火，扫院。长大了还是当长工，十三吊大钱，五石小米！解放军打下姑姑洼，是我带的路。解放军还没站稳脚，成立了区政府，我当通讯员，区长在家，我去站岗；区长下乡，我就是区长。就咱俩人。我不识字，还是当我的长工。我这会不给地主当长工，我是所里的长工。李所长说我是国家的长工。我说不来话。你到姑姑洼去打听，一听俫六，他们都知道！”

这人很有意思。每天晚上他都跑到业余剧团来，——在农闲排戏的时候。有时也帮忙抬桌子、挂幕布，大半时间都没事，就定定地守着看，嗬嗬地笑，而且不管妨碍不妨碍排戏，还要一个人大声地议论。那议论大都非常简短：“有劲！”“不差！”最常用的是含义极其丰富的两个字：“看看！”

最妙的是，我在台上演戏，正在非常焦灼，激动，全场的空气也都很紧张，他在台下叫我：“老汪，给我个火！”（我手里捏着一支烟。）我只好作势暗示他“不行！”不料他竟然把他的手伸上来了。他就坐在第一排——他看戏向来是第一排，因为他来得最早。所谓第一排，就是台口。我的地位就在台角，所以我俩离得非常近。他嘴里还要说：“给我点个火嘛！”真要命！我只好小声地说：“嗐”他这才明白过来，又独自嗬嗬地笑起来。

王全是个老光棍，已经四十六岁了，有许多地方还跟个孩子似的。也许因为如此，大家说他俫。

不知道究竟为什么，他不当饲养员了。这人是很固执的，说不当就不当，而且也不说理由。他跑到生产队去，说：“哎！我不喂牲口了，给我个单套车，我赶车呀！”马号的组长跟他说，没用；生产队长跟他说，也没用。队长去找所长，所长说：“大概是有情绪，一时是说不通的。有这样的人。先换一个人吧！”于是就如他所愿，让他去赶车，把原来在大田劳动的王升调进马号喂马。

这样我们有时就搭了伙计。我参加劳动，有时去跟车，常常跟他的车。他嘴上是不留情的。我上车，敛土，装粪，他老是回过头来眯着眼睛看我。有时索性就停下他的铁锹，拄着，把下巴搁在锹把上，歪着头，看。而且还非常压抑和气愤地从胸膛里发出声音“嗯！”忽然又变得非常温和起来，很耐心地教我怎么使家伙。“敛土嘛，左手胳膊肘子要靠住肐膝，肐膝往里一顶，借着这个劲，胳膊就起来了。嗳！嗳！对了！这样多省劲！是省劲不是？像你那么似的，架空着，单凭胳膊那点劲，我问你：你有多少劲？一天下来，不把你累乏了？真笨！你就是会演戏！要不是因为你会演戏呀，嗯！——”慢慢地，我干活有点像那么一回事了，他又言过其实地夸奖起我来：“不赖！不赖！像不像，三分样！你能服苦，能咬牙。不光是会演戏了，能文能武！你是个好样儿的！毛主席的办法就是高，——叫你们下来锻炼！”于是叫我休息，他一个人干。“我多上十多锹，就有了你的了！当真指着你来干活哪！”这是不错的。他的铁锹是全所闻名的，特别大，原来铲煤用的洋锹，而且是个大号的，他拿来上车了。一锹能顶我四锹。他叫它“跃进锹”。他那车也有点特别。这地方的大车，底板有四块是活的，前两块，后两块。装粪装沙，到了地，铲去一些，把这四块板一抽，就由这里往下拨拉。他把他的车底板全部拆成活的，到了地，一抽，哗啦——整个就漏下去了。这也有了名儿，叫“跃进车”。靠了他的跃进车和跃进锹，每天我们比别人都能多拉两趟。因此，他就觉得有权力叫我休息。我不肯。他说：“嚎！这人！叫你休息就休息！怕人家看见，说你？你们啊，老是怕人说你！不怕得！该咋的就是咋的！”他这个批评实在相当尖刻，我就只好听他，在一旁坐下来，等他三下五除二把车装满，随他一路唱着：“老王全在大街扬鞭走马！”回去。

他的车来了，老远就听见！不是听见车，是听见他嚷。他不大使唤鞭子，除非上到高顶坡上，马实在需要抽一下，才上得去，他是不打马的。不使鞭子，于是就老嚷：

“喔喝！喔喝！咦喔喝！”

还要不停地跟马说话，他说是马都懂的。絮絮叨叨，没完没了。本来是一些只能小声说的话，他可是都是放足了嗓子喊出来的。——这人不会小声说话。这当中照例插进许多短短的亲热的野话。

有一回，从积肥坑里往上拉绿肥。他又高了兴，跃进锹多来了几锹，上坑的坡又是暄的，马怎么也拉不上去。他拼命地嚷：

“喔喝！喔喝！咦喔喝！”

他生气了，拿起鞭子。可忽然又跳在一边，非常有趣地端详起他那匹马来，说：

“笑了！噫！笑了！笑啥来？”

这可叫我忍不住扑哧笑了。马哪里是笑哩！这是叫嚼子拽得在那里咧嘴哩：这么着“笑”了三次，到了也没上得去。最后只得把装到车上去的绿肥，又挖出一小半来，他在前头领着，我在后面扛着，才算上来了。

他这匹马，实在不怎么样！他们都叫它青马，可实是灰不灰白不白的。他说原来是青的，可好看着哪！后来就变了。灰白的马，再搭上红红的眼皮和嘴唇，总叫我想起堂吉诃德先生，虽然我也不知道堂吉诃德先生的马到底是什么样子的。他说这是一匹好马，干活虽不是太顶事，可是每年准下一个驹。

“你想想，每年一个！一个骡子一万二，一个马，八千！它比你和我给国家挣的钱都多！”

他说它所以上不了坡，是因为又“有”了。于是走一截，他就要停下来，看看马肚子，用手摸，用耳朵贴上去听。他叫我也用手放在马的后胯上部，摸，——我说要摸也是摸肚子底下，马怀驹子怎么会怀到大腿上头来呢？他大笑起来，说：“你真是外行！外行！”好吧，我就摸。

“怎么样？”

“热的。”

“见你的鬼！还能是凉的吗？凉的不是死啦！叫你摸，——小驹子在里面动哪！动不动？动不动？”

我只好说：“——动。”

后来的确连看也看出小驹子在动了，他说得不错。可是他最初让我摸的时候，我实在不能断定到底摸出动来没有；并且连他是不是摸出来了，我也怀疑。

我问过他为什么不当饲养员了，他不说，说了些别的话，片片段段地，当中又似乎不大连得起来。

他说马号组的组长不好。什么事都是个人逞能，不靠大伙。旗杆再高，还得有两块石头夹着；一个人再能，当不了四堵墙。

可是另一时候，我又听他说过组长很好，使牲口是数得着的，这一带地方也找不出来。又会修车，小小不言的毛病，就不用拿出去，省了多少钱！又说他很辛苦，晚上还老加班，还会修电灯，修水泵……

他说，每回评先进工作者，红旗手，光凭嘴，净评会说的，评那会做在人面前的。他就是看不惯这号人！

他说，喂牲口是件操心事情。要熬眼。马无夜草不肥，要把草把料——勤倒勤添，一把草一把料地喂。搁上一把草，撒上一层料，有菜有饭地，它吃着香。你要是不管它，哗啦一倒，它就先尽吃料，完了再吃草，就不想了！牲口嘛！跟孩子似的，它懂个屁事！得一点一点添。这样它吃完了还想吃，吃完了还想吃。跟你似的，给你三大碗饭，十二个馒头，都堆在你面前！还是得吃了一碗再添一碗。马这东西也刁得很。也难怪。少搁，草总是脆的，一嚼，就酥了。你要是搁多了，它的鼻子喷气，把草疙节都弄得蔫筋了，它嚼不动。就像是脆锅巴，你一咬就酥了；要是蔫了，你咬得动么——咬得你牙疼！嚼不动，它就不吃！一黑夜你就老得守着侍候它，甭打算睡一点觉。

说，咱们农科所的牲口，走出去，不管是哪里，人们都得说：“还是人家农科所的牲口！”毛颜发亮，屁股蛋蛋都是圆的。你当这是简单的事哩！

他说得最激动的是关于黑豆。他说得这东西简直像是具有神奇的效力似的。说是什么东西也没有黑豆好。三斗黄豆也抵不上一斗黑豆，不管什么乏牲口，拿上黑豆一催，一成黑豆，三成高粱，包管就能吃起来，可是就是没有黑豆。

“每年我都说，俺们种些黑豆，种些黑豆。——不顶！”

我说：“你提意见嘛！”

“提意见？哪里我没有提过意见？——不顶！马号的组长！生产队！大田组！都提了，——不顶！提意见？提意见还不是个白！”

“你是怎么提意见的？一定是也不管时候，也不管地方，提的也不像是个意见。也不管人家是不是在开会，在算账，在商量别的事，只要你猛然想起来了，推门就进去：‘哎！俺们种点黑豆啊！’没头没脑，说这么一句，抹头就走！”

“咦！咋的？你看见啦？”

“我没看见，可想得出来。”

他笑了。说他就是不知道提意见还有个什么方法。他说，其实，黑豆牲口吃了好，他们都知道，生产队，大田组，他们谁没有养活过个牲口？可是他们要算账。黄豆比黑豆价钱高，收入大。他很不同意他们这种算账法。

“我问你，是种了黄豆，多收入个几百元——嗯，你就说是多收入千数元，上算？还是种了黑豆，牲口吃上长膘、长劲，上算？一个骡子一万二！一个马八千！我就是算不来这种账！嗯！哼，我可知道，增加了收入，这笔账算在他们组上，喂胖了牲口，算不到他们头上！就是这个鬼心眼！我俫，这个我可比谁都明白！”

他越说越气愤，简直像要打人的样子。是不是他的不当饲养员，主要的原因就是不种黑豆？看他那认真、执着的神情，好像就是的。我对于黄豆、黑豆，实在一无所知，插不上嘴，只好说："你要是真有意见，可以去跟刘所长提。"

"他会管么？这么芝麻大的事？"

"我想会。"

过了一些时，他真的去跟刘所长去提意见了。这可真是一个十分新鲜、奇特、出人意料的意见。不是关于黄豆、黑豆的，要大得多。那天我正在刘所长那里。他一推门，进来了：

"所长，我提个意见。"

"好啊，什么意见呢？"

"我说，我给你找几个人，把咱们所里这点地包了：三年，我包你再买这样一片地。说的！过去地主手里要是有这点地，几年工夫就能再滚出来一片。咱们今天不是给地主做活，大伙全泼上命！俺们为什么还老是赔钱，要国家十万八万的往里贴？不服这口气。你叫他们别搞什么试验研究了，赔钱就赔在试验研究上！不顶！俺们祖祖辈辈种地，也没听说过什么试验研究。没听说过，种下去庄稼，过些时候，拔起来看看，过些时候，拔起来看看。可倒好，到收割的时候倒省事，地里全都光了！没听说过，还给谷子盖一座小房！你就是试验成了，谁家能像你这么种地啊？嗯！都跑到谷地里盖上小房？瞎白嘛！你要真能研究，你给咱这所里多挣两个。嗯！不要国家贴钱！嗯！我就不信技师啦，又是技术员啦，能弄出个什么名堂来！上一次我看见咱们邵技师锄地啦，哈哈，老人家倒退着锄，就凭这，一个月拿一百多，小二百？赔钱就赔在他们身上！正经！你把地包给我，莫让他们胡糟践！就这个意见，没啦！"

刘所长尽他说完，一面听，一面笑，一直到"没啦"，才说：

"你这个意见我不能接受。我们这个所里不要买地。——你上哪儿去给我买去啊？咱们这个所叫什么？——叫农业科学研究所。国家是拿定主意要往里赔钱的，——如果能少赔一点，自然很好。咱们的任务不是挣钱。倒退着锄地，自然不太好。不过你不要光看人家这一点，人家还是有学问的。把庄稼拔起来看，给谷子盖房子，这些道理一下子跟你说不清。农业研究，没有十年八年，是见不出效果的。但是要是有一项试验成功了，值的钱就多啦，你算都算不过来。我问你，咱们那一号谷比你们原来的小白苗是不是要打得多？”

“敢是！”

“八个县原来都种小白苗，现在都改种了一号谷，你算算，每年能多收多少粮食？这值到多少钱？咱们要是不赔钱呢，就挣不出这个钱来。当然，道理还不只是赔钱、挣钱。我要到前头开会去，就是讨论你说的拔起庄稼来看，给谷子盖小房这些事。你是个好人，是个‘忠臣’，你提意见是好心。可是意见不对。我不能听你的。你回去想想吧。王全，你也该学习学习啦。听说你是咱们所里的老文盲了。去年李所长叫你去上业余文化班，你跟他说：‘我给你去拉一车粪吧’是不是？叫你去上课，你宁愿套车去拉一车粪！今年冬天不许再溜号啦，从‘一’字学起，从‘王全’两个字学起！”

刘所长走了，他指指他的背影，说：

“看看！”

一缩脑袋，跑了。

这是春天的事。这以后我调到果园去劳动，果园不在所部，和王全见面说话的机会就不多了。知道他一直还是在赶单套车，因为他来果园送过几回粪。等到冬天，我从果园回来，看见王全眼睛上蒙着白纱布，由那个顶替他原来职务的王升领着。我问他是怎么了，原来他到医院开刀了。他的沙眼已经非常严重，是刘所长逼着他去的，说公家不怕花这几个钱，救他的眼睛要紧。手术很成功，现在每天去换药。因为王升喂马是夜班，白天没事，他俩都住在马号，所以每天由王升领着他去。

过了两天，纱布拆除了，王全有了一双能够睁得大大的眼睛！可是很奇怪，他见了人就抿着个大嘴笑，好像为了眼睛能够睁开而怪不好意思似的。他整个脸也似乎清亮多了，简直是年轻了。王全一定照过镜子，很为自己的面容改变而惊奇，所以觉得不好意思。不等人问，他就先回答了：

“敢是，可爽快多了，啥都看得见，这是一双眼睛了。”

他又说他这眼不是大夫给他治的，是刘所长给他治的，共产党给他治的。逢人就说。

拆了纱布，他眼球还有点发浑，刘所长叫他再休息两天，暂时不要出车。就在这两天里，发生了这么一场事，他把王升打了。

王升到所里还不到三年。这人是个“老闷”，平常一句话也不说。他也没个朋友，也没有亲近一点的人。虽然和大家住在一个宿舍里，却跟谁也不来往。工人们有时在一起喝喝酒，没有他的事。大家在一起聊天，他也不说，也不听，就是在一边坐着。他也有他的事，下了班也不闲着。一件事是鼓捣吃的。他食量奇大，一顿饭能吃三斤干面。而且不论什么时候，吃过了还能再吃。甜菜、胡萝卜、蔓菁疙瘩、西葫芦，什么都弄来吃。这些东西当然来路都不大正当。另一件事是整理他的包袱。他床头有个大包袱。他每天必要把它打开，一件一件地反复看过，折好，——这得用两个钟头，因此他每天晚上一点都不空得慌。整理完了，包扎好，挂起来，老是看着它，一直到一闭眼睛，立刻睡着。他真能置东西！全所没一个能比得上，别人给他算得出来，他买了几床盖窝，一块什么样的毛毯，一块什么线毯，一块多大的雨布……他这包袱逐渐增大。大到一定程度，他就请假回家一次。然后带了一张空包袱皮来，再从头攒起。他最近做了件叫全所干部工人都非常吃惊的事：一次买进了两件老羊皮袄，一件八十，另一件一百七！当然，那天立刻就请了假，甚至没等到二十八号。

二十八号，这有个故事。这个所里是工资制，双周休息，每两周是一个“大礼拜”。但是不少工人不愿意休息，有时农忙，也不能休息。大礼拜不休息，除了工资照发外，另加一天工资，习惯叫作“双工资”。但如果这一个月请假超过两天，即使大礼拜上班，双工资也不发，一般工人一年难得回家一两次，一来一去，总得四五天，回去了就准备不要这双工资了。大家逐渐发现，觉得非常奇怪：王升常常请假，一去就是四天，可是他一次也没扣过双工资。有人再三问他，他嘻嘻地笑着，说，“你别去告诉领导，我就告诉你。”原来：他每次请假都在二十八号（若是大尽就是二十九）！这样，四天里头，两天算在上月，两天算在下月，哪个月也扣不着他的双工资。这事当然就传开了。凡听到的，没有个不摇头叹息：你说他一句话不说，他可有这个心眼！——全所也没有比他更精的了！

他吃得多，有一把子傻力气，庄稼活也是都拿得起的。要是看着他，他干活不比别人少多少。可是你哪能老看着他呢？他待过几个组，哪组也不要他。他在过试验组。有一天试验组的组长跟他说，叫他去锄锄山药秋播留种的地，——那块地不大，一个人就够了。晌午组长去检查工作，发现他在路边坐着，问他，他说他找不到那块地！组长气得七窍生烟，直接跑到所长那里，说：“国家拿了那么多粮食，养活这号后生！在我组里干了半年活，连哪块地在哪里他都不知道！吃粮不管闲事，要他做啥哩！叫他走！”他在稻田组待过。插秧的时候，近晌午，快收工了，组长一看进度，都差不多。他那一畦，再有两行也齐了，就说钢厂一拉汽笛，就都上来吧。过了一会儿，拉汽笛了，他见别人上了，也立刻就上来到河边去洗了腿。过了两天，组长去一看，他那一畦齐刷刷地就缺了方桌大一块！稻田组长气得直哼哼。“请吧，你老！”谁也不要，大田组长说：“给我！”这大田组长出名地手快，他在地里干活，就是庄户人走过，都要停下脚来看一会儿的。真是风一样的！他就老让王升跟他一块干活。王升也真有两下子，不论是锄地、撒粪……拉不下多远。

一晃，也多半年了，大田组长说这后生不赖。大家对他印象也有点改变。这回王全不愿喂牲口了，不知怎么就想到他了。想是因为他是老闷，不需要跟人说话，白天睡觉，夜里整夜守着哑巴牲口，有这个耐性。

初时也好。慢慢地，车倌就有了意见，因为牲口都瘦了。他们发现他白天搞吃的，夜里老睡觉。喂牲口根本谈不上把草把料，大碗儿端！最近，甚至在马槽里发现了一根钉子！于是，生产队决定，去马号开一个会，批评批评他。

这钉子是在青马的槽里发现的！是王全发现的。王全的眼睛整天蒙着，但是半夜里他还要瞎戳戳地摸到马圈里去，伸手到槽里摸，把蔫筋的草节拔出去。摸着摸着，他摸到一根冰凉铁硬的，——放到嘴里，拿牙咬咬：是根钉子！这王全浑身冒火了，但是，居然很快就心平气和下来。——人家每天领着他上医院，这不能不起点作用。他拿了这根钉子，摸着去找到生产队长，说是无论如何也得"批批"他，这不是玩的！往后筛草、打料一定要过细一点。

前天早上反映的情况，连着两天所里有事，决定今天晚上开会。不料，今天上午，王全把王升打了，打得相当重。

原来王全发现，王升偷马料！他早就有点疑心，没敢肯定。这一阵他眼睛开刀，老在马号里待着，仿佛听到一点动响。不过也还不能肯定。这两天他的纱布拆除了，他整天不出去，原来他随时都在盯着王升哩。果然，昨天夜里，他看见王升在门背后端了一大碗煮熟的料豆在吃！他居然沉住了气，没有发作。因为他想：单是吃，问题还不太大。今天早上，他乘王升出去弄甜菜的时候，把王升的大枕头拆开：——里面不是塞的糠皮稻草，是料豆！一不做二不休，翻开他那包袱，里边还有一个枕头，也是一枕头的料豆。——本来他带了两个特大的枕头，却只枕一个；每回回去又都把枕头带回去，这就奇怪。"嗯！"王全把他的外衣脱了，等着。王升从外面回来，一看，包袱里东西摊得一床，枕头拆开了；再一看王全那神情，连忙回头就跑。王全一步追上，大拳头没头没脑地砸下来，打得王升孩子似的哭，爹呀妈的乱叫，一直到别人闻声赶来，剪住王全的两手，才算住。——王升还没命地号哭了半天。

这样，今天的会的内容不得不变一下，至少得增加一点。

但是改变得也不多。这次会是一个扩大的会，除了马号全体参加外，还有曾经领导过王升的各个组的组长，和跟他在一起干过活的老工人。大家批评了王升，也说了王全。重点还是在王升，说到王全，大都是带上一句：——“不过打人总是不对的，有什么情况，什么意见，应当向领导反映，由领导来处理。”有的说：“牛不知力大，你要是打他打坏了怎办？”也有人联系到年初王全坚决不愿喂马，这就不对！关于王升，可就说起来没完了。他撒下一块秧来就走这一类的事原来多着哩，每个人一说就是小半点钟！因此这个会一直开到深夜。最后让王升说说。王升还是那样，一句话没有，“说不上来。”再三催促，还是“说不上来。”大家有点急了，问他：“你偷料豆，对不对？”——“不对。”“马草里混进了钉子，对不对？”——“不对。”……看来实在挤不出什么话来了，天又实在太晚，明天还要上班，只好让王全先说说。

“嗯！我打了他，不对！嗯！解放军不兴打人，打人是国民党。嗯！你偷吃料豆，还要往家里拿！你克扣牲口。它是哑巴，不会说话，它要是会说话，要告你！你剥削它，你是资本家！是地主！你！你故意拿钉子往马槽里放，你安心要害所里的牲口，国家的牲口！×你娘的！你看着你把俩牲口喂成啥样了？×你娘！×你娘！”

说着，一把揪住王升，大家赶紧上来拉住，解开，才没有又打起来。这个会暂时只好就这样开到这里了。

过了两天，我又在刘所长那里碰见他。还是那样，一推门，进来了，没头没脑：

“所长，我提个意见。”

“好啊。”

“你是个好人，是个庄户佬出身！赶过个车，养活过个牲口！你是好人！是个共产党！你如今又领导这些技师啦技术员的，他们都服你——”

看见有我在座，又回过头来跟我说：

“看看！”

这是怎么一回事呢？原来所里在拟订明年的种植计划，让大家都来讨论，这里边有一条，是旱地二号地六十亩全部复种黑豆！

一边说着，一边把他的衣兜往桌上一掀，倒得一桌子都是花生。非常腼腆地说：

“我侄儿子给我捎来五斤花生。”

说完了抹头就走。

刘所长叫住他：

“别走。你把人家打了，怎么办呢？”

“我去喂牲口呀。”

“好。把你的花生拿去，——我不‘剥削’你！人家是给你送来的！”

王全赶紧拉开门就跑，头都不回，生怕刘所长会追上来似的。——后来，这花生还是刘所长叫他的孩子给他送回去了。

过了一个多月，所里的冬季文化学习班办起来，王全来报了名，是刘所长亲自送他来上学的。我有幸当了他的启蒙的老师。可是我要说老实话，这个学生真不好教，真也难怪他宁可套车去拉一车粪。他又不肯照着课本学，一定先要教他学会四个字。他用铅笔写了无数遍，终于有了把握了，就把我写对子用的大抓笔借去，在马圈粉墙上写下四个斗大的黑字：

“王全喂马。”

字的笔划虽然很幼稚，但是写得恭恭正正，一笔不苟。谁都可以看出来，这四个字包含很多意思，这是一个人一辈子的誓约。

王全喂了牲口，生产队就热闹了。三天两头就见他进去：

“人家孩子回来，也不吃，也不喝，就是卧着，这是使狠了，累乏了！告他们，不能这样！”

“人家孩子快下了，别叫它驾辕了！”

“人家孩子”怎样怎样了……

我在这个地方待了一些时候了，知道这是这一带的口头语，管小猫小狗、小鸡小鸭，甚至是小板凳，都叫作“孩子”。但是这无论如何是一种爱称。尤其是王全说起来，有一种特殊的味道。那么高大粗壮的汉子，说起牲口来，却是那么温柔。

我离开这个农业科学研究所已经好几个月了，王全一直在喂马。现在，在我写这篇文章的时候，他就正在喂着马。夜已经很深了。这会，全所的灯都一定已经陆续关去，连照例关得最晚的刘所长和邵技师的屋里的灯也都关了。只有两处的灯还是亮着的。一处是大门外植保研究室的诱捕灯，这是通夜不灭的，现在正有各种虫蛾围绕着飞舞。一处是马圈。灯光照见槽头一个一个马的脑袋。它们正在安静地、严肃地咀嚼着草料。时不时的，喷一个响鼻，摇摇耳朵，顿一顿蹄子。俅六——王全，正在夹着料笸箩，弯着腰，无声地忙碌着，或者停下来，用满怀慈爱的、喜悦的眼色，看看这些贵重的牲口。

王全的胸前佩着一枚小小的红旗，这是新选的红旗手的标志。

“看看！”

一九六二年五月二十日夜二时

黄油烙饼

萧胜跟着爸爸到口外去。

萧胜满七岁，进八岁了。他这些年一直跟着奶奶过。他爸爸的工作一直不固定。一会儿修水库啦，一会儿大炼钢铁啦。他妈也是调来调去。奶奶一个人在家乡，说是冷清得很。他三岁那年，就被送回老家来了。他在家乡吃了好些萝卜白菜，小米面饼子，玉米面饼子，长高了。

奶奶不怎么管他。奶奶有事。她老是找出一些零碎料子给他接衣裳，接褂子，接裤子，接棉袄，接棉裤。他的衣服都是接成一道一道的，一道青，一道蓝。倒是挺干净的。奶奶还给他做鞋。自己打袼褙，剪样子，纳底子，自己绱。奶奶老是说："你的脚上有牙，有嘴？""你的脚是铁打的！"再就是给他做吃的。小米面饼子，玉米面饼子，萝卜白菜——炒鸡蛋，熬小鱼。他整天在外面玩。奶奶把饭做得了，就在门口嚷："胜儿！回来吃饭咧——！"

后来办了食堂。奶奶把家里的两口锅交上去，从食堂里打饭回来吃。真不赖！白面馒头，大烙饼，卤虾酱炒豆腐、焖茄子，猪头肉！食堂的大师傅穿着白衣服，戴着白帽子，在蒸笼的白蒙蒙的热气中晃来晃去，拿铲子敲着锅边，还大声嚷叫。人也胖了，猪也肥了。真不赖！

后来就不行了。还是小米面饼子，玉米面饼子。

后来小米面饼子里有糠，玉米面饼子里有玉米核磨出的碴子，拉嗓子。人也瘦了，猪也瘦了。往年，撵个猪可费劲哪。今年，一伸手就把猪后腿攥住了。挺大一个克郎，一挤它，咕咚就倒了。掺假的饼子不好吃，可是萧胜还是吃得挺香。他饿。

奶奶吃得不香。她从食堂打回饭来，掰半块饼子，嚼半天。其余的，都归了萧胜。

奶奶的身体原来就不好。她有个气喘的病。每年冬天都犯。白天还好，晚上难熬。萧胜躺在炕上，听奶奶喝喽喝喽地喘。睡醒了，还听她喝喽喝喽。他想，奶奶喝喽了一夜。可是奶奶还是喝喽着起来了，喝喽着给他到食堂去打早饭，打掺了假的小米饼子，玉米饼子。

爸爸去年冬天回来看过奶奶。他每年回来，都是冬天。爸爸带回来半麻袋土豆，一串口蘑，还有两瓶黄油。爸爸说，土豆是他分的；口蘑是他自己采，自己晾的；黄油是“走后门”搞来的。爸爸说，黄油是牛奶炼的，很“营养”，叫奶奶抹饼子吃。土豆，奶奶借锅来蒸了，煮了，放在灶火里烤了，给萧胜吃了。口蘑过年时打了一次卤。黄油，奶奶叫爸爸拿回去：“你们吃吧。这么贵重的东西！”爸爸一定要给奶奶留下。奶奶把黄油留下了，可是一直没有吃。奶奶把两瓶黄油放在躺柜上，时不时地拿抹布擦擦。黄油是个啥东西？牛奶炼的？隔着玻璃，看得见它的颜色是嫩黄嫩黄的。去年小三家生了小四，他看见小三他妈给小四用松花粉扑痱子。黄油的颜色就像松花粉。油汪汪的，很好看。奶奶说，这是能吃的。萧胜不想吃。他没有吃过，不馋。

奶奶的身体越来越不好。她从前从食堂打回饼子，能一气走到家。现在不行了，走到歪脖柳树那儿就得歇一会儿。奶奶跟上了年纪的爷爷、奶奶们说：“只怕是过得了冬，过不得春呀。”萧胜知道这不是好话。这是一句骂牲口的话。“嗳！看你这乏样儿！过得了冬过不得春！”果然，春天不好过。村里的老头老太太接二连三地死了。镇上有个木业生产合作社，原来打家具、修犁耙，都停了，改了打棺材。村外添了好些新坟，好些白幡。奶奶不行了，她浑身都肿。用手指按一按，老大一个坑，半天不起来。她求人写信叫儿子回来。

爸爸赶回来，奶奶已经咽了气了。

爸爸求木业社把奶奶屋里的躺柜改成一口棺材，把奶奶埋了。晚上，坐在奶奶的炕上流了一夜眼泪。

萧胜一生第一次经验什么是“死”。他知道“死”就是“没有”了。他没有奶奶了。他躺在枕头上，枕头上还有奶奶的头发的气味。他哭了。

奶奶给他做了两双鞋。做得了，说：“来试试！”“等会儿！”吱溜，他跑了。萧胜醒来，光着脚把两双鞋都试了试。一双正合脚，一双大一些。他的赤脚接触了搪底布，感觉到奶奶纳的底线，他叫了一声“奶奶”，又哭了一气。

爸爸拜望了村里的长辈，把家里的东西收拾收拾，把一些能应用的锅碗瓢盆都装在一个大网篮里。把奶奶给萧胜做的两双鞋也装在网篮里。把两瓶动都没有动过的黄油也装在网篮里。锁了门，就带着萧胜上路了。

萧胜跟爸爸不熟。他跟奶奶过惯了。他起先不说话。他想家，想奶奶，想那棵歪脖柳树，想小三家的一对大白鹅，想蜻蜓，想蝈蝈，想挂大扁飞起来格格地响，露出绿色硬翅膀底下的桃红色的翅膜……后来跟爸爸熟了。他是爸爸呀！他们坐了汽车，坐火车，后来又坐汽车。爸爸很好。爸爸老是引他说话，告诉他许多口外的事。他的话越来越多，问这问那。他对“口外”产生了很浓厚的兴趣。

他问爸爸啥叫“口外”。爸爸说“口外”就是张家口以外，又叫“坝上”。“为啥叫坝上？”他以为“坝”是一个水坝。爸爸说到了就知道了。

敢情“坝”是一溜大山。山顶齐齐的，倒像个坝。可是真大！汽车一个劲地往上爬。汽车爬得很累，好像气都喘不过来，不停地哼哼。上了大山，嘿，一片大平地！真是平呀！又平又大。像是擀过的一样。怎么可以这样平呢！汽车一上坝，就撒开欢了。它不哼哼了，“刷——”一直往前开。一上了坝，气候忽然变了。坝下是夏天，一上坝就像秋天。忽然，就凉了。坝上坝下，刀切的一样。真平呀！远远有几个小山包，圆圆的。一棵树也没有。他的家乡有很多树。榆树，柳树，槐树。这是个什么地方！不长一棵树！就是一大片大平地，碧绿的，长满了草。有地。这地块真大。从这个小山包一匹布似的一直扯到了那个小山包。地块究竟有多大？爸爸告诉他：有一个农民牵了一头母牛去犁地，犁了一趟，回来时候母牛带回来一个新下的小牛犊，已经三岁了！

汽车到了一个叫沽源的县城，这是他们的最后一站。一辆牛车来接他们。这车的样子真可笑，车轱辘是两个木头饼子，还不怎么圆，骨碌碌，骨碌碌，往前滚。他仰面躺在牛车上，上面是一个很大的蓝天。牛车真慢，还没有他走得快。他有时下来掐两朵野花，走一截，又爬上车。

这地方的庄稼跟口里也不一样。没有高粱，也没有老玉米，种莜麦、胡麻。莜麦干净得很，好像用水洗过，梳过。胡麻打着把小蓝伞，秀秀气气，不像是庄稼，倒像是种着看的花。

呵，这一大片马兰！马兰他们家乡也有，可没有这里的高大。长齐大人的腰那么高，开着巴掌大的蓝蝴蝶一样的花。一眼望不到边。这一大片马兰！他这辈子也忘不了。他像是在一个梦里。

牛车走着走着。爸爸说：到了！他坐起来一看，一大片马铃薯，都开着花，粉的、浅紫蓝的、白的，一眼望不到边，像是下了一场大雪。花雪随风摇摆着，他有点晕。不远有一排房子，土墙、玻璃窗。这就是爸爸工作的“马铃薯研究站”。土豆——山药蛋——马铃薯。马铃薯是学名，爸说的。

从房子里跑出来一个人。“妈妈——！”他一眼就认出来了！妈妈跑上来，把他一把抱了起来。

萧胜就要住在这里了，跟他的爸爸、妈妈住在一起了。

奶奶要是一起来，多好。

萧胜的爸爸是学农业的，这几年老是干别的。奶奶问他："为什么总是把你调来调去的？"爸说："我好欺负。"马铃薯研究站别人都不愿来，嫌远。爸愿意。妈是学画画的，前几年老画两个娃娃拉不动的大萝卜啦，上面张个帆可以当做小船的豆荚啦。她也愿意跟爸爸一起来，画"马铃薯图谱"。

妈给他们端来饭。真正的玉米面饼子，两大碗粥。妈说这粥是草籽熬的。有点像小米，比小米小。绿盈盈的，挺稠，挺香。还有一大盘鲫鱼，好大。爸说别处的鲫鱼很少有过一斤的，这儿"淖"里的鲫鱼有一斤二两的，鲫鱼吃草籽，长得肥。草籽熟了，风把草籽刮到淖里，鱼就吃草籽。萧胜吃得很饱。

爸说把萧胜接来有三个原因。一是奶奶死了，老家没有人了。二是萧胜该上学了，暑假后就到不远的一个完小去报名。三是这里吃得好一些。口外地广人稀，总好办一些。这里的自留地一个人有五亩！随便刨一块地就能种点东西。爸爸和妈妈就在"研究站"旁边开了一块地，种了山药、南瓜。山药开花了，南瓜长了骨朵了。用不了多久，就能吃了。

马铃薯研究站很清静，一共没有几个人。就是爸爸、妈妈，还有几个工人。工人都有家。站里就是萧胜一家。这地方，真安静。成天听不到声音，除了风吹莜麦穗子，沙沙地像下小雨；有时有小燕吱喳地叫。

爸爸每天戴个草帽下地跟工人一起去干活，锄山药。有时查资料，看书。妈一早起来到地里掐一大把山药花，一大把叶子，回来插在瓶子里，聚精会神地对着它看，一笔一笔地画。画的花和真的花一样！萧胜每天跟妈一同下地去，回来鞋和裤脚沾得都是露水。奶奶做的两双新鞋还没有上脚，妈把鞋和两瓶黄油都锁在柜子里。

白天没有事，他就到处去玩，去瞎跑。这地方大得很，没遮没挡，跑多远，一回头还能看到研究站的那排房子，迷不了路。他到草地里去看牛、看马、看羊。

他有时也去莳弄莳弄他家的南瓜、山药地。锄一锄，从机井里打半桶水浇浇。这不是为了玩。萧胜是等着要吃它们。他们家不起火，在大队食堂打饭，食堂里的饭越来越不好。草籽粥没有了，玉米面饼子也没有了。现在吃红高粱饼子，喝甜菜叶子做的汤。再下去大概还要坏。萧胜有点饿怕了。

他学会了采蘑菇。起先是妈妈带着他采了两回，后来，他自己也会了。下了雨，太阳一晒，空气潮乎乎的，闷闷的，蘑菇就出来了。蘑菇这玩意很怪，都长在“蘑菇圈”里。你低下头，侧着眼睛一看，草地上远远的有一圈草，颜色特别深，黑绿黑绿的，隐隐约约看到几个白点，那就是蘑菇圈。的溜圆。蘑菇就长在这一圈深颜色的草里。圈里面没有，圈外面也没有。蘑菇圈是固定的。今年长，明年还长。哪里有蘑菇圈，老乡们都知道。

有一个蘑菇圈发了疯。它不停地长蘑菇，呼呼地长，三天三夜一个劲地长，好像是有鬼，看着都怕人。附近七八家都来采，用线穿起来，挂在房檐底下。家家都挂了三四串，挺老长的三四串。老乡们说，这个圈明年就不会再长蘑菇了，它死了。萧胜也采了好些。他兴奋极了，心里直跳。“好家伙！好家伙！这么多！这么多！”他发了财了。

他为什么这样兴奋？蘑菇是可以吃的呀！

他一边用线穿蘑菇，一边流出了眼泪。他想起奶奶，他要给奶奶送两串蘑菇去。他现在知道，奶奶是饿死的。人不是一下饿死的，是慢慢地饿死的。

食堂的红高粱饼子越来越不好吃，因为掺了糠。甜菜叶子汤也越来越不好喝，因为一点油也不放了。他恨这种掺糠的红高粱饼子，恨这种不放油的甜菜叶子汤！

他还是到处去玩，去瞎跑。

大队食堂外面忽然热闹起来。起先是拉了一牛车的羊砖来。他问爸爸这是什么，爸爸说：“羊砖。”“羊砖是啥？”“羊粪压紧了，切成一块一块。”“干啥用？”“烧。”“这能烧吗？”“好烧着呢！火顶旺。”后来盘了个大灶。后来杀了十来只羊。萧胜站在旁边看杀羊。他还没有见过杀羊。嘿，一点血都流不到外面，完完整整就把一张羊皮剥下来了！

这是要干啥呢？

爸爸说，要开三级干部会。

“啥叫三级干部会？”

“等你长大了就知道了！”

三级干部会就是三级干部吃饭。

大队原来有两个食堂，南食堂，北食堂，当中隔一个院子，院子里还搭了个小棚，下雨天也可以两个食堂来回串。原来“社员”们分在两个食堂吃饭。开三级干部会，就都挤到北食堂来。南食堂空出来给开会干部用。

三级干部会开了三天，吃了三天饭。头一天中午，羊肉口蘑销子莜面。第二天炖肉大米饭。第三天，黄油烙饼。晚饭倒是马马虎虎的。

“社员”和“干部”同时开饭。社员在北食堂，干部在南食堂。北食堂还是红高粱饼子，甜菜叶子汤。北食堂的人闻到南食堂里飘过来的香味，就说：“羊肉口蘑销子莜面，好香好香！”“炖肉大米饭，好香好香！”“黄油烙饼，好香好香！”

萧胜每天去打饭，也闻到南食堂的香味。羊肉、米饭，他倒不稀罕：他见过，也吃过。黄油烙饼他连闻都没闻过。是香，闻着这种香味，真想吃一口。

回家，吃着红高粱饼子，他问爸爸：“他们为什么吃黄油烙饼？”

“他们开会。”

“开会干吗吃黄油烙饼？”

“他们是干部。”

“干部为啥吃黄油烙饼？”

“哎呀！你问得太多了！吃你的红高粱饼子吧！”

正在咽着红饼子的萧胜的妈忽然站起来，把缸里的一点白面倒出来，又从柜子里取出一瓶奶奶没有动过的黄油，启开瓶盖，挖了一大块，抓了一把白糖，兑点起子，擀了两张黄油发面饼。抓了一把莜麦秸塞进灶火，烙熟了。黄油烙饼发出香味，和南食堂里的一样。妈把黄油烙饼放在萧胜面前，说：

“吃吧，儿子，别问了。”

萧胜吃了两口，真好吃。他忽然咧开嘴痛哭起来，高叫了一声：“奶奶！”

妈妈的眼睛里都是泪。

爸爸说：“别哭了，吃吧。”

萧胜一边流着一串一串的眼泪，一边吃黄油烙饼。他的眼泪流进了嘴里。黄油烙饼是甜的，眼泪是咸的。

天鹅之死

“阿姨，都白天了，怎么还有月亮呀？

“阿姨，月亮是白色的，跟云的颜色一样。

“阿姨，天真蓝呀。

“蓝色的天，白色的月亮，月亮里有蓝色的云，真好看呀！”

“真好看！”

“阿姨，树叶都落光了。树是紫色的。树干是紫色的。树枝也是紫色的。树上的风也是紫色的。真好看！”

“真好看！”

“阿姨，你好看！”

“我从前好看。”

“不！你现在也好看。你的眼睛好看。你的脖子，你的肩，你的腰，你的手，都好看。你的腿好看。你的腿多长呀。阿姨，我们爱你！”

“小朋友，我也爱你们！”

“阿姨，你的腿这两天疼了吗？”

“没有。要上坡了，小朋友，小心！”

“哦！看见玉渊潭了！”

“玉渊潭的水真清呀！”

“阿姨，那是什么？雪白雪白的，像花一样的发亮，一，二，三，四。”

白蕤从心里发出一声惊呼：

“是天鹅！”

“是天鹅？”

“冬泳的叔叔，那是天鹅吗？”

“是的，小朋友。”

“它们是怎么来的？”

“它们是自己飞来的。”

“它们从哪儿飞来？”

“从很远很远的北方。”

“是吗？——欢迎你，白天鹅！”

“欢迎你到我们这儿来做客！”

天鹅在天上飞翔，

去寻找温暖的地方。

飞过了大兴安岭，

雪压的落叶松的密林里，闪动着鄂温克族狩猎队篝火的红光。

白蕤去看乌兰诺娃，去看天鹅。

大提琴的柔风托起了乌兰诺娃的双臂，钢琴的露珠从她的指尖流出。

她的柔弱的双臂伏下了。

又轻轻地挣扎着，抬起了脖颈。

钢琴流尽了最后的露滴，再也没有声音了。

天鹅死了。

白蕤像是在一个梦里。

她的眼睛里都是泪水。

她的眼泪流进了她的梦。

天鹅在天上飞翔。

去寻找温暖的地方。

飞过了呼伦贝尔草原，

草原一片白茫茫。

圈儿河依恋着家乡，

它流去又回头。

在雪白的草原上，

画出了一个又一个铁青色的圆圈。

白蕤考进了芭蕾舞校。经过刻苦的训练，她的全身都变成了音乐。

她跳《天鹅之死》。

大提琴和钢琴的旋律吹动着她的肢体，她的手指和足尖都在想象。

天鹅在天上飞翔，

去寻找温暖的地方。

某某去看了芭蕾。

他用猥亵的声音说：

“这他妈的小妞儿！那胸脯，那小腰，那么好看的大腿！……”

他满嘴喷着酒气。

他做了一个淫荡的梦。

天鹅在天上飞翔，

去寻找温暖的地方。

“文化大革命”。中国的森林起了火了。

白蕤被打成了现行反革命。因为她说：

“《天鹅之死》就是美！乌兰诺娃就是美！”

天鹅在天上飞翔。

某某成了“工宣队员”。他每天晚上都想出一种折磨演员的花样。

他叫她们背着床板在大街上跑步。

他叫她们做折损骨骼的苦工。

他命令白蕤跳《天鹅之死》。

“你不是说《天鹅之死》就是美吗？你给我跳，跳一夜！”

录音机放出了音乐。音乐使她忘记了眼前的一切。她快乐。

她跳《天鹅之死》。

她看看某某，发现他的下牙突出在上牙之外。北京人管这种长相叫“地包天”。

她跳《天鹅之死》

她羞耻。

她跳《天鹅之死》。

她愤怒。

她跳《天鹅之死》。

她摔倒了。

她跳《天鹅之死》。

天鹅在天上飞翔，

去寻找温暖的地方。

飞过太阳岛，

飞过松花江。

飞过华北平原，

越冬的麦粒在松软的泥土里睡得正香。

经过长途飞行，天鹅的体重减轻了，但是翅膀上增添了力量。

天鹅在天上飞翔，

在天上飞翔，

玉渊潭在月光下发亮。

“这儿真好呀！这儿的水不冻，这儿暖和，咱们就在这儿过冬，好吗？”

四只天鹅翩然落在玉渊潭上。

白蘋转业了。她当了保育员。她还是那样美，只是因为左腿曾经骨折，每到阴天下雨，就隐隐发痛。

自从玉渊潭来了天鹅，她隔两三天就带着孩子们去看一次。

孩子们对天鹅说：

“天鹅天鹅你真美！”

“天鹅天鹅我爱你！”

“天鹅天鹅真好看！”

“我们和你来做伴！”

甲、乙两青年，带了一支猎枪，偷偷走近玉渊潭。

天已经黑了。

一声枪响，一只天鹅毙命。其余的三只，惊恐万状，一夜哀鸣。

被打死的天鹅的伴侣第二天一天不鸣不食。

傍晚七点钟时还看见它。

半夜里，它飞走了。

白蘋看着报纸，她的眼前浮现出一张“地包天”的脸。

“阿姨，咱们去看天鹅。”

“今天不去了，今天风大，要感冒的。”

“不嘛！去！”

天鹅还在吗？

在！

在那儿，在靠近南岸的水面上。

“天鹅天鹅你害怕吗？”

“天鹅天鹅你别怕！”

湖岸上有好多人来看天鹅。

他们在议论。

“这个家伙，这么好看的东西，你打它干什么？”

“想吃天鹅肉。”

“想吃天鹅肉。”

“都是这场‘文化大革命’闹的！把一些人变坏了，变得心狠了！不知爱惜美好的东西了！”

有人说，那一只也活不成。天鹅是非常恩爱的。死了一只，那只就寻找一片结实的冰面，从高高的空中摔下来，把自己的胸脯在坚冰上撞碎。

孩子们听着大人的议论，他们好像是懂了，又像是没有懂。他们对着湖面呼喊：

“天鹅天鹅你在哪儿？”

“天鹅天鹅你快回来！”

孩子们的眼睛里有泪。

他们的眼睛发光，像钻石。

他们的眼泪飞到天上，变成了天上的星。

一九八〇年十二月二十九日清晨

一九八七年六月七日校，泪不能禁。

七里茶坊

我在七里茶坊住过几天。

我很喜欢七里茶坊这个地名。这地方在张家口东南七里。当初想必是有一些茶坊的。中国的许多计里的地名，大都是行路人给取的。如三里河、二里沟、三十里铺。七里茶坊大概也是这样。远来的行人到了这里，说："快到了，还有七里，到茶坊里喝一口再走。"送客上路的，到了这里，客人就说："已经送出七里了，请回吧！"主客到茶坊又喝了一壶茶，说了些话，出门一揖，就此分别了。七里茶坊一定萦系过很多人的感情。不过现在却并无一家茶坊。我去找了找，连遗址也无人知道。"茶坊"是古语，在《清明上河图》《东京梦华录》《水浒传》里还能见到。现在一般都叫"茶馆"了。可见，这地名的由来已久。

这是一个中国北方的普通的市镇。有一个供销社，货架上空空的，只有几包火柴，一堆柿饼。两只乌金釉的酒坛子擦得很亮，放在旁边的酒提子却是干的。柜台上放着一盆麦麸子做的大酱。有一个理发店，两张椅子，没有理发的，理发员坐着打瞌睡。一个邮局。一个新华书店，只有几套毛选和一些小册子。路口矗着一面黑板，写着鼓动冬季积肥的快板，文后署名"文化馆宣"，说明这里还有个文化馆。快板里写道：

“天寒地冻百不咋[1]，心里装着全天下。”轰轰烈烈的“大跃进”已经过去，这种豪言壮语已经失去热力。前两天下过一场小雨，雨点在黑板上抽打出一条一条斜道。路很宽，是土路。两旁的住户人家，也都是土墙土顶（这地方风雪大，房顶多是平的）。连路边的树也都带着黄土的颜色。这个长城以外的土色的冬天的市镇，使人产生悲凉的感觉。

除了店铺人家，这里有几家车马大店。我就住在一家车马大店里。

我头一回住这种车马大店。这种店是一看就看出来的，街门都特别宽大，成天敞开着，为的好进出车马。进门是一个很宽大的空院子。院里停着几辆大车，车辕向上，斜立着，像几尊高射炮。靠院墙是一个长长的马槽，几匹马面墙拴在槽头吃料，不停地甩着尾巴。院里照例喂着十多只鸡。因为地上有撒落的黑豆、高粱，草里有稗子，这些母鸡都长得极肥大。有两间房，是住人的。都是大炕。想住单间，可没有。谁又会上车马大店里来住一个单间呢？“碗大炕热”，就成了这类大店招徕顾客的口碑。

我是怎么住到这种大店里来的呢？

我在一个农业科学研究所下放劳动，已经两年了。有一天生产队长找我，说要派几个人到张家口去掏公共厕所，叫我领着他们去。为什么找到我头上呢？说是以前去了两拨人，都闹了意见回来了。我是个下放干部，在工人中还有一点威信，可以管得住他们，云云。究竟为什么，我一直也不太明白。但是我欣然接受了这个任务。

我打好行李，挎包里除了洗漱用具，带了一支大号的3B烟斗，一袋掺了一半榆树叶的烟草，两本四部丛刊本《分门集注杜工部诗》，坐上单套马车，就出发了。

我带去的三个人，一个老刘、一个小王，还有一个老乔，连我四个。

我拿了介绍信去找市公共卫生局的一位“负责同志”。他住在一个

1 “百不咋”是无所谓，没关系的意思。

粪场子里。一进门，就闻到一股奇特的酸味。我交了介绍信，这位同志问我：

“你带来的人，咋样？”

“咋样？”

“他们，啊，啊，啊……”

他“啊”了半天，还是找不到合适的词句。这位负责同志大概不大认识字。他的意思我其实很明白，他是问他们政治上可靠不可靠。他怕万一我带来的人会在公共厕所的粪池子里放一颗定时炸弹。虽然他也知道这种可能性极小，但还是问一问好。可是他词不达意，说不出这种报纸语言。最后还是用一句不很切题的老百姓话说：

“他们的人性咋样？”

“人性挺好！”

“那好。”

他很放心了，把介绍信夹到一个卷宗里，给我指定了桥东区的几个公厕。事情办完，他送我出“办公室”，顺便带我参观了一下这座粪场。一边堆着好几垛晒好的粪干，平地上还晒着许多薄饼一样的粪片。

“这都是好粪，不掺假。”

“粪还掺假？”

“掺！”

“掺什么？土？”

“哪能掺土！”

“掺什么？”

“酱渣子。”

“酱渣子？”

“酱渣子，味道、颜色跟大粪一个样，也是酸的。”

“粪是酸的？”

“发了酵。”

我于是猛吸了一口气，品味着货真价实、毫不掺假的粪干的独特的，不能代替的，余韵悠长的酸味。

据老乔告诉我，这位负责同志原来包掏公私粪便，手下用了很多人，是一个小财主。后来成了卫生局的工作人员，成了“公家人”，管理公厕。他现在经营的两个粪场，还是很来钱。这人紫棠脸，阔嘴岔，方下巴，眼睛很亮，虽然没有文化，但是看起来很精干。他虽不大长于说“字儿话”，但是当初在指挥粪工、洽谈生意时，所用语言一定是很清楚畅达，很有力量的。

掏公共厕所，实际上不是掏，而是凿。天这么冷，粪池里的粪都冻得实实的，得用冰镩凿开，破成一二尺见方大小不等的冰块，用铁锹起出来，装在单套车上，运到七里茶坊，堆积在街外的空场上。池底总有些没有冻实的稀粪，就刮出来，倒在事先铺好的干土里，像和泥似的和好。一夜工夫，就冻实了。第二天，运走。隔三四天，所里车得空，就派一辆三套大车把积存的粪冰运回所里。

看车把式装车，真有个看头。那么沉的、滑滑溜溜的冰块，照样装得整整齐齐，严严实实，拿绊绳一煞，纹丝不动。走个百八十里，不兴掉下一块。这才真叫“把式”！

“叭——”的一鞭，三套大车走了。我心里是高兴的。我们给所里做了一点事了。我不说我思想改造得如何好，对粪便产生了多深的感情，但是我知道这东西很贵。我并没有做多少，只是在地面上挖一点干土，和粪。为了照顾我，不让我下池子凿冰。老乔呢，说好了他是来玩的，只是招招架架，跑跑颠颠。活，主要是老刘和小王干的。老刘是个使冰镩的行家，小王有的是力气。

这活脏一点，倒不累，还挺自由。

我们住在骡马大店的东房，——正房是掌柜的一家人自己住。南北相对，各有一铺能睡七八个人的炕，——挤一点，十个人也睡下了。快到春节了，没有别的客人，我们四个人占据了靠北的一张炕，很宽绰。

老乔岁数大，睡炕头。小王火力壮，把门靠边。我和老刘睡当间。我那位置很好，靠近电灯，可以看书。两铺炕中间，是一口锅灶。

天一亮，年轻的掌柜就推门进来，点火添水，为我们做饭，——推莜面窝窝。我们带来一口袋莜面，顿顿饭吃莜面，而且都是推窝窝。——莜面吃完了，三套大车会又给我们捎来的。小王跳到地下帮掌柜的拉风箱，我们仨就拥着被窝坐着，欣赏他的推窝窝手艺。——这么冷的天，一大清早就让他从内掌柜的热被窝里爬出来为我们做饭，我心里实在有些歉然。不大一会儿，莜面蒸上了，屋里弥漫着白蒙蒙的蒸汽，很暖和，叫人懒洋洋的。可是热腾腾的窝窝已经端到炕上了。刚出屉的莜面，真香！用蒸莜面的水，洗洗脸，我们就蘸着麦麸子做的大酱吃起来。没有油，没有醋，尤其是没有辣椒！可是你得相信我说的是真话：我一辈子很少吃过这么好吃的东西。那是什么时候呀？——一九六〇年！

我们出工比较晚。天太冷。而且得让过人家上厕所的高潮。八点多了，才赶着单套车到市里去。中午不回来。有时由我掏钱请客，去买一包"高价点心"，找个背风的角落，蹲下来，各人抓了几块嚼一气。老乔、我、小王拿一副老掉了牙的扑克牌接龙、蹩七。老刘在呼呼的风声里居然能把脑袋缩在老羊皮袄里睡一觉，还挺香！下午接着干。四点钟装车，五点多就回到七里茶坊了。

一进门，掌柜的已经拉动风箱，往灶火里添着块煤，为我们做晚饭了。

吃了晚饭，各人干各人的事。老乔看他的《啼笑因缘》。他这本《啼笑因缘》是个古本了，封面封底都没有了，书角都打了卷，当中还有不少缺页。可是他还是戴着老花镜津津有味地看，而且老看不完。小王写信，或是躺着想心事。老刘盘着腿一声不响地坐着。他这样一声不响地坐着，能够坐半天。在所里我就见过他到生产队请一天假，哪儿也不去，什么也不干，就是坐着。我发现不止一个人有这个习惯。一年到头的劳累，坐一天是很大的享受，也是他们迫切的需要。人，有时需要休息。他们不叫休息，就叫“坐一天”。他们去请假的理由，也是“我要坐一天”。中国的农民，对于生活的要求真是太小了。我，就靠在被窝上读杜诗。杜诗读完，就压在枕头底下。这铺炕，炕沿的缝隙跑烟，把我的《杜工部诗》的一册的封面熏成了褐黄色，留下一个难忘的，美好的纪念。

有时，就有一句没一句，东拉西扯地瞎聊天。吃着柿饼子，喝着蒸锅水，抽着掺了榆树叶子的烟。这烟是农民用包袱包着私卖的，颜色是灰绿的，劲头很不足，抽烟的人叫它“半口烟”。榆树叶子点着了，发出一种焦糊的，然而分明地辨得出是榆树的气味。这种气味使我多少年后还难于忘却。

小王和老刘都是“合同工”，是所里和公社订了合同，招来的。他们都是柴沟堡的人。

老刘是个老长工，老光棍。他在张家口专区几个县都打过长工，年轻时年年到坝上割莜麦。因为打了多年长工，庄稼活他样样精通。他有过老婆，跑了，因为他养不活她。从此他就不再找女人，对女人很有成见，认为女人是个累赘。他就这样背着一卷行李，——一块毯子；一床“盖窝”（即被），一个方顶的枕头，到处漂流。看他捆行李的利索劲儿和背行李的姿势，就知道是一个常年出门在外的老长工。他真也是自由自在，也不置什么衣服，有两个钱全喝了。他不大爱说话，但有时也能说一气，在他高兴的时候，或者不高兴的时候。这两年他常发牢骚，原因之一，是喝不到酒。他老是说：“这是咋搞的？咋搞的？”“过去，七里茶坊，啥都有：驴肉、猪头肉、炖牛蹄子、茶鸡蛋……，卖一黑夜。酒！现在！咋搞的！咋搞的！”“‘楼上楼下，电灯电话！’做梦娶媳妇，净慕好事！多会儿？”[1]他年轻时曾给八路军送过信，

1 那时农村宣传“共产主义”，都说是“楼上楼下，电灯电话”。慕，是思量、向往的意思。这是很古的语言，元曲中常见。张家口地区保留了很多宋元古语。

带过路。“俺们那阵，有什么好吃的，都给八路军留着！早知这样，哼！……”他说的话常常出了圈，老乔就喝住他：“你瞎说点啥！没喝酒，你就醉了！你是想‘进去’住几天是怎么的？嘴上没个把门的，亏你活了这么大！”

小王也有些不平之气。他是念过高小的。他给自己编了一口顺口溜：“高小毕业生，白费六年工。想去当教员，学生管我叫老兄。想去当会计，珠算又不通！”他现在一个月挣二十九块六毛四，要交社里一部分，刨去吃饭，所剩无几。他才二十五岁，对老刘那样的自由自在的生活并不羡慕。

老乔，所里多数人称之为乔师傅。这是个走南闯北，见多识广，老于世故的工人。他是怀来人。年轻时在天津学修理汽车。抗日战争时跑到大后方，在资源委员会的运输队当了司机，跑仰光、腊戌。抗战胜利后，他回张家口来开车，经常跑坝上各县。后来岁数大了，五十多了，血压高，不想再跑长途，他和农科所的所长是亲戚，所里新调来一辆拖拉机，他就来开拖拉机，顺便修修农业机械。他工资高，没负担。农科所附近一个小镇上有一家饭馆，他是常客。什么贵菜、新鲜菜，饭馆都给他留着。他血压高，还是爱喝酒。饭馆外面有一棵大槐树，夏天一地浓荫。他到休息日，喝了酒，就睡在树荫里。树荫在东，他睡在东面；树荫在西，他睡在西面，围着大树睡一圈！这是前二年的事了。现在，他也很少喝了。因为那个饭馆的酒提潮湿的时候很少了。他在昆明住过，我也在昆明待过七八年，因此他老愿意找我聊天，抽着榆叶烟在一起怀旧。他是个技工，掏粪不是他的事，但是他自愿报了名。冬天，没什么事，他要来玩两天。来就来吧。

这天，我们收工特别早，下了大雪，好大的雪啊！

这样的天，凡是爱喝酒的都应该喝两盅，可是上哪儿找酒去呢？

吃了莜面，看了一会儿书，坐了一会儿，想了一会儿心事，照例聊天。

像往常一样，总是老乔开头。因为想喝酒，他就谈起云南的酒：市酒、玫瑰重升、开远的杂果酒、杨林肥酒……

“肥酒？酒还有肥瘦？”老刘问。

“蒸酒的时候，上面吊着一大块肥肉，肥油一滴一滴地滴在酒里。这酒是碧绿的。”

“像你们怀来的青梅煮酒？”

“不像。那是烧酒，不是甜酒。”

过了一会儿，又说：“有点像……”

接着，又谈起昆明的吃食。这老乔的记性真好，他可以从华山南路、正义路，一直到金碧路，数出一家一家大小饭馆，又岔到护国路和甬道街，哪一家有什么名菜，说得非常详细。他说到金钱片腿、牛干巴、锅贴乌鱼、过桥米线……

“一碗鸡汤，上面一层油，看起来连热气都没有，可是超过一百度。一盘子鸡片、腰片、肉片，都是生的。往鸡汤里一推，就熟了。”

“那就能熟了？”

“熟了！”

他又谈起汽锅鸡。描写了汽锅是什么样子，锅里不放水，全凭蒸汽把鸡蒸熟了，这鸡怎么嫩，汤怎么鲜……

老刘很注意地听着，可是怎么也想象不出汽锅是啥样子，这道菜是啥滋味。

后来他又谈到昆明的菌子：牛肝菌、青头菌、鸡枞[1]，把鸡枞夸赞了又夸赞。

“鸡枞？有咱这儿的口蘑好吃吗？”

“各是各的味儿。”

……

---

1 鸡枞是一种菌，长在白蚁窝上，味极腴美。

老乔刮话的时候，小王一直似听不听，躺着，张眼看着房顶。忽然，他问我：

“老汪，你一个月挣多少钱？”

我下放的时候，曾经有人劝告过我，最好不要告诉农民自己的工资数目，但是我跟小王认识不止一天了，我不想骗他，便老实说了。小王没有说话，还是张眼躺着。过了好一会儿，他看着房顶说：

“你也是一个人，我也是一个人，为什么你就挣那么多？”

他并没有要我回答，这问题也不好回答。

沉默了一会儿。

老刘说：“怨你爹没供你书[1]。人家老汪是大学毕业！”

老乔是个人情练达的人，他捉摸出小王为什么这两天老是发呆，为什么会提出这样的问题，说：

“小王，你收到一封什么信，拿出来我看看！”

前天三套大车来拉粪水的时候，给小王捎来一封寄到所里的信。

事情原来是这样的：小王搞了一个对象。这对象搞得稍微有点离奇：小王有个表姐，嫁到邻村李家。李家有个姑娘，和小王年貌相当，也是高小毕业。这表姐就想给小姑子和表弟撮合撮合，写信来让小王寄张照片去。照片寄到了，李家姑娘看了，不满意。恰好李家姑娘的一个同学陈家姑娘来串门，她看了照片，对小王的表姐说：“晓得人家要俺们不要？”表姐跟陈家姑娘要了一张照片，寄给小王，小王满意。后来表姐带了陈家姑娘到农科所来，两人当面相了一相，事情就算定了。农村的婚姻，往往就是这样简单，不像城里人有逛公园、轧马路、看电影、写情书这一套。

陈家姑娘的照片我们都见过，挺好看的，大眼睛，两条大辫子。

小王收到的信是表姐寄来的，催他办事。说人家姑娘一天一天大

1 “供书”是拿钱供学生读书的意思。

了，等不起。那意思是说，过了春节，再拖下去，恐怕就要吹。

小王发愁的是：春节他还办不成事！柴沟堡一带办喜事倒不尚铺张，但是一床里面三新的盖窝，一套花直贡呢的棉衣，一身灯芯绒裤袄、绒衣绒裤、皮鞋、球鞋、尼龙袜子……总是要有的。陈家姑娘没有额外提什么要求，只希望要一枚金星牌钢笔。这条件提得不俗，小王倒因此很喜欢。小王已经做了长期的储备，可是算来算去还差五六十块钱。

老乔看完信，说：

"就这个事吗？值得把你愁得直眉瞪眼的！叫老汪给你拿二十，我给你拿二十！"

老刘说："我给你拿上十块！现在就给！"说着从红布肚兜里就摸出一张十元的新票子。

问题解决了，小王高兴了，活泼起来了。

于是接着瞎聊。

从云南的鸡枞聊到内蒙的口蘑。说到口蘑，老刘可是个专家。黑片蘑、白蘑、鸡腿子、青腿子……

"过了正蓝旗，捡口蘑都是赶了个驴车去。一天能捡一车！"

不知怎么又说到独石口。老刘说他走过的地方没有比独石口再冷的了，那是个风窝。

"独石口我住过，冷！"老乔说，"那年我们在独石口吃了一洞子羊。"

"一洞子羊？"小王很有兴趣了。

"风太大了，公路边有一个涵洞，去避一会儿风吧。一看，涵洞里白糊糊的，都是羊。不知道是谁的羊，大概是被风赶到这里的，挤在涵洞里，全冻死了。这倒好，这是个天然冷藏库！俺们想吃，就进去拖一只，吃了整整一个冬天！"

老刘说："肥羊肉炖口蘑，那叫香！四家子的莜面，比白面还白。坝上是个好地方。"

话题转到了坝上。老乔、老刘轮流说，我和小王听着。

老乔说：坝上地广人稀，只要收一季莜麦，吃不完。过去山东人到口外打把式卖艺，不收钱。散了场子，拿一个大海碗挨家要莜面，“给！”一给就是一海碗。说坝上没果子。怀来人赶一个小驴车，装一车山里红到坝上，下来时驴车换成了三套大马车，车上满满地装的是莜面。坝上人都豪爽，大方。吃起肉来不是论斤，而是放开肚子吃饱。他说坝上人看见坝下人吃肉，一小碗，都奇怪：“这吃个什么劲儿呢？”他说，他们要是看见江苏人、广东人炒菜：几根油菜，两三片肉，就更会奇怪了。他还说坝上女人长得很好看。他说，都说水多的地方女人好看，坝上没水，为什么女人都长得白白净净？那么大的风沙，皮色都很好。他说他在崇孔县看过两姐妹，长得像傅全香。

傅全香是谁，老刘、小王可都不知道。

老刘说：坝上地大，风大，雪大，雹子也大。他说有一年沽源下了一场大雪，西门外的雪跟城墙一般高。也是沽源，有一年下了一场雹子，有一个雹子有马大。

“有马大？那掉在头上不砸死了？”小王不相信有这样大的雹子！

老刘还说，坝上人养鸡，没鸡窝。白天开了门，把鸡放出去。鸡到处吃草籽，到处下蛋。他们也不每天去捡。隔十天半月，挑了一副筐，到处捡蛋，捡满了算。他说坝上的山都是一个一个馒头样的平平的山包。山上没石头。有些山很奇怪，只长一样东西。有一个山叫韭菜山，一山都是韭菜；还有一座芍药山，夏天开了满满一山的芍药花……

老乔、老刘把坝上说得那样好，使小王和我都觉得这是个奇妙的、美丽的天地。

芍药山，满山开了芍药花，这是一种什么景象？

“咱们到韭菜山上掐两把韭菜，拿盐腌腌，明天蘸莜面吃吧。”小王说。

“见你的鬼！这会会有韭菜？满山大雪！——把钱收好了！”

聊天虽然有趣，终有意兴阑珊的时候。天已经很黑了，房顶上的雪一定已经堆了四五寸厚了，摊开被窝，我们该睡了。

正在这时，屋门开处，掌柜的领进三个人来。这三个人都反穿着白茬老羊皮袄，齐膝的毡疙瘩。为头是一个大高个儿，五十来岁，长方脸，戴一顶火红的狐皮帽。一个四十来岁，是个矮胖子，脸上有几颗很大的痘疤，戴一顶狗皮帽子。另一个是和小王岁数仿佛的后生，雪白的山羊头的帽子遮齐了眼睛，使他看起来像一个女孩子。——他脸色红润，眼睛太好看了！他们手里都拿着一根六道木二尺多长的短棍。虽然刚才在门外已经拍打了半天，帽子上、身上，还粘着不少雪花。

掌柜的说："给你们做饭？——带着面了吗？"

"带着哩。"

后生解开老羊皮袄，取出一个面口袋。——他把面口袋系在腰带上，怪不道他看起来身上鼓鼓囊囊的。

"推窝窝？"

高个儿把面口袋交给掌柜的：

"不吃莜面！一天吃莜面。你给俺们到老乡家换几个粑粑头吃[1]。多时不吃粑粑头，想吃个粑粑头。把火弄得旺旺的，烧点水，俺们喝一口。——没酒？"

"没。"

"没咸菜？"

"没。"

"那就甜吃！"[2]

老刘小声跟我说："是坝上来的。坝上人管窝窝头叫粑粑头。是赶牲口的，——赶牛的。你看他们拿的六道木的棍子。"随即，他和这三

1 他们说"粑粑头"，"粑粑"作入声。

2 张家口一带不说"淡"，说"甜"。

个坝上人搭咯起来：

“今天一早从张北动的身？”

“是。——这天气！”

“就你们仨？”

“还有仨。”

“那仨呢？”

“在十多里外，两头牛掉进雪窟窿里了。他们仨在往上弄。俺们把其余的牛先送到食品公司屠宰场，到店里等他们。”

“这样天气，你们还往下送牛？”

“没法子。快过年了。过年，怎么也得叫坝下人吃上一口肉！”

不大一会儿，掌柜的搞了粑粑头来了，还弄了几个腌蔓菁来。他们把粑粑头放在火里烧了一会儿，水开了，把烧焦的粑粑头拍打拍打，就吃喝起来。

我们的酱碗里还有一点酱，老乔就给他们送过去。

“你们那里今年年景咋样？”

“好！”高个儿回答得斩钉截铁。显然这是反话，因为痘疤脸和后生都扑哧一声笑了。

“不是说去年你们已经过了‘黄河’了？”

“过了！那还不过！”

老乔知道他话里有话，就问：

“也是假的？”

“不假。搞了‘标准田’。”

“啥叫‘标准田’？”

“把几块地里打的粮算在一起。”

“其余的地？”

“不算产量。”

“坝上过‘黄河’？不用什么‘科学家’，我就知道，不行！”老刘用了一个很不文雅的字眼说："过'黄河'，过毬的个河吧！"

老乔向我解释："老刘说的是对的。坝上的土层只有五寸，下面全是石头。坝上一向是广种薄收，要求单位面积产量，是主观主义。"

痘疤脸说："就是！俺们和公社的书记说，这产量是虚的。他人家说：有了虚的，就会带来实的。"

后生说："还说这是：以虚带实。"

我还从来没有听说过"以虚带实"是这样的解释的。

高个儿沉重地叹了一口气："这年月！当官的都说谎！"

老刘接口说："当官的说谎，老百姓遭罪！"

老乔把烟口袋递给他们：

"牲畜不错？"

"不错！也经不起胡糟践。头二年，大跃进，大炼钢铁，夜战，把牛牵到地里，杀了，在地头架起了大锅，大块大块地煮烂，大伙儿，吃！那会吃了个痛快；这会，想去吧！——他们仨咋还不来？去看看。"

高个儿说着把解开的老羊皮袄又系紧了。

痘疤脸说："我们俩去。你啦[1]就甭去了。"

"去！"

他们和掌柜的借了两根木杠，把我们车上的缆绳也借去了，拉开门，就走了。

听见后生在门外大声说："雪更大了！"

老刘起来解手，把地下三根六道木的棍子归在一起，上了炕，说：

"他们真辛苦！"

过了一会儿，又自言自语地说：

"咱们也很辛苦。"

---

1 "你啦"是第二人称的尊称，相当于北京话的"您"，大概是"你老人家"的切音。

老乔一面钻被窝，一面说：

“中国人都很辛苦啊！”

小王已经睡着了。

“过年，怎么也得叫坝下人吃上一口肉！”我老是想着大个儿的这句话，心里很感动，很久未能入睡。这是一句朴素、美丽的话。

半夜，朦朦胧胧地听到几个人轻手轻脚走进来，我睁开眼，问：

“牛弄上来了？”

高个儿轻轻地说：

“弄上来了。把你吵醒了！睡吧！”

他们睡在对面的炕上。

第二天，我们起得很晚。醒来时，这六个赶牛的坝上人已经走了。

一九八一年五月十一日写成

钓人的孩子

西南联大里有落魄的文人气厨子，有以给联大学生洗衣服为生的文嫂，有偷鸡的大学生，也有昆明街头多年不散的诱人叫卖声……

落魄

他为什么要到“内地”来？不大可解，也没有人问过他。自然，你现在要是问我究竟为什么大老远的跑到昆明过那么几年，我也答不上来。为了抗战？除了下乡演演《放下你的鞭子》，我没有为抗战做过多少事。为了读书？大学都“内迁”了。有那么一点浪漫主义，年纪轻，总希望向远处跑，向往大后方。总而言之，是大势所趋。有那么一股潮流，把我一带，就带过了千山万水。这个人呢？那个潮流似乎不大可能涉及到他。我们那里的人都安土重迁，出门十五里就要写家书的。我们小时听老人经常告诫的两件事，一是“万恶的社会”，另一件就是行旅的艰难。行船走马三分险，到处都是扒手、骗子，出了门就是丢了一半性命。他是四十边上的人了，又是站柜台“做店”的。做店的人，在附近三五个县城跑跑，就是了不起的老江湖，对于各地的茶馆、澡堂子、妓院、书场、镇水的铜牛、肉身菩萨、大庙、大蛇、大火灾……就够他向人聊一辈子，见多识广，社会地位高于旁人，他却当真走了几千里，干什么？是在家乡做了什么丢脸的事，或怄了气，一跺脚，要到一个亲戚朋友耳目所不及的地方来创一番事业，将来衣锦荣归，好向家中妻子儿女说一声“我总算对得起你们”？看他不像是个会咬牙发狠的人。他走路说话全表示他是个慢性子，是女人们称之为“三棍子打不出一个闷屁来”的角色。也许是有个亲戚要到内地来做事，需要一个能写字算账的身边人。机缘凑巧，他就决定跟着来“玩玩”了？不知道。反正，他就是来了。而且做了完全另外一种人。

到我们认识他时，他开了个小馆子，在我们学校附近。

大学生都是消化能力很强的人。初到昆明时，大家的口袋里还带着三个月至半年的用度，有时还能接到一笔汇款，稍有借口，或谁过生日，或失物复得，或接到一封字迹娟秀的信，或什么理由都没有，大家“通过”一下，就可以派一个人做东请客。在某个限度内还可以挑一挑地方。有人说，开了个扬州馆子，那就怎么也得巧立名目去吃他一顿。

学校附近还像从前学校附近一样，开了许多小馆子，开馆子的多是外乡人，山东、河北、江西、湖南的，都有。在昆明，只要不说本地话，任何外乡口音的，都可认作大同乡。一种同在天涯之感把掌柜、伙计和学生连接起来。学生来吃饭，掌柜的、伙计（如果他们闲着），就坐在一边谈天说地；学生也喜欢到锅灶旁站着，一边听新闻故事，一边欣赏炒菜艺术。这位扬州人老板，一看就和别的掌柜的不一样。他穿了一身铁机纺绸裓裤在那儿炒菜。盘花纽扣，纽襻拖出一截银表链。雪白的细麻纱袜，浅口千层底礼服呢布鞋。细细软软的头发向后梳得一丝不乱。左手无名指上还套了个韭菜叶的金戒指。周身上下，斯斯文文。除了他那点流利合拍的翻锅执铲的动作，他无处像一个大师傅，像吃这一行饭的。这个馆子不大，除了他自己，只用了个本地孩子招呼客座，摆筷子倒茶。可是收拾得干干净净，木架上还放了两盆花。就是足球队员、跳高选手来，看看墙上菜单上那一笔成亲王体的字，也不好意思过于嚣张放肆了。

有时，过了热市，吃饭的只有几个人，菜都上了桌，他洗洗手，会捧了一把细瓷茶壶出来，客气几句：“菜炒得不好，这里的酱油不行”，“黄芽菜叫孩子切坏了，谁让他切的！——不能横切，要切直丝”。有时也谈谈时事，说点故乡消息，问问这里的名胜特产，声音低缓，慢条斯理。我们已经学会了坐茶馆。有时在茶馆里也可以碰到他，独自看一张报纸或支颐眺望街上行人。他还给我们付过几回茶钱，请我们抽烟。他抽烟也是那么慢慢地，一口一口地品尝，仿佛有无穷滋味。有时，他去遛弯，两手反背在后面，一种说不出的悠徐闲散。出门稍远，则穿了灰色熟罗长衫，还带了把湘妃竹折扇。想来从前他一定喜欢养鸟，听王少堂说书，常上富春[1]坐坐的。他说他原在辕门桥一家大绸缎庄做事，看样子极像。然而怎么会到这儿来开一个小饭馆呢？这当中必有一段故事。他自己不谈，我们也不便问。

这饭馆常备的只有几个菜：过油肉、炒假螃蟹、鸡丝雪里蕻，却都精致有特点。有时跟他商量商量，还可请他表演几个道地扬州菜：狮子头、煮干丝、芙蓉鲫鱼……他不惜工本，做得非常到家。这位绸缎庄的“同事”想必在家很讲究吃食，学会了烹调，想不到竟改行做了红案师傅。照常情，这是降低身份了，不过，生意好，进账不错，他倒像不在意，高高兴兴的。

半年以后，店门关了几天，贴出了条子：修理炉灶，停业数天。

重新开张后，饭铺气象一新，一早上就坐满了人，人来人往，川流不息，扬州人听从有人的建议，请了个南京的白案师傅来做包子下面，带卖早晚市了。我一去，学着扬州话，给他道了喜：

“恭喜恭喜！”

“托福托福，闹着玩的！”

扬州人完全明白我向他道喜的双重意义。恭喜他扩充了营业；同时我一眼就看到后面天井里有一个年轻女人坐着拣菜，穿得一身新，发髻上戴着一朵双喜字大红绒花。这扬州人在家乡肯定是有个家的。这女人的岁数也比他小得多。因此他有点不好意思。

不知道是谁给说的媒。这女人我们认得，是这条街上一个鸦片烟鬼的女儿。（这条街有一个富丽堂皇，古色古香的街名，叫作“凤翥

1 富春是扬州一家有名的大茶馆。

街”。）我们常看见她蓬着头出来买咸菜，买壁虱（即臭虫）药，买蚊烟香，脸色黄巴巴的，不怎么好看。可是因为年纪还轻，拢光了头发，搽了脂粉，就像换了一个人，以前看不出的好看处全露出来了。扬州人看样子很疼爱这位新娘子，不时回头看看，走过去在她耳边低低地说几句话；或让她偏了头，为她拈去头发上的一片草屑尘丝。他那个手势就比一首情诗还值得一看。扬州人自己也像年轻了许多。

白案上，那位南京师傅集中精神在做包子。他仿佛想把他的热情变成包子的滋味，全力以赴，揉面，摘面蒂，刮馅子，捏褶子，收嘴子，动作的节奏感很强。他很忙，顾不上想什么。但是今天是新开张，他一定觉得很兴奋。他的脑袋里升腾着希望，就像那蒸笼里冒出来的一阵一阵的热气。听他用力抽打着面团，声音钝钝的，手掌一定很厚，而且手指很短！他的脑袋剃得光光的，后脑勺挤成了三四叠，一用力，脑后的褶纹不停地扭动。他穿着一身老蓝布的衣裤，系着一条洋面口袋改成的围裙。周身上下，无一处不像一个当行的白案师傅，跟扬州人的那种“票友”风度恰成对比。

不知道什么道理，那一顿早点没有给我留下什么印象。猪肝面，加了一点菠菜、西红柿，淡而无味。我看了看墙上钉着的一个横幅，写了几个美术字：“绿杨饭店”（不知是哪位大学生的大作），心想：三个月以后，这几个字一定会浸透了油气，活该！——我对猪肝和美术字一向都没有好感。

半年过去，很多人的家乡在不断“转进”（报纸上讳言败退，创造了一个新奇的名词）的战争中失去了。滇越铁路断了，昆明和“下江”邮汇不通，大学生的生活发生了很大的变化。很多学生在外面兼了差，教中学的，在拍卖行、西药铺当会计的，当家庭教师的，各行各业，无所不有。昆明每到中午十二点要放一炮，叫作“午炮”，据说放那一炮的也是我们的一位同学。有的做了生意，而且越做越大。还有一些对书本有兴趣，抱残守阙，除了领“贷金”，在学校吃“八宝饭”（糙米中有砂粒、鼠矢种种东西），靠变卖衣物维持。附近有不少收买旧衣的，背着竹筐，往来吆唤。其中有一个中年妇女，嗓音极其脆亮，我一生很少听到这样好听的叫卖声音："有——旧衣烂衫找来卖！"

学生的变化，自然要影响到绿杨饭店。

这个饭馆原来不大像一个饭馆，现在可完全像一个饭馆了，太像了。代表这个饭馆的，不再是扬州人，而是南京人了。原来扬州人带来的那点人情味和书卷气荡然无存。

那个南京人，第一天，从他的后脑勺上就看出这是属于那种能够堆砌"成功"的人，一个非常现实的人。他抓紧机会，稳扎稳打，他知道钱是好的，活下来多不容易，举手投足都要代价。他一大早冲寒冒露从大西门赶到小南门去买肉，因为那里的肉要便宜一点；为了搬运两袋面粉，他可以跟挑夫说很多好话，或骂很多难听的话；他一边下面，一边拿眼睛瞟着门外过去的几驮子柴，估着柴的干湿分量（昆明卖柴是不约斤的，木柴都是骡马驮来，论驮卖）；他拣去一片发黄的菜叶，丢到地下，拾起来，看一看，又放回案板上。他时常到别的饭铺门前转转，看看人家的包子是什么样子的，回来的路上就决定，他们的包子里还可以掺一点豆芽菜，放一点豆腐干……他的床是睡觉的，他的碗是吃饭的。他不幻想，不喜欢花（那两盆花被他搬到天井角落里，干死了），他不聊闲天，不上茶馆喝茶，而且老打狗。他身边随时搁了一块劈柴，见狗就打，虽然他的肉高高地挂在房梁上，他还是担心狗吃了。他打狗打得很狠，一劈柴就把狗的后腿打折。这狗就拖着一条瘸腿嗥叫着逃走了。昆明的饭铺照例有许多狗。在人的腿边挤来挤去，抢吃骨头，只有绿杨饭店没有。这街上的狗都教他打怕了，见了他的影子就逃。没有多少时候，绿杨饭店就充满了他的"作风"。从作风的改变上，你知道店的主权也变了。不问可知，这个店已经是合股经营。南京人攒了钱，红利、工钱，加了自己的积蓄，入了股，从伙计变成了股东。我可以跟你打赌，从他答应来应活时那一天，就想到了这一步。

绿杨饭店的主顾有些变化，但生意没有发生太大影响。在外兼职的学生在拿到薪水后会来油油肠子。做生意的学生，还保留着学籍，选了课，考试时得来答卷子，平时也偶尔来听听课。他们一来，就要找一些同学“联络感情”，在绿杨饭店摆了一桌子菜，哄饮大嚼。抱残守阙者，有时觉得“口中淡出鸟来”，就翻出几件值一点钱的东西拿到文明新街一卖，——最容易卖掉的东西是工具书，《辞源》《牛津字典》……到绿杨饭店来开斋。有一个四川同学家里寄来一件棉袍子，他约了几个人一同上邮局取出来，出了邮局大门，拆开包裹，把一件全新的棉袍搭在手臂上，就高声吆唤：“哪个买这件棉袍！”然后，几个馋人，一顿就把一件新棉袍吃掉了。昆明冬天不冷，没有棉袍也过得去。

绿杨饭店的生意好过一阵，好得足以使这一带所有的饭馆为之侧目。这些饭铺的老板伙计全都对它关心。别以为他们都希望“绿杨”的生意坏。他们知道，“绿杨”的生意要是坏，他们也好不了。他们的命运既相妨，又相共。果然，过了一个高潮，绿杨饭店走了下坡路了，包子里的豆芽菜、豆腐干越掺越多，卖出去的包子越来越少。时间很快过了两年了。大学的学生，有的干脆弃学经商，在外地跑买卖，甚至出了国，到仰光，到加尔各答。有的还选了几门课，有的干脆休了学，离开书本，离开学校，也离开了绿杨饭店。在外兼职的，很多想到就要成家立业，娶妻生子，不再胡乱花钱（有一个同学，有一只小手提箱，里面粘了三十一个小牛皮纸口袋，每一口袋内装一个月中每一天的用度）。那一群抱残守阙的书呆子，可卖的衣物更少了。“有——破衣烂衫找来卖”的吆唤声音不常在学校附近出现了。凤翥街冷落了许多。开饭馆的江西人、湖南人、山东人、河北人全都风流云散，不知所终。绿杨饭店还开着。绿杨饭店犹如一面镜子，照出种种变化。镜子里是变色的猪肝、暗淡的菠菜、半生的或霉烂的西红柿。太阳光如一匹布，阳光中游尘飞舞。

那个女人的脸又黄下来，头发又蓬乱了。

然而绿杨饭店还是开着。

这当中我因病休了学。病好后在乡下一个朋友主持的中学里教几点钟课，很少进城。绿杨饭店的情形可以说不知道。一年中只去过一次。

一个女同学病了，我们去看她。有人从黑土洼采来了一大把玉簪花（黑土洼是昆明出产鲜花的地方，花价与青菜价钱差不多），她把花插在一个绿陶瓶里，笑了笑说："如果再有一盘白煮鱼，我这病就生得很像样子了！"她是扬州人。扬州人养病，也像贾府上一样，以"清饿"为主。病好之后，饮食也极清淡。开始动荤腥时，都是吃椒盐白煮鱼。我们为了满足她的雅兴和病中易有的思乡之情，就商量去问问扬州人老板，能不能像从前一样为我们配几个菜。由我和一个同学去办这件事。老板答复得很慢。但当那个同学说："要是费事，那就算了"时，他立刻就决定了，问："什么时候？"南京人坐在一边，不表示态度。出了绿杨饭店，我半天没有说话。同学问我是怎么啦，我说没有什么，我在想那个饭店。

吃饭的那天，南京人一直一声不响，也不动手，只是摸摸这，掇掇那。女人在灶下烧火。扬州人掌勺。他头发白了几根了。他不再那样潇洒，很像是个炒菜师傅了。不仅他的纺绸裤褂、好鞋袜、戒指、表链都没有了；从他下菜料、施油盐，用铲子抄起将好的菜来尝一尝，菜好了敲敲锅边，用抹布（好脏！）擦擦盘子，把刷锅水往泔水缸里一倒，用火钳夹起一片木柴歪着头吸烟，小指头搔搔发痒的眉毛，鼻子吸一吸吐出一口痰……这些等等，让人觉得这扬州人全变了。菜都上了桌，他从桌子底下拉过一张板凳（接过腿的），坐下，第一句话就是：

"什么都贵了，生意真不好做！"

听到这句话，南京人回过头来向我们这边看了看，脸色很不好看。南京人是一点也没有走样。他那个扁扁的大鼻子教我们想起前天应该跟他商量才对。这种平常不做的家乡菜，费工费事，扬州人又讲面子，收的钱很少，虽不赔本，但没有多少赚头。南京人一定很不高兴。他的不高兴分明地写在他的脸上。我觉得这两个人这两天一定吵了一架。不一定是为我们这一顿饭而吵的（希望不是）。而且从他们之间的神气上看，早已不很融洽了，开始吵架已经颇久的事了。照例大概是南京人嘟嘟囔囔，扬州人一声不响。可能总是那个女人为一点小事和南京人拌嘴，吵着吵着，就牵扯起过去许多不痛快的事，可以接连吵几天。事情很清楚，南京人现在的股本不比扬州人少。扬州人两口子吃穿，南京人是光棍一个，他们之间不会有什么会计制度，收支都是一篇糊涂账。从扬州人的衰萎的体态看起来，我疑心他是不是有时也抽口把鸦片烟。唔，要是当真，那可！

我看看南京人的肥厚的手掌和粗短的指头，忽然很同情他。似乎他的后脑勺没有堆得更高，全是扬州人的责任。

到我复学时，学校各处都还是那样，但又似乎有些变化：都有一种顺天知命，随遇而安的样子。大图书馆还有那么一些人坐着看书。指定参考书不够。然而要多少本才够呢？于是就够了。草顶泥墙的宿舍还没有一间坍圮的。一间宿舍还是住四十人。一间宿舍住四十人太多了。然而多少人住一屋才算合理？一个人每天需要多久时间的孤独？于是这样也挺好。生物系的新生都要抄一个表：人的正常消耗是多少卡路里。他们就想不出办法取得这些卡路里。一个教授研究人们吃的刺梨和“云南橄榄”所含的维他命，这位教授身上的维他命就相当不足。路边的树都长得很高了，在月光中布下黑影。树影月光，如梦如水。学校里平平静静。一年之中，没有人自杀，也没有人发疯，也听不到有人痛哭。绿杨饭店已经搬了家，在学校的门外搭了一个永远像明天就会拆去的草棚子卖包子、卖面。

这个饭店是每况愈下了。南京人的脾气变得很暴躁。背着这爿半死不活的饭店，他简直无计可施，然而扔下它又似乎不行。他有点自暴自弃起来，时常看他弄了一碗市酒，闷闷地喝（他的络腮胡子乌猛猛的），忽然把拳头一擂桌子，大骂起来。他不知骂谁才好。若是扬州人和他一样的强壮，他也许会跳过去对着他的鼻子就是一拳，然而扬州人是一股窝囊样子，折垂了脖子，木然地看着哄在一块骨头上的一堆苍蝇。南京人看着他这副倒霉样子，一股邪火从脚心直升上来！扬州人的身体越来越不行了，背佝偻得很厉害。他的嘴角老是耷拉着，嘴老是半张着。他老是用左手捋着右臂的衣袖，上下推移。又不是搔痒，不知道干什么！他的头发还是向后梳着的，是用水湿了梳的，毫无光泽，令人难过。有人来了，他机械地站起来，机械地走动，用一块黑透了的抹布骗人似的抹抹桌子，抹完了往肩上一搭：

“吃什么？有包子，有面。牛肉面、炸酱面，菠菜猪肝面……”

声音空洞而冷漠。客人的食欲就教他那个神气，那个声音压低了一半。你看看那个荒凉污黑的货架，看到西红柿上的黑斑，你想到这一块是煮不烂的；看到一个大而无当的盘子里的两三个鸡蛋；这鸡蛋一定是散黄的；你还会想起扬州人向你解释过的：“鸡蛋散黄是蚊子叮的”；你想起孑孓在水里翻跟斗……吃什么呢？你简直没有主意。你就随便说一个，牛肉面吧。

扬州人捋着他的袖子：

“嗷，——牛肉面一碗……”

“牛肉早就没有了！要说多少次！”

“嗷，——牛肉没有了……”

那么随便吧，猪肝面吧。

“嗷，——猪肝面一碗……”

那个女人呢？分明已经属于南京人了。不用打听，一看就看得出来。仿佛这也没有什么奇怪。连他们晚上还同时睡在那个棚子底下，也都并不奇怪。这关系是怎样转变过来的呢？这当中应当又有一段故事，但是你也顶好别去打听。

我已经知道，扬州人南京人原来是亲戚。南京人是扬州人的小舅子。这！

过了好多好多时候，“炮仗响了”。云南老百姓管抗战胜利，战争结束叫“炮仗响”。他们不说“胜利”，不说“战争结束”，而说“炮仗响”。因为胜利那天，大街小巷放了很多炮仗。炮仗响了以后，我没有见过扬州人，已经把他忘记了。

一直到我要离开昆明的前一天，出去买东西，偶然到一家铺子去吃东西，一抬头：哎，那不是扬州人吗？再往里看，果然南京人也在那儿，做包子，一身老蓝布裤褂，面粉口袋围裙，工作得非常紧张，后脑勺的皱褶直扭动，手掌拍得面团啪啪地响。摘面蒂，刮馅子，捏褶子，收嘴子，节奏感很强，仿佛想把他的热情变成包子的滋味。这个扬州人，你为什么要到昆明来呢？……

明天我要走了。车票在我的口袋里。我不知道摸了多少次。我有个很不好的习惯，喜欢把口袋里随便什么纸片捏在手里搓揉，搓搓就扔掉了。我丢过修表的单子、洗衣服的收据、照相的凭条、防疫证书、人家写给我的通讯处……我真怕我把车票也丢了。我觉得头晕，想吐。这会饿过了火，实在什么也不想吃。

可是我得说话。我这么失魂落魄地坐着，要惹人奇怪的。已经有人在注意我。他一面咀嚼着白斩鸡，一面咀嚼着我。他已经放肆地从我的身上构拟起故事来了。我振作一下，说：

“猪肝面加菠菜西红柿！”

扬州人放好筷子，坐在一张空桌边的凳子上。他牙齿掉了不少，两颊好像老是在吸气。而脸上又有点浮肿，一种暗淡的痴黄色。肩上一条抹布，湿漉漉的。一件黑滋滋的汗衫，（还是麻纱的！）一条半长不短的裤子。这条裤子像一个十二三岁的孩子穿的。衣裤上到处是跳蚤血的黑点。看他那滑稽相的裤子，你想到裤子里的肚皮一定打了好多道褶子！最后，我的眼睛就毫不客气地死盯住他的那双脚。一双自己削成的很大的木屐，简直是长方形的。好脏的脚！仿佛污泥已经透入多裂纹的皮肤。十个趾甲都是灰趾甲。左脚的大拇指极其不通地压在中趾底下，难看无比。对这个扬州人，我没有第二种感情：厌恶！我恨他，虽然没有理由。

一九四七年六月

鸡毛

西南联大有一个文嫂。

她不是西南联大的人。她不属于教职员工，更不是学生。西南联大的各种名册上都没有“文嫂”这个名字。她只是在西南联大里住着，是一个住在联大里的校外的人。然而她又的的确确是“西南联大”的一个组成部分。她住在西南联大的新校舍。

西南联大有许多部分：新校舍、昆中南院、昆中北院、昆华师范、工学院……其他部分都是借用的原有的房屋，新校舍是新建的，也是联大的主要部分。图书馆、大部分教室、各系的办公室、男生宿舍……都在新校舍。

新校舍在昆明大西门外，原是一片荒地。有很多坟，几户零零落落的人家。坟多无主。有的坟主大概已经绝了后，不难处理，有一个很大的坟头，一直还留着，四面环水，如一小岛，春夏之交，开满了野玫瑰，香气袭人，成了一处风景。其余的，都平了。坟前的墓碑，有的相当高大，都搭在几条水沟上，成了小桥。碑上显考显妣的姓名分明可见，全都平躺着了。每天有许多名师大儒、莘莘学子从上面走过。住户呢，由学校出几个钱，都搬迁了。文嫂也是这里的住户。她不搬。说什么也不搬。她说她在这里住惯了。联大的当局是很讲人道主义的，人家不愿搬，不能逼人家走。可是她这两间破破烂烂的草屋，不当不间地戳在那里，实在也不成个样子。新校舍建筑虽然极其简陋，但是是经过土木工程系的名教授设计过的，房屋安排疏密有致，空间利用十分合理。那怎么办呢？主其事者跟文嫂商量，把她两间草房拆了，另外给她盖一间，质料比她原来的要好一些。她同意了，只要求再给她盖一个鸡窝。那好办。

她这间小屋，土墙草顶，有两个窗户（没有窗扇，只有一个窗洞，有几根直立着的带皮的树棍），一扇板门。紧靠西面围墙，离二十五号宿舍不远。

宿舍旁边住着这样一户人家，学生们倒也没有人觉得奇怪。学生叫她文嫂。她管这些学生叫“先生”。时间长了，也能分得出张先生、李先生、金先生、朱先生……但是，相处这些年了，竟没有一个先生知道文嫂的身世，只知道她是一个寡妇，有一个女儿。人很老实。虽然没有知识，但是洁身自好，不贪小便宜。除非你给她，她从不伸手要东西。学生丢了牙膏肥皂、小东小西，从来不会怀疑是她顺手牵羊拿了去。学生洗了衬衫，晾在外面，被风吹跑了，她必为捡了，等学生回来时交出：“金先生，你的衣服。”除了下雨，她一天都是在屋外待着。她的屋门也都是敞开着的。她的所作所为，都在天日之下，人人可以看到。

她靠给学生洗衣服、拆被窝维持生活。每天大盆大盆地洗。她在门前的两棵半大榆树之间拴了两根棕绳，拧成了麻花。洗得的衣服，夹紧在两绳之间。风把这些衣服吹得来回摆动，霍霍作响。大太阳的天气，常常看见她坐在草地上（昆明的草多丰茸齐整而极干净）做被窝，一针一针，专心致意。衣服被窝洗好做得了，为了避免嫌疑，她从不送到学生宿舍里去，只是叫女儿隔着窗户喊“张先生，来取衣服，”——“李先生，取被窝。”

她的女儿能帮上忙了，能到井边去提水，踮着脚往绳子上晾衣服，在床上把衣服抹煞平整了，叠起来。

文嫂养了二十来只鸡（也许她原是靠喂鸡过日子的）。联大到处是青草，草里有昆虫蚱蜢种种活食，这些鸡都长得极肥大，很肯下蛋。隔多半个月，文嫂就挎了半篮鸡蛋，领着女儿，上市去卖。蛋大，也红润好看，卖得很快。回来时，带了盐巴、辣子，有时还用马兰草提着一块够一个猫吃的肉。

每天一早，文嫂打开鸡窝门，这些鸡就急急忙忙，迫不及待地奔出来，散到草丛中去，不停地啄食。有时又抬起头来，把一个小脑袋很有节奏地转来转去，顾盼自若，——鸡转头不是一下子转过来，都是一顿一顿地那么转动。到觉得肚子里那个蛋快要坠下时，就赶紧跑回来，红着脸把一个蛋下在鸡窝里。随即得意非凡地高唱起来："郭格答！郭格答！"文嫂或她的女儿伸手到鸡窝里取出一颗热烘烘的蛋，顺手赏了母鸡一块土坷垃："去去去！先生要用功，莫吵！"这鸡婆子就只好咕咕地叫着，很不平地走到草丛里去了。到了傍晚，文嫂抓了一把碎米，一面撒着，一面"啯啯，啯啯"叫着，这些母鸡就都即即足足地回来了。它们把碎米啄尽，就鱼贯进入鸡窝。进窝时还故意把脑袋低一低，把尾巴向下耷拉一下，以示雍容文雅，很有鸡教。鸡窝门有一道小坎，这些鸡还都一定两脚并齐，站在门槛上，然后向前一跳。这种礼节，其实大可不必。进窝以后，咕咕囔囔一会儿，就寂然了。于是夜色就降临抗战时期最高学府之一，国立西南联合大学的新校舍了。阿门。

文嫂虽然生活在大学的环境里，但是大学是什么，这有什么用，为什么要办它，这些，她可一点都不知道。只知道有许多"先生"，还有许多小姐，或按昆明当时的说法，有很多"摩登"，来来去去，或在一个洋铁皮房顶的屋子（她知道那叫"教室"）里，坐在木椅子上，呆呆地听一个"老倌"讲话。这些"老倌"讲话的神气有点像耶稣堂卖福音书的教士（她见过这种教士）。但是她隐隐约约地知道，先生们将来都是要做大事，赚大钱的。

先生们现在可没有赚大钱，做大事，而且越来越穷，找文嫂洗衣服、做被子的越来越少了。大部分先生非到万不得已，不拆被子，一年也不定拆洗一回。有的先生虽然看起来衣冠齐楚，西服皮鞋，但是皮鞋底下有洞。有一位先生还为此制了一则谜语："天不知地知，你不知我知。"他们的袜子没有后跟，穿的时候就把袜尖往前拽拽，窝在脚心里，这样后跟的破洞就露不出来了。他们的衬衫穿脏了，脱下来换一件。过两天新换的又脏了，看看还是原先脱下的一件干净些，于是又换回来。有时要去参加Party[1]，没有一件洁白的衬衫，灵机一动：有了！把衬衫反过来穿！打一条领带，把纽扣遮住，这样就看不出反正了。就这样，还很优美地跳着《蓝色的多瑙河》。有一些，就完全不修边幅，衣衫褴褛，囚首垢面，跟一个叫花子差不多了。他们的裤子破了，就用一根麻绳把破处系紧。文嫂看到这些先生，常常跟女儿说："可怜！"

来找文嫂洗衣的少了，她还有鸡，而且她的女儿已经大了。

女儿经人介绍，嫁了一个司机。这司机是下江人，除了他学着说云南话："为哪样""咋个整"，其余的话，她听不懂，但她觉得这女婿人很好。他来看过老丈母，穿了麂皮夹克，大皮鞋，头上抹了发蜡。女儿按月给妈送钱。女婿跑仰光、腊戍，也跑贵州、重庆。每趟回来，还给文嫂带点曲靖韭菜花，贵州盐酸菜，甚至宣威火腿。有一次还带了一盒遵义板桥的化风丹，她不知道这有什么用。他还带来一些奇形怪状的果子。有一种果子，香得她的头都疼。下江人女婿答应养她一辈子。

文嫂胖了。

男生宿舍全都一样，是一个窄长的大屋子，土墼墙，房顶铺着木板，木板都没有刨过，留着锯齿的痕迹，上盖稻草；两面的墙上开着一列像文嫂的窗洞一样的窗洞。每间宿舍里摆着二十张双层木床。这些床很笨重结实，一个大学生可以在上面放放心心地睡四年，一直睡到毕业，无须修理。床本来都是规规矩矩地靠墙排列着的，一边十张。可

1 英文：社交聚会。

是这些大学生需要自己的单独的环境，于是把它们重新调动了一下，有的两张床摆成一个曲尺形，有的三张床摆成一个凹字形，就成了一个一个小天地。按规定，每一间住四十人，实际都住不满。有人占了一个铺位，或由别人替他占了一个铺位而根本不来住；也有不是铺主却长期睡在这张铺上的；有根本不是联大学生，却在新校舍住了好几年的。这些曲尺形或凹字形的单元里，大都只有两三个人。个别的，只有一个。一间宿舍住的学生，各系的都有。有一些互相熟悉，白天一同进出，晚上联床夜话；也有些老死不相往来，连贵姓都不打听。二十五号南头一张双层床上住着一个历史系学生，一个中文系学生，一个上铺，一个下铺，两个人合住了一年，彼此连面都没有见过：因为这二位的作息时间完全不同。中文系学生是个夜猫子，每晚在系图书馆夜读，天亮才回来：而历史系学生却是个早起早睡的正常的人。因此，上铺的铺主睡觉时，下铺是空的：下铺在酣睡时，上铺没有人。

联大的人都有点怪。“正常”在联大不是一个褒词。一个人很正常，就会被其余的怪人认为“很怪”。即以二十五号宿舍而论，如果把这些先生的事情写下来，将会是一部很长的小说。如今且说一个人。

此人姓金，名昌焕，是经济系的。他独占北边的一个凹字形的单元。他不欢迎别人来住，别人也不想和他搭伙。他不知从哪里弄来一些木板，把双层床的一边都钉了木板，就成了一间屋中之屋，成了他的一统天下。凹字形的当中，摞着几个装肥皂的木箱——昆明这种木箱很多，到处有得卖，这就是他的书桌。他是相当正常的。一二年级时，按时听讲，从不缺课。联大的学生大都很狂，讥弹时事，品藻人物，语带酸咸，辞锋很锐。金先生全不这样。他不发狂论。事实上他很少跟人说话。其特异处有以下几点：一是他所有的东西都挂着，二是从不买纸，三是每天吃一块肉。他在他的床上拉了几根铁丝，什么都挂在这些铁丝上，领带、袜子、针线包、墨水瓶……他每天就睡在这些叮叮当当的东西的下面。学生离不开纸。怎么穷的学生，也得买一点纸。联大的学生时兴用一种灰绿色布制的夹子，里面夹着一叠白片艳纸，用来记笔记，做习题。金先生从不花这个钱。为什么要花钱买呢？纸有的是！联大大门两侧墙上贴了许多壁报、学术演讲的通告、寻找失物、出让衣鞋的启事，形形色色、琳琅满目。这些启事、告白总不是顶天立地满满写着字，总有一些空白的地方。金先生每天晚上就带了一把剪刀，把这些空白的地方剪下来。他还把这些纸片，按大小纸质、颜色，分门别类，裁剪整齐，留作不同用处。他大概是相当笨的，因此，每晚都开夜车。开夜车伤神，需要补一补。他按期买了猪肉，切成大小相等的方块，借了文嫂的鼎罐（他借用了鼎罐，都是洗都不洗就还给人家了），在学校茶水炉上炖熟了，密封在一个有盖的瓷坛里。每夜用完了功，就打开坛盖，用一只一头削尖了的筷子，瞅准了，扎出一块，闭目而食之。然后，躺在叮叮当当的什物之下，酣然睡去。

这样过了三年。到了四年级，他在聚兴诚银行里兼了职，当会计。其时他已经学了簿记、普通会计、成本会计、银行会计、统计……这些学问当一个银行职员，已是足用的了。至于经济思想史、经济地理……这些空空洞洞的课程，他觉得没有什么用处，只要能混上学分就行，不必苦苦攻读，可以缺课。他上午还在学校听课，下午上班。晚上仍是开夜车，搜罗纸片，吃肉。自从当了会计，他添了两样毛病。一是每天提了一把黑布阳伞进出，无论冬夏，天天如此。二是穿两件衬衫，打两条领带，穿好了衬衫，打好领带；又加一件衬衫，再打一条领带。这是干什么呢？若说是显示他有不止一件衬衫、一条领带吧，里面的衬衫和领带别人又看不见；再说这鼓鼓囊囊的，舒服吗？真是令人百思不得其解。因此，同屋的那位中文系夜游神送给他一个外号，这外号很长：“二十年目睹之怪现状”。

金先生很快就要毕业了。毕业以前，他想到要做两件事。一件是加入国民党，这已经着手办了；一件是追求一个女同学，这可难。他在学校里进进出出，一向像马二先生逛西湖：他不看女人，女人也不看他。

谁知天缘凑巧，金昌焕先生竟有了一段风流韵事。一天，他正提着阳伞到聚兴诚去上班，前面走着两个女同学，她们交头接耳地谈着话。一个告诉另一个：这人穿两件衬衫，打两条领带，而且介绍他有一个很长的外号："二十年目睹之怪现状"。听话的那个不禁回头看了金昌焕一眼，嫣然一笑。金昌焕误会了：谁知一段姻缘却落在这里。当晚，他给这女同学写了一封情书。开头写道："××女士芳鉴，迳启者……"接着说了很多仰慕的话，最后直截了当地提出："倘蒙慧眼垂青，允订白首之约，不胜荣幸之至。随函附赠金戒指一枚，务祈笑纳为荷。"在"金戒指"三字的旁边还加了一个括弧，括弧里注明："重一钱五"。这封情书把金先生累得够呛，到他套起钢笔，吃下一块肉时，文嫂的鸡都已经即即足足地发出声音了。

这封情书是当面递交的。

这位女同学很对得起金昌焕。她把这封信公布在校长办公室外面的布告栏里，把这枚金戒指也用一枚大头针钉在布告栏的墨绿色的绒布上。于是金昌焕一下子出了大名了。

金昌焕倒不在乎。他当着很多人，把信和戒指都取下来，收回了。

你们爱谈论，谈论去吧！爱当笑话说，说去吧！于金昌焕何有哉！金昌焕已经在重庆找好了事，过两天就要离开西南联大，上任去了。

文嫂丢了三只鸡，一只笋壳鸡，一只黑母鸡，一只芦花鸡。这三只鸡不是一次丢的，而是隔一个多星期丢一只。不知怎么丢的。早上开鸡窝放鸡时还在，晚上回窝时就少了。文嫂到处找，也找不着。她又不能像王婆骂鸡那样坐在门口骂——她知道这种泼辣做法在一个大学里很不合适，只是一个人叨叨："我吖（的）鸡呢？我吖鸡呢？……"

文嫂的女儿回来了。文嫂吓了一跳：女儿戴得一头重孝。她明白出了大事了。她的女婿从重庆回来，车过贵州的十八盘，翻到山沟里了。女婿的同事带了信来。母女俩顾不上抱头痛哭，女儿还得赶紧搭便车到十八盘去收尸。

女儿走了，文嫂失魂落魄，有点傻了。但是她还得活下去，还得过日子，还得吃饭，还得每天把鸡放出去，关鸡窝。还得洗衣服，做被子。有很多先生都毕业了，要离开昆明，临走总得干净干净，来找文嫂洗衣服，拆被子的多了。

这几天文嫂常上先生们的宿舍里去。有的先生要走了，行李收拾好了，总还有一些带不了的破旧衣物，一件渔网似的毛衣，一个压扁了的脸盆，几只配不成对的皮鞋——那有洞的鞋底至少掌鞋还有用……这些先生就把文嫂叫了来，随她自己去挑拣。挑完了，文嫂必让先生看一看，然后就替他们把曲尺形或凹字形的单元打扫一下。

因为洗衣服、拣破烂，文嫂还能岔乎岔乎，心里不致太乱。不过她明显地瘦了。

金昌焕不声不响地走了。二十五号的朱先生叫文嫂也来看看，这位“怪现状”是不是也留下一些还值得一拣的东西。

什么都没有。金先生把一根布丝都带走了。他的凹形王国里空空如也，只留下一个跟文嫂借用的鼎罐。文嫂毫无所得，然而她也照样替金先生打扫了一下。她的笤帚扫到床下，失声惊叫了起来：床底下有三堆鸡毛，一堆笋壳色的，一堆黑的，一堆芦花的！

文嫂把三堆鸡毛抱出来，一屁股坐在地下，大哭起来。

“啊呀天呐，这是我吻鸡呀！我吻笋壳鸡呀！我吻黑母鸡，我吻芦花鸡呀！……”

“我寡妇失业几十年哪，你咋个要偷我吻鸡呀！……”

“我风里来雨里去呀，我的命多苦，多艰难呀，你咋个要偷我吻鸡呀……”

“你先生是要做大事，赚大钱的呀，你咋个要偷我吻鸡呀！……”

“我吻女婿死在贵州十八盘，连尸都还没有收呀，你咋个要偷我吻鸡呀！……”

她哭得很伤心，很悲痛。

她好像要把一辈子所受的委屈、不幸、孤单和无告全都哭出来。

这金昌焕真是缺德，偷了文嫂的鸡，还借了文嫂的鼎罐来炖了。至于他怎么偷的鸡，怎么宰了，怎样煺的鸡毛，谁都无从想象。

林子大了，什么鸟都有。

一九八一年六月六日

钓人的孩子

抗日战争时期。昆明大西门外。

米市，菜市，肉市。柴驮子，炭驮子。马粪。粗细瓷碗，砂锅铁锅。焖鸡米线，烧饵块。金钱片腿，牛干巴。炒菜的油烟，炸辣子的呛人的气味。红黄蓝白黑，酸甜苦辣咸。

每个人带着一生的历史，半个月的哀乐，在街上走。栖栖惶惶，忙忙碌碌。谁都希望意外地发一笔小财，在路上捡到一笔钱。

一张对折着的钞票躺在人行道上。

用这张钞票可以量五升米，割三斤肉，或扯六尺细白布，——够做一件汗褂，或到大西门里牛肉馆要一盘冷片、一碗汤片、一大碗饭、四两酒，美美地吃一顿。

一个人弯腰去捡钞票。

噌——，钞票飞进了一家店铺的门里。

一个胖胖的孩子坐在门背后。他把钞票丢在人行道上，钞票上拴了一根黑线，线头捏在他的手里。他偷眼看着钞票，只等有人弯腰来拾，他就猛地一抽线头。

他玩着这种捉弄人的游戏，已经玩了半天。上当的已经有好几个人了。

胖孩子满脸是狡猾的笑容。

这是一个小魔鬼。

这孩子长大了，将会变成一个什么人呢？日后如果有人提起他的恶作剧，他多半会否认。——也许他真的已经忘了。

捡金子

这是一个怪人，很孤傲，跟谁也不来往，尤其是女同学。他是哲学系的研究生。他只有两个“听众”，都是中文系四年级的学生。他们每天一起坐茶馆，在茶馆里喝清茶，嗑葵花子，看书，谈天，骂人。哲学研究生高谈阔论的时候多，那两位只有插话的份儿，所以是“听众”。他们都有点玩世不恭。哲学研究生的玩世不恭是真的，那两位有点是装出来的。他们说话很尖刻，动不动骂人是“卑劣的动物”。他们有一套独特的语言。他们把漂亮的女同学叫作“虎”，把谈恋爱叫作“杀虎”，把钱叫作“刀”。有刀则可以杀虎，无刀则不能。诸如此类。他们都没有杀过一次虎。

这个怪人做过一件怪事：捡金子。昆明经常有日本飞机来空袭。一有空袭就拉警报。一有警报人们就都跑到城外的山野里躲避，叫作“逃警报”。哲学研究生推论：逃警报的人一定会把值钱的东西带在身边，包括金子；有人带金子，就会有人丢掉金子；有人丢掉金子，一定会有人捡到；人会捡到金子；我是人，故我可以捡到金子。这一套逻辑推理实在是无懈可击。于是在逃警报时他就沿路注意。他当真捡到金戒指，而且不止一次，不止一枚。

此人后来不知所终。

有人说他到了重庆，给《中央日报》写社论，骂共产党。

航空奖券

国民党的中央政府发行了一种航空救国奖券，头奖二百五十万元，月月开奖。虽然通货膨胀，钞票贬值，这二百五十万元一直还是一个相当大的数目。这就是说，在国民党统治范围的中国，每个月要凭空出现一个财主。花不多的钱，买一个很大的希望，因此人们趋之若鹜，代卖奖券的店铺的生意很兴隆。

中文系学生彭振铎高中毕业后曾教过两年小学，岁数比同班同学都大。他相貌平常，衣装朴素，为人端谨。他除了每月领助学金（当时叫作“贷金”），还在中学兼课，有一点微薄的薪水。他过得很俭省，除了买买书，买肥皂牙膏，从不乱花钱。不抽烟，不饮酒。只有他的一个表哥来的时候，他的生活才有一点变化。这位表哥往来重庆、贵阳、昆明，跑买卖。虽是做生意的人，却不忘情诗书，谈吐不俗。他来了，总是住在爱群旅社，必把彭振铎邀去，洗洗澡，吃吃馆子，然后在旅馆里长谈一夜。谈家乡往事，物价行情，也谈诗。平常，彭振铎总是吃食堂，吃有耗子屎的发霉的红米饭，吃炒芸豆，还有一种叫作魔芋豆腐的紫灰色的烂糊糊的东西。他读书很用功，但是没有一个教授特别赏识他，没有人把他当作才子来看。然而他在内心深处却是一个诗人，一个忠实的浪漫主义者。在中国诗人里他喜欢李商隐，外国诗人里喜欢雪莱，现代作家里喜欢何其芳。他把《预言》和《画梦录》读得几乎能背下来。他自己也不断地写一些格律严谨的诗和满纸烟云的散文。定稿后抄在一个黑漆布面的厚练习本里，抄得很工整。这些作品，偶尔也拿出来给人看，但只限于少数他所钦服而嘴又不太损的同学。同班同学中有一个写小说的，他就请他看过。这位小说家认真地看了一遍，说：“很像何其芳。”

然而这位浪漫主义诗人却干了一件不大有诗意的事：他按月购买一条航空奖券。

他买航空奖券不是为了自己。

系里有个女同学名叫柳曦，长得很漂亮。然而天然不俗，落落大方，不像那些漂亮的或自以为漂亮的女同学整天浓妆艳抹，有明星气、少奶奶气或教会气。她并不怎样着意打扮，总是一件蓝阴丹士林旗袍，——天凉了则加一件玫瑰红的毛衣。她走起路来微微偏着一点脑袋，两只脚几乎走在一条线上，有一种说不出来的风致，真是一株风前柳，不枉了小名儿唤做柳曦，彭振铎和她一同上创作课。她写的散文也极清秀，文如其人，彭振铎自愧弗如。

尤其使彭振铎动心的是她有一段不幸的身世。有一个男的时常来找她。这个男的比柳曦要大五六岁，有时穿一件藏青哔叽的中山装，有时穿一套咖啡色西服。这是柳曦的未婚夫，在资源委员会当科长。柳曦的婚姻是勉强的。她的父亲早故，家境贫寒。这个男人看上了柳曦，拿钱供柳曦读了中学，又读了大学，还负担她的母亲和弟妹的生活。柳曦在高中一年级就跟他订婚了。她实际上是卖给了这个男人。怪不道彭振铎觉得柳曦的眉头总有点蹙着（虽然这更增加了她的美的深度），而且那位未婚夫来找她，两人一同往外走她总是和他离得远远的。

这是那位写小说的同学告诉彭振铎的。小说家和柳曦是小同乡，中学同学。

彭振铎很不平了。他要搞一笔钱，让柳曦把那个男人在她身上花的钱全部还清，把自己赎出来，恢复自由。于是他就按月购买航空奖券。他老是梦想他中了头奖，把二百五十万元连同那一册诗文一起捧给柳曦。这些诗文都是写给柳曦的。柳曦感动了，流了眼泪。投在他的怀里。

彭振铎的表哥又来了。彭振铎去看表哥，顺便买了一条航空奖券。到了爱群旅社，适逢表哥因事外出，留字请他少候。彭振铎躺在床上看书。房门开着。

彭振铎看见两个人从门外走过，是柳曦和她的未婚夫！他们走进隔壁的房间。不大一会儿，就听见柳曦的放浪的笑声。

彭振铎如遭电殛。

他觉得心里很不是滋味。

而且他渐渐觉得柳曦的不幸的身世、勉强的婚姻，都是那个写小说的同学编出来的。这个玩笑开得可太大了！

他怎么坐得住呢？只有走。

他回到宿舍，把那一册诗文翻出来看看。他并没有把它们烧掉。这些诗文虽然几乎篇篇都有柳，柳风，柳影、柳絮、杨花、浮萍……但并未点出柳曦的名字。留着，将来有机会献给另外一个人，也还是可以的。

航空奖券，他还是按月买，因为已经成了习惯。

一九八二年二月二日

职业

文林街一年四季，从早到晚，有各种吆喝叫卖的声音。街上的居民铺户、大人小孩、大学生、中学生、小学生、小教堂的牧师，和这些叫卖的人自己，都听得很熟了。

"有旧衣烂衫找来卖！"

我一辈子也没有听见过这么脆的嗓子，就像一个牙口极好的人咬着一个脆萝卜似的。这是一个中年的女人，专收旧衣烂衫。她这一声真能喝得千门万户开，声音很高，拉得很长，一口气。她把"有"字切成了"一——尢"，破空而来，传得很远（她的声音能传半条街）。"旧衣烂衫"稍稍延长，"卖"字有余不尽：

"一——尢旧衣烂衫……找来卖……"

"有人买贵州遵义板桥的化风丹？……"

我从此人的吆喝中知道了一个一般地理书上所不载的地名：板桥，而且永远也忘不了，因为我每天要听好几次。板桥大概是一个镇吧，想来还不小。不过它之出名可能就因为出一种叫化风丹的东西。化风丹大概是一种药吧？这药是治什么病的？我无端地觉得这大概是治小儿惊风的。昆明这地方一年能销多少化风丹？我好像只看见这人走来走去，吆喝着，没有见有人买过他的化风丹。当然会有人买的，否则他吆喝干什么。这位贵州老乡，你想必是板桥的人了，你为什么总在昆明待着呢？

你有时也回老家看看么？

黄昏以后，直至夜深，就有一个极其低沉苍老的声音，很悲凉地喊着：

“壁虱药！蛇蚤药！”

壁虱即臭虫。昆明的跳蚤也是真多。他这时候出来吆卖是有道理的。白天大家都忙着，不到快挨咬，或已经挨咬的时候，想不起买壁虱药、蛇蚤药。

有时有苗族的少女卖杨梅、卖玉麦粑粑。

“卖杨梅——！”

“玉麦粑粑——！”

她们都是苗家打扮，戴一个绣花小帽子，头发梳得光光的，衣服干干净净的，都长得很秀气。她们卖的杨梅很大，颜色红得发黑，叫作“火炭梅”，放在竹篮里，下面衬着新鲜的绿叶。玉麦粑粑是嫩玉米磨制的粑粑（昆明人叫玉米为苞谷，苗人叫玉麦），下一点盐，蒸熟（蒸出后粑粑上还明显地保留着拍制时的手指印痕），包在玉米的嫩皮里，味道清香清香的。这些苗族女孩子把山里的夏天和初秋带到了昆明的街头了。

……

在这些耳熟的叫卖声中，还有一种，是：

“椒盐饼子西洋糕！”

椒盐饼子，名副其实：发面饼，里面和了一点椒盐，一边稍厚，一边稍薄，形状像一把老式的木梳，是在铛上烙出来的，有一点油性，颜色黄黄的。西洋糕即发糕，米面蒸成，状如莲蓬，大小亦如之，有一点淡淡的甜味。放的是糖精，不是糖。这东西和“西洋”可以说是毫无瓜葛，不知道何以命名曰“西洋糕”。这两种食品都不怎么诱人。淡而无味，虚泡不实。买椒盐饼子的多半是老头，他们穿着土布衣裳，喝着大叶清茶，抽金堂叶子烟，泛览周王传，流观山海图，一边嚼着这种古式的点心，自得其乐。西洋糕则多是老太太叫住，买给她的小孙子吃。这玩意好消化，不伤人，下肚没多少东西。当然也有其他的人买了充饥，比如拉车的，赶马的马锅头[1]，在茶馆里打扬琴说书的瞎子……

卖椒盐饼子西洋糕的是一个孩子。他斜挎着一个腰圆形的扁浅木盆，饼子和糕分别放在木盆两侧，上面盖一层白布，白布上放一饼一糕作为幌子，从早到晚，穿街过巷，吆喝着：

“椒盐饼子西洋糕！”

这孩子也就是十一二岁，如果上学，该是小学五六年级。但是他没有上过学。

我从侧面约略知道这孩子的身世。非常简单。他父亲死得早。母亲给人家洗衣服。他还有个外婆，在大西门外摆一个茶摊卖茶，卖葵花子，他外婆还会给人刮痧、放血、拔罐子，这也能得一点钱。他长大了，得自己挣饭吃。母亲托人求了糕点铺的杨老板，他就做了糕点铺的小伙计。晚上发面，天一亮就起来烧火，帮师傅蒸糕、打饼，白天挎着木盆去卖。

“椒盐饼子西洋糕！”

这孩子是个小大人！他非常尽职，毫不贪玩。遇有唱花灯的、耍猴的、耍木脑壳戏的，他从不挤进人群去看，只是找一个有荫凉、引人注意的地方站着，高声吆喝：

“椒盐饼子西洋糕！”

每天下午，在华山西路、逼死坡前要过龙云的马。这些马每天由马夫牵到郊外去遛，放了青，饮了水，再牵回来。他每天都是这时经过逼死坡（据说这是明建文帝被逼死的地方），他很爱看这些马。黑马、青马、枣红马。有一匹白马，真是一条龙，高腿狭面，长腰秀颈，雪白雪白。它总不好好走路。马夫拽着它的嚼子，它总是骤骤骣骣的。钉了蹄

1 马锅头是马帮的赶马人。不知道为什么叫马锅头。

铁的马蹄踏在石板上，郭答郭答。他站在路边看不厌，但是他没有忘记吆喝：

“椒盐饼子西洋糕！”

饼子和糕卖给谁呢？卖给这些马吗？

他吆喝得很好听，有腔有调。若是谱出来，就是：

5 5 6 — — 5 3 2 — —

椒盐饼子 ——西洋糕

放了学的孩子（他们背着书包），也觉得他吆喝得好听，爱学他。但是他们把字眼改了，变成了：

5 5 6 — — 5 3 2 — —

捏着鼻子 ——吹洋号

昆明人读“饼”字不走鼻音，“饼子”和“鼻子”很相近。他在前面吆喝，孩子们在他身后摹仿：

“捏着鼻子吹洋号！”

这又不含什么恶意，他并不发急生气，爱学就学吧。这些上学的孩子比卖糕饼的孩子要小两三岁，他们大都吃过他的椒盐饼子西洋糕。他们长大了，还会想起这个“捏着鼻子吹洋号”，俨然这就是卖糕饼的小大人的名字。

这一天，上午十一点钟光景，我在一条巷子里看见他在前面走。这是一条很长的、僻静的巷子。穿过这条巷子，便是城墙，往左一拐，不远就是大西门了。我知道今天是他外婆的生日，他是上外婆家吃饭去的（外婆大概炖了肉）。他妈已经先去了。他跟杨老板请了几个小时的假，把卖剩的糕饼交回到柜上，才去。虽然只是背影，但看得出他新剃了头（这孩子长得不难看，大眼睛，样子挺聪明），换了一身干净衣裳。我第一次看到这孩子没有挎着浅盆，散着手走着，觉得很新鲜。他高高兴兴，大摇大摆地走着。忽然回过头来看看。他看到巷子里没有人（他没有看见我，我去看一个朋友，正在倚门站着），忽然大声地、清清楚楚地吆喝了一声：

“捏着鼻子吹洋号！……”

（这是三十多年前在昆明写过的一篇旧作，原稿已失去。前年和去年都改写过，这一次是第三次重写了。一九八二年六月二十九日记。）

小说三篇

求雨

昆明栽秧时节通常是不缺雨的。雨季已经来了，三天两头地下着。停停，下下；下下，停停。空气是潮湿的，洗的衣服当天干不了。草长得很旺盛。各种菌子都出来了。青头菌、牛肝菌、鸡油菌……稻田里的泥土被雨水浸得透透的，每块田都显得很膏腴，很细腻。积蓄着的薄薄的水面上停留着云影。人们戴着斗笠，把新拔下的秧苗插进稀软的泥里……

但是偶尔也有那样的年月，雨季来晚了，缺水，栽不下秧。今年就是这样。因为通常不缺雨水，这里的农民都不预备龙骨水车。他们用一个戽斗，扯动着两边的绳子，从小河里把浑浊的泥浆一点一点地浇进育苗的秧田里。但是这一点点水，只能保住秧苗不枯死，不能靠它插秧。秧苗已经长得过长了，再不插就不行了。然而稻田里却是干干的。整得平平的田面，晒得结了一层薄壳，裂成一道一道细缝。多少人仰起头来看天，一天看多少次。然而天蓝得要命。天的颜色把人的眼睛都映蓝了。雨呀，你怎么还不下呀！雨呀，雨呀！

望儿也抬头望天。望儿看看爸爸和妈妈，他看见他们的眼睛是蓝的。望儿的眼睛也是蓝的。他低头看地，他看见稻田里的泥面上有一道一道螺蛳爬过的痕迹。望儿想了一个主意：求雨。望儿昨天看见邻村的孩子求雨，他就想过：我们也求雨。

他把村里的孩子都叫在一起，找出一套小锣小鼓，就出发了。

一共十几个孩子，大的十来岁，最小的一个才六岁。这是一个枯瘦、褴褛、有些污脏的，然而却是神圣的队伍。他们头上戴着柳条编成的帽圈，敲着不成节拍的、单调的小锣小鼓：咚咚当，咚咚当……他们走得很慢。走一段，敲锣的望儿把锣槌一举，他们就唱起来：

小小儿童哭哀哀，
撒下秧苗不得栽。
巴望老天下大雨，
乌风暴雨一起来。

调子是非常简单的，只是按照昆明话把字音拉长了念出来。他们的声音是凄苦的，虔诚的。这些孩子都没有读过书。他们有人模模糊糊地听说过有个玉皇大帝，还有个龙王，龙王是管下雨的。但是大部分孩子连玉皇大帝和龙王也不知道。他们只知道天，天是无常的。它有时对人很好，有时却是无情的，它的心很狠。他们要用他们的声音感动天，让它下雨。

（这地方求雨和别处大不一样，都是利用孩子求雨。所以望儿他们能找出一套小锣小鼓。大概大人们以为天也会疼惜孩子，会因孩子的哀求而心软。）

他们戴着柳条圈，敲着小锣小鼓，歌唱着，走在昆明的街上。

小小儿童哭哀哀，
撒下秧苗不得栽。
巴望老天下大雨，
乌风暴雨一起来。

过路的行人放慢了脚步，或者干脆停下来，看着这支幼小的、褴褛的队伍。他们的眼睛也是蓝的。

望儿的村子在白马庙的北边。他们从大西门，一直走过华山西路、金碧路，又从城东的公路上走回来。

他们走得很累了，他们都还很小。就着泡辣子，吃了两碗苞谷饭，就都爬到床上睡了。一睡就睡着了。

半夜里，望儿叫一个炸雷惊醒了。接着，他听见屋瓦上噼噼啪啪的声音。过了一会儿，他才意识过来：下雨了！他大声喊起来："爸！妈！下雨啦！"

他爸他妈都已经起来了，他们到外面去看雨去了。他们进屋来了。他们披着蓑衣，戴着斗笠。斗笠和蓑衣上滴着水。

"下雨了！"

"下雨了！"

妈妈把油灯点起来，一屋子都是灯光。灯光映在妈妈的眼睛里。妈妈的眼睛好黑，好亮。爸爸烧了一杆叶子烟，叶子烟的火光映在爸爸的脸上，也映在他的眼睛里。

第二天，插秧了！

全村的男女老少都出来了，到处都是人。

望儿相信，这雨是他们求下来的。

迷路

我不善于认路。有时到一个朋友家去，或者是朋友自己带了我去，或者是随了别人一同去，第二次我一个人去，常常找不着。在城市里好办，手里捏着地址，顶多是多问问人，走一些冤枉路，最后总还是会找到的。一敲门，朋友第一句话常常是："啊呀！你怎么才来！"在乡下可麻烦。我住在一个村子里，比如说是王庄吧，到城里去办一点事，再回来，我记得清清楚楚是怎么走的，回来时走进一个样子也有点像王庄的村子，一问，却是李庄！还得李庄派一个人把我送到王庄。有一个心理学家说不善于认路的人，大都是意志薄弱的人。唉，有什么办法呢！

1951年，我参加土改，地点在江西进贤。这是最后一批土改，也是规模最大的一次土改。参加的人数很多，各色各样的人都有。有干部、民主人士、大学教授、宗教界的信徒、诗人、画家、作家……相当一部分是统战对象。让这些人参加，一方面是工作需要，一方面是让这些人参加一次阶级斗争，在实际工作中锻炼锻炼，改造世界观。

工作队的队部设在夏家庄，我们小组的工作点在王家梁。小组的成员除了我，还有一个从美国回来不久的花腔女高音歌唱家，一个法师。工作队指定，由我负责。王家梁来了一个小伙子接我们。

进贤是丘陵地带，处处是小山包。土质是红壤土，紫红紫红的。有的山是茶山，种的都是油茶，在潮湿多雨的冬天开着一朵一朵白花。有的山是柴山，长满了马尾松。当地人都烧松柴。还有一种树，长得很高大，是梓树。我第一次认识“桑梓之乡”的梓。梓树籽榨成的油叫梓油，虽是植物油，却是凝结的，颜色雪白，看起来很像猪油。梓油炒菜极香，比茶油好吃。田里有油菜花，有紫云英。我们随着小伙子走着。这小伙子常常行不由径，抄近从油茶和马尾松丛中钻过去。但是我还是暗暗地记住了从夏家庄走过来的一条小路。南方的路不像北方的大车路那样平直而清楚，大都是弯弯曲曲的，有时简直似有若无。我们一路走着，对这片陌生的土地觉得很新鲜，为我们将要开展的斗争觉得很兴奋，又有点觉得茫茫然，——我们都没有搞过土改，有一点像是在做梦。不知不觉的，王家梁就到了。据小伙子说，夏家庄到王家梁有二十里。

法师法号静溶。参加土改工作团学习政策时还穿着灰色的棉直裰，好容易才说服他换了一身干部服。大家叫他静溶或静溶同志。他笃信佛法，严守戒律，绝对吃素，但是斗起地主来却毫不手软。我不知道他是怎样把我佛慈悲的教义和阶级斗争调和起来的。花腔女高音姓周，老乡都叫她老周，她当然一点都不老。她身上看不到什么洋气，很能吃苦，只是有点不切实际的幻想。她总以为土改应该像大歌剧那样充满激情。事实上真正工作起来，却是相当平淡的。

我们的工作开展得还算顺利。阶级情况摸清楚了，群众不难发动。也不是十分紧张。每天晚上常常有农民来请我们去喝水。这里的农民有"喝水"的习惯。一把瓦壶，用一根棕绳把壶梁吊在椽子上，下面烧着稻草，大家围火而坐。水开了，就一碗一碗喝起来。同时嚼着和辣椒、柚子皮腌在一起的鬼子姜，或者生番薯片。女歌唱家非常爱吃番薯，这使农民都有点觉得奇怪。喝水的时候，我们除了了解情况，也听听他们说说闲话，说说黄鼠狼、说说果子狸，也说说老虎。他们说这一带出过一只老虎，王家梁有一个农民叫老虎在脑袋上拍了一掌，至今头皮上还留着一个虎爪的印子……

到了预定该到队部汇报的日子了，当然应该是我去。我背了挎包，就走了，一个人，准确无误地走到了夏家庄。

回来，离开夏家庄时，已经是黄昏了。不过我很有把握。我记得清清楚楚，从夏家庄一直往北，到了一排长得齐齐的，像一堵墙似的梓树前面，转弯向右，往西北方向走一截，过了一片长满杂树的较高的山包，就望见王家梁了。队部同志本来要留我住一晚，第二天早上再走，我说不行，我和静溶、老周说好了的，今天回去。

一路上没有遇见一个人。太阳已经完全落下去了，青苍苍的暮色，悄悄地却又迅速地掩盖了下来。不过，好了，前面已经看到那一堵高墙似的一排梓树了。

然而，当我沿梓树向右，走上一个较高的山包，向西北一望，却看不到王家梁。前面一无所有，只有无尽的山丘。

我走错了，不是该向右，是该向左？我回到梓树前面，向左走了一截，到高处看看：没有村庄。

是我走过了头，应该在前面就转弯了？我从梓树墙前面折了回去，走了好长一段，仍然没有发现可资记认的东西。我又沿原路走向梓树。

我从梓树出发，向不同方向各走了一截，仍然找不到王家梁。

我对自己说，我迷路了。

天已经完全黑下来了。除了极远的天际有一点暧昧的余光，什么也辨认不清了。

怎么办呢?

我倒还挺有主意：看来只好等到明天早上再说。我攀上一个山包，选了一棵树（不知道是什么树），爬了上去，找到一个可以倚靠的枝杈，准备就在这里过夜了。我掏出烟来，抽了一支。借着火柴的微光，看了看四周，榛莽丛杂，落叶满山。不到一会儿，只听见树下面悉悉悉悉悉……索索索索索……不知是什么兽物窜来窜去。听声音，是一些小野兽，可能是黄鼠狼、果子狸，不是什么凶猛的大家伙。我头一次知道山野的黑夜是很不平静的。这些小兽物是不会伤害我的。但我开始感觉在这里过夜不是个事情。而且天也越来越冷了。江西的冬夜虽不似北方一样酷寒，但是早起看宿草上结着的高高的霜花，便知夜间不会很暖和。不行。我想到呼救了。

我爬下树来，两手拢在嘴边，大声地呼喊：

“喂——有人吗——？”

“喂——有人吗——？”

我听见自己的声音传得很远。

然而没有人答应。

我又喊：

“喂——有人吗——？”

我听见几声狗叫。

我大踏步地，笔直地向狗叫的方向走去。

我不知道脚下走过的是什么样的树丛、山包，我走过一大片农田，田里一撮一撮干得发脆的稻桩，我跳过一条小河，笔直地，大踏步地走去。我一遇到事，没有一次像这样不慌张，这样冷静，这样有决断。我看见灯光了！

狗激烈地叫起来。

一盏马灯。马灯照出两个人。一个手里拿着梭镖（我明白，这是值夜的民兵），另一个，是把我们从夏家庄领到王家梁的小伙子！

“老汪！你！”

这是距王家梁约有五里的另一个小村子，叫顾家梁，小伙子是因事到这里来的。他正好陪我一同回去。

“走！老汪！”

到了王家梁，几个积极分子正聚在一家喝水。静溶和老周一见我进门，腾地一下子站了起来。他们的眼睛分明写着两个字：老虎。

卖蚯蚓的人

我每天到玉渊潭散步。

玉渊潭有很多钓鱼的人。他们坐在水边，瞅着水面上的漂子。难得看到有人钓到一条二三寸长的鲫瓜子。很多人一坐半天，一无所得。等人、钓鱼、坐牛车，这是世间“三大慢”。这些人真有耐性。各有一好。这也是一种生活。

在钓鱼的旺季，常常可以碰见一个卖蚯蚓的人。他慢慢地蹬着一辆二六的旧自行车，有时扶着车慢慢地走着。走一截，扬声吆唤：

“蚯蚓——蚯蚓来——”

“蚯蚓——蚯蚓来——”

有的钓鱼的就从水边走上堤岸，向他买。

“怎么卖。”

“一毛钱三十条。”

来买的掏出一毛钱，他就从一个原来是装油漆的小铁桶里，用手抓出三十来条，放在一小块旧报纸里，交过去。钓鱼人有时带点解嘲意味，说：

“一毛钱，玩一上午！”

有些钓鱼的人只买五分钱。

也有人要求再添几条。

“添几条就添几条，一个这东西！”

蚯蚓这东西，泥里咕叽，原也难一条一条地数得清，用北京话说，“大概其”，就得了。

这人长得很敦实，五短身材，腹背都很宽厚。这人看起来是不会头疼脑热、感冒伤风的，而且不会有什么病能轻易地把他一下子打倒。他穿的衣服都是宽宽大大的，旧的，褪了色，而且带着泥渍，但都还整齐，并不褴褛，而且单夹皮棉，按季换衣。——皮，是说他入冬以后的早晨有时穿一件出锋毛的山羊皮背心。按照老北京人的习惯，也可能是为了便于骑车，他总是用带子扎着裤腿。脸上说不清是什么颜色，只看到风、太阳和尘土。只有有时他剃了头，刮了脸，才看到本来的肤色。新剃的头皮是雪白的，下边是一张红脸。看起来就像是一件旧铜器在盐酸水里刷洗了一通，刚刚拿出来一样。

因为天天见，面熟了，我们碰到了总要点点头，招呼招呼，寒暄两句。

“吃啦？”

“您遛弯儿！”

有时他在钓鱼人多的岸上把车子停下来，我们就说会子话。他说他自己：“我这人——爱聊。”

我问他一天能卖多少钱。

“一毛钱三十条，能卖多少！块数来钱，两块，闹好了有时能卖四块钱。”

“不少！”

"凑合吧。"

我问他这蚯蚓是哪里来的，"是挖的？"

旁边有一位钓鱼的行家说：

"是贲的。"

这个"贲"字我不知道该怎么写，只能记音。这位行家给我解释，是用蚯蚓的卵人工孵化的意思。

"蚯蚓还能'贲'？"

卖蚯蚓的人说：

"有'贲'的，我这不是，是挖的。'贲'的看得出来，身上有小毛，都是一般长。瞧我的：有长有短，有大有小，是挖的。"

我不知道蚯蚓还有这么大的学问。

"在哪儿挖的，就在这玉渊潭？"

"不！这儿没有。——不多。丰台。"

他还告诉我丰台附近的一个什么山，山根底下，那儿出蚯蚓，这座山名我没有记住。

"丰台？一趟不得三十里地？"

"我一早起蹬车去一趟，回来卖一上午。下午再去一趟。"

"那您一天得骑百十里地的车？"

"七十四了，不活动活动成吗！"

他都七十四了！真不像。不过他看起来像多少岁，我也说不上来。这人好像是没有岁数。

"您一直就是卖蚯蚓？"

"不是！我原来在建筑上，——当壮工。退休了。退休金四十几块，不够花的。"

我算了算，连退休金加卖蚯蚓的钱，有百十块钱，断定他一定爱喝两盅。我把手圈成一个酒杯形，问：

"喝两盅？"

“不喝。——烟酒不动！”

那他一个月的钱一个人花不完，大概还会贴补儿女一点。

“我原先也不是卖蚯蚓的。我是挖药材的。后来药材公司不收购，才改了干这个。”

他指给我看：

“这是益母草，这是车前草，这是红苋草，这是地黄，这是豨莶……这玉渊潭到处是钱！”

他说他能认识北京的七百多种药材。

“您怎么会认药材的？是家传？学的？”

“不是家传。有个街坊，他挖药材，我跟着他，用用心，就学会了。——这北京城，饿不死人，你只要肯动弹，肯学！你就拿晒槐米来说吧——”

“槐米？”我不知道槐米是什么，真是孤陋寡闻。

“就是没有开开的槐花骨朵，才米粒大。晒一季槐米能闹个百儿八十的。这东西外国要，不知道是干什么用，听说是酿酒。不过得会晒。晒好了，碧绿的！晒不好，只好倒进垃圾堆。——蚯蚓！——蚯蚓来！”

我在玉渊潭散步，经常遇见的还有两位，一位姓乌，一位姓莫。乌先生在大学当讲师，莫先生是一个研究所的助理研究员。我跟他们见面也点头寒暄。他们常常发一些很有学问的议论，很深奥，至少好像是很深奥，我听不大懂。他们都是好人，不是造反派，不打人，但是我觉得他们的议论有点不着边际。他们好像是为议论而议论，不是要解决什么问题，就像那些钓鱼的人，意不在鱼，而在钓。

乌先生听了我和卖蚯蚓人的闲谈，问我：

“你为什么对这样的人那样有兴趣？”

我有点奇怪了。

“为什么不能有兴趣？”

“从价值哲学的观点来看，这样的人属于低级价值。”

莫先生不同意乌先生的意见。

“不能这样说。他的存在就是他的价值。你不能否认他的存在。”

“他存在。但是充其量，他只是我们这个社会的填充物。”

“就算是填充物，填充物也是需要的。‘填充’，就说明他的存在的意义。社会结构是很复杂的，你不能否认他也是社会结构的组成部分，哪怕是极不重要的一部分。就像自然界的需要维持生态平衡，我们这个社会也需要有生态平衡。从某种意义来说，这种人也是不可缺少的。”

“我们需要的是走在时代前面的人，呼啸着前进的，身上带电的人！而这样的人是历史的遗留物。这样的人生活在现在，和生活在汉代没有什么区别，——他长得就像一个汉俑。”

我不得不承认，他对这个卖蚯蚓人的形象描绘是很准确且生动的。

乌先生接着说：

“他就像一具石磨。从出土的明器看，汉代的石磨和现在的没有什么不同。现在已经是原子时代——”

莫先生抢过话来，说：

“原子时代也还容许有汉代的石磨，石磨可以磨豆浆，——你今天早上就喝了豆浆！”

他们争执不下，转过来问我对卖蚯蚓的人的“价值”“存在”有什么看法。

我说：

“我只是想了解了解他。我对所有的人都有兴趣，包括站在时代的前列的人和这个汉俑一样的卖蚯蚓的人。这样的人在北京还不少。他们的成分大概可以说是城市贫民。糊火柴盒的、捡破烂的、捞鱼虫的、晒槐米的……我对他们都有兴趣，都想了解。我要了解他们吃什么和想什么。用你们的话说，是他们的物质生活和精神生活。吃什么，我知道一点。比如这个卖蚯蚓的老人，我知道他的胃口很好，吃什么都香。他一嘴牙只有一个活动的。他的牙很短、微黄，这种牙最结实，北方叫作‘碎米牙’，他说：‘牙好是口里的福。’我知道他今天早上吃了四个炸油饼。他中午和晚上大概常吃炸酱面，一顿能吃半斤，就着一把小水萝卜。他大概不爱吃鱼。至于他想些什么，我就不知道了，或者知道得很少。我是个写小说的人，对于人，我只能想了解、欣赏，并对他进行描绘，我不想对任何人做出论断。像我的一位老师一样，对于这个世界，我所倾心的是现象。我不善于作抽象的思维。我对人，更多地注意的是他的审美意义。你们可以称我是一个生活现象的美食家。这个卖蚯蚓的粗壮的老人，骑着车，吆喝着‘蚯蚓——蚯蚓来！’不是一个丑的形象。——当然，我还觉得他是个善良的，有古风的自食其力的劳动者，他至少不是社会的蛀虫。”

这时忽然有一个也常在玉渊潭散步的学者模样的中年人插了进来，他自我介绍：

“我是一个生物学家。——我听了你们的谈话。从生物学的角度，是不应鼓励挖蚯蚓的。蚯蚓对农业生产是有益的。”

我们全都傻了眼了。

一九八三年四月一日写成

星期天

这是一所私立中学，很小，只有三个初中班。地点很好，在福煦路。往南不远是霞飞路；往北，穿过两条横马路，便是静安寺路、南京路。因此，学生不少。学生多半是附近商人家的子女。

“校舍”很简单。靠马路是一带水泥围墙。有一座铁门。进门左手是一幢两层的楼房。很旧了，但看起来还结实。楼下东侧是校长办公室。往里去是一个像是会议室似的狭长的房间，里面放了一张乒乓球台子。西侧有一间房间，靠南有窗的一面凸出呈半圆形，形状有点像一个船舱，是教导主任沈先生的宿舍。当中，外屋是教员休息室；里面是一间大教室。楼上还有两个教室。

“教学楼”的后面有一座后楼，三层。上面两层是校长的住家。底层有两间不见天日的小房间，是没有家的单身教员的宿舍。

此外，在主楼的对面，紧挨围墙，有一座铁皮顶的木板棚子。后楼的旁边也有一座板棚。

如此而已。

学校人事清简。全体教职员工，共有如下数人：

一、校长。姓赵名宗浚，大夏大学毕业，何系，未详。他大学毕业后就从事教育事业。他为什么不在银行或海关找个事做，却来办这样一个中学，道理不知何在。想来是因为开一个学堂，进项不少，又不需要上班下班，一天工作八小时，守家在地，下了楼，几步就到他的小王国——校长办公室，下雨连伞都不用打；又不用受谁的管，每天可以享清福，安闲自在，乐在其中。他这个学校不知道是怎样“办”的，学校连个会计都没有。每学期收了学杂费，全部归他处理。除了开销教员的薪水、油墨纸张、粉笔板擦、电灯自来水、笤帚簸箕、拖把抹布，他净落多少，谁也不知道。物价飞涨，一日数变，收了学费，他当然不会把钞票存在银行里，瞧着它损耗跌落，少不得要换成黄鱼（金条）或美钞。另外他大概还经营一点五金电料生意。他有个弟弟在一家五金行做事，行情熟悉。

他每天生活得蛮“写意”。每天早起到办公室，坐在他的黑皮转椅里看报。《文汇报》《大公报》《新民报》和隔夜的《大晚报》，逐版浏览一遍。他很少看书。他身后的书架上只有两套书，一套《辞海》；还有一套——不知道他怎么会有这样一套书：吴其濬的《植物名实图考长编》。看完报，就从抽屉里拿出几件小工具，修理一些小玩意，一个带八音盒的小座钟，或是一个西门子的弹簧弹子锁。他爱逛拍卖行、旧货店，喜欢搜罗这类不费什么钱而又没有多大用处的玩意。或者用一个指甲锉修指甲。他其实就在家里待着，不到办公室来也可以。到办公室，主要是为了打电话或接电话。他接电话有个习惯。电话铃响了，他拿起听筒，照例是先用上海话说：“侬找啥人？”对方找的就是他，他不马上跟对方通话，总要说：“请侬等一等”，过了一会儿，才改用普通话说：“您找赵宗浚吗？我就是……”他为什么每次接电话都要这样，我一直没有弄明白。是显得他有一个秘书，第一次接电话的不是他本人，是秘书，好有一点派头？还是先“缓冲”一下，好有时间容他考虑一下，对方是谁，打电话来多半是为什么事，胸有成竹，有所准备，以便答复？从他接电话的这个习惯，可以断定：这是一个精明的人。他很精明，但并不俗气。

他看起来很有文化修养。说话高雅，声音甜润。上海市井间流行的口头语，如“操那起来”“斜其盎赛”，在他嘴里绝对找不到。他在大学时就在学校的剧团演过话剧，毕业后偶尔还参加职业剧团客串（因此他的普通话说得很好），现在还和上海的影剧界的许多人保持联系。我就是因为到上海找不到职业，由一位文学戏剧界的前辈介绍到他的学校里来教书的。他虽然是学校的业主，但是对待教员并不刻薄，为人很“漂亮”，很讲“朋友”，身上还保留着一些大学生和演员的洒脱风度。每年冬至，他必要把全体教职员请到后楼他的家里吃一顿“冬至夜饭”，以尽东道之谊。平常也不时请几个教员出去来一顿小吃。离学校不远，马路边上有一个泉州人摆的鱼糕米粉摊子，他经常在晚上拉我去吃一碗米粉。他知道我爱喝酒，每次总还要特地为我叫几两七宝大曲。到了星期天，他还忘不了把几个他乡做客或有家不归的单身教员拉到外面去玩玩。逛逛兆丰公园、法国公园，或到老城隍庙去走走九曲桥，坐坐茶馆，吃两块油氽鱿鱼，喝一碗鸡鸭血汤。凡有这种活动，多半都是由他花钱请客。这种地方，他是一点也不小气吝啬的。

他已经三十五岁，还是单身。他曾和一个女演员在外面租了房子同居了几年，女演员名叫许曼诺。因为他母亲坚决反对他和这个女人结婚，所以一直拖着（他父亲已死，他对母亲是很孝顺的）。有一天一清早他去找这个演员，敲了半天房门，门才开。里面有一个男人（这人他也认识）。他发现许曼诺的晨衣里面什么也没有穿！他一气之下，再也不去了。但是许曼诺有时还会打电话来，约他到DDS或卡夫卡司[1]去见面。那大概是许曼诺生活上遇到了困难，来求他给她一点帮助了。这个女人我见过，颇有丰韵，但是神情憔悴，显然长期过着放纵而不安定的生活。她抽烟，喝烈性酒。

他发胖了。才三十五岁就已经一百六十斤。他很知道，再发展下去会是什么样子，他的父亲就是一个大胖子（我们见过他的遗像）。因

1 旧上海两家俄国咖啡馆。

此，他节食，并且注意锻炼。每天中午由英文教员小沈先生或他的弟弟陪他打乒乓球。会议室那张乒乓球台子就是为此而特意买来的。

二、教导主任沈先生。名裕藻，也是大夏大学毕业。他到这所私立中学来教书，自然是因为老同学赵宗浚的关系。他到这所中学有年头了，从学校开办，他就是教导主任。他教代数、几何、物理、化学。授课量相当于两个教员，所拿薪水也比两个教员还多。而且他可以独占一间相当宽敞明亮的宿舍，蛮适意。这种条件在上海并不是很容易得到的。因此，他也不必动脑筋另谋高就。大概这所中学办到哪一天，他这个教导主住就会当到哪一天。

他一辈子不吃任何蔬菜。他的每天的中午饭都是由他的弟弟（他弟弟在这个学校读书）用一个三层的提梁饭盒从家里给他送来（晚饭他回家吃）。菜，大都是红烧肉、煎带鱼、荷包蛋、香肠……每顿他都吃得一点不剩。因此，他长得像一个牛犊子，呼吸粗短，举动稍欠灵活。他当然有一对金鱼眼睛。

他也不大看书，但有两种“书”是必读的。一是“方块报”[1]，他见到必买，一是还珠楼主的《蜀山剑侠传》。学校隔壁两三家，有一家小书店，每到《蜀山剑侠传》新出一集，就在门口立出一块广告牌：“好消息，《蜀山剑侠传》第××集已到！”沈裕藻走进店里，老板立即起身迎接：“沈先生，老早替侬留好勒嗨！”除了读“书”，他拉拉胡琴。他有一把很好的胡琴，凤眼竹的担子，声音极好。这把胡琴是他的骄傲。虽然在他手里实在拉不出多大名堂。

他没有什么朋友，却认识不少有名的票友。主要是通过他的同学李文鑫认识的，也可以说是通过这把胡琴认识的。

李文鑫也是大夏毕业的。毕业以后，啥事也不做。他家里开着一

1 上海一度流行。十六开，八页或十二页，订成薄薄的一本，图文并茂。开头两页，为了向国民党的检查机关交账，大都登中央社的电讯，要人行踪。以下是各种社会新闻，影星名伶艳事，武侠小说和海上文人所写的色情小说。此外还有大量的裸体和半裸体的照片。

爿旅馆，他就在家当“小开”。这是那种老式的旅馆，在南市、十六铺一带还可见到。一座回字形的楼房，四面都有房间，当中一个天井。楼是纯粹木结构的，扶梯、栏杆、地板，全都是木头的，涂了紫红色的油漆。住在楼上，走起路来，地板会咯吱咯吱地响。一男一女，在房间里做点什么勾当，隔壁可以听得清清楚楚。客人是三教九流，什么人都有。李文鑫就住在账房间后面的一间洁净的房间里，听唱片，拉程派胡琴。他是上海专拉程派的名琴票。他还培养了一个弹月琴的搭档。这弹月琴的是个流浪汉，生病困在他的旅馆里，付不出房钱。李文鑫踱到他房间里，问他会点什么，——啥都不会！李文鑫不知怎么会忽然心血来潮，异想天开，拿了一把月琴：“侬弹！”这流浪汉就使劲弹起来，——单弦绷。李文鑫不让他闲着，三九天，弄一盆冰水，让这流浪汉把手指头弹得发烫了，放在冰水里泡泡——再弹！在李文鑫的苦教之下，这流浪汉竟成了上海滩票界的一把数一数二的月琴。这流浪汉一个大字不识，挺大个脑袋，见人连话都不会说，只会傻笑，可是弹得一手好月琴。使起“窜儿”来，真是“大珠小珠落玉盘”。而且尺寸稳当，板槽瓷实，和李文鑫的胡琴严丝合缝，“一眼”不差，为李文鑫的琴艺生色不少。票友们都说李文鑫能教出这样一个下手来，真是独具慧眼。李文鑫就养着他，带着他到处“走票”，很受欢迎。

李文鑫有时带了几个票友来看沈裕藻，因为这所学校有一间会议室，正好吊嗓子清唱。那大都是星期天。沈裕藻星期天偶尔也同我们一起去逛逛公园，逛逛城隍庙，陪赵宗浚去遛拍卖行，平常大都是读“书”，等着这些唱戏朋友，李文鑫认识的票友都是“有一号”的。像古森柏这样的名票也让李文鑫拉来过。古森柏除了偶尔唱一段《监酒令》，让大家欣赏欣赏徐小香的古调绝响外，不大唱。他来了，大都是聊。盛兰如何，盛戎如何，世海如何，君秋如何。他聊的时候，别的票友都洗耳恭听，连连领首。沈裕藻更是听得发呆。有一次，古森柏和李文鑫还把南京的程派名票包华请来过。包华那天唱了全出《桑园会》

（这是他的代表作，曾灌唱片）。李文鑫操琴，用的就是老沈的那把凤眼竹担子的胡琴（这是一把适于拉西皮的琴）。流浪汉闭着眼睛弹月琴。李文鑫叫沈裕藻来把二胡托着。沈裕藻只敢轻轻地蹭，他怕拉重了“出去”了。包华的程派真是格高韵雅，懂戏不懂戏的，全都听得出了神，鸦雀无声。

沈裕藻的这把胡琴给包华拉过，他给包华托过二胡，他觉得非常光荣。

三、英文教员沈福根。因为他年纪轻，大家叫他小沈，以区别于老沈——沈裕藻。学生叫他“小沈先生”。他是本校的毕业生。毕业以后卖了两年小黄鱼，同时在青年会补习英文。以后跟校长赵先生讲讲，就来教英文了。他的英文教得怎么样？——不晓得。

四、史地教员史先生。史先生原是首饰店出身。他有一桩艳遇。在他还在首饰店学徒的时候，有一天店里接到一个电话，叫给一家送几件首饰去看看，要一个学徒送去。店里叫小史去。小史拿了几件首饰，按电话里所说的地址送去了。地方很远。送到了，是一座很幽静的别墅，没有什么人。女主人接见了他，把他留下了。住了三天（据他后来估计，这女主人大概是一个军阀的姨太太）。他现在已经四十多岁了，还常常津津乐道地谈起这件事。一谈起这件事，就说：“毕生难忘！”我看看他的模样（他的脸有一点像一张拉长了的猴子的脸），实在很难想象他曾有过这样的艳遇。不过据他自己说，年轻时他是蛮漂亮的。至于他怎么由一个首饰店的学徒变成了一个教史地的中学教员，那谁知道呢。上海的许多事情，都是蛮难讲的。

五、体育教员谢霈。这个学校没有操场，也没有任何体育设备（除了那张乒乓球台子），却有一个体育教员。谢先生上体育课只有一种办法，把学生带出去，到霞飞路的几条车辆行人都较少的横马路上跑一圈。学生们很愿意上体育课，因为可以不在教室里坐着，回来还可以买一点甜咸“支卜”、檀香橄榄、蜜饯嘉应子、苔菜小麻花，一路走，一路吃着，三三两两地走进学校的铁门。谢先生没有什么学历，他当过兵，要过饭。他是个愤世嫉俗派，什么事情都看透了。他常说：“什么都是假的。爷娘、老婆、儿女，都是假的。只有铜钿，铜钿是真的！”他看到人谈恋爱就反感：“恋爱。没有的。没有恋爱，只有操×！”他生活非常俭省，连茶叶都不买。只在一件事上却舍得花钱：请人下棋。他是个棋迷。他的棋下得很臭，但是爱看人下棋。一到星期天，他就请两个人来下棋，他看。有时能把上海的两位围棋国手请来。这两位国手，都穿着纺绸衫裤，长衫折得整整齐齐地搭在肘臂上。国手之一的长衫是熟罗的，国手之二的是香云纱。国手之一手执棕竹拄杖，国手之二手执湘妃竹骨子的折扇。国手之一留着小胡子，国手之二不留。他们都用长长的象牙烟嘴吸烟，都很潇洒。他们来了，稍事休息，见到人都欠起身来，彬彬有礼，然后就在校长办公室的写字台上摆开棋局，对弈起来。他们来了，谢先生不仅预备了好茶好烟，还一定在不远一家广东馆订几个菜，等一局下完，请他们去小酌。这二位都是好酒量，都能喝二斤加饭或善酿。谢先生为了看国手下棋，花起钱不觉得肉痛。

六、李维廉。这是一个在复旦大学教书的诗人的侄子，高中毕业后，从北平到上海来，准备在上海考大学。他的叔父和介绍我来的那位文学戏剧前辈是老朋友，请这位前辈把他介绍到这所学校来，教一年级算术，好解决他的食宿。这个年轻人很腼腆，不爱说话，神情有点忧郁。星期天，他有时到叔叔家去，有时不去，躲在屋里温习功课，写信。

七、胡凤英。女，本校毕业，管注册、收费、收发、油印、接电话。

八、校工老左。住在后楼房边的板棚里。

九、我。我教三个班的国文。课余或看看电影，或到一位老作家家里坐坐，或陪一个天才画家无尽无休地逛霞飞路，说一些海阔天空，才华迸发的废话。吃了一碗加了很多辣椒的咖喱牛肉面后，就回到学校里来，在“教学楼”对面的铁皮顶木棚里批改学生的作文，写小说，直到深夜。我很喜欢这间棚子，因为只有我一个人。除了我，谁也不来。下雨天，雨点落在铁皮顶上，乒乒乓乓，很好听。听着雨声，我往往会想起一些很遥远的往事。但是我又很清楚地知道：我现在在上海。雨已经停了，分明听到一声："白糖莲心粥——！"

星期天，除非有约会，我大都随帮唱影，和赵宗浚、沈裕藻、沈福根、胡凤英……去逛兆丰公园、法国公园，逛城隍庙。或听票友唱戏，看国手下棋。不想听也不想看的时候，就翻《辞海》，看《植物名实图考长编》——这是一本很有趣的著作，文笔极好。我对这本书一直很有感情，因为它曾经在喧嚣历碌的上海，陪伴我度过许多闲适安静的辰光。

这所中学里，忽然兴起一阵跳舞风，几乎每个星期天都要举办舞会。这是校长赵宗浚所倡导的。原因是：

一、赵宗浚正在追求一位女朋友。这女朋友有两个妹妹，都是刚刚学会跳舞，瘾头很大。举办舞会，可以把这两个妹妹和她们的姐姐都吸引了来。

赵宗浚新认识的女朋友姓王，名静仪。史先生、沈福根、胡凤英都称呼她为王小姐。她人如其名，态度文静，见人握手，落落大方。脸上薄施脂粉，身材很苗条。衣服鞋子都很讲究，是经过精心挑选的，但乍一看看不出来，因为款式高雅，色调谐和，不趋时髦，毫不扎眼。她是学音乐的，在一个教会学校教音乐课。她父亲早故，一家生活全由她负担。因为要培养两个妹妹上学，靠三十岁了，还没有嫁人。赵宗浚在一个老一辈的导演家里认识了她，很倾心。他已经厌倦了和许曼诺的那种叫人心烦意乱的恋爱，他需要一个安静平和的家庭，王静仪正是他所向往的伴侣。他曾经给王静仪写过几封信，约她到公园里谈过几次。赵宗浚表示愿意帮助她的两个妹妹读书；还表示他已经是这样的岁数了，不可能再有那种火辣辣的、罗曼蒂克的感情，但是他是懂得怎样体贴照顾别人的。王静仪客客气气地表示对赵先生的为人很钦佩，对他的好意很感谢。她的两个妹妹，一个叫婉仪，一个叫淑仪，长得可一点也不像姐姐，她们的脸都很宽，眼睛分得很开，体形也是宽宽扁扁的。稚气未脱，不大解事，吃起点心糖果来，声音很响。王静仪带她们出来参加这一类的舞会，只是想让她们见见世面，有一点社交生活。这在她那样比较寒素的人家，是不大容易有的。因此这两个妹妹随时都显得有点兴奋。

二、赵宗洝觉得自己太胖了，需要运动。

三、他新从拍卖行买了一套调制鸡尾酒的酒具，一个赛银的酒海，一个曲颈长柄的酒勺，和几十只高脚玻璃酒杯，他要拿出来派派用场。

四、现有一个非常出色的跳舞教师。

这人名叫赫连都。他不是这个学校里的人，只是住在这个学校里。他是电影演员，也是介绍我到这个学校里来的那位文学戏剧前辈把他介绍给赵宗洝，住到这个学校里来的，因为他在上海找不到地方住。他就住在后楼底层，和谢霈、李维廉一个房间。——我和一个在《大晚报》当夜班编辑的姓江的老兄住另一间。姓江的老兄也不是学校里的人，和赵宗洝是同学，故得寄住在这里。这两个房间黑暗而潮湿，白天也得开灯。我临离开上海时，打行李，发现垫在小铁床上的席子的背面竟长了一寸多长的白毛！房间前面有一个狭小的天井，后楼的二三层和隔壁人家楼上随时会把用过的水从高空泼在天井里，哗啦一声，惊心动魄。我因此给这两间屋起了一个室名：听水斋。

赫连都有点神秘。他是个电影演员，可是一直没有见他主演过什么片子。他长得高大、挺拔、英俊，很有男子气。虽然住在一间暗无天日的房子里，睡在一张破旧的小铁床上，出门时却总是西装笔挺，容光焕发，像个大明星。他忙得很。一早出门，很晚才回来。他到一个白俄家里去学发声，到另一个白俄家里去学舞蹈，到健身房练拳击，到马场去学骑马，到剧专去旁听表演课，到处找电影看，除了美国片、英国片、苏联片，还到光陆这样的小电影院去看乌发公司的德国片，研究却尔斯劳顿和里昂·巴里摩尔……

他星期天有时也在学校里待半天，听票友唱戏，看国手下棋，跟大家聊聊天。聊电影，聊内战，聊沈崇事件，聊美国兵开吉普车撞人、在马路上酗酒胡闹。他说话富于表情，手势有力。他的笑声常使人受到感染。

他的舞跳得很好。探戈跳得尤其好，曾应邀在跑狗场举办的探戈舞表演晚会上表演过。

赵宗浚于是邀请他来参加舞会，教大家跳舞。他欣然同意，说：

"好啊！"

他在这里寄居，不交房钱，这点义务是应该尽的，否则就太不近人情了。

于是到了星期天，我们就哪儿也不去了。胡凤英在家吃了早饭就到学校里来，和老左、沈福根把楼下大教室的课桌课椅都搬开，然后搬来一匣子钢丝毛，一团一团地撒在地板上，用脚踩着，顺着木纹，使劲地擦。赵宗浚和我有时也参加这种有趣的劳动。把地板擦去一层皮，露出了白茬，就上蜡。然后换了几个大灯泡，蒙上红蓝玻璃纸。有时还挂上一些绉纸彩条，纸灯笼。

到了晚上，这所学校就成了一个俱乐部。下棋的下棋，唱戏的唱戏，跳舞的跳舞。

红蓝灯泡一亮，电唱机的音乐一响，彩条纸灯被电风扇吹得摇摇晃晃，很有点舞会的气氛。胡凤英从后楼搬来十来只果盘，装着点心糖果。赵宗浚捧着赛银酒海进来，着手调制鸡尾酒。他这鸡尾酒是中西合璧。十几瓶汽水，十几瓶可口可乐，兑上一点白酒。但是用曲颈长柄的酒勺倾注在高脚酒杯里，晶莹透亮，你能说这不是鸡尾酒？

音乐（唱片）也是中西并蓄，雅俗杂陈。肖邦、瓦格纳、斯特劳斯；黑人的爵士乐、南美的伦巴舞曲，夏威夷情歌；李香兰唱的《支那之夜》《卖糖歌》；广东音乐《彩云追月》《步步高》；上海的流行歌曲《三轮车上的小姐》《你是一个坏东西》；还有跳舞场里大家一起跳的《香槟酒气满场飞》。

参加舞会的，除了本校教员，王家三姊妹，还有本校毕业出去现已就业的女生，还有胡风英约来的一些男女朋友。她的这些朋友都有点不三不四，男的穿着全套美国大兵的服装，大概是飞机场的机械士；女的打扮得像吉普女郎。不过他们到这里参加舞会，还比较收敛，甚至很拘谨。他们畏畏缩缩地和人握手。跳舞的时候也只是他们几个人来回配搭着跳，跳伦巴。

赫连都几乎整场都不空。女孩子都爱找他跳。他的舞跳得非常的“帅”（她们都很能体会这个北京字眼的全部含义了）。脚步清楚，所给的暗示非常肯定。跟他跳舞，自己觉得轻得像一朵云，交关舒服。

这一天，华灯初上，舞乐轻扬。李文鑫因为晚上要拉一场戏，带着弹月琴的下手走了。票友们有的告辞，有的被沈裕藻留下来跳舞。下棋的吃了老酒，喝着新泡的龙井茶，准备再战。参加舞会的来宾陆续到了，赫连都却还没有出现——他平常都是和赵宗浚一同张罗着迎接客人的。

大家正盼望着他，忽然听到铁门外人声杂乱，不知出了什么事。赶到门口一看，只见一群人簇护着赫连都。赫连都头发散乱，衬衫碎成了好几片。李维廉在他旁边，夹着他的上衣。赫连都连连向人群拱手：

“谢谢大家！谢谢大家！”

“呒不啥，呒不啥！大家全是中国人！”

“侬为中国人吐出一口气，应该谢谢侬！”

一个在公园里教人打拳的沧州老人说：“兄弟，你是好样儿的！”

对面弄堂里卖咖喱牛肉面的江北人说：“赫先生！你今天干的这桩事，真是叫人佩服！晏一歇请到小摊子上吃一碗牛肉面消夜，我也好表表我的心！”

赫连都连忙说：“谢谢，谢谢！改天，改天扰您！”

人群散去，赫连都回身向赵宗浚说：“老赵，你们先跳，我换换衣服，洗洗脸，就来！”说着，从李维廉手里接过上衣，往后楼走去。

大家忙问李维廉，是怎么回事。

“赫连都打了美国兵！他一人把四个美国兵全给揍了！我和他从霞飞路回来，四个美国兵喝醉了，正在侮辱一个中国女的。真不像话，他们把女的衣服差不多全剥光了！女的直叫救命。围了好些人，谁都不敢上。赫连都脱了上衣，一人给了他们一拳，全都揍趴下了。他们起来，轮流和赫连都打开了boxing[1]，赫连都毫不含糊。到后来，四个一齐上。周围的人大家伙把赫连都一围，拥着他进了胡同。美国兵歪歪倒倒，骂骂咧咧地走了。真不是玩意！”

大家议论纷纷，都很激动。

围棋国手之一慢条斯理地说：“是不是把铁门关上？只怕他们会来寻事。”

国手之二说：“是的。美国人惹不得。”

赵宗浚出门两边看看，说：“用不着，那样反而不好。”

沈福根说：“我去侦察侦察！”他像煞有介事，蹑手蹑脚地向霞飞路走去。过了一会儿，又踅了回来：

“呒啥呒啥！霞飞路上人来人往。美国赤佬已经无影无踪哉！”

于是下棋的下棋，跳舞的跳舞。

赫连都换了一身白法兰绒的西服出来，显得格外精神。

今天的舞会特别热烈。

赫连都几乎每支曲子都跳了。他和王婉仪跳了快三步编花；和王淑仪跳了《维也纳森林》，带着她沿外圈转了几大圈；慢四步、狐步舞，都跳了，他还邀请一个吉普女郎跳了一场伦巴。他向这个自以为很性感的女郎走去，欠身伸出右手，微微鞠躬，这位性感女郎受宠若惊，喜出望外，连忙说：“喔！谢谢侬！”

王静仪不大跳，和赵宗浚跳了一支慢四步以后，拉了李维廉跳了一支慢三步圆舞曲，就一直在边上坐着。

---

1 英文：拳击。

舞会快要结束时，王静仪起来，在唱片里挑了一张《Lapaloma》[1]，对赫连都说："我们跳这一张。"

赫连都说："好。"

西班牙舞曲响了，飘逸的探戈舞跳起来了。他们跳得那样优美，以至原来准备起舞的几对都停了下来，大家远远地看他们俩跳。这支曲子他们都很熟，配合得非常默契。赫连都一晚上只有跳这一次舞是一种享受。他托着王静仪的腰，贴得很近；轻轻握着她的指尖，拉得很远，有时又撒开手，各自随着音乐的旋律进退起伏。王静仪高高地抬起手臂，微微地侧着肩膀，俯仰，回旋，又轻盈，又奔放。她的眼睛发亮。她的白纱长裙飘动着，像一朵大百合花。

大家都看得痴了。

史先生（他不跳舞，但爱看人跳舞，每次舞会必到）轻声地说："这才叫跳舞！"

音乐结束了，太短了！

美的东西总是那样短促！

但是似乎也够了。

赵宗浚第一次认识了王静仪。他发现了她在沉重的生活负担下仍然完好的抒情气质，端庄的仪表下面隐藏着的对诗意的、浪漫主义的幸福的热情的，甚至有些野性的向往。他明明白白知道：他的追求是无望的。他第一次苦涩地感觉到：什么是庸俗。他本来可以是另外一种人，过另外一种生活，但是太晚了！他为自己的圆圆的下巴和柔软的、稍嫌肥厚的嘴唇感到羞耻。他觉得异常的疲乏。

舞会散了，围棋也结束了。

谢霈把两位国手送出铁门。

国手之一意味深长地对国手之二说：

---

1 西班牙语，鸽子。

“这位赫连都先生，他会不会是共产党？”

国手之二回答：

“难讲的。”

失眠的霓虹灯在上海的夜空，这里那里，静静地燃烧着。

一九八三年七月二十五日北京酷暑挥汗作

日规

西南联大新校舍对面是“北院”。北院是理学院区。一个狭长的大院，四面有夯土版筑的围墙。当中是一片长方形的空场。南北各有一溜房屋，土墙，铁皮房顶，是物理系、化学系和生物系的办公室。教室和实验室。房前有一条土路，路边种着一排不高的尤加利树。一览无余，安静而不免枯燥。这里不像新校舍一样有大图书馆、大食堂、学生宿舍。教室里没有风度不同的教授讲授各种引人入胜的课程，墙上，也没有五花八门互相论战的壁报，也没有寻找失物或出让衣物的启事。没有操场，没有球赛。因此，除了理学院的学生，文法学院的学生很少在北院停留。不过他们每天要经过北院。由正门进，出东面的侧门，上一个斜坡，进城墙缺口。或到“昆中”“南院”听课，或到文林街坐茶馆，到市里闲逛，看电影……理学院的学生读书多是比较扎实的，不像文法学院的学生放浪不羁，多少带点才子气。记定理、抄公式、画细胞，都要很专心。因此文法学院的学生走过北院时都不大声讲话，而且走得很快，免得打扰人家。但是他们在走尽南边的土路，将出侧门时，往往都要停一下：路边开着一大片剑兰！

这片剑兰开得真好！是美国种。别处没有见过。花很大，比普通剑兰要大出一倍。什么颜色的都有。白的、粉的、桃红的、大红的、浅黄的、淡绿的、蓝的、紫得像是黑色的。开得那样旺盛，那样水灵！可是，许看不许摸！这些花谁也不能碰一碰。这是化学系主任高崇礼种的。

高教授是个出名的严格方正、不讲情面的人。他当了多年系主任，教普通化学和有机化学。他的为人就像分子式一样，丝毫通融不得。学生考试，不及格就是不及格。哪怕是考了59分，照样得重新补修他教的那门课程。而且常常会像训小学生一样，把一个高年级的学生骂得面红耳赤。这人整天没有什么笑容，老是板着脸。化学系的学生都有点怕他，背地里叫他高阎王。他除了科学，没有任何娱乐嗜好。不抽烟。不喝酒。教授们有时凑在一起打打小麻将，打打桥牌，他绝不参加。他不爱串门拜客闲聊天。可是他爱种花，只种一种：剑兰。

这还是在美国留学时养成的爱好。他在麻省理工学院读化学。每年暑假，都到一家专门培植剑兰的花农的园圃里去做工，挣取一学年的生活费用，因此精通剑兰的种植技术。回国时带回了一些花种，每年还种一些。在北京时就种。学校迁到昆明，他又带了一些花种到昆明来，接着种。没想到昆明的气候土壤对剑兰特别相宜，花开得像美国那家花农的园圃里的一般大。逐年发展，越种越多，长了那样大一片！

可是没有谁会向他要一穗花，因为都知道高阎王的脾气：他的花绝不送人。而且大家知道，现在他的花更碰不得，他的花是要卖钱的！

昆明近日楼有个花市。近日楼外边，有一个水泥砌的圆池子。池子里没有水，是干的。卖花的就带了一张小板凳坐在池子里，把各种鲜花摊放在池沿上卖。晚香玉、缅桂花、康乃馨，也有剑兰。池沿上摆得满满的，色彩缤纷，老远地就闻到了花香。昆明的中产之家，有买花插瓶的习惯。主妇上街买菜，菜篮里常常一头放着鱼肉蔬菜，一头斜放着一束鲜花。花菜一篮，使人感到一片盎然的生意。高教授有一天走过近日楼，看看花市，忽然心中一动。

于是他每天一清早，就从家里走到北院，走进花圃，选择几十穗半开的各色剑兰，剪下来，交给他的夫人，拿到近日楼去卖。他的剑兰花大，颜色好，价钱也不太贵，很快就卖掉了。高太太就喜吟吟地走向菜市场。来时一篮花，归时一篮菜。这样，高教授的生活就提高了不少。他家的饭桌上常见荤腥。星期六还能炖一只母鸡。云南的玉溪鸡非常肥嫩，肉细而汤清。高太太把刚到昆明时买下的，已经弃置墙角多年的汽锅也洗出来了。剑兰是多年生草本，全年开花；昆明的气候又是四季如春，不缺雨水，于是高教授家汽锅鸡的香味时常飘入教授宿舍的左邻右舍。他的两个在读中学的儿女也有了比较整齐的鞋袜。

哪位说：教授卖花，未免欠雅。先生，您可真是站着说话不腰疼！您不知道抗日战争期间，大后方的教授，穷苦到什么程度。您不知道，一位国际知名的化学专家，同时又是对社会学、人类学具有广博知识的才华横溢而性格（在有些人看来）不免古怪的教授，穿的是一双“空前绝后”的布鞋——脚趾和脚跟部位都磨通了。中文系主任，当代散文大师的大衣破得不能再穿，他就买了一件云南赶马人穿的粗毛氆氇一口钟穿在身上御寒，样子有一点像传奇影片里的侠客，只是身材略嫌矮小。原来抽箈立克、35牌香烟的教授多改成抽烟斗，抽本地出的鹿头牌的极其辛辣的烟丝。他们的3B烟斗的接口处多是破裂的、缠着白线。有些著作等身的教授，因为家累过重，无暇治学，只能到中学去兼课。有个治古文字的学者在南纸站挂笔单为人治印。有的教授开书法展览会卖钱。教授夫人也多想法挣钱，贴补家用。有的制作童装，代织毛衣毛裤，有几位哈佛和耶鲁毕业的教授夫人，集资制作西点，在街头设摊出售。因此，高崇礼卖花，全校师生，皆无非议。

大家对这一片剑兰增加了一层新的看法，更加不敢碰这些花了。走过时只是远远地看看，不敢走近，更不敢停留。有的女同学想多看两眼，另一个就会说：“快走，快走！高阎王在办公室里坐着呢！”没有谁会想起干这种恶作剧的事，半夜里去偷掐高教授的一穗花。真要是有人掐一穗，第二天早晨，高教授立刻就会发现。这花圃里有多少穗花，他都是有数的。

只有一个人可以走进高教授的花圃，蔡德惠。蔡德惠是生物系助教，坐办公室。生物系办公室和化学系办公室紧挨着、门对门。蔡德惠和高教授朝夕见面，关系很好。

蔡德惠是一个非常用功的学生。从小学到大学，各门功课都很好。他生活上很刻苦，联大四年，没有在外面兼过一天差。

联大学生的家大都在沦陷区。自从日本人占了越南，滇越铁路断了，昆明和平津沪杭不通邮汇，这些大学生就断绝了经济来源。教育部每月给大学生发一点生活费，叫作“贷金”。“贷金”名义上是“贷”给学生的，但是谁都知道这是永远不会归还的。这实际上是救济金，不知是哪位聪明的官员想出了这样一个新颖别致的名目，大概是觉得救济金听起来有伤大学生的尊严。“贷金”数目很少，每月十四元。货币贬值，物价飞涨，这十四元一直未动。这点“贷金”只够交伙食费，所以联大大部分学生都在外面找一个职业。半工半读，对付着过日子。五花八门，干什么的都有。有的在中学兼课，有的当家庭教师。昆明有个冠生园，是卖广东饭菜点心的。这个冠生园不知道为什么要办一个职工夜校，而且办了几年，联大不少同学都去教过那些广东名厨和糕点师傅。有的到西药房或拍卖行去当会计。上午听课，下午坐在柜台里算账，见熟同学走过，就起身招呼谈话。有的租一间门面，修理钟表。有一位坐在邮局门前为人代写家信。昆明有一个古老的习惯，每到正午时要放一炮，叫作“放午炮”。据说每天放这一炮的，也是联大的一位贵同学！这大概是哪位富于想象力的联大同学造出来的谣言。不过联大学生遍布昆明的各行各业，什么都干，却是事实。像蔡德惠这样没有兼过一天差的，极少。

联大学生兼差的收入，差不多全是吃掉了。大学生的胃口都极好：都很馋。照一个出生在南洋的女同学的说法，这些人的胃口都“像刀子一样”，见什么都想吃。也难怪这些大学生那么馋，因为大食堂的伙食实在太坏了！早晨是稀饭，一碟炒蚕豆或豆腐乳。中午和晚上都是大米干饭，米极糙，颜色紫红，中杂不少沙粒石子和耗子屎，装在一个很大的木桶里。盛饭的勺子也是木制的。因此饭粒入口，总带着很重的松木和杨木的气味。四个菜，分装在浅浅的酱色的大碗里。经常吃的是煮芸豆；还有一种不知是什么原料做成的紫灰色像是鼻涕一样的东西，叫作“魔芋豆腐”。难得有一碗炒猪血（昆明叫“旺子”），几片炒回锅肉（半生不熟，极多猪毛）。这种淡而无味的东西，怎么能满足大学生们的刀子一样的食欲呢？二十多岁的人，单靠一点淀粉和碳水化合物是活不成的，他们要高蛋白，还要适量的动物脂肪！于是联大附近的小饭馆无不生意兴隆。新校舍的围墙外面出现了很多小食摊。这些食摊上的食品真是南北并陈，风味各别。最受欢迎的是一个广东老太太卖的鸡蛋饼：鸡蛋和面，入盐，加大量葱花，于平底锅上煎熟。广东老太太很舍得放猪油，饼在锅里煎得嗞嗞地响，实在是很大的诱惑。煎得之后，两面焦黄，径可一尺，卷而食之，极可解馋。有一家做一种饼，其实也没有什么稀奇，不过就是加了一点白糖的发面饼，但是是用松毛（马尾松的针叶）烤熟的，带一点清香，故有特点。联大的女同学最爱吃这种饼。昆明人把大学女生叫作“摩登”，于是这种饼就被叫成“摩登”粑粑。这些“摩登”们常把一个粑粑切开，中夹叉烧肉四两，一边走，一边吃，丝毫不觉得有什么不文雅。有一位贵州人每天挑一副担子来卖馄饨面。他卖馄饨是一边包一边下的。有时馄饨皮包完了，他就把馄饨馅一小疙瘩一小疙瘩拨到汤里下面。有人问他：“你这叫什么面？”这位贵州老乡毫不犹豫地答曰：“桃花面！”……

蔡德惠偶尔也被人拉到米线铺里去吃一碗焖鸡米线，但这样的时候很少。他每天只是吃食堂，吃煮芸豆和“魔芋豆腐”。四年都是这样。

蔡德惠的衣服倒是一直比较干净整齐的。

联大的学生都有点像是阴沟里的鹅——顾嘴不顾身。女同学一般都还注意外表。男同学里西服革履，每天把裤子脱下来压在枕头下以保持裤线的，也有，但是不多。大多数男大学生都是不衫不履，邋里邋遢。有人裤子破了，找一根白线，把破洞处系成一个疙瘩，只要不露肉就行。蔡德惠可不是这样。

蔡德惠四五年来没有添置过什么衣服，——除了鞋袜。他的衣服都还是来报考联大时从家里带来的。不过他穿得很仔细。他的衣服都是自己洗，而且换洗得很勤。联大新校舍有一个文嫂，专给大学生洗衣服。蔡德惠从来没有麻烦过她。不但是衣服，他连被窝都是自己拆洗，自己做。这在男同学里是很少有的。因此，后来一些同学在回忆起蔡德惠时，首先总是想到蔡德惠在新校舍一口很大的井边洗衣裳，见熟同学走过，就抬起头来微微一笑。他还会做针线活，会裁会剪。一件衬衫的肩头穿破了，他能拆下来，把下摆移到肩头，倒个个儿，缝好了依然是一件完整的衬衫，还能再穿几年。这样的活计，大概多数女同学也干不了。

也许是性格所决定，蔡德惠在中学时就立志学生物。他对植物学尤其感兴趣。到了大学三年级，就对植物分类学着了迷。植物分类学在许多人看来是一门很枯燥的学问，单是背那么多拉丁文的学名，就是一件叫人头疼的事。可是蔡德惠觉得乐在其中。有人问他："你干吗搞这么一门干巴巴的学问？"蔡德惠说："干巴巴的？——不，这是一门很美的科学！"他是生物系的高才生。四年级的时候，系里就决定让他留校。一毕业，他就当了助教，坐办公室。

高崇礼教授对蔡德惠很有好感。蔡德惠算是高崇礼的学生，他选读过高教授的普通化学。蔡德惠的成绩很好，高教授还记得。但是真正使高教授对蔡德惠产生较深印象，是在蔡德惠当了助教以后。蔡德惠很文静。隔着两道办公室的门，一天几乎听不到他的声音。他很少大声说话。干什么事情都是轻手轻脚的，绝不会把桌椅抽屉搞得乒乓乱响。他很勤奋。每天高教授来剪花时候（这时大部分学生都还在高卧），发现蔡德惠已经坐在窗前低头看书，做卡片。虽然在学问上隔着行，高教授无从了解蔡德惠在植物学方面的造诣，但是他相信这个年轻人是会有出息的，这是一个真正做学问的人。高教授也听生物系主任和几位生物系的教授谈起过蔡德惠，都认为他有才能，有见解，将来可望在植物分类学方面取得很高的成就。高教授对这点深信不疑。因此每天高教授和蔡德惠点头招呼，眼睛里所流露的，就不只是亲切，甚至可以说是：敬佩。

高教授破例地邀请蔡德惠去看看他的剑兰。当有人发现高阎王和蔡德惠并肩站在这一片华丽斑斓的花圃里时，不禁失声说了一句："这真是黄河清了！"蔡德惠当然很喜欢这些异国名花。他时常担一担水来，帮高教授浇浇花；用一个小薅锄松松土；用烟叶泡了水除治剑兰的腻虫。高教授很高兴。

蔡德惠简直是钉在办公室里了，他很少出去走走。他交游不广，但是并不孤僻。有时他的杭高老同学会到他的办公室里来坐坐，——他是杭州人，杭高（杭州高中）毕业，说话一直带着杭州口音。他在新校舍同住一屋的外系同学，也有时来。他们来，除了说说话，附带来看蔡德惠采集的稀有植物标本。蔡德惠每年暑假都要到滇西、滇南去采集标本。像木蝴蝶那样的植物种子，是很好玩的。一片一片，薄薄的，完全像一个蝴蝶，而且一个荚子里密密地挤了那么多。看看这种种子，你会觉得：大自然真是神奇！有人问他要两片木蝴蝶夹在书里当书签，他会欣然奉送。这东西滇西多的是，并不难得。

在蔡德惠那里坐了一会儿的同学，出门时总要看一眼门外朝南院墙上的一个奇怪东西。这是一个日规。蔡德惠自己做的。所谓"做"，其实很简单，找一点石灰，跟瓦匠师傅借一个抿子，在墙上抹出一个规整的长方形，长方形的正中，垂直着钉进一根竹筷子，——院墙是土墙，是很容易钉进去的。筷子的影子落在雪白的石灰块上，随着太阳的移动而移动。这是蔡德惠的钟表。蔡德惠原来是有一只怀表的，后来坏了，他就一直没有再买，——也买不起。他只要看看筷子的影子，就知道现在是几点几分，不会差错。蔡德惠做了这样一个古朴的日规，一半是为了看时间，一半也是为了好玩，增加一点生活上的情趣。至于这是不是也表示了一种意思：寸阴必惜，那就不知道了。大概没有。蔡德惠不是那种把自己的决心公开表现给人看的人。不过凡熟悉蔡德惠的人，总不免引起一点感想，觉得这个现代古物和一个心如古井的青年学者，倒是十分相称的。人们在想起蔡德惠时，总会很自然地想起这个日规。

蔡德惠病了。不久，死了。死于肺结核。他的身体原来就比较孱弱。

生物系的教授和同学都非常惋惜。

高崇礼教授听说蔡德惠死了，心里很难受。这天是星期六。吃晚饭了，高教授一点胃口都没有。高太太把汽锅鸡端上桌，汽锅盖噗噗地响，汽锅鸡里加了宣威火腿，喷香！高崇礼忽然想起：蔡德惠要是每天喝一碗鸡汤，他也许不会死！这一天晚上的汽锅鸡他一块也没有吃。

蔡德惠死了，生物系暂时还没有新的助教递补上来，生物系主任难得到系里来看看，生物系办公室的门窗常常关锁着。

蔡德惠手制的日规上的竹筷的影子每天仍旧在慢慢地移动着，

一九八四年六月五日初稿，六月七日重写

故人往事

能人巧匠皮凤三为了楦房子智斗地方官，被军痞敲诈的“吝啬”八千岁悟出新的生活哲理，这些古老乡镇上的小商贩热爱生活、苦中作乐，活出了平凡人生里的诗意。

皮凤三楦房子

皮凤三是清代评书《清风闸》里的人物。《清风闸》现在好像没有人说了，在当时，乾隆年间，在扬州一带，可是曾经风行过一时的。这是一部很奇特的书。既不是朴刀棒杖、长枪大马；也不是倚翠偷期烟粉灵怪。《珍珠塔》《玉蜻蜓》《绿牡丹》《八窍珠》，统统不是。它说的是一个市井无赖的故事。这部书虽有几个大关目，但都无关紧要。主要是一个一个的小故事。这些故事也不太连贯。其间也没有多少“扣子”，或北方评书艺人所谓“拴马桩”——即新文学家所谓“悬念”。然而人们还是津津有味地一回一回接着听下去。龚午亭是个擅说《清风闸》的说书先生，时人为之语曰：“要听龚午亭，吃饭莫打停”。为什么它能那样吸引人呢？大概是因为通过这些故事，淋漓尽致地刻画了扬州一带的世态人情，说出一些人们心中想说的话。

这个无赖即皮凤三，行五，而癞，故又名皮五癞子，这个人说好也好，说坏也坏。他也仗义疏财，打抱不平。对于倚财仗势欺负人的人，尤其是欺负到他头上来的人，他常常用一些很促狭的办法整得该人（按：“该人”一词见之于政工干部在外调材料之类后面所加的附注中，他们如认为被调查的人本身有问题，就提笔写道：“该人”如何如何，“所提供情况，仅供参考”云云）狼狈不堪，哭笑不得。“促狭”一词原来倒是全国各地皆有的。《红楼梦》第二十六回就有这个词。但后来在北方似乎失传了。在吴语和苏北官话里是还存在的。其意思很难翻译。刁、赖、阴、损、缺德……庶几近之。此外还有使人意想不到的含义。他有时也为了自己，使一些无辜的或并不太坏的人蒙受一点不大的损失，“楦房子”即是一例。皮凤三家的房子太紧了，他声言要把房子楦一楦，左右四邻都没有意见。心想：房子不是鞋，怎么个楦法呢？办法很简单：他把他的三面墙向邻居家扩展了一尺。因为事前已经打了招呼，邻居只好没得话说。

对皮凤三其人不宜评价高。他的所作所为，即使是打抱不平，也都不能触动那个社会的本质。他的促狭只能施之于市民中的暴发户。对于真正的达官巨贾，是连一个指头也不敢碰的。

为什么在那个时代（那个时代即扬州八怪产生的时代）会产生《清风闸》这样的评书和皮凤三这样的人物？产生这样的评书、这样的人物的社会背景是什么？喔，这样的问题过于严肃，还是留给文学史家去研究吧。如今却说一个人因为一件事，在原来的外号之外又得了一个皮凤三这样的外号的故事。

此人名叫高大头。这当然是个外号。他当然是有个大名的。大名也不难查考，他家的户口本上“户主”一栏里就写着。但是他的大名很少有人叫。在他有挂号信的时候，邮递员会在老远的地方就扬声高叫：“高××，拿图章！”但是他这些年似乎很少收到挂号信。在换购粮本的时候，他的老婆去领，街道办事处的负责人喊了几声“高××”，他老婆也不应声，直到该负责人怒喝了一声“高大头！”他老婆才恍然大悟，连忙答应：“有！有！有！”就是在“文化大革命”被批斗的时候，他挂的牌子上写的也是：

三开分子

高大头

“高大头”三字上照式用红笔打了叉子，因为排版不便，故从略。

（谨按：在人的姓名上打叉，是个由来已久的古法。封建时代，刑人的布告上，照例要在犯人的姓名上用红笔打叉，以示此人即将于人世中注销。这办法似已失传有年矣，不知怎么被造反派考查出来，沿用了。其实，这倒是货真价实的“四旧”。至于把人的姓名中的字倒过来写，横过来写，以为这就可以产生一种诅咒的力量。可以置人于死地，于残忍中带有游戏成分，这手段可以上推到巫术时代，其来历可求之于马道婆。总而言之，“文化大革命”的许多恶作剧都是变态心理学所不得不研究的材料。）

“高大头”不只是说姓高而头大，意思要更丰富一些，是说此人姓高，人很高大，而又有一个大头。他生得很魁梧，虎背熊腰。他的脑袋和身材很厮称。通体看来，并不显得特别的大。只有单看脑袋，才觉得大得有点异乎常人。这个脑袋长得很好。既不是四方四楞，像一个老式的装茶叶的锡罐；也不是圆圆乎乎的像一个冬瓜，而是上额宽广，下腭微狭，有一点像一只倒放着的鸭梨。这样的脑袋和体格，如果陪同外宾，一同步入宴会厅，拍下一张照片，是会很有气派的。但详考高大头的一生，似乎没有和外宾干过一次杯。他只是整天坐在门前的马扎子上，用一把木锉锉着一只胶鞋的磨歪了的后眼，用毛笔饱蘸了白色的粘胶涂在上面，选一块大小厚薄合适的胶皮贴上去，用他的厚厚实实的手掌按紧，连头也不大抬。只当有什么值得注意的人从他面前二三尺远的地方走过，他才从眼镜框上面看一眼。他家在南市口，是个热闹去处，但往来的大都是熟人。卖青菜的、卖麻团的、箍桶的、拉板车的、吹糖人的……他从他们的吆唤声、说话声、脚步声、喘气声，甚至从他们身上的气味，就能辨别出来，无须抬头一看。他的隔着一条巷子的紧邻针灸医生朱雪桥下班回家，他老远就听见他的苍老的咳嗽声，于是放下手里的活计，等着跟他打个招呼。朱雪桥走过，仍旧做活。一天就是这样，动作从容不迫，神色安静平和。他戴着一副黑框窄片的花镜，有点像个教授，不像个修鞋的手艺人。但是这个小县城里来了什么生人，他是立刻就会发现的，不会放过。而且只要那样看一眼，大体上就能判断这是省里来的，还是地区来的，是粮食部门的，还是水产部门的，是作家，还是来做专题报道的新闻记者。他那从眼镜框上面露出来的眼睛是彬彬有礼的，含蓄的，不露声色的，但又是机警的，而且相当的锋利。

高大头是个修鞋的，是个平头百姓，并无一官半职，虽有点走资本主义道路，却不当权，“文化大革命”怎么会触及到他，会把他也拿来挂牌、游街、批斗呢？答曰：因为他是牛鬼蛇神，故在横扫之列。此“文化大革命”之所以为“大”也。

小地方的人有一种传奇癖，爱听异闻。对一个生活经历稍为复杂一点的人，他们往往对他的历史添油加醋，任意夸张，说得神乎其神。这种捕风捉影的事，茶余酒后，巷议街谈，倒也无伤大雅。就是本人听到，也不暇去一一订正。有喜欢吹牛说大话的，还可能随声附和，补充细节，自高身价。一到运动，严肃地进行审查，可就惹了麻烦，跳进黄河也洗不清了。高大头就是这样。

高大头的简历如下：小时在家学铜匠。后到外地学开汽车，当了多年司机。解放前夕，因亲戚介绍，在一家营造厂“跑外”——当采购员。三五反后，营造厂停办，他又到专区一个师范学校当了几年总务。以后，即回乡从事补鞋。他走的地方多，认识的人多，在走出五里坝就要修家书的本地人看来，的确很不简单。

但是本地很多人相信他进过黄埔军校，当过土匪，坐过日本人的牢，坐过国民党的牢，也坐过新四军的牢。

事出有因，查无实据。黄埔军校早就不存在，他那样的年龄不可能进去过，而且他从来也没有到过广东。所以有此“疑点”，是因为他年轻时为了好玩，曾跟一个朋友借了一身军服照过一张照片，还佩了一柄“军人魂”的短剑。他大概曾经跟人吹过，说这种剑只有军校毕业生才有。这张照片早已不存在，但确有不止一个人见过，写有旁证材料。

说他当过土匪，是因为他学铜匠的时候，有一师父会修枪。过去地方商会所办“保卫团”有枪坏了，曾拿给他去修过。于是就传成他会造枪，说他给乡下的土匪造过枪。于是就联系到高大头：他师父给土匪造枪，他师父就是土匪；他是土匪的徒弟，所以也是土匪。这种逻辑，颇为谨严。至于坐牢，倒是确有其事。他是司机，难免夹带一点私货，跑跑单帮。抗日战争时期从敌占区运到国统区，解放战争时期从国统区运到解放区。的确有两次被伪军和国民党军队查抄出来，关押了几天。关押的目的是敲竹杠。他花了一笔钱，托了朋友，也就保释出来了。所运的私货无非是日用所需，洋广杂货。其中也有违禁物资，如西药、煤油。但是很多人说他运的是枪支弹药。就算是枪支弹药吧：抗日战争时期，国共还在合作，由日本人那里偷运给国民党军队，不是坏事，解放战争时期由国民党军队那里偷运给新四军，这岂不是好事？然而不，这都是反革命行为。他确也被新四军扣留审查过几天，那是因为不清楚他的来历。后来已有新四军当时的负责人写了证明，说这是出于误会。以上诸问题，本不难澄清，但是有关部门一直未作明确结论，作为悬案挂在那里。他之所以被专区的师范解职，就是因为：历史复杂。

“文化大革命”，旧案重提，他被揪了出来。地方上的造反派为之成立了专案组。专案组的组长是当时造反派的头头，后来的财政局局长谭凌霄，专案组成员之一是后来的房产管理处主任高宗汉。因为有此因缘，就逼得高大头终于不得不把他的房子楦一楦。此是后话。

“文化大革命”山呼海啸，席卷全国。高大头算个什么呢，真是沧海之一粟。不过他在本地却是出足了风头，因为案情复杂而且严重。南市口离县革会不远，县革会门前有一面大照壁。照壁上贴得满满一壁关于高大头的大字报，还有漫画插图。谭凌霄原来在文化馆工作，高宗汉原是电影院的美工，他们都能写会画，把高大头画得很像。他的形象特征很好掌握，一个鸭梨形的比身体还要大的头。在批斗他的时候，喊的口号也特别热闹：

“打倒反动军官高大头！”

“打倒土匪高大头！”

“打倒军火商高大头！”

“打倒三开分子高大头！”

剃头、画脸、游街、抄家、挨打、罚跪，应有尽有，不必细说。

高大头是个曾经沧海的人，“文化大革命”虽然是史无前例，他却以一种古已有之的态度对待之：逆来顺受。批斗、游街，随叫随到。低头的角度很低，时间很长。挨打挨踢，面无愠色。他身体结实，这些都经受得住。检查材料交了一大摞，写得很详细，很工整。时间、地点、经过、证明人，清清楚楚。一次一次，不厌其烦。但是这种检查越看越叫人生气。

谭凌霄亲自出马，带人外调。登了泰山，上了黄山，吃过西湖醋鱼、南京板鸭、苏州的三虾面，乘兴而去，兴尽而归，材料虽有，价值不大。（全国用于外调的钱，一共有多少？）

他们于是又回过头来把希望寄托在高大头本人身上，希望他自己说出一些谁也不知道的罪行，三番两次，交代政策：“‘坦白从宽，抗拒从严’，态度很重要。态度好，可以从轻，态度不好，问题性质就会升级！”苦口婆心，仁至义尽。高大头唯唯，然而交代材料仍然是那些车轱辘话。对于“反动军官”“土匪”“军火商”，字面上决不硬顶，事实上寸步不让。于是谭凌霄给了他一嘴巴子，骂道：“你真是一块滚刀肉！”

只有对于“三开分子”，高大头却无法否认。

“三开分子”别处似不曾听说过，可以算得是这个小县的土特产。何谓“三开”？就是在敌伪时期、国民党时期、共产党时期都吃得开。这个界限可很难划定。当过维持会长、国大代表、政协委员，这可以说是“三开”。这些，高大头都够不上。但是他在上述三个时期都活下来了，有一口饭吃，有时还吃得不错，且能娶妻生子，成家立业，要说是

“吃得开”，也未尝不可。

轰轰轰轰，“文化大革命”过去了。

高大头还是高大头。“三开分子”算个什么名目呢？什么文件上也未见过。因此也就谈不上什么改正落实。抄家的时候，他把所有的箱笼橱柜都打开，任凭搜查。除了他的那些修鞋用具之外，还有他当司机时用过的扳子、钳子、螺丝刀，他在营造厂跑外时留下的一卷皮尺……这些都不值一顾。有两块桃源石的图章，高宗汉以为是玉的，上面还有龟纽，说这是“四旧”，没收了（高大头当时想：真是没有见过世面，这值不了几个钱）。因此，除了皮肉吃了一点苦，高大头在这场开玩笑似的浩劫中没有多大损失。他没有什么抱怨，对谁也不记仇。

倒是谭凌霄、高宗汉因为白整了高大头几年，没有整出个名堂来，觉得很不甘心。世界上竟有这等怪事：挨整的已经觉得无所谓，整人的人倒耿耿于怀，总想跟挨整的人过不去，好像挨整的对不起他。

然而高大头从此得了教训，他很少跟人来往了，他不串门访友，也不愿说他那些天南地北的山海经。他整天只是埋头做活。

高大头高大魁伟，然而心灵手巧，多能鄙事。他会修汽车、修收音机、照相机，修表，当然主要是修鞋。他会修球鞋、胶鞋。他收的钱比谁家都贵，但是大家都愿多花几个钱送到他那里去修，因为他修得又结实又好看。他有一台火补的“机器”，补好后放在模子里加热一压，鞋底的纹印和新的一样。在刚兴塑料鞋时，全城只有他一家会修塑料凉鞋，于是门庭若市（最初修塑料鞋，他都是拿到后面去修，怕别人看到学去）。就是在“文化大革命”期间，在他不挨批斗的日子，生意也很好（“文化大革命”期间人们好像特别费鞋，因为又要游行，又要开会，又要跳忠字舞）。他还会补自行车胎、板车胎，甚至汽车外胎。因此，他的收入很可观。“三中全会”以后，允许单干，他带着一儿一女，一同做活，生意兴隆，真是很吃得开了。

他现在常在一起谈谈的，只有一个朱雪桥。

一来，他们是邻居。

二来，“文化大革命”期间，他们经常同台挨斗，同病相怜。

朱雪桥的罪名是美国特务。

朱雪桥是个针灸医生，为人老实本分，足迹未出县城一步，他怎么会成了美国特务呢？原来他有个哥哥朱雨桥，在美国，也是给人扎针，听说混得很不错。解放后，兄弟俩一直不通音信。但这总是个海外关系。这个县城里有海外关系的不多，凤毛麟角，很是珍贵。原来在档案里定的是“特嫌”，到了“文化大革命”，就直截了当，定成了美国特务。

这样，他们就时常一同挨斗。在接到批斗通知后，挂了牌子一同出门，斗完之后又挟了牌子一同回来。到了巷口，点一点头：“明天见！”“会上见！”各自回家。

朱雪桥胆子小，原来很害怕，以为可能要枪毙。高大头暗中给他递话：“你是特务吗？——不是。不是你怕什么？沉住气，没事。光棍不吃眼前亏，注意态度。”朱雪桥于是仿效高大头，软磨穷泡，少挨了不少打。朱雪桥写的检查稿子，还偷偷送给高大头看过。高大头用铅笔轻轻做了记号，朱雪桥心领神会，都照改了。高大头每回挨斗，回来总要吃点好的。他前脚挂了牌子出门，他老婆后脚就绕过几条街去买肉。肉炖得了，高大头就叫女儿乘天黑人乱，给朱雪桥送一碗过去。朱雪桥起初不受，说：“这，这，这不行！”高大头知道他害怕，就走过去说：“吃吧！不吃好一点顶不住！”于是朱雪桥就吃了。他们有时斗罢归来，分手的时候，还偷偷用手指圈成一个圈儿，比画一下，表示今天晚上可以喝两盅。

中国有不少人的友谊是在一同挨斗中结成的，这可称为“文革”佳话。

三来，他们两家的房子都非常紧，这就容易产生一种同类意识。

两家的房子原来都不算窄，是在挨斗的同时被挤小了的。

朱雪桥家原来住得相当宽敞，有三大间，旁边还有一间堆放杂物的厢房。朱雨桥在的时候，两家住；朱雨桥走了，朱雪桥一家三代六口人住着。朱雪桥不但在家里可以有地方给人扎针治病，还有个小天井，可以养十几盆菊花。——高大头养菊花就是受了朱雪桥的影响。他的菊花秧子大都是从朱雪桥那里分来的。

谭凌霄和高宗汉带着一伙造反派到朱雪桥家去抄家。叫高大头也一同去，因为他身体好，力气大，作为劳力，可以帮着搬东西。朱家的“四旧”不少。霁红胆瓶，摔了；康熙青花全套餐具，砸了；铜器锡器，踹扁了；硬木家具，劈了；朱雪桥的父母睡的一张红木宁式大床，是传了几代的东西，谭凌霄说：“抬走！”堂屋板壁上有四幅徐子兼画的猴。徐子兼是邻县的一位画家，已故，画花鸟，宗法华新罗，笔致秀润飘逸，尤长画猴。他画猴有定价，两块大洋一只。这四幅屏上的大大小小的猴真不老少。一个造反派跳上去扯了下来就要撕。高大头在旁插了一句嘴，说：“别撕。‘金猴奋起千钧棒’，猴是革命的。”谭凌霄一想，说：“对！卷起来，先放到我那里保存！”他属猴，对猴有感情。

抄家完毕，谭凌霄说：“你家的房子这样多？不行！”于是下令叫朱雪桥全家搬到厢房里住，当街另外开门出入。这三间封起来。在正屋与厢屋之间砌起了一堵墙，隔开。

高大头家原来是个连家店，前面是铺面，或者也可以叫作车间，后面是住家。抄家的时候（前文已表，他家是没有多少东西可抄的），高宗汉说：“你家的房子也太宽，不行！”于是在他的住家前面也砌了一堵墙，只给他留下一间铺面。

这样，高、朱两家的房屋面积都是一样大小了：九平方米。

朱家六口人，这九平方米怎么住法呢？白天还好办。朱雪桥上班，——他原来是私人开业，后来加入联合诊所，联合诊所撤销后，他进了卫生局所属的城镇医院，算是“国家干部”了。两个孩子（一儿一女）上学。家里只剩下朱雪桥的父亲母亲和他的老婆。到了晚上，三代人，九平方米，怎么个睡法呢？高大头给他出了个主意，打了一张三层床。由下往上数：老两口睡下层，朱雪桥夫妇睡中层，两个孩子睡在最上层。一人翻身，全家震动。两个孩子倒很高兴，觉得爬上爬下，非常好玩。只是有时夜里要滚下来，这一跤可摔得不轻。小弟弟有时还要尿床，这个热闹可就大了！

高大头怎么办呢？他总得有个家呀。他有老婆，女儿也大了，到了快找对象的时候了，女人总有些女人的事情，不能大敞四开，什么都展览着呀。于是他找了点纤维板，打了半截板壁，把这九平方米隔成了两半，两个狭条，各占四平方米半。后面是他老婆和女儿的卧房；前面白天是车间，到了晚上，临时搭铺，父子二人抵足而眠。后面一半外面看不见。前面的四平方米半可真是热闹。一架火补烘烤机器就占了三分之一。其余地方还要放工具、材料。他把能利用的空间都利用了。他敲敲靠巷子一边的山墙，还结实，于是把它抽掉一些砖头，挖成一格一格的，成了四层壁橱。酱油瓶子、醋瓶子、油瓶子、酒瓶子，扳子、钳子、粘胶罐子、钢锉、木锉、书籍（高大头文化不低，前已说过，他的字写得很工整）、报纸（高大头关心世界、国家大事，随时研究政策，订得一份省报，看后保存，以备查检，逐月逐年，一张不缺），全都放在“橱”里。层次分明，有条不紊。他修好的鞋没处放，就在板壁上钉了许多钉子，全都挂起来。面朝里，底朝外，鞋底上都贴着白纸条，写明鞋主姓名和取鞋日期。这样倒好，好找，省得一双一双去翻。他还养菊花（朱雪桥已经无此雅兴）。没有地方放，他就养了四盆悬崖菊，把它们全部在房檐口挂起来。这四个盆子很大。来修鞋的人走到门口都要迟疑一下，向上看看。高大头总是解释：“不碍事，挂得很结实，砸不了脑袋！”这四盆悬崖菊披披纷纷地倒挂下来，好看得很。高大头就在菊花影中运锉补鞋，自得其乐。

“四人帮”倒了之后，高大头和朱雪桥迭次向房产管理处和财政局写报告，请求解决他们的住房困难。这个县的房管处是财政局的下属单位，是一码事。也就是说，向高宗汉和谭凌霄写报告（至于谭、高二人怎么由造反派变成局长和主任，又怎样安然度过清查运动，一直掌权，已与本文无关，不表）。他们还迭次请求面见谭局长和高主任。高大头还给谭局长家修过收音机、照相机，都是白尽义务，分文不取。高主任很客气地接待他们，说："你们的困难我是知道的，这是'文化大革命'的后遗症嘛，一定，一定设法解决。"谭凌霄对高宗汉说："这两个家伙，不能给他们房子！"

中美建交。

朱雪桥忽然接到他哥哥朱雨桥的信，说他很想回乡探望双亲大人。信中除了详述他到美的经过，现在的生活，倾诉了思亲怀旧之情，文白夹杂，不今不古，之外，附带还问了问他花了五十块大洋请徐子兼画的四幅画，今犹在否。

朱雪桥把这封信交给了奚县长。

奚县长"文化大革命"前就是县长。"文化大革命"中被谭凌霄等一伙造反派打倒了。"四人帮"垮台后，经过选举，是副县长。不过大家还叫他奚县长。他主管文教卫生，兼管民政统战。朱雪桥接到朱雨桥的信，这件事，从哪方面说起来，都正该他管。

第一件事，应该表示欢迎。这是国家政策。

第二件事，应该赶紧解决朱雪桥的住房问题。朱雨桥回来，这九平方米，怎么住？难道在三层床上再加一层吗？

事有凑巧，朱家原来的三间祖屋，在被没收后，由一个下放干部住着。恰好在朱雪桥接到朱雨桥来信前不久，这位下放干部病故了，家属回乡，这三间房还空着。这事好解决。奚县长亲自带了朱雪桥去找谭凌霄，叫他把那三间房还给朱家。谭凌霄当时没有话说，叫高宗汉填写了一张住房证发给了朱雪桥。朱雪桥随奚县长到县人民政府，又研究了一下怎样接待朱雨桥的问题。奚县长嘱咐他对"文化大革命"的情况尽量不要多谈，还批了条子，让他到水产公司去订购一点鲜鱼活虾，到蔬菜公司订购一点菱藕，到糖烟酒公司订几瓶原装洋河大曲。朱雪桥对县领导的工作这样深入细致，深表感谢。

不想他到了旧居门口，却发现门上新加了一把锁。

原来谭凌霄在发给朱雪桥住房证之后，立刻叫房管处签发了另一份住房证，派人送到湖东公社，交给公社书记的儿子，叫他先把门锁起来。一所房子同时发两张居住证，他这是存心叫两家闹纠纷，叫朱雪桥搬不进去。

朱雪桥不能撬人家的锁。

怎么办呢？高大头给他出了个主意，从隔开厢房与正屋的墙上打一个洞，先把东西搬进去再说。高大头身强力壮，心灵手巧，呼朋引类，七手八脚，不大一会儿，就办成了。

朱雨桥来信，行期在即。

奚县长了解了朱雪桥在墙上打了一个洞，说："这成个什么样子！"于是打电话给财政局、房管处，请他们给朱家修一个门，并把朱家原来的三间正屋修理一下。谭凌霄、高宗汉"相应不理"。

县官不如现管，奚县长毫无办法。

奚县长打电话给卫生局，卫生局没有人工材料。

最后只得打电话给城镇医院。城镇医院倒有一点钱，雇工置料，给朱雪桥把房子修了。

徐子兼画的四幅画也还回来了。这四幅画在谭凌霄家里。朱雪桥拿着县人民政府的信，指名索要，谭凌霄抵赖不得，只好从柜子里拿出来给他。朱家的宁式大床其实也在谭凌霄家里，朱雪桥听从了高大头的意见，暂时不提。

朱雨桥回来，地方上盛大接待。朱雨桥吃了家乡的卡缝鳊、翘嘴白、槟榔芋、雪花藕、炝活虾、野鸭烧咸菜；给双亲大人磕了头，看看他的祖传旧屋，端详了徐子兼的画猴，满意得不得了。热闹了几天，告别各界领导。临去依依，一再握手。弟兄二人，洒泪而别，自不必说。

地方上为朱雨桥举行的几次宴会，谭局长一概称病不赴。高主任因为还不够格，也未奉陪。谭凌霄骂了一句国骂，说："海外关系倒跩起来了！"

谭凌霄当然知道朱雪桥在墙上打洞，先发制人，造成既成事实，这主意是高大头出的。朱雪桥是个老实人，想不出这种招儿。徐子兼的画在他手里，也是高大头告发的。这四幅画他平常不大拿出来挂。有一天"晒伏"，他摊在地上。那天正好高大头来送修好了的收音机。这小子眼睛很贼，瞅见过。除了他，没有别人！批给朱家三间房子，丢了四张画，事情不大，但是他谭凌霄没有栽过这个跟头。这使他丢了面子，在本城群众面前矮了一截。这些草民，一定会在他背后指手画脚，喊喊喳喳地议论的。谭凌霄非常窝火，在心里恨道："好小子，你就等着我的吧！"他引用了一句慈禧太后的话："谁要是叫我不痛快，我就叫谁不痛快一辈子！"

高大头知道事情不大妙，但是他还是据理力争，几次找房管处要房子。高宗汉接见了他。这回态度变了，干脆说："没有！"高大头还是软软和和地说："没有房子，给我一块地皮也行，我自己盖。"——"你自己盖？你有钱？是你说过：你有八千块钱存款，只要你给一块地皮，盖一所一万块钱的房子，不费事？你说过这话没有？"高大头是曾经夸过这个海口，不知是哪个嘴快的给传到高宗汉耳朵里去了，但是他还是赔着笑脸，说："那是酒后狂言。"高宗汉板着脸说："有本事你就盖。地皮没有。就这九平方米。你就在这九平方米上盖！只要你不多占一分地，你怎么盖都行。盖一座摩天大楼我也不管，随便！就这个话！往后你还别老找我来啰嗦！你有意见？你有本事告我去！告我和谭局长去！我还有事，你请便！"

高大头这一天半宵都没有睡着觉，一支接一支地抽烟，抽了多半盒"大运河"。

与此同时，谭凌霄利用盖集体宿舍的名义给自己盖了一所私人住宅。

谭凌霄盖住宅的时候，高大头天天到邮局去买报纸，《人民日报》

《文汇报》《解放日报》《新华日报》，能买到的都买了来，戴着他的黑边窄片老花镜一张一张地看，用红铅笔划道、剪贴、研究。

谭凌霄的住宅盖成了。且不说他这所住宅有多大，单说房前的庭院：有一架葡萄、一丛竹子、几块太湖石，还修了一座阶梯式的花台，放得下百多盆菊花。这在本城县一级领导里是少有的。

这一天，谭局长备了三桌酒，邀请熟朋友来聚聚。一来是暖暖他的新居，二来是酬谢这些朋友帮忙出力，提供材料。杯筷已经摆好，凉菜尚未上桌，谭局长正陪同客人在庭前欣赏他的各种菊花，高大头敲门，一头闯了进来。谭凌霄问："你来干什么？"高大头拿出一卷皮尺，说，"对不起，我量量你们家的房子。"说罢就动起手来。谭凌霄一时不知如何是好，客人也都莫名其妙。高大头非常麻溜利索。眨眼的工夫就量完了。前文交代，他在营造厂干过，干这种事情，是个内行。他收了皮尺，还负手站在一边，陪主人客人一同看了一会儿菊花。这菊花才真叫菊花！一盆墨菊，乌黑的，花头有高大头的脑袋大！一盆狮子头，花盆旋拧着，像一团发亮的金黄色的云彩！一盆十丈珠帘，花瓣垂下有一尺多长！高大头知道，这都是从公园里搬来的。这几盆菊花，原来放在公园的暖房里，旁边插着牌子，写着："非卖品"。等闲人只能隔着玻璃看看。高大头自从菊花开始放瓣的时候，天天去看，太眼熟了。

高大头看完菊花，道了一声"谢谢，饱了眼福"，转身自去。

谭局长这顿饭可没吃好。他心里很不踏实：高大头这小子，量了我的房子，不会有什么好事！

高大头当晚借了朱雪桥家的堂屋，把谭凌霄假借名义，修盖私人住宅的情况，写了一封群众来信。信中详细描叙了谭宅的尺寸、规格，并和本县许多住房困难的人家做了对比。连夜抄得，天亮付邮，寄给省报。

过了几天，省报下来了一个记者。

记者住在招待所。

他本来是来了解本县今年秋收分配情况的，没想到，才打开旅行包，洗了脸，就有人来找他。这些人反映的都是一件事：谭局长修盖私人住宅，没有那回事，这是房管局分配给他的宿舍；高大头是个三开分子，品质恶劣，专门造谣中伤，破坏领导威信。接二连三，络绎不绝（这些人都是谭凌霄在“文化大革命”中的老战友）。记者在编辑部本知道有这样一封群众来信，不过他的任务不是了解此事。这样一来，倒引起了他的注意。他找了本县的几个通讯员和一些群众做了调查，他们都说有这回事。他请高大头到招待所来谈谈，高大头带来了他的那封信的底稿和一张谭凌霄住宅平面图。

记者把这件事用“本报记者”名义写了一篇报道，带回了报社。

也活该谭凌霄倒霉，他赶到坎上了，现在正是大抓不正之风的时候。报社决定用这篇稿子。打了清样，寄到本县县委，征求他们的意见，是否同意发表。县委书记看了清样，正在考虑，奚县长正在旁边，说：“这件事你要是压下来，将来问题深化了，你也会被牵扯进去，这是一；如果不同意发表这篇报道，那将来本县的消息要见省报，可就困难了，这是二。”县委书记击案说：“好！同意！”奚县长抓起笔就写了一封复信：

“此稿报道情况完全属实，同意发表。这对我们整顿党政作风，很有帮助，特此表示感谢。”

报道在省报发表后，全城轰动。很多居民买了鞭炮到大街上来放，好像过年一样。

高大头当真在他的九平方米的地基上盖起了一所新房子（在修建新房时，他借住了朱雪桥原来住的厢房）。这座房子一共三十六平方米。他盖了个两楼一底。底层还是九平方米。上面一层却有十二平方米。他把上层的楼板向下层的檐外伸出了一截，突出在街面上。紧挨上层，他又向南伸展，盖了一间过街楼，那一头接到朱雪桥家厢房房顶。这间过街楼相当高，楼下可过车辆行人，不碍交通。过街楼有十五平方米。这样，高大头家四口人，每人就有九平方米，很宽绰了。高大头的儿子就是要结婚，也完全有地方。这两楼一底是高大头自己设计的。他干过营造厂嘛。来来往往的人看了高大头的这所十分别致的房子，都说："这家伙真是个皮凤三，他硬把九平方米楦成了三十六平方米，神了！"

谭凌霄、高宗汉忽然在同一天被撤了职。这消息可靠。据财政局的人说，他们自己已接到通知，只是还没有公开宣布。他们这两天已经不到机关上班了。因为要是再去，别人叫他们"局长""主任"，答应不好，不答应也不好。

在听到他们俩撤职的消息后，城里人有没有放鞭炮呢？没有。他们是很讲恕道的。

这二位到底为什么被撤职呢？众说纷纭。有人说是他们在住房问题上对群众刁难勒索，太招恨了；有人说是他们通同作弊，修盖私人住宅；有人说：因为他们是造反派！究竟如何，且听下回分解。

一九八一年十二月二十五日

八千岁

据说他是靠八千钱起家的，所以大家背后叫他八千岁。八千钱是八千个制钱，即八百枚当十的铜元。当地以一百铜元为一吊，八千钱也就是八吊钱。按当时银钱市价，三吊钱兑换一块银元，八吊钱还不到两块七角钱。两块七角钱怎么就能起了家呢？为什么整整是八千钱，不是七千九，不是八千一？这些，谁也不去追究，然而死死地认定了他就是八千钱起家的，他就是八千岁！

他如果不是一年到头穿了那样一身衣裳，也许大家就不会叫他八千岁了。他这身衣裳，全城无二。无冬历夏，总是一身老蓝布。这种老蓝布是本地土织，本地的染坊用蓝靛染的。染得了，还要由一个师傅双脚分叉，站在一个U字形的石碾上，来回晃动，加以碾砑，然后摊在河边空场上晒干。自从有了阴丹士林，这种老蓝布已经不再生产，乡下还有时能够见到，城里几乎没有人穿了。蓝布长衫，蓝布夹袍，蓝布棉袍，他似乎做得了这几套衣服，就没有再添置过。年复一年，老是这几套。有些地方已经洗得露了白色的经纬，而且打了许多补丁。衣服的款式也很特别，长度一律离脚面一尺。这种才能盖住膝盖的长衫，从前倒是有过，叫作“二马裾”。这些年长衫兴长，穿着拖齐脚面的铁灰洋绉时式长衫的年轻的“油儿”，看了八千岁的这身二马裾，觉得太奇怪了。

八千岁有八千岁的道理，衣取蔽体，下面的一截没有用处，要那么长干什么？八千岁生得大头大脸，大鼻子大嘴，大手大脚，终年穿着二马裾，任人观看，心安理得。

他的儿子跟他长得一模一样，只是比他小一号，也穿着一身老蓝布的二马裾，只是老蓝布的颜色深一些，补丁少一些。父子二人在店堂里一站，活脱是大小两个八千岁。这就更引人注意了。八千岁这个名字也就更被人叫得死死的。

大家都知道八千岁现在很有钱。

八千岁的米店看起来不大，门面也很暗淡。店堂里一边是几个米囤子，囤里依次分别堆积着“头糙”“二糙”“三糙”“高尖”。头糙是只碾一道，才脱糠皮的糙米，颜色紫红。二糙较白。三糙更白。高尖则是雪白发亮几乎是透明的上好精米。四个米囤，由红到白，各有不同的买主。头糙卖给挑箩把担卖力气的，二糙三糙卖给住家铺户，高尖只少数高门大户才用。一般人家不是吃不起，只是觉得吃这样的米有点“作孽”。另外还有两个小米囤，一囤糯米；一囤晚稻香粳——这种米是专门煮粥用的。煮出粥来，米长半寸，颜色浅碧如碧螺春茶，香味浓厚，是东乡三垛特产，产量低，价极昂。这两种米平常是没有人买的，只是既是米店，不能不备。另外一边是柜台，里面有一张账桌，几把椅子。柜台一头，有一块竖匾，白地子，上漆四个黑字，道是：“食为民天”。竖匾两侧，贴着两个字条，是八千岁的手笔。年深日久，字条的毛边纸已经发黄，墨色分外浓黑。一边写的是“僧道无缘”，一边是“概不做保”。这地方每年总有一些和尚来化缘（道士似无化缘一说），背负一面长一尺、宽五寸的木牌，上画护法韦驮，敲着木鱼，走到较大铺户之前，总可得到一点布施。这些和尚走到八千岁门前，一看“僧道无缘”四个字，也就很知趣地走开了。不但僧道无缘连叫花子也“概不打发”。叫花子知道不管怎样软磨硬泡，也不能从八千岁身上拔下一根毛来，也就都“别处发财”，省得白费工夫。中国不知从什么时候兴了铺保制度。领营业执照，向银行贷款，取一张“仰沿路军警一体放行，妥加保护”的出门护照，甚至有些私立学校填写入学志愿书，都要有两家“殷实铺保”。吃了官司，结案时要“取保释放”。因此一般“殷实”一些的店铺就有为人做保的义务。铺保不过是个名义，但也有时惹下一些麻烦。有的被保的人出了问题，官方警方不急于追究本人，却跟做保的店铺纠缠不休，目的无非是敲一笔竹杠。八千岁可不愿惹这种麻烦。“僧道无缘”“概不做保”的店铺不止八千岁一家，然而八千岁如此，就不免引起路人侧目，同行议论。

八千岁米店的门面虽然极不起眼，“后身”可是很大。这后身本是夏家祠堂。夏家原是望族。他们聚族而居的大宅子的后面有很多大树，有合抱的大桂花，还有一湾流水，景色幽静，现在还被人称为夏家花园，但房屋已经残破不堪了。夏家败落之后，就把祠堂租给了八千岁。朝南的正屋里一长溜祭桌上还有许多夏家的显考显妣的牌位。正屋前有两棵柏树。起初逢清明，夏家的子孙还来祭祖，这几年来都不来了，那些刻字涂金的牌位东倒西歪，上面落了好多鸽子粪。这个大祠堂的好处是房屋都很高大，还有两个极大的天井，都是青砖铺的。那些高大房屋，正好当做积放稻子的仓廒，天井正好翻晒稻子。祠堂的侧门临河，出门就是码头。这条河四通八达，运粮极为方便。稻船一到，侧门打开，稻子可以由船上直接挑进仓里，这可以省去许多长途挑运的脚钱。

本地的米店实际是个粮行。单靠门市卖米，油水不大。一多半是靠做稻子生意，秋冬买进，春夏卖出，贱入贵出，从中取利。稻子的来源有二。有的是城中地主寄存的。这些人家收了租稻，并不过目，直接送到一家熟识的米店，由他们代为经营保管。要吃米时派个人去叫几担，要用钱时随时到柜上支取，年终结账，净余若干，报一总数。剩下的钱，大都仍存柜上。这些人家的大少爷，是连粮价也不知道的，一切全由米店店东经手。粮钱数目，只是一本良心账。另一来源，是店东自己收购的。八千岁每年过手到底有多少稻子，他是从来不说的，但是这瞒不住人。瞒不住同行，瞒不住邻居，尤其瞒不住挑夫的眼睛。这些挑夫给各家米店挑稻子，一眼估得出哪家的底子有多厚。他们说：八千岁是一只螃蟹，有肉都在壳儿里。他家仓廒里的堆稻的"窝积"挤得轧满，每一积都堆到屋顶。

另一件瞒不住人的事，是他有一副大碾子，五匹大骡子。这五匹骡子，单是那两匹大黑骡子，就是头三年花了八百现大洋从宋侉子手里一次买下来的。

宋侉子是个怪人。他并不侉。他是本城土生土长，说的也是地地道道的本地话。本地人把行为乖谬，悖乎常理，而又身材高大的人，都叫作侉子（若是身材瘦小，就叫作蛮子）。宋侉子不到二十岁就被人称为侉子。他也是个世家子弟，从小爱胡闹，吃喝嫖赌，无所不为；花鸟虫鱼，无所不好，还特别爱养骡子养马。父母在日，没有几年，他就把一点祖产挥霍得去了一半。父母一死，就更没人管他了，他干脆把剩下的一半田产卖了，做起了骡马生意。每年出门一两次。到北边去买骡马。近则徐州、山东，远到关东、口外。一半是寻钱，一半是看看北边的风景，吃吃黄羊肉、狍子肉、鹿肉、狗肉。他真也养成了一派侉子脾气。爱吃面食。最爱吃山东的锅盔，牛杂碎，喝高粱酒。酒量很大，一顿能喝一斤。他买骡子买马，不多买，一次只买几匹，但要是好的。花很大的价钱买来，又以很大的价钱卖出。

他相骡子相马有一绝，看中了一匹，敲敲牙齿，捏捏后胯，然后拉着缰绳领起走三圈，突然用力把嚼子往下一拽。他力气很大，一般的骡马禁不起他这一拽，当时就会打一个趔趄。像这样的，他不要。若是纹丝不动，稳若泰山，当面成交，立刻付钱，二话不说，拉了就走。由于他这种独特的选牲口的办法和豪爽性格，使他在几个骡马市上很有点名气。他选中的牲口也的确有劲，耐使，里下河一带的碾坊磨坊很愿意买他的牲口。虽然价钱贵些，细算下来，还是划得来。

那一年，他在徐州用这办法买了两匹大黑骡子，心里很高兴，下到店里，自个儿蹲在炕上喝酒。门帘一掀，进来个人：

“你是宋老大？”

“不敢，贱姓宋。请教？”

“甭打听。你喝酒？”

“哎哎。”

“你心里高兴？”

“哎哎。”

“你买了两匹好骡子？”

“哎哎。就在后面槽上拴着。你老看来是个行家，你给看看。”

“甭看，好牲口！这两匹骡子我认得！——可是你带得回去吗？”

宋侉子一听话里有话，忙问：

“莫非这两匹骡子有什么弊病？”

“你给我倒一碗酒。出去看看外头有没有人。”

原来这是一个骗局。这两匹黑骡子已经转了好几个骡马市，谁看了谁爱，可是没有一个人能把它们带走。这两匹骡子是它们的主人驯熟了的，走出二百里地，它们会突然挣脱缰绳，撒开蹄子就往家奔，没有人追得上，没有人截得住。谁买的，这笔钱算白扔。上当的已经不止一个人。进来的这位，就是其中的一个。

“不能叫这个家伙再坑人！我教你个法子：你连夜打四副铁镣，把它们镣起来。过了清江浦，就没事了，再给它砸开。”

“多谢你老！”

“甭谢！我这是给受害的众人报仇！”

宋侉子把两匹骡子牵回来，来看的人不断。碾坊、磨坊、油坊、糟坊，都想买。一问价钱，就不禁吐了舌头：“乖乖！”八千岁带着儿子小千岁到宋家看了看，心里打了一阵算盘。他知道宋侉子的脾气，一口价，当时就叫小千岁回去取了八百现大洋，一手交钱，一手交货，父子二人，一人牵了一匹，沿着大街，呱嗒呱嗒，走回米店。

这件事轰动全城。一连几个月。宋侉子贩骡子历险记和八千岁买骡子的壮举，成了大家茶余酒后的话题。谈论间自然要提及宋侉子荒唐怪诞的侉脾气和八千岁的二马裾。

每天黄昏，八千岁米店的碾米师傅要把骡子牵到河边草地上遛遛。骡子牵出来，就有一些人围在旁边看。这两匹黑骡子，真够“身高八尺，头尾丈二有余”。有一老者，捋须赞道：“我活这么大，没见过这样高大的牲口！”个子稍矮一点的，得伸手才能够着它的脊梁。浑身黑得像一匹黑缎子。一走动，身上亮光一闪一闪。去看八千岁的骡子，竟成了附近一些居民在晚饭之前的一件赏心乐事。

因为两匹骡子都是黑的，碾米师傅就给它们取了名字，一匹叫大黑子，一匹叫二黑子。这两个名字街坊的小孩子都知道，叫得出。

宋侉子每年挣的钱不少。有了钱，就都花在虞小兰的家里。

虞小兰的母亲虞芝兰是一个姓关的旗人的姨太太。这旗人做过一任盐务道，辛亥革命后在本县买田享福。这位关老爷本城不少人还记得。他的特点是说了一口京片子，走起路来一摇一摆，有点像戏台上的方巾丑，是真正的“方步”。他们家规矩特别大，礼节特别多，男人见人打千儿，女人见人行蹲安，本地人觉得很可笑。虞芝兰是他用四百两银子从北京西河沿南堂子买来的。关老爷死后，大妇不容，虞芝兰就带了随身细软，两箱子字画，领着女儿搬出来住，租的是挨着宜园的一所小四合院。宜园原是个私人花园，后来改成公园。园子不大，但北面是一片池塘，种着不少荷花，池心有一小岛，上面有几间水榭，本地人不大懂得什么叫水榭，叫它“荷花亭子”，——其实这几间房子不是亭子；南面有一带假山，沿山种了很多梅花，叫作“梅岭”，冬末春初，梅花盛开，是很好看的；园中竹木繁茂，园外也颇有野趣，地方虽在城中，却是尘飞不到。虞芝兰就是看中它的幽静，才搬来的。

带出来的首饰字画变卖得差不多了，关家一家人已经搬到上海租界去住，没有人再来管她，虞芝兰不免重操旧业。

过了几年，虞芝兰揽镜自照，觉得年华已老，不好意思再扫榻留宾，就洗妆谢客，由女儿小兰接替了她。怕关家人来寻事，女儿随了妈的姓。

宋侉子每年要在虞小兰家住一两个月，朝朝寒食，夜夜元宵。他老婆死了，也不续弦，这里就是他的家。他有个孩子，有时也带了孩子来玩。他和关家算起来有点远亲，小兰叫他宋大哥。到钱花得差不多了，就说一声："我明天有事，不来了"，跨上他的踢雪乌骓骏马，一扬鞭子，没影儿了。在一起时，恩恩义义；分开时，潇潇洒洒。

虞小兰有时出来走走，逛逛宜园。夏天的傍晚，穿了一身剪裁合体的白绸衫裤，拿一柄生丝白团扇，站在柳树下面，或倚定红桥栏杆，看人捕鱼采藕。她长得像一颗水蜜桃，皮肤非常白嫩，腰身、手、脚都好看。路上行人看见，就不禁放慢了脚步，或者停下来装做看天上的晚霞，好好地看她几眼。他们在心里想：这样的人，这样的命，深深为她惋惜；有人不免想到家中洗衣做饭的黄脸老婆，为自己感到一点不平；或在心里轻轻吟道："牡丹绝色三春暖，不是梅花处士妻"，情绪相当复杂。

虞小兰，八千岁也曾看过，也曾经放慢了脚步。他想：长得是真好看，难怪宋侉子在她身上花了那么多钱。不过为一个姑娘花那么多钱，这值得么？他赶快迈动他的大脚，一气跑回米店。

八千岁每天的生活非常单调。量米。买米的都是熟人，买什么米，一次买多少，他都清楚。一见有人进店，就站起身，拿起量米升子。这地方米店量米兴报数，一边量，一边唱："一来，二来，三来——三升！”量完了，拍拍手，——手上沾了米灰，接过钱，摊平了，看看数，回身走进柜台，一扬手，把铜钱丢在钱柜里，在“流水”簿里写上一笔，入头糙三升，钱若干文。看稻样。替人卖稻的客人到店，先要送上货样。店东或洽谈生意的“先生”，抓起一把，放在手心里看看，然后两手合拢搓碾，开米店的手上都有功夫，嚓嚓嚓三下，稻壳就全搓开了；然后吹去糠皮，看看米色，撮起几粒米，放在嘴里嚼嚼，品品米的成色味道。做米店的都很有经验，这是什么品种，三十子，六十子，矮脚籼，吓一跳，一看就看出来。在米店里学生意，学的也就是这些。然后谈价钱，这是好说的，早晚市价，相差无几。卖米的客人知道八千岁在这上头很精，并不跟他多磨嘴。

“前头”没有什么事的时候，他就到后面看看。进了隔开前后的屏门，一边是拴骡子的牲口槽，一边是一副巨大的石碾子。碾坊没有窗户，光线很暗，他欢喜这种暗暗的光。一近牲口槽，就闻到一股骡子粪的味道，他喜欢这种味道。他喜欢看碾米师傅把大黑子或二黑子牵出来。骡子上碾之前照例要撒一泡很长的尿，他喜欢看它撒尿。骡子上了套，石碾子就呼呼地转起来，他喜欢看碾子转，喜欢这种不紧不慢的呼呼的声音。

这二年，大部分米店都已经不用碾子，改用机器轧米了，八千岁却还用这种古典的方法生产。他舍不得这副碾子，舍不得这五匹大骡子。本县也还有些人家不爱吃机器轧的米，说是不香，有人家专门上八千岁家来买米的，他的生意不坏。

然后，去看看师傅筛米。那是一面很大的筛子，筛子有梁，用一根粗麻绳吊在房檩上，筛子齐肩高，筛米师傅就扶着筛子边框，一簸一侧地慢慢地筛。筛米的屋里浮动着细细的米糠，太阳照进来，空中像挂着一匹一匹白布。八千岁成天和米和糠打交道，还是很喜欢细糠的香味。

然后，去看看仓里的稻积子，看看两个大天井里晒的稻，或拿起“搡子”把稻子翻一遍，——他身体结实，翻一遍不觉得累，连师傅们都佩服；或轰一会儿麻雀。米店稻仓里照例有许多麻雀，叽叽喳喳叫成一片。宋侉子有时在天快黑的时候，拿一把竹枝扫帚拦空一扑，一扫帚能扑下十几只来。宋侉子说这是下酒的好东西，卤熟了还给八千岁拿来过。八千岁可不吃这种东西，这有个什么吃头！

八千岁的食谱非常简单。他家开米店，放着高尖米不吃，顿顿都是头糙红米饭。菜是一成不变的熬青菜，——有时放两块豆腐。初二、十六打牙祭，有一碗肉或一盘咸菜煮小鲫鱼。他、小千岁和碾米师傅都一样。有肉时一人可得切得方方的两块。有鱼时一人一条，——咸菜可不少，也够下饭了。有卖稻的客人时，单加一个荤菜，也还有一壶酒。客人照例要举杯让一让，八千岁总是举起碗来说："我饭陪，饭陪！"客菜他不动一筷子，仍是低头吃自己的青菜豆腐。

八千岁的米店的左邻右舍都是制造食品的。左边是一家厨房。这地方有这么一种厨房，专门包办酒席，不设客座。客家先期预订，说明规格，或鸭翅席，或海参席，要几桌。只须点明"头菜"，其余冷盘热菜都有定规，不须吩咐。除了热炒，都是先在家做成半成品，用圆盒挑到，开席前再加汤回锅煮沸。八千岁隔壁这家厨房姓赵，人称赵厨房，连开厨房的也被人叫作赵厨房，——不叫赵厨子却叫赵厨房，有点不合文法。赵厨房的手艺很好，能做满汉全席。这满汉全席前清时也只有接官送官时才用，入了民国，再也没有人来订，赵厨房祖传的一套五福拱寿油红彩的满堂红的细瓷器皿，已经锁在箱子里好多年了。右边是一家烧饼店。这家专做"草炉烧饼"。这种烧饼是一箩到底的粗面做的，做蒂子只涂很少一点油，没有什么层，因为是贴在吊炉里用一把稻草烘熟的，故名草炉烧饼，以别于在桶状的炭炉中烤出的加料插酥的"桶炉烧饼"。这种烧饼便宜，也实在，乡下人进城，爱买了当饭。几个草炉烧饼，一碗宽汤饺面，有吃有喝，就饱了。八千岁坐在店堂里每天听得见左边煎炒烹炸的声音，闻得到鸡鸭鱼肉的香味，也闻得见右边传来的一阵一阵烧饼出炉时的香味，听得见打烧饼的槌子击案的有节奏的声音：定定郭，定定郭，定郭定郭定定郭，定，定，定……

八千岁和赵厨房从来不打交道，和烧饼店每天打交道。这地方有个“吃晚茶”的习惯，每天下午五点来钟要吃一次点心。钱庄、布店，概莫能外。米店因为有出力气的碾米师傅，这一顿“晚茶”万不能省。“晚茶”大都是一碗干拌面，——葱花、猪油、酱油、虾籽、虾米为料，面下在里面；或几个麻团、“油墩子”，——白铁敲成浅模，浇入稀面，以萝卜丝为馅，入油炸熟。八千岁家的晚茶，一年三百六十日，都是草炉烧饼，一人两个。这里的店铺，有“客人”，照例早上要请上茶馆。“上茶馆”是喝茶，吃包子、蒸饺、烧麦。照例由店里的“先生”或东家作陪。一般都是叫一笼“杂花色”（即各样包点都有），陪客的照例只吃三只，喝茶，其余的都是客人吃。这有个名堂，叫作“一壶三点”。八千岁也循例待客，但是他自己并不吃包点，还是从隔壁烧饼店买两个烧饼带去。所以他不是“一壶三点”，而是“一壶两饼”。他这辈子吃了多少草炉烧饼，真是难以计数了。

他不看戏，不打牌，不吃烟，不喝酒。喝茶，但是从来不买“雨前”“雀舌”，泡了慢慢地品啜。他的账桌上有一个“茶壶桶”，里面焐着一壶茶叶棒子泡的颜色混浊的酽茶。吃了烧饼，渴了，就用一个特大的茶缸子，倒出一缸，咕嘟咕嘟一口气喝了下去，然后打一个很响的饱嗝。

他的令郎也跟他一样。这孩子才十六七岁，已经很老成。孩子的那点天真爱好，放风筝、掏蛐蛐、逮蝈蝈、养金铃子，都已经叫严厉的父亲的沉重的巴掌收拾得一干二净。八千岁到底还是允许他养了几只鸽子。这还是宋侉子求的情。宋侉子拿来几只鸽子，说：“孩子哪儿也不去，你就让他喂几个鸽子玩玩吧。这吃不了多少稻子。你们不养，别人家的鸽子也会来。自己有鸽子，别家的鸽子不就不来了。”米店养鸽子，几乎成为通例，八千岁想了想，说：“好，叫他养！”鸽子逐渐发展成一大群，点子、瓦灰、铁青子、霞白、麒麟，都有。从此夏氏宗祠的屋顶上就热闹起来，雄鸽子围着雌鸽子求爱，一面转圈儿，一面鼓着个嗉子不停地叫着："咯咯咕，咯咯咯咕……"夏家的显考显妣的头上于是就着了好些鸽子粪。小千岁一有空，就去鼓捣他的鸽子。八千岁有时也去看看，看看小千岁捉住一只宝石眼的鸽子，翻过来，正过去，鸽子眼里的"沙子"就随着慢慢地来回流动，他觉得这很有趣，而且想：这是怎么回事呢？父子二人，此时此刻，都表现了一点童心。

八千岁那样有钱，又那样俭省，这使许多人很生气。

八千岁万万没有想到，他会碰上一个八舅太爷。

这里的人不知为什么对舅舅那么有意见。把不讲理的人叫作"舅舅"，讲一种胡搅蛮缠的歪理，叫作"讲舅舅理"。

八舅太爷是个无赖浪子，从小就不安分。小学五年级就穿起皮袍子，里面下身却只穿了一条纺绸单裤。上初中的时候，代数不及格，篮球却打得很漂亮，球衣球鞋都非常出众，经常代表校队、县队，到处出风头。初中三年级时曾用这地方出名的土匪徐大文的名义写信恐吓一个土财主，限他几天之内交一百块钱放在土地庙后第七棵柳树的树洞里，如若不然，就要绑他的票。这土财主吓得坐立不安，几天睡不着觉，又不敢去报案，竟然乖乖地照办了。这土财主原来是他的一个同班同学的父亲，常见面的。他知道这老头儿胆小，所以才敲他一下。初中毕业后，他读了一年体育师范，又上了一年美专，都没上完，却在上海入了青帮，门里排行是通字辈，从此就更加放浪形骸，无所不至。他居然拉过几天黄包车。他这车没有人敢坐，——他穿了一套铁机纺绸裤褂在拉车！他把车放在会芳里弄堂口或丽都舞厅门外，专拉长三堂子的妓女和舞女。这些妓女和舞女可不在乎，她们心想：倷弗是要白相相吗？格么好，大家白相白相！又不是阎瑞生，怕点啥！后来又进了一个什么训练班，混进了军队，"安清不分远和近，三祖流传到如今"，因为青红帮的关系，结交很多朋友，虽不是黄埔出身，却在军队中很“兜得转”，和冷欣、顾祝同都能拉上关系。

抗战军兴，他随着所在部队调到江北，在里下河几个县轮流转。他手下部队有四营人，名义却是一个独立混成旅。

“八一三”以后，日本人打到扬州，就停下来，暂时不再北进。日本人不来，“国军”自然不会反攻，这局面竟维持了相当长的时间。起初人心惶惶，一夕数惊，到后来大家有点麻木了；竟好像不知道有日本兵就在一二百里之外这回事，大家该做什么还是做什么。种田的种田，做生意的做生意。长江为界，南北货源虽不那么畅通，很多人还可以通过封锁线走私贩运，虽然担点风险，获利却倍于以前。一时间，几个县竟呈现出一种畸形的繁荣，茶馆、酒馆、赌场、妓院，无不生意兴隆。

八舅太爷在这一带真是得其所哉。非常时期，军事第一，见官大一级，他到了哪里就成了这地方的最高军政长官，县长、区长，一传就到。军装给养，小事一桩。什么时候要用钱，通知当地商会一声就是。来了，要接风，叫作“驻防费”；走了，要送行，叫作“开拔费”。间三岔五的，还要现金实物“劳军”。当地人觉得有一支军队驻着，可以壮壮胆，军队不走，就说明日本人不会来，也似乎心甘情愿地孝敬他。他有时也并不麻烦商会，可以随意抓几个人来罚款。他的旅部的小牢房里经常客满。只要他一拍桌子，骂一声“汉奸”，就可以军法从事，把一个人拉出去枪毙。他一到哪里，就把当地的名花包下来，接到公馆里去住。一出来，就是五辆摩托车，他自己骑一辆，前后左右四辆，风驰电掣，穿街过市。城里和乡下的狗一见他的车队来了，赶紧夹着尾巴躲开。他是个霸王，没人敢惹他。他行八，小名叫小八子，大家当面叫他旅长、旅座，背后里叫他八舅太爷。

他这回来，公馆安在宜园。一见虞小兰，相见恨晚。他有时住在虞家，有时把虞小兰接到公馆里去。后来干脆把宜园的墙打通了，——虞家和宜园本只一墙之隔，这样进出方便。

他把全城的名厨都叫来，轮流给他做饭。座上客常满，杯中酒不空。他爱唱京戏，时常把县里的名票名媛约来，吹拉弹唱一整天。他还很风雅，爱字画。谁家有好字画古董，他就派人去，说是借去看两天。有借无还。他也不白要你的，会送一张他自己画的画跟你换，他不是上过一年美专么？他的画宗法吴昌硕，大刀阔斧，很有点霸悍之气。他请人刻了两方押角图章，一方是阴文："戎马书生"，一方是阳文："富贵英雄美丈夫"——这是《紫钗记·折柳阳关》里的词句，他认为这是中国文学里最好的词句。他也有一匹乌骓马，他请宋侉子来给他看看，嘱咐宋侉子把自己的踢雪乌骓也带来。千不该万不该，宋侉子不该褒贬了八舅太爷的马。他说："旅长，你这不是真正的踢雪乌骓。真正的踢雪乌骓是只有四个蹄子的前面有一小块白；你这匹，四蹄以上一圈都是白的，这是踏雪乌骓。"八舅太爷听了很高兴，说："有道理！"接着又问："你那匹是多少钱买的？"宋侉子是个外场人，他知道八舅太爷不是要他来相马，是叫他来进马了，反正这匹马保不住了，就顺水推舟，很慷慨地说："旅长喜欢，留着骑吧！""那，我怎么谢你呢？我给你画一张画吧！"

宋侉子拿了这张画，到八千岁米店里坐下，喝了一碗茶叶棒泡的酽茶，说不出话来。八千岁劝他："算了，是儿不死，是财不散，看开一点，你就当又在虞小兰家花了一笔钱吧！"宋侉子只好苦笑。

没想到，过了两天，八舅太爷派了两个兵把八千岁"请"去了。当这两个兵把八千岁铐上，推出店门时，八千岁只来得及跟儿子说一句："赶快找宋大伯去要主意！"

宋侉子找到八舅太爷的秘书了解一下，案情相当严重，是"资敌"。八千岁有几船稻子，运到仙女庙去卖，被八舅太爷的部下查获了。仙女庙是敌占区。"资敌"就是汉奸，汉奸是要枪毙的。宋侉子知道罪不至此。仙女庙是粮食集散中心，本地贩粮至仙女庙，乃是常例，"抗战军兴"，未尝中断。不过别的粮商都是事前运动，打通关节，拿到“准予放行”的执照的，八千岁没有花这笔钱，八舅太爷存心找他的碴，所以他就触犯了军法。宋侉子知道这是非花钱不能了事的，就转弯抹角地问秘书，若是罚款，该罚多少。秘书说：“旅座的意思，至少得罚一千现大洋。”宋侉子说：“他拿不出来。你看看他穿的这身二马裾！”秘书说：“包子有肉，不在褶儿上。他拿得出，我们了解。你可以见他本人谈谈！”

宋侉子见了八千岁，劝他不要舍命不舍财，这个血是非出不可的。八千岁问：“能不能少拿一点？”宋侉子叫他拿出一百块钱送给虞芝兰，托虞小兰跟八舅太爷说说，八千岁说：“你做主吧。我一辈子就你这么个信得过的朋友！”说着就落了两滴眼泪。宋侉子心里也酸酸的。

虞小兰替八千岁说了两句好话：“这个人一辈子省吃俭用，也怪可怜的。”八舅太爷说：“那好！看你的面子，少要他二百！他叫八千岁，要他八百不算多。他肯花八百块钱买两匹骡子，还不能花八百块钱买一条命吗！叫他找两个铺保，带了钱，到旅部领人。少一个，不行！”

宋侉子说了好多好话，请了八千岁的两个同行，米店的张老板、李老板出面做保，带了八百现大洋，签字画押，把八千岁保了出来。张老板、李老板陪着八千岁出来，劝他：

“算了，是儿不死，是财不散。不就是八百块钱吗？看开一点。破财免灾，只当生了一场夹气伤寒。”

八千岁心里想：不是八百，是九百！不过回头想想，毕竟少花了一百，又觉得有些欣慰，好像他凭空捡到一百块钱似的。

八舅太爷敲了八千岁一杠子，是有精神上和物质上两方面理由的。精神上，他说：“我平生最恨俭省的人，这种人都该杀！”物质上，他已经接到命令，要调防，和另外一位舅太爷换换地方，他要“别姬”了，需要用一笔钱。这八百块钱，六百要给虞小兰买一件西狐肷的斗篷，好让她冬天穿了在宜园梅岭踏雪赏梅；二百，他要办一桌满汉全席，在水榭即荷花亭子里吃它一整天，上午十点钟开席，一直吃到半夜！

八舅太爷要办满汉全席的消息传遍全城，大家都很感兴趣，因为这是多年没有的事了。八千岁证实这消息可靠，因为办席的就是他的紧邻赵厨房。赵厨房到他的米店买糯米，他知道这是做火腿烧麦馅子用的；还买香粳米，这他就不解了。问赵厨房："这满汉全席还上稀粥？"赵厨房说："满汉全席实际上满点汉菜，除了烧烤，有好几道满洲饽饽，还要上几道粥，旗人讲究喝粥，莲子粥、薏米粥、芸豆粥……""有多少道菜？""可多可少，八舅太爷这回是一百二十道。""啊？！""你没事过来瞧瞧。"

八千岁真还过去看了看：烧乳猪、叉子烤鸭、八宝鱼翅、鸽蛋燕窝……赵厨房说："买不到鸽子蛋，就这几个，太少了！"八千岁说："你要鸽子蛋，我那里有！"八千岁真是开了眼了，一面看，一面又掉了几滴泪，他想：这是吃我哪！

八千岁用一盆水把"食为民天"旁边的"概不做保"的字条闷了闷，刮下来。他这回是别人保出来的，以后再拒绝给别人做保，这说不过去，刮掉了，觉得还留着一条"僧道无缘"也没多少意思，而且单独一条，也不好看，就把"僧道无缘"也刮掉了。

八千岁做了一身阴丹士林的长袍，长短与常人等，把他的老蓝布二马裾换了下来。他的儿子也一同换了装。

吃晚茶的时候，儿子又给他拿了两个草炉烧饼来，八千岁把烧饼往账桌上一拍，大声说：

"给我去叫一碗三鲜面！"

尾巴

人事顾问老黄是个很有意思的人。工厂里本来没有“人事顾问”这种奇怪的职务，只是因为他曾经做过多年人事工作，肚子里有一部活档案；近二年岁数大了，身体也不太好，时常闹一点腰酸腿疼，血压偏高，就自己要求当了顾问，所顾的也还多半是人事方面的问题，因此大家叫他人事顾问。这本是个外号，但是听起来倒像是个正式职称似的。有关人事工作的会议，只要他能来，他是都来的。来了，有时也发言，有时不发言。他的发言有人爱听，有人不爱听。他看的杂书很多，爱讲故事。在很严肃的会上有时也讲故事。下面就是他讲的故事之一。

厂里准备把一个姓林的工程师提升为总工程师，领导层意见不一，有赞成的，有反对的，已经开了多次会，定不下来。赞成的意见不必说了，反对的意见，归纳起来，有以下几条：

一、他家庭出身不好，是资本家；

二、社会关系复杂，有海外关系；有个堂兄还在台湾；

三、反右时有右派言论；

四、群众关系不太好，说话有时很尖刻……

其中反对最力的是一个姓董的人事科长，此人爱激动，他又说不出什么理由，只是每次都是满脸通红地说：“知识分子！哼！知识分子！”翻来覆去，只是这一句话。

人事顾问听了几次会，没有表态。党委书记说：“老黄，你也说两句！”老黄慢条斯理地说：

“我讲一个故事吧——

“从前，有一个人，叫作艾子。艾子有一回坐船，船停在江边。半夜里，艾子听见江底下一片哭声。仔细一听，是一群水族在哭。艾子问：‘你们哭什么？’水族们说：‘龙王有令，水族中凡是有尾巴的都要杀掉，我们都是有尾巴的，所以在这里哭。’艾子听了，深表同情。艾子看看，有一只蛤蟆也在哭，艾子很奇怪，问这蛤蟆：‘你哭什么呢？你又没有尾巴！’蛤蟆说：‘我怕龙王要追查起我当蝌蚪时候的事儿呀！’”

云致秋行状

云致秋是个乐天派，凡事看得开，生死荣辱都不太往心里去，要不他活不到他那个岁数。

我认识致秋时，他差不多已经死过一次。肺病。很严重了。医院通知了剧团，剧团的办公室主任上他家给他送了一百块钱。云致秋明白啦：这是让我想叫点什么吃点什么呀！——吃！涮牛肉，一天涮二斤。那阵牛肉便宜，也好买。卖牛肉的和致秋是老街坊，"发孩"，又是个戏迷，致秋常给他找票看戏。他知道致秋得的这个病，就每天给他留二斤嫩的，切得跟纸片儿似的，拿荷叶包着，等着致秋来拿。致秋把一百块钱牛肉涮完了，上医院一检查，你猜怎么着：好啦！大夫直纳闷：这是怎么回事呢？致秋说："我的火炉子好！"他说的"火炉子"指的是消化器官。当然他的病也不完全是涮牛肉涮好了的，组织上还让他上小汤山疗养了一阵。致秋说："还是共产党好啊！要不，就凭我，一个唱戏的，上小汤山，疗养——姥姥！"肺病是好了，但是肺活量小了。他说："我这肺里好些地方都是死膛儿，存不了多少气！"上一趟四楼，到了二楼，他总得停下来，摆摆手，意思是告诉和他一起走的人先走，他缓一缓，一会儿就来。就是这样，他还照样到楼梓庄参加劳动，到番字牌搞四清，上井冈山去体验生活，什么也没有落下。

除了肺不好，他还有个"犯肝阳"的毛病。"肝阳"一上来，两眼一黑，什么都看不见了。他从口袋里摸出一个干辣椒（他口袋里随时都带几个干辣椒）放到嘴里嚼嚼，闭闭眼，一会儿就好了。他说他平时不吃辣，“肝阳”一犯，多辣的辣椒嚼起来也不辣。这病我没听说过，不知是一种什么怪病。说来就来，一会儿又没事了。原来在起草一个什么材料，戴上花镜接茬儿下笔千言离题万里地写下去，原来在给人拉胡琴说戏，把合上的弓子抽开，定定弦，接茬儿说；原来在聊天，接茬儿往下聊。海聊穷逗，谈笑风生，一点不像刚刚犯过病。

致秋家贫，少孤。他家原先开一个小杂货铺，不是唱戏的，是外行。——梨园行把本行以外的人和人家都称为“外行”。“外行”就是不是唱戏的，并无褒贬之意。谁家说了一门亲事，俩老太太遇见了，聊起来。一个问：“姑娘家里是干什么的？”另一个回答是干嘛干嘛的，完了还得找补一句：“是外行。”为什么要找补一句呢？因为梨园行的嫁娶，大都在本行之内选择。门当户对，知根知底。因此剧团的演员大都沾点亲，“论”得上，“私底下”都按亲戚辈分称呼。这自然会影响到剧团内部人跟人的关系。剧团领导曾召开大会反过这种习气，但是到了还是没有改过来。

致秋上过学，读到初中，还在青年会学了两年英文。他文笔通顺，字也写得很清秀，而且写得很快。照戏班里的说法是写得很“溜”。他有一桩本事，听报告的时候能把报告人讲的话一字不落地记下来。他曾在邮局当过一年练习生，后来才改了学戏。因此他和一般出身于梨园世家的演员有些不同，有点“书卷气”。

原先在致兴成科班。致兴成散了，他拜了于连萱。于先生原先也是“好角”，后来塌了中[1]，就不再登台，在家教戏为生。

那阵拜师学戏，有三种。一种是按月致送束脩的。先生按时到学

1 中年嗓子失音，谓之“塌中”。

生家去，或隔日一次，或一个月去个十来次。一种本来已经坐了科，能唱了，拜师是图个名，借先生一点“仙气”，到哪儿搭班，一说是谁谁谁的徒弟，“那没错！”台上台下都有个照应。这就说不上固定报酬了，只是三节两寿——五月节，八月节，年下，师父、师娘生日，送一笔礼。另一种，是“写”结先生的。拜师时立了字据。教戏期间，分文不取。学成之后，给先生效几年力。搭了班，唱戏了，头天晚上开了戏份——那阵都是当天开份，戏没有打住，后台管事都把各人的戏份封好了，第二天，原封交给先生。先生留下若干，下剩的给学生。也有的时候，班里为了照顾学生，会单开一个“小份”，另外封一封，这就不必交先生了。先生教这样的学生，是实授的，真教给东西。这种学生叫作“把手”的徒弟。师徒之间，情义很深。学生在先生家早晚出入，如一家人。

云致秋很聪明，摹仿能力很强，他又有文化，能抄本子，这比口传心授自然学得快得多，于先生很喜欢他。没学几年，就搭班了。他是学“二旦”的，但是他能唱青衣，——一般二旦都只会花旦戏，而且文的武的都能来，《得意缘》的郎霞玉，《银空山》的代战公主，都行。《四郎探母》，他的太后。——那阵班里派戏，都有规矩。比如《探》，班里的旦角，除了铁镜公主，下来便是萧太后，再下来是四夫人，再下来才是八姐、九妹。谁来什么，都有一定。所开戏份，自有差别。致秋唱了几年戏，不管搭什么班，只要唱《探母》，太后都是他的。

致秋有一条好嗓子。据说年轻时扮相不错，——我有点怀疑。他是一副窄长脸，眼睛不大，鼻子挺长，鼻子尖还有点翘。我认识他时，他已经是干部，除了主演忙，或领导上安排布置，他不再粉墨登场了。我一共看过他两出戏：《得意缘》和《探母》。他那很多地方是死膛肺里的氧气实在不够使，我看他扮着郎霞玉，拿着大枪在台上一通折腾，不停地呼哧呼哧喘气，真够他一呛！不过他还是把一出《得意缘》唱下来了。《探母》那回是“大合作”，在京的有名的须生、青衣都参加了，在中山公园音乐堂。那么多的“好角”，可是他的萧太后还真能压得住，一出场就来个碰头好。观众也有点起哄。一来，他确实有个太后的气派，“身上”，穿着花盆底那两步走，都是样儿，再则，他那扮相实在太绝了。京剧演员扮戏，早就改了用油彩。梅兰芳、程砚秋、尚小云，后来都是用油彩。他可还是用粉彩，鹅蛋粉、胭脂，眉毛描得笔直，樱桃小口一点红，活脱是一幅“同光十三绝”，俨然陈德霖再世。

云致秋到底为什么要用粉彩化妆，这是出于一种什么心理，我一直没有捉摸透。问他，他说：“粉彩好看！油彩哪有粉彩精神呀！”这是真话么？这是标新（旧）立异？玩世不恭？都不太像。致秋说：“粉彩怎么啦，公安局管吗？”公安局不管，领导上不提意见，就许他用粉彩扮戏。致秋是个凡事从众随俗的人，有的时候，在无害于人，无损于事的情况下，也应该容许他发一点小小的狂。这会使他得到一点快乐，一点满足：“这就是我——云致秋！”

致秋有个习惯，说着说着话，会忽然把眉毛、眼睛、鼻子“纵”在一起，嘴唇紧闭；然后又用力把嘴张开，把眼睛鼻子挣回原处。这是用粉彩落下的毛病。小时在科班里，化妆，哪儿给你准备蜜呀，用一大块冰糖，拿开水一沏，师父给你抹一脸冰糖水，就往上扑粉。冰糖水干了，脸上绷得难受，老想活动活动肌肉，好松快些，久而久之，成了习惯，几十年也改不了。看惯了，不觉得。生人见面，一定很奇怪。我曾跟致秋说过：“你当不了外交部长！——接见外宾，正说着世界大事，你来这么一下，那怎么行？”致秋说：“对对对，我当不了外交部长！——我会当外交部长吗？”

致秋一辈子走南闯北，跑了不少码头，搭过不少班，“傍”过不少名角。他给金少山、叶盛章、唐韵笙都挎过刀[1]。他会的戏多，见过的也多，记性又好，甭管是谁家的私房秘本，什么四大名旦，哪叫麒

1 当主要配角，叫作“挎刀”。

派、马派，什么戏缺人，他都来顶一角，而且不用对戏，拿起来就唱。他很有戏德，在台上保管能把主角傍得严严实实，不洒汤，不漏水，叫你唱得舒舒服服。该你得好的地方，他事前给你垫足了，主角略微一使劲，“好儿”就下来了；主角今天嗓音有点失润，他也能想法帮你“遮”过去，不特别“卯上”，存心“啃”你一下。临时有个演员，或是病了，或是家里出了点事，上不去，戏都开了，后台管事急得乱转：“云老板，您来一个！”“救场如救火”，甭管什么大小角色，致秋二话不说，包上头就扮戏。他好说话。后台嘱咐“马前”，他就可以掐掉几句；“马后”，他能在台上多“绷”一会儿。有一次唱《桑园会》，老生误了场，他的罗敷，愣在台上多唱出四句大慢板！——临时旋编词儿。一边唱，一边想，唱了上句，想下句。打鼓佬和拉胡琴的直纳闷：他怎还唱呀！下来了，问他：“您这是哪一派？”“云派！”他聪明，脑子快，能“钻锅”，没唱过的戏，说说，就上去了，还保管不会出错。他台下人缘也好。从来不“拿糖”“吊腰子”。为了戏份、包银不合适，临时把戏“砍”下啦，这种事他从来没干过。戏班里的事，也挺复杂，三叔二大爷，师兄，师弟，你厚啦，我薄啦，你鼓啦，我瘪啦，仨一群，俩一伙，你踩和我，我挤兑你，又合啦，又“咧”啦……经常闹纷纷。常言说：“宁带千军，不带一班。”这种事，致秋从来不往里掺和。戏班里流传两句“名贤集”式的处世格言，一是“小心干活，大胆拿钱”，一是“不多说，不少道”，致秋是身体力行的。他爱说，但都是海聊穷逗，从不勾心斗角，播弄是非。因此，从南到北，都愿意用他，来约的人不少，他在家赋闲当“散仙”的时候不多。

他给言菊朋挂过二牌，有时在头里唱一出，也有时陪着言菊朋唱唱《汾河湾》一类的“对儿戏”。这大概是云致秋的艺术生涯登峰造极的时候了。

我曾问过致秋：“你为什么不自己挑班？”致秋说：“有人撺掇过我。我也想过。不成，我就这半碗。唱二路，我有富裕，挑大梁，我不够。不要小鸡吃绿豆，强努。挑班，来钱多，事儿还多哪。挑班，约人，处好了，火炉子，热烘烘的；处不好，‘虱子皮袄’，还得穿它，又咬得慌。还得到处请容、应酬、拜门子，我淘不了这份神。这样多好，我一个唱二旦的，不招风，不惹事。黄金荣、杜月笙、袁良、日本宪兵队，都找寻不到我头上。得，有碗醋卤面吃就行啦！”

致秋在外码头搭班唱戏了，所得包银，就归自己了。不过到哪儿，回北京，总得给于先生带回点什么。于先生病故，他出钱买了口好棺材，披麻戴孝，致礼尽哀。

攒了点钱，成了家。媳妇相貌平常，但是性情温厚，待致秋很好，净变法子给他做点好吃的，好让他的“火炉子”烧得旺旺的。

跟云致秋在一起，待一天，你也不会闷得慌。他爱聊天，也会聊。他的聊天没有什么目的。聊天还有什么目的？——有。有人爱聊，是在显示他的多知多懂。剧团有一位就是这样，他聊完了一段，往往要来这么几句：“这种事你们哪知道啊！爷们，学着点吧！”致秋的爱聊，只是反映出他对生活，对人，充满了近于童心的兴趣。致秋聊天，极少臧否人物。“闲谈莫论人非”，他从不发人阴私，传播别人一点不大见得人的秘闻，以博大家一笑。有时说到某人某事，也会发一点善意的嘲笑，但都很有分寸，决不流于挖苦刻薄。他的嘴不损。他的语言很生动，但不装腔作势，故弄玄虚。有些话说得很逗，但不是“胳肢”人，不“贫”。他走南闯北，知道的事情很多，而且每个细节都记得非常清楚，——这真是一种少有的才能，一个小说家必备的才能！这事发生在哪一年，那年洋面多少钱一袋；是樱桃、桑葚下来的时候，还是九花开的时候，一点错不了。我写过一个关于裘盛戎的剧本，把初稿送给他看过，为了核对一些事实，主要是盛戎到底跟杨小楼合唱过《阳平关》没有。他那时正在生病，给我写了一个字条：

盛戎和杨老板合演《阳平关》实有其事。那是1935年，盛戎二十，我十七。在华乐。那天杨老板的三出。头里一出是朱琴心的《采花赶府》（我的丫鬟）。盛戎那时就有观众，一个引子满堂好。……

这大概是致秋留在我这里的唯一的一张“遗墨”了。头些日子我翻出来看过，不胜感慨。

致秋是北京解放后戏曲界第一批入党的党员。在第一届戏曲演员讲习会的时候就入党了。他在讲习会表现好，他有文化，接受新事物快。许多闻所未闻的革命道理，他听来很新鲜，但是立刻就明白了，“是这么个理儿！”许多老艺人对“猴变人”，怎么也想不通。在学习“谁养活谁”时，很多底包演员一死儿认定了是“角儿”养活了底包。他就掰开揉碎地给他们讲，他成了一个实际上的学习辅导员，——虽然讲了半天，很多老艺人还是似通不通。解放，对于云致秋，真正是一次解放，他的翻身感是很强烈的。唱戏的不再是“唱戏低”了，不是下九流了。他一辈子傍角儿。他和挑班的角儿关系处得不错，但他毕竟是个唱二旦的，不能和角儿平起平坐。“是龙有性”，角儿都有角儿的脾气。角儿今天脸色不好，全班都像顶着个雷。入了党，致秋觉得精神上长了一块，打心眼儿里痛快。“从今往后，我不再傍角儿！我傍领导！傍组织！”

他回剧团办过扫盲班。这个“盲”真不好扫呀。

舞台工作队有个跟包打杂的，名叫赵旺。他本叫赵旺财。《荷珠配》里有个家人，叫赵旺，专门伺候员外吃饭。员外后来穷了，还是一来就叫“赵旺！——我要吃饭了”。“赵旺”和“吃饭”变成了同义语。剧团有时开会快到中午了，有人就提出：“咱们该赵旺了吧！”这就是说：该吃饭了。大家就把赵旺财的财字省了，上上下下都叫他赵旺。赵旺出身很苦（他是个流浪孤儿，连自己的出生年月都不知道），又是“工人阶级”，“文化大革命”中就成了几个战斗组争相罗致的招牌，响当当的造反派。

就是这位赵旺老兄，曾经上过扫盲班。那时扫盲没有新课本，还是沿用“人手足刀尺”。云致秋在黑板上写了个“足”字，叫赵旺读。赵旺对着它相了半天面。旁边有个演员把脚伸出来，提醒他。赵旺读出来了：“鞋！”云致秋摇摇头。那位把鞋脱了，赵旺又读出来了：“哦，袜子。”云致秋又摇摇头。那位把袜子也脱了，赵旺大声地读了出来：“脚巴丫子！”

（云致秋想：你真行！一个字会读成四个字！）

扫盲班结束了，除了赵旺，其余的大都认识了不少字，后来大都能看《北京晚报》了。

后来，又办了一期学员班。

学员班只有三个人是脱产的，都是从演员里抽出来的，一个贾世荣，是唱里子老生的，一个云致秋，算是正副主任。还有一个看功的老师马四喜。

马四喜原是唱武花脸的，台上不是样儿，看功却有经验。他父亲就是在科班里抄功的。他有几个特点。一是抽关东烟，闻鼻烟，绝对不抽纸烟。二是肚子里很宽，能读“三、列国”，《永庆升平》《三侠剑》，倒背如流。另一个特点是讲话爱用成语，又把成语的最后一个字甚至几个字“歇”掉。他在学员练功前总要讲几句话：

“同志们，你们可都是含苞待，大家都有锦绣前！这练功，一定要硬砍实，可不能偷工减！千万不要少壮不，将来可就要老大徒啦！——踢腿：走！”

贾世荣是个慢性子，什么都慢。台上一场戏，他一上去，总要比别人长出三五分钟。他说话又喜欢咬文嚼字，引经据典。所据经典，都是戏。他跟一个学员谈话，告诫他不要骄傲：“可记得关云长败走麦城之故耳？……”下面就讲开了《走麦城》。从科班到戏班，除此以外，他哪儿也没去过。不知道谁的主意，学员班要军事化。他带操，“立正！报数！齐步走！”这都不错。队伍走到墙根了，他不叫“左转弯走”或“右转弯走”，也不知道叫“立定”，一下子慌了，就大声叫：“吁！……”云致秋和马四喜也跟在队后面走。马四喜炸了：“怎么碴！把我们全当成牲口啦！”

贾世荣和马四喜各执其事，不负全面责任，学员班的一切行政事务，全面由云致秋一个人操持。借房子，招生，考试，政审，请教员。谁的五音不全，谁的上下身不合。谁正在倒仓，能倒过来不能。谁的半月板扭伤了，谁撕裂了韧带，请大夫，上医院。男生干架，女生斗嘴……事无巨细，都得要管。每天还要说戏。凡是小嗓的，他全包了，青衣、花旦、刀马，唱做念打，手眼身法步，一招一式地教。

学员班结业，举行了汇报演出。剧团的负责人，主要演员都到场看了，——一半是冲着云致秋的面子去的。“咱们捧捧致秋！办个学员班，不易！”“捧捧！”党委书记讲话，说学员班办得很有成绩，为剧团输送了新的血液。实际上是输送了一些“院子过道”、官女丫鬟。真能唱一出的，没有两个。当初办学员班，目的就在招“院子过道”、宫女丫鬟，没打算让他们唱一出。这一期学员，后来在“文化大革命”中可没少热闹。

致秋后来又当了一任排练科长。排练科是剧团最敏感的部门。演员们说，剧团只有两件事是“过真格”的。一是“拿顶”。“拿顶”就是领工资，——剧团叫“开支”。过去领工资不兴签字，都要盖戳。戳子都是字朝下，如拿顶，故名“戳子拿顶”。一简化，就光剩下“拿顶”了。“嗨，快去，拿顶来！”另一件，是排戏。一个演员接连排出几出戏，观众认可了，噌噌噌，就许能红了。几年不演戏，本来有两下子的，就许窝了回去。给谁排啦，不给谁排啦，派谁什么角色啦，讨俏不讨俏，费力不费力，广告上登不登，戏单上有没有名字……剧团到处嘁嘁喳喳，交头接耳，咬牙跺脚，两眼发直，整天就是这些事儿。排练科长，官不大，权不小。权这个东西是个古怪东西，人手里有它，就要变人性。说话调门儿也高啦，用的字眼儿也不同啦，神气也变啦。谁跟我不错，“好，有在那里！”谁得罪过我，“小子，你等着吧，只要我当一天科长，你就甭打算痛快！”因此，两任排练科长，没有不招恨的。有人甚至在死后还挨骂：“×××，真他妈不是个东西！”云致秋当了两年排练科长，风平浪静。他排出来的戏码，定下的“人位”（戏班把分派角色叫作“定人位”），一碗水端平，谁也挑不出什么来。有人给他家装了一条好烟，提了两瓶酒，几斤苹果，致秋一概婉词拒绝：“哥们！咱们不兴这个！我要不想抽您那条大中华，喝您那两瓶西凤，我是孙子！可我现在在这个位置上，不能让人戳我的脊梁骨。您拿回去！咱们天知地知，你知我知，就当没有这回事！”

后来致秋调任了办公室副主任，——主任是贾世荣。

他这个副主任没地儿办公。办公室里会计、出纳、总务、打字员，还有贾主任独据一张演《林则徐》时候特制的维多利亚时代硬木雕花的大写字台（剧团很多家具都是舞台上撤下来的大道具），都满了。党委办公室还有一张空桌子，“得咪，我就这儿就乎就乎吧！”我们很欢迎他来，他来了热闹。他不把我们看成“外行”，对于从老解放区来的，部队下来的，老郭、老吴、小冯、小梁，还有像我这样的“秀才”，天生来有一种好感。我们很谈得来。他事实上成了党委会的一名秘书。党委和办公室的工作原也不大划得清。在党委会工作的几个人，没有十分明确的分工。有了事，大家一齐动手；没事，也可以瞎聊。致秋给自己的工作概括成为四句话：跑跑颠颠，上传下达，送往迎来，喜庆堂会。

党委会经常要派人出去开会。有的会，谁也不愿去，就说：“嗨，致秋，你去吧！”“好，我去！”市里或区里布置春季卫生运动大检查、植树、“交通安全宣传周”，以及参加刑事杀人犯公审（公审后立即枪决）……这都是他的事。回来，传达。他的笔记记得非常详细，有闻必录。让他念念笔记，他开始念了：“张主任主持会议。张主任说：

‘老王，你的糖尿病好了一点没有？’……”问他会议的主要精神是什么，什么是张主任讲话的要点，答曰：“不知道。”他经常起草一些向上面汇报的材料，翻翻笔记本，摊开横格纸就写，一写就是十来张。写到后来，写不下去了，就叫我：“老汪，你给我瞧瞧，我这写的是什么呀？”我一看：迺迺拉拉，噜苏重复，不知所云。他写东西还有个特点，不分段，从第一个字到末一个句号，一气到底，一大篇！经常得由我给他“归置归置”，重新整理一遍。他看了说：“行！你真有两下。”我说：“你写之前得先想想，想清楚再写呀。李笠翁说，要袖手于前，才能疾书于后哪！”——“对对对！我这是疾书于前，袖手于后！写到后来，没了辙了！”

他的主要任务，实际是两件。一是做上层演员的统战工作。剧团的党委书记曾有一句名言：剧团的工作，只要把几大头牌的工作做好，就算搞好了一半（这句话不能算是全无道理，可是在“文化大革命”中成为群众演员最为痛恨的一条罪状）。云致秋就是搞这种工作的工具。另一件，是搞保卫工作。

致秋经常出入于头牌之门，所要解决的都是些难题。主要演员彼此常为一些事情争，争剧场（谁都愿上工人俱乐部、长安、吉祥，谁也不愿去海淀，去圆恩寺……），争日子口（争节假日，争星期六、星期天），争配角，争胡琴，争打鼓的。致秋得去说服其中的一个顾全大局，让一让。最近“业务”不好，希望哪位头牌把本来预订的“歇工戏”改成重头戏；为了提拔后进，要请哪位头牌“捧捧”一个青年演员，跟她合唱一出“对儿戏”，领导上决定，让哪几个青年演员“拜”哪几位头牌，希望头牌能“收”他们……这些等等，都得致秋去说。致秋的工作方法是进门先不说正事，三叔二舅地叫一气，插科打诨，嘻嘻哈哈，然后才说：“我今儿来，一来是瞧瞧您，再，还有这么档事……”他还有一个偏方，是走内线。不找团长（头牌都是团长、副团长），却找“团太”。——这是戏班里兴出来的特殊称呼，管团长的太太叫“团太”。团太知道他无事不登三宝殿，有时绷着脸：“三婶今儿不高兴，给三婶学一个！”致秋有一手绝活：学人。甭管是台上、台下，几个动作，神情毕肖。凡熟悉梨园行的，一看就知道是谁。他经常学的是四大须生出场报名，四人的台步各有特色，音色各异，对比鲜明。“漾（杨）抱（宝）森”（声音浑厚，有气无力）；“谭富音（英）”（又高又急又快，“英”字抵腭不穿鼻，读成“鬼音”）；“奚啸伯”（嗓音很细，“奚、啸”皆读尖字，“伯”字读为入声）；“马——连——良呃！”（吊儿郎当，满不在乎）。逗得三婶哈哈一乐：“什么事？说吧！”致秋把事情一说。“就这么点事儿呀？嗐！没什么大不了的！行了，等老头子回来，我跟他说说！”事情就算办成了。

党委会的同志对他这种做法很有意见。有时小冯或小梁跟他一同去，出了门就跟他发作：“云致秋！你这是干什么！——小丑！”“是小丑！咱们不是为把这点事办圆全了吗？这是党委交给我的任务，我有什么办法？你当我愿意哪！”

云致秋上班有两个专用的包。一个是普通双梁人造革黑提包，一个是带拉链、有一把小锁的公文包。他一出门，只要看他的自行车把上挂的是什么包，就知道大概是上哪里去。如果是双梁提包，就不外是到区里去，到文化局或是市委宣传部去。如果是拉锁公文包，就一定是到公安局去。大家还知道公文包里有一个蓝皮的笔记本。这笔记本是编了号的，并且每一页都用打号机打了页码。这里记的都是有关治安保卫的材料。材料有的是公安局传达的，有的是他向公安局汇报的。这些笔记本是绝对保密的。他从公安局开完会，立刻回家，把笔记本锁在一口小皮箱里。云致秋那么爱说，可是这些笔记本里的材料，他绝对守口如瓶，没有跟任何人谈过。谁也不知道这里面写的是什么，不少人都很想知道。因为他们知道这些材料关系到很多人的命运。出国或赴港演出，谁能去，谁不能去；谁不能进人民大会堂，谁不能到小礼堂演出；到中南海给毛主席演戏，名单是怎么定的……这些等等，云致秋的小本本都起着作用。因为那只拉锁公文包和包里的蓝皮笔记本，使很多人暗暗地对云致秋另眼相看，一看见他登上车，车把上挂着那个包，就彼此努努嘴，暗使眼色。这些笔记本，在云致秋心里，是很有分量的。他感到党对自己的信任，也为此觉得骄傲，有时甚至有点心潮澎湃，壮怀激烈。

因为工作关系，致秋不但和党委书记、团长随时联系，和文化局的几位局长也都常有联系。主管戏曲的、主管演出的和主管外事的副局长，经常来电话找他。这几位局长的办公室，家里，他都是推门就进。找他，有时是谈工作，有时是托他办点私事，——在全聚德订两只烤鸭，到前门饭店买点好烟、好酒……有时甚至什么也不为，只是找他来瞎聊，解解闷（少不得要喝两盅）。他和局长们虽未到了称兄道弟的程度，但也可以说是“忘形到尔汝”了。他对局长，从来不称官衔，人前人后，都是直呼其名。他在局长们面前这种自由随便的态度很为剧团许多演员所羡慕，甚至嫉妒。他们很纳闷：云致秋怎么能和头儿们混得这样熟呢？

致秋自己说的“四大任务”之一的“喜庆堂会”，不是真的张罗唱堂会——现在还有谁家唱堂会呢？第一是张罗拜师。有一阵戏曲界大兴拜师之风。领导上提倡，剧团出钱。只要是看来有点出息的演员，剧团都会由一个老演员把他（她）们带着，到北京来拜一个名师。名演员哪有工夫教戏呀？他们大都有一个没有嗓子可是戏很熟的大徒弟当助教。外地的青年演员来了，在北京住个把月，跟着大师哥学一两出本门的戏，由名演员的琴师说说唱腔，临了，走给老师看看，老师略加指点，说是“不错！”这就高高兴兴地回去，在海报上印上“×××老师亲授”字样，顿时身价十倍，提级加薪。到北京来，必须有人“引见”。剧团的老演员很多都是先投云致秋，因为北京的名演员的家里，致秋哪家都能推门就进。拜师照例要请客。文化局的局长、科长，剧团的主要演员、琴师、鼓师，都得请到。云致秋自然少不了。致秋这辈子经手操办过的拜师仪式，真是不计其数了。如果你愿意听，他可以给你报一笔总账，保管落不下一笔。

致秋忙乎的另一件事是帮着名角办生日。办生日不过是借名请一次客。致秋是每请必到，大都是头一个。他既是客人，也一半是主人，——负责招待。他是不会忘记去吃这一顿的，名角们的生辰他都记得烂熟。谁今年多大，属什么的，问他，张口就能给你报出来。

我们对致秋这种到处吃喝的作风提过意见。他说："他们愿意请，不吃白不吃！"

致秋火炉子好，爱吃喝，但平常家里的饭食也很简单。有一小包天福的酱肘子，一碟炒麻豆腐，就酒菜、饭菜全齐了。他特别爱吃醋卤面。跟我吹过几次，他一做醋卤，半条胡同都闻见香。直到他死后，我才弄清楚醋卤面是一种什么面。这是山西"吃儿"（致秋原籍山西）。我问过山西人，山西人告诉我："嗐，茄子打卤，搁上醋！"这能好吃到哪里去么？然而我没能吃上致秋亲手做的醋卤面，想想还是有些怅然，因为他是诚心请我的。

"文化大革命"一来，什么全乱了。

京剧团是个凡事落后的地方，这回可是跑到前面去了。一夜之间，剧团变了模样。成立了各色各样，名称奇奇怪怪的战斗组。所有的办公室、练功厅、会议室、传达室，甚至堆煤的屋子、烧暖气的锅炉间、做刀枪靶子的作坊……全都给瓜分占领了。不管是什么人，找一个地方，打扫一番，搬来一些箱箱柜柜，都贴了封条，在门口挂出一块牌子，这就是他们的领地了。——只有会计办公室留下了，因为大家知道每个月月初还得"拿顶"，得有个地方让会计算账。大标语，大字报，高音喇叭，语录歌，五颜六色，乱七八糟。所有的人都变了人性。"小心干活，大胆拿钱""不多说，不少道"，全都不时兴了。平常挺斯文的小姑娘，会站在板凳上跳着脚跟人辩论，口沫横飞，满嘴脏字，完全成了一个泼妇。连贾世荣也上台发言搞大批判了。不过他批远不批近，不批团领导、局领导，他批刘少奇，批彭真。他说的都是报上的话，但到了他嘴里都有点“上韵”的味道。他批判这些大头头，不用“反革命修正主义”之类的帽子，他一律称之为“××老儿！”云致秋在下面听着，心想：真有你的！大家听着他满口“××老儿”，都绷着。一个从音乐学院附中调来的弹琵琶的女孩终于忍不住扑哧一声笑出来了。有一回，他又批了半天“××老儿”，下面忽然有人大声嚷嚷：“去你的‘××老儿’吧！你给他们捧的臭脚还少哇！——下去啵你！”这是马四喜。从此，贾世荣就不再出头露面。他自动地走进了牛棚。进来跟“黑帮”们抱拳打招呼，说：“我还是这儿好。”

从学员班毕业出来的这帮小爷可真是神仙一样的快活。他们这辈子没有这样自由过，没有这样随心所欲，想干什么就干什么过。他们跟社会上的造反团体挂钩，跟“三司”，跟“西纠”，跟“全艺造”，到处拉关系。他们学得很快。社会上有什么，剧团里有什么。不过什么事到了他们手里，就都还有所发明，有所创造，有所前进，就都带上了京剧团的特点，也更加闹剧化。京剧团真是藏龙卧虎哇！一下子出了那么多司令、副司令，出了那么多理论家，出了那么多笔杆子（他们被称为刀笔）和那么多“浆子手”。——这称谓是京剧团以外所没有的，即专门刷大字报糨糊的。戏台上有“牢子手”“刽子手”，专刷浆子的于是被称为“浆子手”。赵旺就是一名“浆子手”。外面兴给黑帮挂牌子了，他们也挂！可是他们给黑帮挂的牌子却是外面见不到的：《拿高登》里的石锁，《空城计》诸葛亮抚的瑶琴，《女起解》苏三戴的鱼枷。——这些“砌末”上自然都写了黑帮的姓名过犯。外面兴游街，他们也得让黑帮游游。几个战斗组开了联席会议，会上决定，给黑帮“扮上”：给这些“敌人”勾上阴阳脸，戴上反王盔，插一根翎子，穿上各色各样古怪戏装，让黑帮打着锣，自己大声报名，谁声音小了，就从后腰眼狠狠地杵一锣槌。

马四喜跟这些小将不一样。他一个人成立一个战斗组。他这个战斗组随时改换名称，这些名称多半与“独”字有关，一会儿叫“独立寒秋战斗组”，一会儿叫“风景这边独好战斗组”。用得较久的是“不顺南不顺北战士”（北京有一句俗话：“骑着城墙骂鞑子，不顺南不顺北”）。团里分为两大派，他哪一派不参加，所以叫“不顺南不顺北”。他上午睡觉。下午写大字报。天天写，谁都骂、逮谁骂谁。晚上是他最来精神的时候。他自愿值夜，看守黑帮。看黑帮，他并不闲着，每天找一名黑帮“单个教练”。他喝完了酒，沏上一壶酽茶，抽上关东烟，就开始“单个教练”了。所谓“单个教练”，是他给黑帮上课，讲马列主义。黑帮站着，他坐着。一教练就是两个小时，从十二点到次日凌晨两点，准时不误。

（不知道为什么，他没有把我叫去“教练”过，因此，我不知道他讲马列主义时是不是也是满口的歇后成语。要是那样，那可真受不了！）

云致秋完全懵了。他从旧社会到新社会形成的、维持他的心理平衡的为人处世哲学彻底崩溃了。他不但不知道怎么说话，怎么待人，甚至也不知道怎么思想。他习惯了依靠组织，依靠领导，现在组织砸烂了，领导都被揪了出来。他习惯于有事和同志们商量商量，现在同志们一个个都难于自保，谁也怕担干系，谁也不给谁拿什么主意。他想和老伴谈谈，老伴吓得犯了心脏病躺在床上，他什么也不敢跟她说。他发现他是孤孤仃仃一个人活在这个乱乱糟糟的世界上，这可真是难哪！每天都听到熟人横死的消息。言慧珠上吊了（他是看着她长大的）。叶盛章投了河（他和他合演过《酒丐》）。侯喜瑞一对爱如性命的翎子叫红卫兵撅了（他知道这对翎子有多长）。裘盛戎演《铫期》的白满叫人给铰了（他知道那是多少块现大洋买的）……“今夜脱了鞋，不知明天来不来”。谁也保不齐今天会发生什么事。过一天，算一日！云致秋倒不太担心被打死：他担心被打残废了，那可就恶心了！每天他还得上团里去。老伴每天都嘱咐：“早点回来！”“晚不了！”每天回家，老伴都得问一句："回来了？——没什么事？""没事。全须全尾——吃饭！"好像一吃饭，他今天就胜利了，这会至少不会有人把他手里的这杯二锅头夺过去泼在地上！不过，他喝着喝着酒，又不禁重重地叹气："唉！这乱到多会儿算一站？"

云致秋在"文化大革命"中做了三件他在平时绝不会做的事。这三件事对致秋以后的生活产生了相当深远的影响。

一件是揭发批判剧团的党委书记。他是书记的亲信，书记有些直送某某首长"亲启"的机密信件都是由致秋用毛笔抄写送出的。他不揭发，就成了保皇派。他揭发了半天，下面倒都没有太强烈的反应，有一个地方，忽然爆发出哄堂的笑声。致秋说："你还叫我保你！——我保你，谁保我呀！"这本来是一句大实话，这不仅是云致秋的真实思想，也是许多人灵魂深处的秘密，很多人"造反"其实都是为了保住自己。不过这种话怎么可以公开地，在大庭广众之前说出来呢？于是大家觉得可笑，就大声地笑了，笑得非常高兴。他们不是笑自己的自私，而是笑云致秋的老实。

第二件，是他把有关治安保卫工作的材料，就是他到公安局开会时记了本团有关人事的蓝皮笔记本，交出去了。那天他下班回家，正吃饭，突然来了十几个红卫兵："云致秋！你他妈的还喝酒！跪下！"红卫兵随即展读了一道"勒令"，大意谓：云致秋平日专与人民为敌，向反动的公检法多次提供诬陷危害革命群众的黑材料。是可忍熟（原文如此）不可忍。云致秋必须立即将该项黑材料交出，否则后果自负。"后果自负"是具有很大威力的恐吓性的词句，云致秋糊里糊涂地把放这些材料的皮箱的钥匙交给了革命群众。革命群众拿到材料，点点数目，几个人分别装进挎包，登上自行车，呼啸而去。

第二天上班，几个党员就批评他。"这种材料怎么可以交出去？""他们说这是黑材料。""这是黑材料吗？你太软弱了！如果国民党来了，你怎么办！你还算个党员吗？""我怕他们把我媳妇吓死。”这也是一句实情话，可是别人是不会因此而原谅他的。当时事情也就过去了，后来到整党时，他为这件事多次通不过，他痛哭流涕地检查了好多回。他为这件事后悔了一辈子。他知道，以后他再也不适合干带机要性质的工作了。

第三件，是写了不少揭发材料，关于局领导的，团领导的。这些材料大都不是什么重大政治问题，都是些鸡毛蒜皮的生活小事。但是这些材料都成了斗争会上的炮弹，虽然打不中要害，但是经过添油加醋，对“搞臭”一个人却有作用。被批判的人心里明白，这些材料是云致秋提供的，只有他能把时间、地点、事情的经过记得那样清楚。

除了陪着黑帮游了两回街，听了几次马四喜的“单个教练”，云致秋在“文化大革命”中没有受太大的罪。他是旧党委的“黑班底”，但够不上是走资派，他没有进牛棚，只是由革命群众把他和一些中层干部集中在“干部学习班”学习，学毛选，写材料。后来两派群众热衷于打派仗，也不大管他们，他觉得心里踏实下来，在没人注意他们时，他又悄悄传播一些外面的传闻，而且又开始学人、逗乐了。干部学习班的空气有时相当活跃。

云致秋“解放”得比较早。

成立了革委会。上面指示：要恢复演出。团里的几出样板戏，原来都是云致秋领着到样板团去“刻模子”刻出来的，他记性好，能把原剧复排出来。剧中有几个角色有政治问题，得由别人顶替，这得有人给说。还有几个红五类的青年演员要培养出来接班。军代表、工宣队和革委会的委员们一起研究：还得把云致秋“请”出来。说是排戏，实际上是教戏。

云致秋爱教戏，教戏有瘾，也会教。有的在北京、天津、南京已经颇有名气的演员，有时还特意来找云致秋请教，不管哪一出，他都能说出个么二三，官中大路是怎样的，梅在哪里改了改，程在哪里走的是什么，简明扼要，如数家珍。单是《长坂坡》的“抓帔”，我就见他给不下七八个演员说过。只要高盛麟来北京演出《长坂坡》，给盛麟配戏的旦角都得来找致秋。他教戏还是有教无类，什么人都给说。连在党委会工作的小梁，他都愣给她说了一出《玉堂春》，一出《思凡》。

不过培养这几个红五类接班人，可把云致秋给累苦了。这几个接班人完全是"小老斗"[1]，连脚步都不会走，致秋等于给她们重新开蒙。他给她们"掰扯"嘴里，"抠哧"身上，得给她们说"范儿"。"要先有身上，后有手""劲儿在腰里，不在肩膀上""先出左脚，重心在右脚，再出右脚，把重心移过来"……他帮她们找共鸣，纠正发音位置，哪些字要用丹田，哪些字"嘴里唱"就行了。有一个演员嗓音缺乏弹性，唱不出"擞音"，声音老是直的，他恨不得钻进她的嗓子，提喽着她的声带让它颤动。好不容易，有一天，这个演员有了一点"擞"，云致秋大叫了一声："我的妈呀，你总算找着了！"致秋一天三班，轮番给这几位接班人说戏，每说一个"工时"，得喝一壶开水。

致秋教学生不收礼，不受学生一杯茶。剧团有这么一个不成文的规矩，老师来教戏，学生得给预备一包好茶叶。先生把保温杯拿出来，学生立刻把茶叶折在里面，给沏上，闷着。有的老师就有一个杯子由学生保存，由学生在提兜里装着，老师未到，茶已沏好。致秋从不如此，他从来是自己带着一个"瓶杯"——玻璃水果罐头改制的，里面装好了茶叶。他倒有几个很好看的杯套，是女生用玻璃丝编了送他的。

于是云致秋又成了受人尊敬的"云老师"，"云老师"长，"云老师"短，叫得很亲热。因为他教学有功，几出样板戏都已上演，有时有关部门招待外国文化名人的宴会，他也收到请柬。他的名字偶尔在报上出现，放在"知名人士"类的最后一名。"还有知名人士×××、×××、云致秋"。干部学习班的"同学"有时遇见他，便叫他"知名人士"，云致秋："别逗啦！我是'还有'！"

---

1 未经严格训练，一举一动都不是样儿，叫作"老斗"。

在云致秋又“走正字”的时候，他得了一次中风，口眼歪斜。他找了小孔。孔家世代给梨园行瞧病，演员们都很信服。致秋跟小孔大夫很熟。小孔说：“你去找两丸安宫牛黄来，你这病，我包治！”两丸安宫牛黄下去，吃了几剂药，真好了。致秋拄了几天拐棍，后来拐棍也扔了，他又来上班了。

“致秋，又活啦！”

“又活啦。我寻思这回该上八宝山了，没想到，到了五棵松，我又回来啦！”

“还喝吗？”

“还喝！——少点。”

打倒“四人帮”，百废俱兴，政策落实，没想到云致秋倒成了闲人。

原来的党委书记兼团长调走了。新由别的剧团调来一位党委书记兼团长。辛团长（他姓辛）和云致秋原来也是老熟人，但是他带来了全部班底，从副书记到办公室、政工、行政各部门的主任、会计出纳、医务室的大夫，直到扫楼道的工人、看传达室的……他没有给云致秋安排工作。局里的几位副局长全都“起复”了，原来分工干什么的还干什么。有人劝致秋去找找他们，致秋说：“没意思。”这几位头头，原来三天不见云致秋，就有点想他。现在，他们想不起他来了。局长们的胸怀不会那样狭窄，他们不会因为致秋曾经揭发过他们的问题而耿耿于怀，只是他们对云致秋的感情已经很薄了。有时有人在他们面前提起致秋，他们只是淡淡地说：“云致秋，还是那么爱逗吗？”

致秋是个热闹惯了、忙活惯了的人，他闲不住。闲着闲着，就闲出病来了。病走熟路，他那些老毛病挨着个儿来找他，他于是就在家里歇病假，哪儿也不去。他的工资还是团里领，每月月初，由他的女儿来“拿顶”。他连团里大门也不想迈。

他的老伴忽然死了，死于急性心肌梗死。这对于致秋的打击是难以想象的。他整个的垮了。在他老伴的追悼会上，他站不起来，只是瘫坐在一张椅子里，不停地流泪。熟人走过，跟他握手，他反复地说："我完了！我完了！"老伴火化了，他也就被送进了医院。

他出院后，我和小冯、小梁去看他。他精神还好，见了我们挺高兴。

"哎呀，你们几位还来呀！——我这儿现在没有什么人来了！"

我们给他带了一点水果，一只烧鸡，还有一瓶酒。他用手把烧鸡撕开，喝起来。

喝着酒，他说："老汪，小冯，小梁，我告诉你们，我活不了多久了。"

我们都说："别瞎说！你现在挺好的。"

"不骗你们！这一阵我老是做梦，梦见我媳妇。昨儿夜里还梦见。我出外，她送我。跟真事一模一样。那年，李世芳坐飞机摔死那年，我要上青岛去。下大雨。前门火车站前面水深没脚脖子。她蹚着水送我。火车快开了。她说：'咱们别去了！咱们不挣那份钱！'那回她是这么说来着。一样！清清楚楚，说话的声音，神气！快了，我们就要见面了。"

小冯说："你是一个人在家里闷的，胡思乱想！身体再好些，外边走走，找找熟人，聊聊！"

"我原说我走在她头里，没想到她倒走在我头里。一辈子的夫妻，没红过脸。现在我要换衣服，得自己找了。——我女儿她们不知道在哪儿。这是怎么话说的，就那么走了！"

又喝了两杯酒，他说，像是问我们，又像是自言自语：

"我这也是一辈子。我算个什么人呢？"

小冯调到戏校管人事，她和戏校的石校长说：

"云致秋为什么老让他闲着？他还能发挥作用。咱们还缺教员，是不是把他调过来？"

石校长一听，立刻同意："这个人很有用！他们不要，我们要！你就去办这件事！"

小冯找到致秋，致秋欣然同意。他说："过了冬天，等我身体好一点，不太喘了，就去上班。"

我因事到南方去转了一圈，回来时，听小梁说："云致秋死了。"

"什么病？"

"他的病多了！前一阵他觉得身体好了些，想到戏校上班。别人劝他再休息休息。他弄了一架录音机，对着录音机说戏，想拿到戏校给学生先听着。接连说了五天，第六天，不行了。家里没有人。邻居老关发现了，赶紧叫了几个人，弄了一辆车，把他送到医院，到了医院，已经没有脉了。他在车上人还清楚，还说了一句话：'给我一条手绢。'车上人很急乱，他的声音很小，谁也没注意，只老关听见了。"

这时候，他要一条手绢干什么？"给我一条手绢"是他最后说的一句话，但是这大概不能算是"遗言"。

要给致秋开追悼会。我们几个人算是他的老战友了，大家都说："去，一定去！别人的追悼会可以不去，致秋的追悼会一定得去！"

我们商量着要给致秋送一副挽联。我想了想，拟了两句。小梁到荣宝斋买了两张云南宣，粘接好了，我试了试笔，就写起来：

跟着谁，傍着谁，立志甘当二路角；

会几出，教几出，课徒不受一杯茶。

大家看了，都说："贴切"。

论演员，不过是二路；论职务，只是办公室副主任和戏校教员，我们知道，致秋的追悼会的规格是不会高的，——追悼会也讲规格，真是叫人丧气！但是没有想到会是这样凄惨。来的人很少。一个小礼堂，稀稀落落地站了不满半堂人。戏曲界的名人，致秋的"生前友好"，甚至他教过的学生，很多都没有来。来的都是剧团的一些老熟人：贾世荣、马四喜、赵旺……花圈倒不少，把两边墙壁都摆满了。这是向火葬场一总租来的。落款的人名好些是操办追悼会的人自作主张地写上去的，本人都未必知道。挽联却只有我们送的一副，孤零零的，看起来颇有点嘲笑的味道。石校长致悼词。上面供着致秋的遗像。致秋大概第一次把照片放得这样大。小冯入神地看着致秋的像，轻轻地说："致秋这张像拍得很像。"小梁点点头："很像！"

我们到后面去向致秋的遗体告别。我参加追悼会，向来不向遗体告别，这次是破例。致秋和生前一样，只是好像瘦小了些。头发发干了，干得像草。脸上很平静。一个平日爱跟致秋逗的演员对着致秋的脸端详了很久，好像在想什么。他在想什么呢？该不会是想：你再也不能把眉毛眼睛鼻子纵在一起了吧？

天很晴朗。

我坐在回去的汽车里，听见一个演员说了一句什么笑话，车里一半人都笑了起来。我不禁想起陶渊明的《拟挽歌辞》："向来相送人，各自还其家。亲戚或余悲，他人亦已歌。"不过，在云致秋的追悼会后说说笑话，似乎是无可非议的，甚至是很自然的。

致秋死后，偶尔还有人谈起他：

"致秋人不错。"

"致秋教戏有瘾。他也会教，说的都是地方，能说到点子上。——他会得多，见得也多。"

最近剧团要到香港演出，还有人念叨：

"这会要是有云致秋这样一个又懂业务，又能做保卫工作的党员，就好了！"

一个人死了，还会有人想起他，就算不错。

一九八三年七月二日写完，为纪念一位亡友而作。

（这是小说，不是报告文学。文中所写，并不都是真事。）

金冬心

召应博学鸿词杭郡金农字寿门别号冬心先生、稽留山民、龙梭仙客、苏伐罗吉苏伐罗，早上起来觉得很无聊。

他刚从杭州扫墓回来。给祖坟加了加土，吩咐族侄把聚族而居的老宅子修理修理，花了一笔钱。杭州官员馈赠的程仪殊不丰厚，倒是送了不少花雕和莼菜，坛坛罐罐，装了半船。装莼菜的瓷罐子里多一半是西湖水。我能够老是饮花雕酒莼菜汤过日脚么？开玩笑！

他是昨天日落酉时回扬州的。刚一进门，洗了脸，给他装裱字画、收拾图书的陈聋子就告诉他：袁子才把十张灯退回来了。是托李馥馨茶叶庄的船带回来的。附有一封信。另外还有十套《随园诗话》。金冬心当时哼了一声。

去年秋后，来求冬心先生写字画画的不多，他又买了两块大砚台，一块红丝碧端，一块蕉叶白，手头就有些紧。进了腊月，他忽然想起一个主意：叫陈聋子用乌木做了十张方灯的架子，四面由他自己书画。自以为这主意很别致。他知道他的字画在扬州实在不大卖得动了，——太多了，几乎家家都有。过了正月初六，就叫陈聋子搭了李馥馨的船到南京找袁子才，托他代卖。凭子才的面子，他在南京的交往，估计不难推销出去。他希望一张卖五十两。少说，也能卖二十两。不说别的，单是乌木灯架，也值个三两二两的。那么，不无小补。

袁子才在小仓山房接见了陈聋子，很殷勤地询问了冬心先生的起居，最近又有什么轰动一时的诗文，说："灯是好灯！诗、书、画，可称三绝。先放在我这里吧。"

金冬心原以为过了元宵，袁子才就会兑了银子来。不想过了清明，还没有消息。

现在，退回来了！

袁枚的信写得很有风致："……金陵人只解吃鸭肫，青天白日，尚无目识字画，安能于光烛影中别其媸妍耶？……"

这个老奸巨猾！不帮我卖灯，倒给我弄来十部《诗话》，让我替他向扬州的鹾贾打秋风！——俗！

晚上吃了一碗鸡丝面，早早就睡了。

今天一起来，很无聊。

喝了几杯苏州新到的碧螺春，念了两遍《金刚经》，趿着鞋，到小花圃里看了看。宝珠山茶开得正好，含笑也都有了骨朵了。然而提不起多大兴致。他惦记着那十盆兰花。他去杭州之前，瞿家花园新从福建运到十盆素心兰。那样大的一盆，每盆不愁有百十个箭子！索价五两一盆，不贵！要是袁子才替他把灯卖出去，这十盆剑兰就会摆在他的小花圃苇棚下的石条上。这样的兰花，除了冬心先生，谁配？然而……

他踱回书斋里，把袁枚的信摊开又看了一遍，觉得袁枚的字很讨厌，而且从字里行间嚼出一点挖苦的意味。他想起陈聋子描绘的随园：有几棵柳树，几块石头，有一个半干的水池子，池子边种了十来棵木芙蓉，到处是草，草里有蜈蚣……这样一个破园子，会是江宁织造的大观园么？可笑！[1]此人惯会吹牛，装模作样！他顺手把《随园诗话》打开翻了几页，到处是倚人自重，借别人的赏识，为自己吹嘘。有的诗还算清新，然而，小聪明而已。正如此公自道："诗被人嫌只为多"！再看

1 袁枚曾说大观园就是他的随园。

标举的那些某夫人、某太夫人的诗，都不见佳。哈哈，竟然对毕秋帆也揄扬了一通！毕秋帆是什么？——商人耳！郑板桥对袁子才曾做过一句总评，说他是“斯文走狗”，不为过分！

他觉得心里痛快了一点，——不过，还是无聊。

他把陈聋子叫来，问问这些天有什么函件简帖。陈聋子捧出了一叠。金冬心拆看了几封，都没有什么意思，问：“还有没有？”

陈聋子把脑门子一拍，说：“有！——我差一点忘了，我把它单独放在拜匣里了：程雪门有一张请帖，来了三天了！”

“程雪门？”

“对对对！请你陪客。”

“请谁？”

“铁大人。”

“哪个铁大人？”

“新放的两淮盐务道铁保珊铁大人。”

“几时？”

“今天！中饭！平山堂！”

“你多误事！——去把帖子给我拿来！——去订一顶轿子！——你真是！——快去！——哎哟！”

金冬心开始觉得今天有点意思了。

等着催请了两次，到第三次催请时，冬心先生换了衣履，坐上轿子，直奔平山堂。

程雪门是扬州一号大盐商，今天宴请新任盐务道，非比寻常！果然，等金冬心下了轿，往平山堂一看，只见扬州的名流显贵都已到齐。藩臬二司、河工漕运、当地耆绅、清客名士，济济一堂。花翎补服，辉煌耀眼；轻衣缓带，意态萧闲。程雪门已在正面榻座上陪着铁保珊说话，一眼看见金冬心来了，站起身来，铁保珊早抢步迎了出来。

“冬心先生！久仰！久仰得很哪！”

“岂敢岂敢！臣本布衣，幸瞻丰采！铁大人从都里来，一路风霜，辛苦了！”

“请！”

“请！请！”

铁保珊拉了金冬心入座。程雪门道了一声“得罪！”自去应酬别的客人。大家只见铁保珊倾侧着身子和金冬心谈得十分投机，金冬心不时点头拊掌，不知他们谈些什么，不免悄悄议论。

“雪门今天请金冬心来陪铁保珊，好大的面子！”

“听说是铁保珊指名要见的。”

“金冬心这时候才来，架子搭得不小！”

“看来他的字画行情要涨！”

稍顷宴齐，更衣入席。平山堂中，雁翅般摆开了五桌。正中一桌，首座自然是铁保珊。次座是金冬心。金冬心再三谦让，铁保珊一把把他按得坐下，说：“你再谦，大家就不好坐了！”金冬心只得从命。程雪门在这桌的主座上陪着。

今天的酒席很清淡。铁大人接连吃了几天满汉全席，实在是没有胃口，接到请帖，说：“请我，我到！可是我只想喝一碗晚米稀粥，就一碟香油拌疙瘩丝！”程雪门说一定照办。按扬州请客的规矩，菜单曾请铁保珊过了目。凉碟是金华竹叶腿、宁波瓦楞明蚶、黑龙江熏鹿脯、四川叙府糟蛋、兴化醉蛏鼻、东台醉泥螺、阳澄湖醉蟹、糟鹌鹑、糟鸭舌、高邮双黄鸭蛋、界首茶干拌荠菜、凉拌枸杞头……热菜也只是蟹白烧乌青菜、鸭肝泥酿怀山药、鲫鱼脑烩豆腐、烩青腿子口蘑、烧鹅掌。甲鱼只用裙边。鯚花鱼不用整条的，只取两块嘴后腮边眼下蒜瓣肉。砗螯只取两块瑶柱。炒芙蓉鸡片塞牙，用大兴安岭活捕来的飞龙剁泥、鸽蛋清。烧烤不用乳猪，用果子狸。头菜不用翅唇参燕，清炖杨妃乳——新从江阴运到的河豚。铁大人听说有河豚，说：“那得有炒蒌蒿呀！——‘竹外桃花三两枝，春江水暖鸭先知，蒌蒿满地芦芽短，正是河豚欲上时'，有蒌蒿，那才配称。”有有有！随饭的炒菜也极素净：素炒蒌蒿薹、素炒金花菜、素炒豌豆苗、素炒紫芽姜、素炒马兰头、素炒凤尾——只有三片叶子的嫩莴苣尖、素烧黄芽白……铁大人听了菜单（他没有看）说是“这样好，‘咬得菜根，则百事可做’”。他请金冬心过目，冬心先生说：“‘一箪食，一瓢饮'，侬一介寒士，无可无不可的。”

金冬心尝了尝这一桌非时非地清淡而名贵的菜肴，又想起袁子才，想起他的《随园食单》，觉得他把几味家常鱼肉说得天花乱坠，真是寒乞相，嘴角不禁浮起一丝冷笑。

酒过三巡，铁保珊提出寡饮无趣，要行一个酒令。他提出的这个酒令叫作“飞红令”，各人说一句或两句古人诗词，要有“飞、红”二字，或明嵌、或暗藏，都可以。这令不算苛。他自己先说了两句：“花谢花飞飞满天，红消香断有谁怜？”有人不识出处。旁边的人提醒他：“《红楼梦》！”这时正是《红楼梦》大行的时候，“开谈不说《红楼梦》，纵读诗书也枉然”，不知出处的怕露怯，连忙说：“哦，《红楼梦》！《红楼梦》！”下面也有说“一片花飞减却春”的，也有说“桃花乱落如红雨”的。有的说不上来，甘愿罚酒。也有的明明说得出，为了谦抑，故意说：“我诗词上有限，认罚认罚！”借以凑趣的。临了，到了程雪门。程雪门说了一句：

“柳絮飞来片片红。”

大家先是愕然，接着就哗然了：

“柳絮飞来片片红，柳絮如何是红的？”

“无是理！无是理！”

“杜撰！杜撰无疑！”

“罚酒！罚酒！”

“满上！满上！喝了！喝了！”

程雪门也不知道自己怎么会诌出这样一句不通的诗来，正在满脸紫涨，无地自容，忽听得金冬心放下杯箸，从容言道：

“诸位莫吵。雪翁此诗有出处。这是元人咏平山堂的诗，用于今日，正好对景。”他站起身来，朗吟出全诗：

> 廿四桥边廿四风，
> 凭栏犹忆旧江东。
> 夕阳返照桃花渡，
> 柳絮飞来片片红。

大家一听，全都击掌：

“好诗！”

“好一个‘柳絮飞来片片红’！妙！妙极了！”

“如此尖新，却又合情合理，这定是元人之诗，非唐非宋！”

“到底是冬心先生！元朝人的诗，我们知道得太少，惭愧惭愧！”

“想不到程雪翁如此博学！佩服！佩服！”

程雪门哈哈大笑，连说：“过奖，过奖！——菜凉了，河豚要趁热！”

于是大家的筷子一齐奔向杨妃乳。

铁保珊拈须沉吟：这是元朝人的诗么？

金冬心真是捷才！出口成章，不动声色。快，而且，好！有意境……

第二天，一清早，程雪门派人给金冬心送来一千两银子。金冬心叫陈聋子告诉瞿家花园，把十盆剑兰立刻送来。

陈聋子刚要走，金冬心叫住他：

“不忙。先把这十张灯收到厢房里去。”

陈聋子提起两张灯，金冬心又叫住他：

“把这个——搬走！”

他指的是堆在地下的《随园诗话》。

陈聋子抱起《诗话》，走出书斋，听见冬心先生骂道：

“斯文走狗！”

陈聋子心想：他这是骂谁呢?

一九八三年十月二十五日

讲用

郝有才一辈子没有什么露脸的事。也没有多少现眼的事。他是个极其普通的人，没有什么特点。要说特点，那就是他过日子特别仔细，爱打个小算盘。话说回来了，一个人过日子仔细一点，爱打个小算盘。这碍着别人什么了？为什么有些人总爱拿他的一些小事当笑话说呢？

他是三分队的。三分队是舞台工作队。一分队是演员队，二分队是乐队。管箱的，——大衣箱、二衣箱、旗包箱，梳头的，检场的……这都归三分队。郝有才没有坐过科，拜过师，是个“外行”，什么都不会，他只会装车、卸车、搬布景、挂吊杆，干一点杂活。这些活，看看就会，没有三天力巴。三分队的都是“苦哈哈”，他们的工资都比较低。不像演员里的“好角”，一月能拿二百多、三百。也不像乐队里的名琴师、打鼓佬，一月也能拿一百八九。他们每月都只有几十块钱。“开支”的时候，工资袋里薄薄的一叠，数起来很省事。他们的家累也都比较重，孩子多。因此，三分队的过日子都比较俭省，郝有才是其尤甚者。

他们家的饭食很简单。不过能够吃饱。一年难得吃几次鱼，都是带鱼，熬一大盆，一家子吃一顿。他们家的孩子没有吃过虾。至于螃蟹，更不知道是什么滋味了。中午饭有什么吃什么，窝头、贴饼子、烙饼、馒头、米饭。有时也蒸几屉包子，菠菜馅的、韭菜馅的、茴香馅的，肉少菜多。这样可以变变花样，也省粮食。晚饭一般是吃面。炸酱面、麻酱面。茄子便宜的时候，茄子打卤。扁豆老了的时候，焖扁豆面，——扁豆焖热了，把面往锅里一下，一翻个儿，得！吃面浇什么，不论，但是必须得有蒜。“吃面不就蒜，好比杀人不见血！”他吃的蒜也都是紫皮大瓣。“青皮萝卜紫皮蒜，抬头的老婆低头的汉，这是上讲的！”他的蒜都是很磁棒，很鼓立的，一头是一头，上得了画，能拿到展览会上去展览。每一头都是他精心挑选过，挨着个儿用手捏过的。

不但是蒜，他们家吃的菜也都是经他精心挑选的。他每天中午、晚晌下班，顺便买菜。从剧团到他们家共有七家菜摊，经过每一个菜摊，他都要下车——他骑车，问问价，看看菜的成色。七家都考察完了，然后决定买哪一家的，再骑车翻回去选购。卖菜的约完了，他都要再复一次秤，——他的自行车后架上随时带着一杆小秤。他买菜回来，邻居见了他买的菜都羡慕：“你瞧有才买的这菜，又水灵，又便宜！”郝有才骗腿下车，说：“货买三家不吃亏，——您得挑！”

郝有才干了一件稀罕事。他对他们家附近的烧饼、焦圈做了一次周密的调查研究。他早点爱吃个芝麻烧饼夹焦圈。他家在西河沿。他曾骑车西至牛街，东至珠市口，把这段路上每家卖烧饼圈的铺子都走遍，每一家买两个烧饼、两个焦圈，回家用戥子一一约过。经过细品，得出结论：以陕西巷口大庆和的质量最高。烧饼分量足，焦圈炸得透。他把这结论公之于众，并买了几套大庆和的烧饼焦圈，请大家品尝。大家嚼食之后，一致同意他的结论。于是纷纷托他代买。他也乐于跑这个小腿。好在西河沿离陕西巷不远，骑车十分钟就到了。他的这一番调查给大家留下深刻印象，因为别人都没有想到。

剧团外出，他不吃团里的食堂。每次都是烙了几十张烙饼，用包袱皮一包，带着。另外带了好些卤虾酱、韭菜花、臭豆腐、青椒糊、豆儿酱、芥菜疙瘩、小酱萝卜，瓶瓶罐罐，丁零当啷。他就用这些小菜就干烙饼。一到烙饼吃完，他就想家了，想北京，想北京的“吃儿”。他说，在北京，哪怕就是虾米皮熬白菜，也比外地的香。“为什么呢？因为，——五味神在北京！”“五味神”是什么神？至今尚未有人考证过，不见于载籍。

他抽烟，抽烟袋，关东。他对于烟叶，要算个行家。什么黑龙江的亚布利、吉林的交河烟、易县小叶及至云南烤烟，他只要看看，捏一撮闻闻，准能说出个子午卯酉。不过他一般不上烟铺买烟，他遛烟摊。这摊上的烟叶子厚不厚，口劲强不强，是不是“灰白火亮”，他老远的一眼就能瞧出来。卖烟的要的“手彩”别想瞒过他。什么“插翎儿”“洒药”，全都逃不过他的眼睛。“几捆烟摆在地下，你一瞧，色气好，叶儿挺厚实，拐子不多，不赖！卖烟的打一捆里，噌——抽出了一根：‘尝尝！尝尝！’你揉一揉往烟袋里一摁，点火，抽！真不赖，‘满口烟’喷香！其实他这几捆里就这一根是好的，是插进去的，——卖烟的知道。你再抽抽别的叶子，不是这个味儿了！——这为‘插翎’。要说，这个‘侃儿’[1]起得挺有个意思，烟叶可不有点像鸟的翎毛么？还有一种，归‘洒药’。地下一堆碎烟叶。你来了，卖烟的抢过你的烟袋：‘来一袋，尝尝！试试！’给你装了一袋，一抽：真好！其实这一袋，是他一转身的那工夫，从怀里掏出来给你装上的，——这是好烟。你就买吧！买了一包，地下的，一抽，咳！——屁烟！——‘洒药’！”

他爱喝一口酒。不多，最多二两。他在家不喝。家里不预备酒，免得老想喝。在小铺里喝。不就菜，抽关东烟就酒。这有个名目，叫作“云彩酒”。

他爱逛寄卖行。他家大人孩子们的鞋、袜、手套、帽子，都是处理品。剧团外出，他爱逛商店，遛地摊，买“俏货”。他买的俏货都不是什么贵重东西。凉席、雨伞、马莲根的炊帚、铁丝笊篱……他买俏货，也有吃亏上当的时候。有一次，他从汉口买了一套套盆，——绿釉的

1 侃儿即行话，甚至可说是“黑话”。

陶盆，一个套着一个，一套五个，外面最大的可以洗被窝，里面最小的可以和面。他就像收藏家买了一张唐伯虎的画似的，高兴得不得了。费了半天劲，才把这套宝贝弄上车。不想到了北京，出了前门火车站，对面一家山货店里就有，东西和他买的一样，价钱比汉口便宜。他一气之下，恨不能把这套套盆摔碎了。——当然没有，他还是咬着嘴唇把这几十斤重的东西背回去了。“郝有才千里买套盆”落下一个“哏”，供剧团的很多人说笑了个把月。

说话，到了“文化大革命”。“文化大革命”乍一起来的时候，郝有才也蒙了。这是怎么回事呢？昨天还是书记、团长，三叔、二大爷，一宵的工夫，都成了走资派、“三名三高”。大字报铺天盖地。小伙子们都像“上了法”，一个个杀气腾腾，瞧着都瘆得慌。大家都学会了嚷嚷。平日言迟语拙的人忽然都长了口才，说起话一套一套的。郝有才心想：这算哪一出呢？渐渐地他心里踏实了。他知道“革命”革不到他头上。他头一回知道：三分队的都是红五类——工人阶级。各战斗组都拉他们。三分队的队员顿时身价十倍。有的人趾高气扬，走进走出都把头抬得很高。他们原来是人下人，现在翻身了！也有老实巴交的，还跟原来一样，每天上班，抽烟喝水，低头听会。郝有才基本上属于后一类。他也参加大批判，大辩论，跟着喊口号，叫“打倒”，但是他没有动手打过人，往谁脸上啐过唾沫，给谁嘴里抹过糨糊。他心里想：干嘛呀，有朝一日，还要见面。只有一件事少不了他。造反派上谁家抄家时总得叫上他，让他蹬平板三轮，去拉抄出来的“四旧”。他翻翻抄出来的东西，不免生一点感慨：真有好东西呀！

没多久，派来了军、工宣队，搞大联合，成立了革命委员会。

又没多久，这个团被指定为样板团。

样板团有什么好处？——好处多了！

样板团吃样板饭。炊事班每天变着样给大伙做好吃的。番茄焖牛肉、香酥鸡、糖醋鱼、包饺子、炸油饼……郝有才觉得天天过年。肚子里油水足，他胖了。

样板团发样板服。每年两套的确凉制服，一套深灰，一套浅灰。穿得仔细一点，一年可以不用添置衣裳。——三分队还有工作服。到了冬天，还发一件棉军大衣。领大衣时，郝有才闹了一点小笑话。

棉大衣共有三个号：一号、二号、三号——大、中、小。一般身材，穿二号。矮小一点的，三号就行了。能穿一号的，全团没有几个。三分队的队长拿了一张表格，叫大家报自己的大衣号，好汇总了报上去。到了郝有才，他要求登记一件一号的。队长愣了："你多高？""一米六二。""那你要一号的？你穿三号的！——你穿上一号的像什么样子，那不成了道袍啦？""一号的，一号的！您给我登一件一号的！劳您驾！劳您驾！"队长纳了闷了，问他："你这是什么意思？"他说了实话："我拿回去，改改。下摆铰下来，能缝一副手套。""呸！什么人呐！全团有你这样的吗？领一件大衣，还饶一副手套！亏你想得出来！"队长把这事汇报了上去，军代表把他叫去训了一通。到底还是给他登记了一件三号的。

郝有才干了一件不大露脸的事，拿了人家五个羊蹄。他到一家回民食堂挑了五个羊蹄，趁着人多，售货员没注意，拿了就走，——没给钱。不想售货员早注意上他了，一把拽住："你给钱了吗？""给啦？""给了多少？我还没约呐，你就给了钱啦？""我现在给！""现在给？——晚啦！"旁边围了一圈人，都说："真不像话！""还是样板团的哪！"（他穿着样板服哪）售货员非把他拉到公安局去不可。公安局的人一看，就五个羊蹄，事不大，就说："你写个检查吧！""写不了！我不认字。"公安局给剧团打了个电话，让剧团把他领回去。

军、工宣队研究了一下，觉得问题不大，影响不好，决定开一个小会，在队里批评批评他。

会上发言很热烈，每个人都说了。有人念了好几段毛主席语录。有一位能看“三、列国”[1]的管箱的师傅掏出一本《雷锋日记》，念了好几篇，说：“您瞧人家雷锋，风格多高。你瞧你，什么风格！——你简直没有格！你好好找找差距吧！拿人家五个羊蹄，五个羊蹄，能值多少钱！你这么大的人了！小孩子也干不出这种事来！哎哟哎哟，你叫我说你什么好噢！我都替你寒碜。”军代表参加了这次会，看大家发言差不多了，就说：“郝有才，你也说说。”

“说说。我这叫‘爱小’，贪小便宜。贪小便宜吃大亏呀！我怎么会贪小便宜？我打小就穷。我爸死得早，我妈是换取灯的[2]……”

军代表不知道什么是“换取灯的”，旁边有人给他解释半天，军代表明白了，“哦。”

“我打小什么都干过。拣煤核，打执事[3]……”

什么是打执事，军代表也不懂，又得给他解释半天。

“哦。”

“后来，我拉排子车，——拉小绊，我力气小，驾不了辕，只能拉小绊。

“有一回，大夏天，我发了痧，死过去了。也不知是哪位好心的，把我搭在前门门洞里。我醒过来了，瞅着瓮券上的城砖：‘我这是在哪儿呐？’……”

三分队的出身都比较苦，类似的经历，他们也都有过，听了心里都有点难受，有人眼圈都红了。

“后来，我拉了两年洋车。”

“后来，给陈××拉包月。”陈××是个名演员，唱老生的。

1 《三国演义》及《东周列国志》，合称“三、列国”。凡能读“三、列国”的，在戏班里即为有学问的圣人。

2 取灯即早先的火柴。换取灯的即收破烂的。收得破烂，或以取灯偿值，也有给钱的。

3 执事是出殡和迎亲的仪仗，金瓜钺斧朝天凳，旗锣伞扇……出殡则有幡、雪柳。打执事的都是穷人家的孩子。打一回执事，所得够一顿饭钱。

"拉包月，倒不累。除了拉大爷上馆子——"

"上馆子？陈××爱吃馆子？"军代表不明白。

又得给他解释："上馆子就是上剧场。"

"除了拉大爷上馆子，就是拉大奶奶上东安市场买买东西。"

军代表听到"大爷、大奶奶"，觉得很不舒服，就打断了他："不要说'大爷''大奶奶'。"

"对！他是老板，我是拉车的。我跟他是两路人。除了……咳，陈××爱吃红菜汤，他老让我到大地餐厅去给他端红菜汤。放在车上给他拉回来。我拉车、拉人，还拉红菜汤，你说这叫什么事！"

军代表听着，不知道他要说到哪里去，就又打断了他："不要扯得太远，不要离题，说说你对自己的错误的认识。"

"对，说认识。我这就要回到本题上来了。好容易，解放了，我参加了剧团。剧团改国营，我每月有了准收入，冻不着，饿不死了。这都亏了共产党呀！——中国共产党万岁！"

他抽不冷子来了这么一句，大伙不能不举起手来跟着他喊：

"中国共产党万岁！"

"这以后，剧团归为样板团，咱们是一步登天哪！'板儿饭''板儿服'，真是没的说！可我居然干出这种丢人现眼的事，我给样板团抹了黑。我对得起谁？你们说：我对得起谁？嗯？……"

他问得理直气壮，简直有点咄咄逼人。

军代表觉得他再也说不出什么了，就做了简短的结论：

"郝有才同志的检查不够深刻。不过态度还是好的，也有沉痛感，一个人犯了错误，不要紧，只要改正了就好。对于犯错误的同志，我们不应该歧视他，轻视他，而是要热情地帮助他。"接着又说："对于任何人，都要一分为二。比如郝有才同志，他有缺点，爱打个小算盘。他也有优点嘛！比如，他每天给大家打开水，这就是优点。这也是为人民服务嘛！希望他今后能发扬优点，克服缺点，做一名无愧于样板团称号的文艺战士！”

会就开到了这里。

过了没多久，郝有才可干了一件十分露脸的事。他早起上班打开水，上楼梯的时候绊了一下，暖壶碰在栏杆上，“砰！”把一个暖壶胆𥕢[1]了。暖壶胆𥕢了，照例是可以拿到总务科去领一个的。郝有才不知怎么一想，他没去总务科去领，自己掏钱，到菜市口配了一个。——而且没有告诉任何人。不过人们还是知道了，大家传开了：“有才这回干了一件漂亮事！”——“他这样的人，干出这样的事，尤其难得！”见了他，都说：“有才！好样儿的！”——“有才！你这进步可是不小哇！——我简直都不敢相信。”郝有才觉得美不滋儿的。

军、工宣队知道了，也都认为这是他们的思想工作的成果。事情不大，意义不小，于是决定让他在全团大会上作一次讲用。

要他讲用，可是有点困难。他不认字，不能写讲稿。让别人替他写讲稿也不成，他念不下来。只好凭他用口讲。军代表把他叫去，启发了半天，让他讲讲自己的活思想，——当时是怎么想的，怎样让公字占领了自己的思想。克服了私心，最好能引用两段毛主席语录。军代表心想，他虽不识字，可是大家整天念语录，他听也应该听会几段了。

那天讲用一共三个人。前面两个，都讲得不错，博得全场掌声。第三个是郝有才。郝有才上了台，向毛主席像行了一个礼，然后转过身来，大声地说：

“毛主席教导我们说：𥕢了就𥕢了！”

大家先是一愣，接着都忍不住哈哈大笑起来。主持会议的军代表原来还绷着，终于憋不住，随着大家一同哈哈大笑。他一边大笑，一边挥手：“散会！”

1 𥕢，音cèi，北京土话，打碎了的意思。

故人往事

戴车匠

戴车匠是东街一景。

车匠是一种很古老的行业了。中国什么时候开始有车匠，无可考。想来这是很久远的事了。所谓车匠，就是在木制的车床上用旋刀车旋小件圆形木器的那种人。从我记事的时候，全城似只有这一个车匠，一家车匠店。

车匠店离草巷口不远，坐南朝北。左邻是侯家银匠店，右邻是杨家香店。侯银匠成天用一根吹管吹火打银簪子、银镯子，或用小錾子錾银器上的花纹。侯家还出租花轿。花轿就停放在店堂的后面。大红缎子的轿帏，上绣丹凤朝阳和八仙，——中国的八仙是一组很奇怪的仙人，什么场合都有他们的份。结婚和八仙有什么关系呢？谁家姑娘要出阁，就事前到侯银匠家把花轿订下来。这顶花轿不知抬过多少新娘子了。附近几条街巷的人家，大家小户，都用这顶花轿。杨家香店柜前立着一块竖匾，上面不是写的字，却是用金漆堆塑出一幅“鹤鹿同春”的画。弯着脖子吃草的金鹿和蜷一只腿的金鹤留给过往行人很深的印象，因为一天要看见好多次。而且这是一幅画，凡是画，只要画得不太难看，人们还是愿意看一眼的。这在劳碌的生活中也是一种享受。我们那里不知道为什么有这样一种规矩，香店里每天都要打一盆稀稀的糨糊，免费供应街邻。人家要用少量的糨糊，就拿一块小纸，到香店里去“寻”。——大量的当然不行，比如糊窗户、打袼褙，那得自己家里拿面粉冲。我小时糊风筝，就常到杨家香店寻糨糊（一个“三尾”的风筝是用不了多少糨糊的）……

戴家车匠店夹在两家之间。门面很小，只有一间，地势却颇高。跨进门槛，得上五层台阶。因此车匠店有点像个小戏台（戴车匠就好像在台上演戏）。店里正面是一堵板壁。板壁上有一副一尺多长，四寸来宽的小小的朱红对子，写的是：

室雅何须大

花香不在多

不知这是哪位读书人的手笔。但是看来戴车匠很喜欢这副对子。板壁后面，是住家。前面，是作坊。作坊靠西墙，放着两张车床。这所谓车床和现代的铁制车床是完全不同的。就像一张狭长的小床，木制的，有一个四框，当中有一个车轴，轴上安小块木料，轴下有皮条，皮条钉在踏板上，双脚上下踏动踏板，皮条牵动车轴，木料来回转动，车匠坐在坐板上，两手执定旋刀，车旋成器，这就是中国的古式的车床，——其原理倒是和铁制车床是一样的。这东西用语言是说不清楚的。《天工开物》之类的书上也许有车床的图，我没有查过。

靠里的车床是一张大的，那还是戴车匠的父亲留下的。老一辈人打东西不怕费料，总是超过需要的粗壮。这张老车床用了两代人，坐板已经磨得很光润，所有的榫头都还是牢牢实实的，没有一点活动。戴车匠嫌它过于笨重，就自己另打了一张新的。除了做特别沉重的东西，一般都使外边较小的这一张。

戴车匠起得很早。在别家店铺才卸下铺板的时候，戴车匠已经吃了早饭，选好了材料，看看图样，坐到车床的坐板上了。一个人走进他的工作，是叫人感动的。他这就和这张床子成了一体，一刻不停地做起活来了。看到戴车匠坐在床子上，让人想起古人说的："百工居于肆，以成其器"。中国的工匠，都是很勤快的。好吃懒做的工匠，大概没有，——很少。

车匠做的活都是圆的。常言说："砍的没有旋的圆"。较粗的活是量米的升子，烧饼槌子。——我们那里擀烧饼不用擀杖，用一种特制的烧饼槌子，一段圆木头，车光了，状如一个小碌碡，当中掏出圆洞，插进一个木杆。较细的活是布掸子的把，——末端车成一个滴溜圆的小球或甘露形状；擀烧麦皮用的细擀杖，——我们那里擀烧麦皮用两根小擀杖同时擀，擀杖长五寸，粗如指，极光滑，两根擀杖须分量相等。最细致的活是装围棋子的槟榔木的小圆罐，——罐盖须严丝合缝，木理花纹不错分毫。戴车匠做得最多的是大小不等的滑车。这是三桅大帆船上用的。布帆升降，离不开滑车。做得了的东西，都悬挂在西边墙上，真是琳琅满目，细巧玲珑。

车匠用的木料都是坚实细致的，檀木——白檀，紫檀，红木，黄杨，枣木，梨木，最次的也是榆木的。戴车匠踩动踏板，执刀就料，旋刀轻轻地吟叫着，吐出细细的木花。木花如书带草，如韭菜叶，如番瓜瓤，有白的、浅黄的、粉红的、淡紫的，落在地面上，落在戴车匠的脚上，很好看。住在这条街上的孩子多爱上戴车匠家看戴车匠做活，一个一个，小傻子似的，聚精会神，一看看半天。

孩子们愿意上戴车匠家来，还因为他养着一窝洋老鼠——白耗子，装在一个一面有玻璃的长方木箱里，挂在东面的墙上。洋老鼠在里面踩车、推磨、上楼、下楼，整天不闲着，——无事忙。戴车匠这么大的人了，对洋老鼠并无多大兴趣，养来是给他的独儿子玩的。

一到快过清明节了，大街小巷的孩子就都惦记起戴车匠来。

这里的风俗，清明那天吃螺蛳，家家如此，说是清明吃螺蛳，可以明目。买几斤螺蛳，入盐，少放一点五香大料，煮出一大盆，可供孩子吃一天。孩子们除了吃，还可以玩，——用螺蛳弓把螺蛳壳射出去，螺蛳弓是竹制的小弓，有一支小弓箭，附在双股麻线拧成的弓弦上。竹箭从竹片窝成的弓背当中的一个窟窿里穿过去。孩子们用竹箭的尖端把螺蛳掏出来吃了，用螺蛳壳套在竹箭上，一拉弓弦，弓背弯成满月，一撒手，哒的一声，螺蛳壳便射了出去。射得相当高，相当远。在平地上，射上屋顶是没有问题的。——竹箭被弓背挡住，是射不出去的。家家孩子吃螺蛳，放螺蛳弓，因此每年夏天瓦匠检漏时，总要从瓦楞里打扫下好些螺蛳壳来。不知道为什么，这种螺蛳弓都是车匠做，——其实这东西不用上床子旋，只要用破竹的作刀即能做成，应该由竹器店供应才对。清明前半个月，戴车匠就把别的活都停下来，整天地做螺蛳弓。孩子们从戴车匠门前过，就都兴奋起来。到了接近清明，戴车匠家就都是孩子。螺蛳弓分大、中、小三号，弹力有差，射程远近不同，价钱也不一样。孩子们眼睛发亮，挑选着，比较着，挨挨挤挤，叽叽喳喳，好不热闹。到清明那天，听吧，到处是拉弓放箭的声音：“哒——哒！”

戴车匠每年照例要给他的儿子做一张特号的大弓。所有的孩子看了都羡慕。

戴车匠眯缝着眼睛看着他的儿子坐在门槛上吃螺蛳，把螺蛳壳用力地射到对面一家倒闭了的钱庄的屋顶上，若有所思。

他在想什么呢？

他的儿子已经八岁了。他该不会是想：这孩子将来干什么？是让他也学车匠，还是另外学一门手艺？世事变化很快，他隐隐约约觉得，车匠这一行恐怕不能永远延续下去。

一九八一年，我回乡了一次（我去乡已四十余年）。东街已经完全变样，戴家车匠店已经没有痕迹了。——侯家银匠店，杨家香店，也都没有了。

也许这是最后一个车匠了。

收字纸的老人

中国人对于字有一种特殊的崇拜心理，认为字是神圣的。有字的纸是不能随便抛掷的。亵渎了字纸，会遭到天谴。因此，家家都有一个字纸篓。这是一个小口、宽肩的扁篓子，竹篾为胎，外糊白纸，正面竖贴着一条二寸来宽的红纸，写着四个正楷的黑字："敬惜字纸"。字纸篓都挂在一个尊贵的地方，一般都在堂屋里家神菩萨的神案的一侧。隔十天半月，字纸篓快满了，就由收字纸的收去。这个收字纸的姓白，大人小孩都叫他老白。他上岁数了，身体却很好。满腮的白胡子茬，衬得他的脸色异常红润。眼不花，耳不聋。走起路来，腿脚还很轻快。他背着一个大竹筐，推门走进相熟的人家，到堂屋里把字纸倒在竹筐里，转身就走，并不惊动主人。有时遇见主人正在堂屋里，也说说话，问问老太爷的病好些了没有，小少爷快该上学了吧……

他把这些字纸背到文昌阁去，烧掉。

文昌阁的地点很偏僻，在东郊，一条小河的旁边，一座比较大的灰黑色的四合院。叫作阁，其实并没有什么阁。正面三间朝北的平房，砖墙瓦顶，北墙上挂了一幅大立轴，上书"文昌帝君之神位"，纸色已经发黑。香案上有一副锡制的香炉烛台。除此之外，一无所有，显得空荡荡的。这文昌帝君不知算是什么神，只知道他原先也是人，读书人，曾经连续做过十七世士大夫，不知道怎么又变成了"帝君"。他是司文运的。更具体地说，是掌握读书人的功名的。谁该有什么功名，都由他决定。因此，读书人对他很崇敬。过去，每逢初一、十五，总有一些秀才或候补秀才到阁里来磕头。要是得了较高的功名，中了举，中了进士，就更得到文昌阁来拈香上供，感谢帝君恩德。科举时期，文昌阁在一县的士人心目中是占据很重要的位置的，后来，就冷落下来了。

正房两侧，各有两间厢房。西厢房是老白住的。他是看文昌阁的，也可以说是一个庙祝。东厢房存着一副《文昌帝君阴骘文》的书板。当中是一个颇大的院子，种着两棵柿子树。夏天一地浓阴，秋天满株黄柿。柿树之前，有一座一人多高的砖砌的方亭子，亭子的四壁各有一个脸盆大的圆洞。这便是烧化字纸的化纸炉。化纸炉设在文昌阁，顺理成章。老白收了字纸，便投在化纸炉里，点火焚烧。化纸炉四面通风，不大一会儿，就烧尽了。

老白孤身一人，日子好过。早先有人拈香上供，他可以得到赏钱。有时有人家拿几刀纸让老白代印《阴骘文》（印了送人，是一种积德的善举），也会送老白一点工钱。老白印了多次《阴骘文》，几乎能背下来了（他是识字的），开头是："帝君曰：吾一十七世为士大夫，身未尝虐民酷吏……"后来，也没有人来印《阴骘文》了，这副板子就闲在那里，落满了灰尘。不过老白还是饿不着的。他挨家收字纸，逢年过节，大家小户都会送他一点钱。端午节，有人家送他几个粽子，八月节，几个月饼；年下，给他二升米，一方咸肉。老白粗茶淡饭，怡然自得。化纸之后，关门独坐。门外长流水，日长如小年。

他有时也会想想县里的几个举人、进士到阁里来上供谢神的盛况。往事历历，如在目前。有一天夜里，他做了一个梦，李三老爷点了翰林，要到文昌阁拈香。旗锣伞扇，摆了二里长。他听见有人叫他："老白！老白！李三老爷来进香了，轿子已经到了螺蛳坝，你还不起来把正门开了！"老白一骨碌坐起来，愣怔了半天，才想起来三老爷已经死了好几年了。这李三老爷虽说点了翰林，人缘很不好，一县人背后都叫他李三麻子。

老白收了字纸，有时要抹平了看看（他怕万一有人家把房地契当字纸扔了，这种事曾经发生过）。近几年他收了一些字纸，却一个字都不认得。字横行如蚯蚓，还有些三角、圆圈、四方块。那是中学生的英文和几何的习题。他摇摇头，把这些练习本和别的字纸一同填进化纸炉烧了。孔夫子和欧几里得、纳斯菲尔于是同归于尽。

老白活到九十七岁，无疾而终。

花瓶

这张汉是对门万顺酱园连家的一个亲戚兼食客，全名是张汉轩，大家都叫他张汉，大概觉得已经沦为食客，就不必“轩”了。此人有七十岁了，长得活脱像一个伏尔泰，一张尖脸，一个尖尖的鼻子。他年轻时在外地做过幕，走过很多地方，见多识广，什么都知道，是个百事通。比如说抽烟，他就告诉你烟有五种：水、旱、鼻、雅、潮。“雅”是鸦片。“潮”是潮烟，这地方谁也没见过。说喝酒，他就能说出山东黄、状元红、莲花白……说喝茶，他就告诉你狮峰龙井、苏州的碧螺春，云南的“烤茶”是怎样在一个罐里烤的，福建的功夫茶的茶杯比酒盅还小，就是吃了一只炖肘子，也只能喝三杯，这茶太酽了。他熟读《子不语》《夜雨秋灯录》，能讲许多鬼狐故事。他还知道云南怎样放蛊，湘西怎样赶尸。他还亲眼见到过旱魃、僵尸、狐狸精，有时间，有地点，有鼻子有眼。三教九流，医卜星相，他全知道。他读过《麻衣神相》《柳庄神相》，会算“奇门遁甲”“六壬课”“灵棋经”。他总要到快九点钟时才出现（白天不知道他干什么），他一来，大家精神为之一振，这一晚上就全听他一个人白话。

（旧作《异秉》）

张汉在保全堂药店讲过许多故事。有些故事平平淡淡，意思不大（尽管他说得神乎其神）。有些过于不经，使人难信。有一些却能使人留下强烈印象，日后还会时常想起。

下面就是他讲过的一个故事。

死生由命，富贵在天。不但是人，就是猫狗，也都有它的命。就是一件器物，什么时候毁坏，在它造出来的那一天，就已经注定了。

江西景德镇，有一个瓷器工人，专能制造各种精美瓷器。他造的瓷器，都很名贵。他同时又是个会算命的人。每回造出一件得意的瓷器，他就给这件瓷器算一个命。有一回，他造了一只花瓶。出窑之后，他都呆了：这是一件窑变，颜色极美，釉彩好像在不停地流动，光华夺目，变幻不定。这是他入窑之前完全没有想到的。他给这只花瓶也算了一个命。花瓶脱手之后，他就一直设法追踪这只宝器的下落。

过了若干年，这件花瓶数易其主，落到一家人家。当然是大户人家，而且是爱好古玩的收藏家。小户人家是收不起这样价值连城的花瓶的。

这位瓷器工人，访到了这家，等到了日子，敲门求见。主人出来，知是远道来客，问道："何事？""久闻府上收了一只窑变花瓶，我特意来看看。——我是造这只花瓶的工人。"主人见这人的行动有点离奇，但既是造花瓶的人，不便拒绝，便迎进客厅待茶。

瓷器工人抬眼一看，花瓶摆在条案上，别来无恙。

主人好客，虽是富家，却不倨傲。他向瓷器工人讨教了一些有关烧窑挂釉的学问，并拿出几件宋元瓷器，请工人鉴赏。宾主二人，谈得很投机。

忽然听到当啷一声，条案上的花瓶破了！主人大惊失色，跑过去捧起花瓶，跌着脚连声叫道："可惜！可惜——好端端地，怎么会破了呢？"

瓷器工人不慌不忙，走了过去，接过花瓶，对主人说："不必惋惜。"他从瓶里摸出一根方头铁钉，并让主人向花瓶胎里看一看。只见瓶腹内用蓝釉烧着一行字：

某年月日时，鼠斗落钉毁此瓶

这是一个迷信故事。这个故事当然是编出来的。不过编得很有情致。这比许多荒唐恐怖的迷信故事更能打动人，并且使人获得美感。一件瓷器的毁损，也都是前定的，这种宿命观念不可谓不深刻。这故事是谁编的？为什么要编出这样的故事？迷信当然不能提倡，但是宿命观念是久远而且牢固的，它将会在相当长的时间内，在中国人的思想里潜伏。人类只要还不能完全掌握自己的命运，迷信总还会存在。许多迷信故事应当收集起来，这对我们了解这个民族长期形成的心理素质是有帮助的。从某一方面说，这也是一宗文化遗产。

如意楼和得意楼

扬州人早上皮包水（上茶馆），晚上水包皮（上澡堂子）。扬八属（扬州所属八县）莫不如此，我们那个小县城就有不少茶楼。竺家巷是一条不很长，也不宽的巷子，巷口就有两家茶馆。一家叫如意楼，一家叫得意楼。两家茶馆斜对门。如意楼坐西朝东，得意楼坐东朝西。两家离得很近。下雨天，从这家到那家，三步就能跳过去。两家的楼上的茶客可以凭窗说话，不用大声，便能听得清清楚楚。如要隔楼敬烟，把烟盒轻轻一丢，对面便能接住。如意楼的老板姓胡，人称胡老板或胡老二。得意楼的老板姓吴，人称吴老板或吴老二。

上茶馆并不是专为喝茶。茶当然是要喝的。但主要是去吃点心。所以“上茶馆”又称“吃早茶”。“明天我请你吃早茶。”“我的东，我的东！”“我先说的，我先说的！”茶馆又是人们交际应酬的场所。摆酒请客，过于隆重。吃早茶则较为简便，所费不多。朋友小聚，店铺与行客洽谈生意，大都是上茶馆。间或也有为了房地纠纷到茶馆来“说事”的。有人居中调停，两下拉拢；有人仗义执言，明辨是非，有点类似江南的“吃讲茶”。上茶馆是我们那一带人生活里的重要项目，一个月里总要上几次茶馆。有人甚至是每天上茶馆的，熟识的茶馆里有他的常座和单独给他预备的茶壶。

扬州一带的点心是很讲究的，世称“川菜扬点”。我们那个县里茶馆的点心不如扬州富春那样的齐全，但是品目也不少。计有：

包子。这是主要的。包子是肉馅的（不像北方的包子往往掺了白菜或韭菜）。到了秋天，螃蟹下来的时候，则在包子嘴上加一撮蟹肉，谓之“加蟹”。我们那里的包子是不收口的。捏了褶子，留一个小圆洞，可以看到里面的馅。“加蟹”包子每一个的口上都可以看到一块通红的蟹黄，油汪汪的，逗引人们的食欲。野鸭肥壮时，有几家大茶馆卖野鸭馅的包子，一般茶馆没有。如意楼和得意楼都未卖过。

蒸饺。皮极薄，皮里一包汤汁。吃蒸饺须先咬破一小口，将汤汁吸去。吸时要小心，否则烫嘴。蒸饺也是肉馅，也可以加笋，——加切成米粒大的冬笋细末，则须于正价之外，另加笋钱。

烧麦。烧麦通常是糯米肉末为馅。别有一种“清糖菜”烧麦，乃以青菜煮至稀烂，菜叶菜梗，都已溶化，略无渣滓，少加一点盐，加大量的白糖、猪油，搅成糊状，用为馅。这种烧麦蒸熟后皮子是透明的，从外面可以看到里面碧绿的馅，故又谓之翡翠烧麦。

千层油糕。

糖油蝴蝶花卷。

蜂糖糕。

开花馒头。

在点心没有上桌之前，先喝茶，吃干丝。我们那里茶馆里吃点心都是现要，现包，现蒸，现吃。笼是小笼，一笼蒸十六只。不像北方用大笼蒸出一屉，拾在盘子里。因此要了点心，得等一会儿。喝茶、吃干丝的时候，也是聊天的时候，干丝是扬州镇江一带特有的东西。压得很紧的方块豆腐干，用快刀劈成薄片，再切为细丝，即为干丝。干丝有两种。一种是烫干丝，干丝在开水里烫后，加上好秋油、小磨麻油、金钩虾米、姜丝、青蒜末。上桌一拌，香气四溢。一种是煮干丝，乃以鸡汤煮成，加虾米、火腿。煮干丝较俗，不如烫干丝清爽。吃干丝必须喝浓茶。吃一筷干丝，呷一口茶，这样才能各有余味，相得益彰。有爱喝酒的，也能就干丝喝酒。早晨喝酒易醉。常言说："莫饮卯时酒，昏昏直至西。"但是我们那里爱喝"卯酒"的人不少。这样喝茶、吃干丝，吃点心，一顿早茶要吃两个来小时。我们那里的人，过去的生活真是够悠闲的。——一九八一年我回乡一次，吃早茶的风气还有，但大家吃起来都是匆匆忙的了。恐怕原来的生活节奏也是需要变一变。

如意楼的生意很好。一大清早，小徒弟就把铺板卸了，把两口炉灶升起来，——一口烧开水，一口蒸包子，巷口就弥漫了带硫磺味道的煤烟。一个师傅剁馅。茶馆里剁馅都是在一个高齐人胸的粗大的木墩上剁。师傅站在一个方木块上，两手各执一把厚背的大刀，抡起胳膊，乒乒乓乓地剁。一个师傅就一张方桌边切干丝。另外三个师傅揉面。"打到的媳妇揉到的面"，包子皮有没有咬劲，全在揉。他们都很紧张，很专注，很卖力气。一天就这样开始了。

如意楼的胡二老板有三十五六了。他是个矮胖子，生得五短，但是很精神。双眼皮，大眼睛，满面红光，一头乌黑的短头发。他是个很勤勉的人。每天早起，店门才开，他即到店。各处巡视，尝尝肉馅咸淡，切开揉好的面，看看蜂窝眼的大小。我们那里包包子的面不能发得太大，不像北方的包子，过于暄腾，得发得只起小孔，谓之"小酵面"。这样才筋道，而且不会把汤汁渗进包子皮。然后，切下一小块面，在烧红的火叉上烙一烙，闻闻面香，看兑碱兑的合适不合适。其实师傅们调馅兑碱都已很有经验，准保咸淡适中，酸碱合度，不会有差。但是胡老二还是每天要视验一下，方才放心。然后，就坐下来和师傅们一同擀皮子、刮馅儿、包包子、烧麦、蒸饺……（他是学过这行手艺的，是城里最大的茶馆小蓬莱出身）茶馆的案子都是比较矮的，他一坐下，就好像短了半截。如意楼做点心的有三个人，连胡老二自己，四个。胡二老板坐在靠外的一张矮板凳上，为的是有熟客来时，好欠起屁股来打个招呼："您来啦！您请楼上坐！"客人点点头，就一步一步登上了楼梯。

胡老二在东街不算是财主，他自己总是很谦虚地说他的买卖本小利微，经不起风雨。他和开布店的、开药店的、开酱园的、开南货店的、开棉席店的……自然不能相比。他既是财东，又是要手艺的。他穿短衣时多，很少有穿了长衫，摇着扇子从街上走的时候。但是大家都知道他手里很足实，这些年正走旺字。屋里有金银，外面有戥秤。他一天卖了多少笼包子，下多少本，看多少利，本街的人是算得出来的。"如意楼"这块招牌不大，但是很亮堂。招牌下面缀着一个红布条，迎风飘摆。

相形之下，对面的得意楼就显得颇为暗淡。如意楼高朋满座，得意楼茶客不多。上得意楼的多是上城完粮的小乡绅、住在五湖居客栈的外地人，本街的茶客少。有些是上了如意楼楼上一看，没有空座，才改主意上对面的。其实两家卖的东西差不多，但是大家都爱上如意楼，不爱上得意楼。这真是没有办法的事。

得意楼的老板吴老二有四十多了，是个细高条儿，疏眉细眼。他自己不会做点心的手艺，整天只是坐在账桌边写账，——其实茶馆是没有多少账好写的。见有人来，必起身为礼："楼上请！"然后扬声吆喝："上来×位！"这是招呼楼上的跑堂的。他倒是穿长衫的。账桌上放着一包哈德门香烟，不时点火抽一根，蹙着眉头想心事。

得意楼年年亏本，混不下去了。吴老二只好改弦更张，另辟蹊径。他把原来做包点的师傅辞了，请了一个厨子，茶馆改酒馆。旧店新开，不换招牌，还叫作得意楼。开张三天，半卖半送。鸡鸭鱼肉，煎炒烹炸，面饭两便，气象一新。同街店铺送了大红对子，道喜兼来尝新的络绎不绝，颇为热闹。过了不到二十天，就又冷落下来了。门前的桌案上摆了几盘煎熟了的鱼，看样子都不怎么新鲜。灶上的铁钩上挂了两只鸡，颜色灰白。纱厨里的猪肝、腰子，全都瘪塌塌地摊在盘子里。吴老二脱去了长衫，穿了短袄，系了一条白布围裙，从老板降格成了跑堂的了。他肩上搭了一条抹布，围裙的腰里别了一把筷子。——这不知是一种什么规矩，酒馆的跑堂的要把筷子别在腰里。这种规矩，别处他少见。他脚上有脚垫，又是“跺趾”——脚趾头摞着，走路不利索。他就这样一拐一拧地招呼座客。面色黄白，两眼无神，好像害了一种什么不易治疗的慢性病。

得意楼酒馆看来又要开不下去。一街的人都预言，用不了多久，就会关张的。

吴老二蹙着眉头想：我怎么就这么不走运呢?

他不知道，他的买卖开不好，原因就是他的精神萎靡。他老是这么拖拖沓沓，没精打采，吃茶吃饭的顾客，一看见他的呆滞的目光，就倒了胃口了。

一个人要兴旺发达，得有那么一点精气神。

一九八五年七月上旬作

桥边小说三篇

詹大胖子

詹大胖子是五小的斋夫。五小是县立第五小学的简称。斋夫就是后来的校工、工友。詹大胖子那会，还叫作斋夫。这是一个很古的称呼。后来就没有人叫了。“斋夫”废除于何时，谁也不知道。

詹大胖子是个大胖子。很胖，而且很白。是个大白胖子。尤其是夏天，他穿了白夏布的背心，露出胸脯和肚子，浑身的肉一走一哆嗦，就显得更白，更胖。他偶尔喝一点酒，生一点气，脸色就变成粉红的，成了一个粉红脸的大白胖子。

五小的校长张蕴之、学校的教员——先生，叫他詹大。五小的学生叫他的时候必用全称：詹大胖子。其实叫他詹胖子也就可以了，但是学生都愿意叫他詹大胖子，并不省略。

一个斋夫怎么可以是一个大胖子呢？然而五小的学生不奇怪。他们都觉得詹大胖子就应该像他那样。他们想象不出一个瘦斋夫是什么样子。詹大胖子如果不胖，五小就会变样子了。詹大胖子是五小的一部分。他当斋夫已经好多年了。似乎他生下来就是一个斋夫。

詹大胖子的主要职务是摇上课铃、下课铃。他在屋里坐着。他有一间小屋，在学校一进大门的拐角，也就是学校最南端。这间小屋原来盖了是为了当门房即传达室用的，但五小没有什么事可传达，来了人，大摇大摆就进来了，詹大胖子连问也不问。这间小屋就成了詹大胖子宿舍。他在屋里坐着，看看钟。他屋里有一架挂钟。这学校有两架挂钟，一架在教务处。詹大胖子一早起来第一件事便是上这两架钟。喀拉喀拉，上得很足，然后才去开大门。他看看钟，到时候了，就提了一只铃铛，走出来，一边走，一边摇：叮当、叮当、叮当……从南头摇到北头。上课了。学生奔到教室里，规规矩矩坐下来。下课了！詹大胖子的铃声摇得小学生的心里一亮。呼——都从教室里窜出来了。打秋千、踢毽子、拍皮球、抓子儿……

詹大胖子摇坏了好多铃铛。

后来，有一班毕业生凑钱买了一口小铜钟，送给母校留纪念，詹大胖子就从摇铃改为打钟。

一口很好看的钟，黄铜的，亮晶晶的。

铜钟用一条小铁链吊在小操场路边两棵梧桐树之间。铜钟有一个锤子，悬在当中，锤子下端垂下一条麻绳。詹大胖子扯动麻绳，钟就响了：当、当、当、当……钟不打的时候，麻绳绕在梧桐树干上，打一个活结。

梧桐树一年一年长高了。钟也随着高了。

五小的孩子也高了。

詹大胖子还有一件常做的事，是剪冬青树。这个学校有几个地方都栽着冬青树的树墙子，大礼堂门前左右两边各有一道，校园外边一道，幼稚园门外两边各有一道。冬青树长得很快，过些时，树头就长出来了，参差不齐，乱蓬蓬的。詹大胖子就拿了一把很大的剪子，两手执着剪子把，叭嗒叭嗒地剪，剪得一地冬青叶子。冬青树墙子的头平了，整整齐齐的。学校里于是到处都是冬青树嫩叶子的清香清香的气味。

詹大胖子老是剪冬青树。一个学期得剪几回。似乎詹大胖子所做的主要的事便是摇铃——打钟，剪冬青树。

詹大胖子很胖，但是剪起冬青树来很卖力。他好像跟冬青树有仇，又好像很爱这些树。

詹大胖子还给校园里的花浇水。

这个校园没有多大点。冬青树墙子里种着羊胡子草。有两棵桃树，两棵李树，一棵柳树，有一架十姊妹，一架紫藤。当中圆形的花池子里却有一丛不大容易见到的铁树。这丛铁树有一年还开过花，学校外面很多人都跑来看过。另外就是一些草花，剪秋罗、虞美人……还有一棵鱼儿牡丹。詹大胖子就给这些花浇水。用一个很大的喷壶。

秋天，詹大胖子扫梧桐叶。学校有几棵梧桐。刮了大风，刮得一地的梧桐叶。梧桐叶子干了，踩在上面沙沙地响。詹大胖子用一把大竹扫帚扫，把枯叶子堆在一起，烧掉。黑的烟，红的火。

詹大胖子还做什么事呢？他给老师烧水。烧开水，烧洗脸水。教务处有一口煤球炉子。詹大胖子每天生炉子，用一把芭蕉扇忽哒忽哒地扇。煤球炉子上坐一把白铁壶。

他还帮先生印考试卷子。詹大胖子推油印机滚子，先生翻页儿。考试卷子印好了，就把蜡纸点火烧掉。烧油墨味儿飘出来，坐在教室里都闻得见。

每年寒假、暑假，詹大胖子要做一件事，到学生家去送成绩单。全校学生有二百人，詹大胖子一家一家去送。成绩单装在一个信封里，信封左边写着学生的住址、姓名，当中朱红的长方框里印了三个字：“贵家长”。右侧下方盖了一个长方图章：“县立第五小学”，学生的家长是很重视成绩单的，他们拆开信封看：国语98，算术86……看完了就给詹大胖子酒钱。

詹大胖子和学生生活最最直接有关的，除了摇上课铃、下课铃，——打上课钟、下课钟之外，是他卖花生糖、芝麻糖。他在他那间小屋里卖。他那小屋里有一个一面装了玻璃的长方匣子，里面放着花生糖、芝麻糖。詹大胖子摇了下课铃，或是打了上课钟，有的学生就趁先生不注意的时候，溜到詹大胖子屋里买花生糖、芝麻糖。

詹大胖子很坏。他的糖比外面摊子上的卖得贵。贵好多！但是五小的学生只好跟他去买，因为学校有规定，不许“私出校门”。

校长张蕴之不许詹大胖子卖糖，把他叫到校长室训了一顿。说：学生在校不许吃零食；他的糖不卫生；他赚学生的钱，不道德。

但是詹大胖子还是卖，偷偷地卖。他摇下课铃或打上课钟的时候，左手捏着花生糖、芝麻糖，藏在袖筒里。有学生要买糖，走近来，他就做一个眼色，叫学生随他到校长、教员看不到的地方，接钱，给糖。

五小的学生差不多全跟詹大胖子买过糖。他们长大了，想起五小，一定会想起詹大胖子，想起詹大胖子卖花生糖、芝麻糖。

詹大胖子就是这样，一年又一年，过得很平静。除了放寒假、放暑假，他回家，其余的时候，都住在学校里。——放寒假，学校里没有人。下了几场雪，一个学校都是白的。暑假里，学生有时还到学校里玩玩。学校里到处长了很高的草。

每天放了学，先生、学生都走了，学校空了。五小就剩下两个人，有时三个。除了詹大胖子，还有一个女教员王文蕙。有时，校长张蕴之也在学校里住。

王文蕙家在湖西，家里没有人。她有时回湖西看看亲戚，平时住在学校里。住在幼稚园里头一间朝南的小房间里。她教一年级、二年级算术。她长得不难看，脸上有几颗麻子，走起路来步子很轻。她有一点奇怪，眼睛里老是含着微笑。一边走，一边微笑。一个人笑。笑什么呢？有的男教员背后议论：有点神经病。但是除了老是微笑，看不出她有什么病，挺正常的。她上课，跟别人没有什么不同。她教加法，减法，领着学生念乘法表：

一一得一，

一二得二，

二二得四……

下了课，走回她的小屋，改学生的练习。有时停下笔来，听幼稚园的小朋友唱歌：

小羊儿乖乖，
把门儿开开，
快点儿开开，
我要进来……

晚上，她点了煤油灯看书。看《红楼梦》《花月痕》、张恨水的《金粉世家》、李清照的词。有时轻轻地哼《木兰词》。“唧唧复唧唧，木兰当户织……”有时给她在女子师范的老同学写信。写这个小学，写十姊妹和紫藤，写班上的学生都很可爱，她跟学生在一起很快乐，还回忆她们在学校时某一次春游，感叹光阴如流水。这些信都写得很长。

校长张蕴之并不特别的凶，但是学生都怕他。因为他可以开除学生。学生犯了大错，就在教务处外面的布告栏里贴出一张布告：学生某某某，犯了什么过错，着即开除学籍，“以维校规，而警效尤，此布”，下面盖着校长很大的签名戳子：“张蕴之”。“张蕴之”三个字有一种看不见的力量。

他也教一班课，教五年级或六年级国文。他念课文的时候摇晃脑袋，抑扬顿挫，有声有色，腔调像戏台上老生的道白。“晋太原中，武陵人，捕鱼为业……”“一路秋山红叶，老圃黄花，不觉到了济南地界。到了济南，只见家家泉水，户户垂杨……”

他爱写挽联。写好了，就用按钉钉在教务处的墙上，让同事们欣赏。教员们就都围过来，指手划脚，称赞哪一句写得好，哪几个字很有笔力。张蕴之于是非常得意，但又不太忘形。他简直希望他的亲友家多死几个人，好使他能写一副挽联送去，挂起来。

他有家。他有时在家里住，有时住在学校里，说家里孩子吵，学校里清静，他要读书，写文章。

有时候，放了学，除了詹大胖子，学校里就剩下张蕴之和王文蕙。

王文蕙常常一个人在校园里走走，散散步。王文蕙散完步，常常看见张蕴之站在教务处门口的台阶上。王文蕙向张蕴之笑笑，点点头。张蕴之也笑笑，点点头。王文蕙回去了，张蕴之看着她的背影，一直看到王文蕙走进幼稚园的前门。

张蕴之晚上读书。读《聊斋志异》《池北偶谈》《两般秋雨盦随笔》《曾文正公家书》《板桥道情》《绿野仙踪》《海上花列传》……

校长室的北窗正对着王文蕙的南窗，当中隔一个幼稚园的游戏场。游戏场上有秋千架、压板、滑梯。张蕴之和王文蕙的煤油灯遥遥相对。

一天晚上，张蕴之到王文蕙屋里去，说是来借字典。王文蕙把字典交给他。他不走，东拉西扯地聊开了。聊《葬花词》，聊“寻寻觅觅冷冷清清凄凄惨惨戚戚”。王文蕙不知道他要干什么，心里怦怦地跳。忽然，“噗！”张蕴之把煤油灯吹熄了。

张蕴之常常在夜里偷偷地到王文蕙屋里去。

这事瞒不过詹大胖子。詹大胖子有时夜里要起来各处看看。怕小偷进来偷了油印机、偷了铜钟、偷了烧开水的白铁壶。

詹大胖子很生气。他一个人在屋里悄悄地骂：“张蕴之！你不是个东西！你有老婆，有孩子，你干这种缺德的事！人家还是个姑娘，孤苦伶仃的，你叫她以后怎么办，怎么嫁人！”

这事也瞒不了五小的教员。因为王文蕙常常脉脉含情地看张蕴之，而且她身上洒了香水。她在路上走，眼睛里含笑，笑得更加明亮了。

有一天，放学时，有一个姓谢的教员路过詹大胖子的小屋时，走进去，对他说：“詹大，你今天晚上到我家里来一趟。”詹大胖子不知道有什么事。

姓谢的教员是个纨绔子弟，外号谢大少。学生给他编了一首顺口溜：

谢大少，
捉蛇蚤。
蛇蚤蹦，
他也蹦，
他妈说他是个大无用！

谢大少家离五小很近，几步就到了。

谢大少问了詹大胖子几句闲话，然后，问：

“张蕴之夜里是不是常常到王文蕙屋里去？”

詹大胖子一听，知道了：谢大少要抓住张蕴之的把柄，好把张蕴之轰走，他来当五小校长。詹大胖子连忙说：

“没有！没有的事！没有的事不能瞎说！”

詹大胖子不是维护张蕴之，他是维护王文蕙。

从此詹大胖子卖花生糖、芝麻糖就不太避着张蕴之了。

詹大胖子还是当他的斋夫，打钟，剪冬青树，卖花生糖、芝麻糖。

后来，张蕴之到四小当校长去了，王文蕙到远远的一个镇上教书去了。

后来，张蕴之死了，王文蕙也死了（她一直没有嫁人）。詹大胖子也死了。

这城里很多人都死了。

一九八五年十一月二十日

幽冥钟

“姑苏城外寒山寺，夜半钟声到客船”。很早很早以前（大概从宋朝开始）就有人提出过怀疑，认为夜半不是撞钟的时候。我从小就觉得很奇怪：为什么夜半不是撞钟的时候呢？我的家乡就是夜半撞钟的。而且只有夜半撞。半夜，子时，十二点。别的时候，白天，还听不到撞钟。“暮鼓晨钟”。我们那里没有晨钟，只有夜半钟。这种钟，叫作“幽冥钟”。撞钟的是承天寺。

关于承天寺，有一个传说。传说张士诚是在这里登基的。张士诚是泰州人。泰州是我们的邻县。史称他是盐贩出身。盐贩，即贩私盐的。中国的盐，秦汉以来，就是官卖。卖盐的店，称为“官盐店”。官盐税重，价昂。于是有人贩卖私盐。卖私盐是犯法的事。这种人都是亡命之徒，要钱不要命。遇到缉私的官兵，便要动武。这种人在官方的文书里被称为“盐匪”。瓦岗寨的程咬金就贩过私盐。在苏北里下河一带，一提起“私盐贩子”或“贩私盐的”，大家便知道这是什么角色。张士诚就是这样一个角色。元至正十三年，他从泰州起事，打到我的家乡高邮。次年，称“诚王”，国号“周”。我的家乡还出过一位皇帝（他不是我们县的人，他称王确是在我们县），这实在应该算是我们县历史上的第一号大人物。我们县的有名人物最古的是秦王子婴。现在还有一条河，叫子婴河。以后隔了很多年，出了一个秦少游。再以后，出了王念孙、王引之父子。但是真正叱咤风云的英雄，应该是张士诚。可是我前几年回乡，翻看县志，关于张士诚，竟无一字记载，真是怪事！

但是民间有一些关于张士诚的传说。

张士诚在承天寺登基，找人来写承天寺的匾。来了很多读书人。他们提起笔来，刚刚写了两笔，就叫张士诚拉出去杀了。接连杀了好几个。旁边的人问他：“为什么杀他们？”张士诚说：“你看看他们写的是什么？‘了’，是个了字！老子才当皇帝就‘了’了，日他妈妈的！”

后来来了个读书人。他先写了一个“王”字，再写了左边的“フ”，右边的“く”，再写上边的“乛”，然后一竖到底。张士诚一看大喜，连说：“这就对了！——先称王，左有文臣，右有武将，戴上平天冠，皇基永固，一贯到底！——赏！”

我小时读的小学就在承天寺的旁边，每天都要经过承天寺，曾经细看过承天寺山门的石刻的匾额，发现上面的“承”字仍是一般笔顺，合乎八法的“承”字，没有先称王、左文右武、戴了皇冠、一贯到底的痕迹。

我也怀疑张士诚是不是在承天寺登的基，因为承天寺一点也看不出曾经是一座皇宫的格局。

承天寺在城北西边，挨近运河。城北的大寺共有三座。一座善因寺，庙产甚多，最为鲜明华丽，就是小说《受戒》里写的明海受戒的那座寺。一座是天王寺，就是陈小手被打死的寺。天王寺佛事较盛。寺西门外有一片空地，时常有人家来“烧房子”。烧房子似是我乡特有的风俗。“房子”是纸扎店扎的，和真房子一样，只是小一些。也有几层几进，有堂屋卧室，房间里还有座钟、水烟袋，日常所需，一应俱全。照例还有一个后花园，里面“种”着花（纸花）。房子立在空地上，小孩子可以走进去参观。房子下面铺了一层稻草。天王寺的和尚敲着鼓磬铙钹在房子旁边念一通经（不知道是什么经），这一家的一个男丁举火把房子烧了，于是这座房子便归该宅的先人冥中收用了。天王寺气象远不如善因寺，但房屋还整齐，——因此常常驻兵。独有承天寺，却相当残破了。寺是古寺。张士诚在这里登基，虽不可靠，但说不定元朝就已经有这座寺。

一进山门，哼哈二将和四大天王的颜色都暗淡了。大雄宝殿的房顶上长了好些枯草和瓦松。大殿里很昏暗，神龛佛案都无光泽，触鼻是陈年的香灰和尘土的气息。一点声音都没有，整座寺好像是空的。偶尔有一两个和尚走动，衣履敝旧，神色凄凉。——不像善因寺的和尚，一个一个，都是红光满面的。

大殿西侧，有一座罗汉堂。罗汉也多年没有装金了。长眉罗汉的眉毛只剩了一只，那一只不知哪一年脱落了，他就只好捻着一只单独的眉毛坐在那里。罗汉堂外面，有两棵很大的白果树，有几百年了。夏天，一地浓荫。冬天，满阶黄叶。

罗汉堂东南角有一口钟，相当高大。钟用铁链吊在很粗壮的木架上。旁边是从房梁挂下来的撞钟的木杵。钟前是一尊地藏菩萨的一尺多高的金身佛像。地藏菩萨戴着毗卢帽，跏趺而坐，低眉闭目，神色慈祥。地藏菩萨前面点着一盏小油灯，灯光幽微。

在佛教的菩萨里，老百姓最有好感的是两位。一位是观世音菩萨，因为他（她）救苦救难。另一位便是地藏菩萨。他是释迦灭后至弥勒出现之间的救度天上以至地狱一切众生的菩萨。他像大地一样，含藏无量善根种子。他是地之神，是一位好心的菩萨。

为什么在钟前供着一尊地藏菩萨呢？因为这钟在半夜里撞，叫“幽冥钟”，是专门为难产血崩而死的妇人而撞的。不知道为什么，人们以为血崩而死的女鬼是居处在最黑最黑的地狱里的，——大概以为这样的死是不洁的，罪过最深。钟声，会给她们光明。而地藏菩萨是地之神，好心的菩萨，他对死于血崩的女鬼也会格外慈悲的，所以钟前供地藏菩萨，极其自然。

撞钟的是一个老和尚。相貌清癯，高长瘦削。他已经几十年不出山门了。他就住在罗汉堂里。大钟东侧靠墙，有一张矮矮的禅榻，上面有一床薄薄的蓝布棉被，这就是他的住处。白天，他随堂粥饭，洒扫庭除。半夜，起来，剔亮地藏菩萨前的油灯，就开始撞钟。

钟声是柔和的、悠远的。

“东——嗡……嗡……嗡……”

钟声的振幅是圆的。“东——嗡……嗡……嗡……”，一圈一圈地扩散开。就像投石于水，水的圆纹一圈一圈地扩散。

“东——嗡……嗡……嗡……”

钟声撞出一个圆环，一个淡金色的光圈。地狱里受难的女鬼看见光了。她们的脸上现出了欢喜。“嗡……嗡……嗡……”金色的光环暗了，暗了，暗了……又一声，“东——嗡……嗡……嗡……”又一个金色的光环。光环扩散着，一圈，又一圈……

夜半，子时，幽冥钟的钟声飞出承天寺。

“东——嗡……嗡……嗡……”

幽冥钟的钟声扩散到了千家万户。

正在酣睡的孩子醒来了，他听到了钟声。孩子向母亲的身边依偎得更紧了。

承天寺的钟，幽冥钟。

女性的钟，母亲的钟……

一九八五年十二月四日中午，飘雪

茶干

家家户户离不开酱园。开门七件事，柴米油盐酱醋茶，倒有三件和酱园有关：油、酱、醋。

连万顺是东街一家酱园。

他家的门面很好认，是个石库门。麻石门框，两扇大门包着铁皮，用奶头铁钉钉出如意云头。本地的店铺一般都是“铺闼子门”，十二块、十六块门板，晚上上在门槛的槽里，白天卸开。这样的石库门的门面不多。城北只有那么几家。一家恒泰当，一家豫丰南货店。恒泰当倒闭了，豫丰失火烧掉了。现在只剩下北市口老正大棉席店和东街连万顺酱园了。这样的店面是很神气的。尤其显眼的是两边白粉墙的两个大字。黑漆漆出来的。字高一丈，顶天立地，笔划很粗。一边是“酱”，一边是“醋”。这样大的两个字！全城再也找不出来了。白墙黑字，非常干净。没有人往墙上贴一张红纸条，上写："出卖重伤风，一看就成功"，小孩子也不在墙上写："小三子，吃狗屎"。

店堂也异常宽大。西边是柜台。东边靠墙摆了一溜豆绿色的大酒缸。酒缸高四尺，莹润光洁。这些酒缸都是密封着的。有时打开一缸，由一个徒弟用白铁唧筒把酒汲在酒坛里，酒香四溢，飘得很远。

往后是一个很大的院子，青砖铺地，整整齐齐排列着百十口大酱缸。酱缸都有个帽子一样的白铁盖子。下雨天盖上。好太阳时揭下盖子晒酱。有的酱缸当中掏出一个深洞，如一小井。原汁的酱油从井壁渗出，这就是所谓"抽油"。西边有一溜走廊，走廊尽头是一个小磨坊。一头驴子在里面磨芝麻或豆腐。靠北是三间瓦屋，是做酱菜、切萝卜干的作坊。有一台锅灶，是煮茶干用的。

从外往里，到处一看，就知道这家酱园的底子是很厚实的。单是那百十缸酱就值不少钱！

连万顺的东家姓连。人们当面叫他连老板，背后叫他连老大。都说他善于经营，会做生意。

连老大做生意，无非是那么几条：

第一，信用好。连万顺除了做本街的生意，主要是做乡下生意。东乡和北乡的种田人上城，把船停在大淖，拴好了船绳，就直奔连万顺，打油、买酱。乡下人打油，都用一种特制的油壶，广口，高身，外面挂了酱黄色的釉，壶肩有四个"耳"，耳里拴了两条麻绳作为拎手，不多不少，一壶能装十斤豆油。他们把油壶往柜台上一放，就去办别的事情去了。等他们办完事回来，油已经打好了。油壶口用厚厚的桑皮纸封得严严的。桑皮纸上盖了一个墨印的圆印："连万顺记"。乡下人从不怀疑油的分量足不足，成色对不对。多年的老主顾了，还能有错？他们要的十斤干黄酱也都装好了。装在一个元宝形的粗篾浅筐里，筐里衬着荷叶，豆酱拍得实实的，酱面盖了几个红曲印的印记，也是圆形的。乡下人付了钱，提了油壶酱筐，道一声"得罪"，就走了。

第二，连老板为人和气。乡下的熟主顾来了，连老板必要起身招呼，小徒弟立刻倒了一杯热茶递了过来。他家柜台上随时点了一架盘香，供人就火吸烟。乡下人寄存一点东西，雨伞、扁担、箩筐、犁铧、坛坛罐罐，连老板必亲自看着小徒弟放好。有时竟把准备变卖或送人的老母鸡也寄放在这里。连老板也要看着小徒弟把鸡拎到后面廊子上，还撒了一把酒糟喂喂。这些鸡的脚爪虽被捆着，还是卧在地上高高兴兴地啄食，一直吃到有点醉醺醺的，就闭起眼睛来睡觉。

连老板对孩子也很和气。酱园和孩子是有缘的。很多人家要打点酱油，打一点醋，往往派一个半大孩子去。妈妈盼望孩子快些长大就说："你快长吧，长大了好给我打酱油去！"买酱菜，这是孩子乐意做的事。连万顺家的酱菜样式很齐全：萝卜头、十香菜、酱红根、糖醋蒜……什么都有。最好吃的是甜酱甘露和麒麟菜。甘露，本地叫作"螺螺菜"，极细嫩。麒麟菜是海菜，分很多叉，样子有点像画上的麒麟的角，半透明，嚼起来脆跪的。孩子买了甘露和麒麟菜，常常一边走，一边吃。

一到过年，孩子们就惦记上连万顺了。连万顺每年预备一套锣鼓家伙，供本街的孩子来敲打。家伙很齐全，大锣、小锣、鼓、水镲、碰钟，一样不缺。初一到初五，家家店铺都关着门。几个孩子敲敲石库门，小徒弟开开门，一看，都认识，就说："玩去吧！"孩子们就一窝蜂奔到后面的作坊里，操起案子上的锣鼓，乒乒乓乓敲打起来。有的孩子敲打了几年，能敲出几套十番，有板有眼，像那么回事。这条街上，只有连万顺家有锣鼓。锣鼓声使东街增添了过年的气氛。敲够了，又一窝蜂走出去，各自回家吃饭。

到了元宵节，家家店铺都上灯。连万顺家除了把四张玻璃宫灯都点亮了，还有四张雕镂得很讲究的走马灯。孩子们都来看。本地有一句歇后语："乡下人不识走马灯，——又来了！"这四张灯里周而复始，往来不绝的人马车炮的灯影，使孩子百看不厌。孩子们都不是空着手来的，他们牵着兔子灯，推着绣球灯，系着马灯，灯也都是点着了的。灯里的蜡烛快点完了，连老板就会捧出一把新的蜡烛来，让孩子们点了，换上。孩子们于是各人带着换了新蜡烛的纸灯，呼啸而去。

预备锣鼓，点走马灯，给孩子们换蜡烛，这些，连老大都是当一回事的。年年如此，从无疏忽忘记的时候。这成了制度，而且简直有点宗教仪式的味道。连老大为什么要这样郑重地对待这些事呢？这为了什么目的，出于什么心理？实在令人捉摸不透。

第三，连老板很勤快。他是东家，但是不当“甩手掌柜的”。大小事他都要过过目，有时还动动手。切萝卜干、盖酱缸、打油、打醋，都有他一份。每天上午，他都坐在门口晃麻油。炒熟的芝麻磨了，是芝麻酱，得盛在一个浅缸盆里晃。所谓“晃”，是用一个紫铜锤出来的中空的圆球，圆球上接一个长长的木把，一手执把，把圆球在麻酱上轻轻地压，压着压着，油就渗出来了。酱渣子沉于盆底，麻油浮在上面。这个活很轻松，但是费时间。连老大在门口晃麻油，是因为一边晃，一边可以看看过往行人。有时有熟人进来跟他聊天，他就一边聊，一边晃，手里嘴里都不闲着，两不耽误。到了下午出茶干的时候，酱园上上下下一齐动手，连老大也算一个。

茶干是连万顺特制的一种豆腐干。豆腐出净渣，装在一个一个小蒲包里，包口扎紧，入锅，码好，投料，加上好抽油，上面用石头压实，文火煨煮。要煮很长时间。煮得了，再一块一块从麻包里倒出来。这种茶干是圆形的，周围较厚，中间较薄，周身有蒲包压出来的细纹，每一块当中还带着三个字：“连万顺”，——在扎包时每一包里都放进一个小小的长方形的木牌，木牌上刻着字，木牌压在豆腐干上，字就出来了。这种茶干外皮是深紫黑色的，掰开了，里面是浅褐色的。很结实，嚼起来很有咬劲，越嚼越香，是佐茶的妙品，所以叫作“茶干”。连老大监制茶干，是很认真的。每一道工序都不许马虎。连万顺茶干的牌子闯出来了。车站、码头、茶馆、酒店都有卖的。后来竟有人专门买了到外地送人的。双黄鸭蛋、醉蟹、董糖、连万顺的茶干，凑成四色礼品，馈赠亲友，极为相宜。

连老大就是这样一个人，一个开酱园的老板，一个普普通通、正正派派的生意人，没有什么特别处。这样的人是很难写成小说的。

要说他的特别处，也有。有两点。

一是他的酒量奇大。他以酒代茶。他极少喝茶。他坐在账桌上算账的时候，面前总放一个豆绿茶碗。碗里不是茶，是酒，——一般的白酒，不是什么好酒。他算几笔，喝一口，什么也不“就”。一天老这么喝着，喝完了，就自己去打一碗。他从来没有醉的时候。

二是他说话有个口头语：“的时候”。什么话都要加一个“的时候”。“我的时候”“他的时候”“麦子的时候”“豆子的时候”“猫的时候”“狗的时候”……他说话本来就慢，加了许多“的时候”，就更慢了。如果把他说的“的时候”都删去，他每天至少要少说四分之一的字。

连万顺已经没有了。连老板也故去多年了。五六十岁的人还记得连万顺的样子，记得门口的两个大字，记得酱园内外的气味，记得连老大的声音笑貌，自然也记得连万顺的茶干。

连老大的儿子也四十多了。他在县里的副食品总店工作。有人问他：“你们家的茶干，为什么不恢复起来？”他说：“这得下十几种药料，现在，谁做这个！”

一个人监制的一种食品，成了一地方具有代表性的土产，真也不容易。不过，这种东西没有了，也就没有了。

一九八五年十二月十二日

后记

我现在住的地方叫作蒲黄榆。曹禺同志有一次为一点事打电话给我，顺便问起：“你住的地方的地名怎么那么怪？”我搬来之前也觉得这地名很怪：“捕黄鱼？——北京怎么能捕得到黄鱼呢？”后来经过考证，才知道这是一个三角地带，“蒲黄榆”是三个旧地名的缩称。“蒲”是东蒲桥，“黄”是黄土坑，“榆”是榆树村。这犹之“陕甘宁”“晋察冀”，不知来历的，会觉得莫名其妙。我的住处在东蒲桥畔，因此把这三篇小说题为《桥边小说》，别无深意。

这三篇写的也还是旧题材。近来有人写文章，说我的小说开始了对传统文化的怀念，我看后哑然。当代小说寻觅旧文化的根源，我以为这不是坏事。但我当初这样做，不是有意识的。我写旧题材，只是因为我对旧社会的生活比较熟悉，对我旧时邻里有较真切的了解和较深的感情。我也愿意写写新的生活，新的人物。但我以为小说是回忆。必须把热腾腾的生活熟悉得像童年往事一样，生活和作者的感情都经过反复沉淀，除净火气，特别是除净感伤主义，这样才能形成小说。但是我现在还不能。对于现实生活，我的感情是相当浮躁的。

这三篇也是短小说。《詹大胖子》和《茶干》有人物无故事，《幽冥钟》则几乎连人物也没有，只有一点感情。这样的小说打破了小说和散文的界限，简直近似随笔。结构尤其随便，想到什么写什么，想怎么写就怎么写。我这样做是有意的（也是经过苦心经营的）。我要对“小说”这个概念进行一次冲决：小说是谈生活，不是编故事；小说要真诚，不能耍花招。小说当然要讲技巧，但是：修辞立其诚。

一九八五年十二月十二日夜

如果你喜欢《受戒：汪曾祺小说精选》你可能也会喜欢“学会爱与被爱”书单

《小王子三部曲》

文库编号：001

《傲慢与偏见》

文库编号：165

《潮骚》

文库编号：164

《浮生六记》

文库编号：153

《再见，吾爱》

文库编号：097

《舞姬》

文库编号：074

《后来的事》

文库编号：173

《门》

文库编号：174

读客®

激发个人成长

多年以来，千千万万有经验的读者，都会定期查看熊猫君家的最新书目，挑选满足自己成长需求的新书。

读客图书以“激发个人成长”为使命，在以下三个方面为您精选优质图书：

1. 精神成长

熊猫君家精彩绝伦的小说文库和人文类图书，帮助你成为永远充满梦想、勇气和爱的人！

2. 知识结构成长

熊猫君家的历史类、社科类图书，帮助你了解从宇宙诞生、文明演变直至今日世界之形成的方方面面。

3. 工作技能成长

熊猫君家的经管类、家教类图书，指引你更好地工作、更有效率地生活，减少人生中的烦恼。

每一本读客图书都轻松好读，精彩绝伦，充满无穷阅读乐趣！